Sophie Hart
Verliebte Frauen ticken anders

SOPHIE HART

Verliebte Frauen ticken anders

ROMAN

Aus dem Englischen von
Andrea Brandl

PIPER

München Berlin Zürich

Mehr über unsere Autoren und Bücher:
www.piper.de

Aktuelle Neuigkeiten finden Sie auch auf Facebook, Twitter und YouTube.

Die englische Originalausgabe erschien 2014 unter dem Titel »The Beginner's Guide To The Birds And The Bees« bei Bookouture, Ickenham.

Von Sophie Hart liegt im Piper Verlag vor:
Unanständige Frauen lesen und trinken Kaffee

MIX
Papier aus verantwortungsvollen Quellen
FSC® C083411

ISBN 978-3-492-06035-6
Deutsche Erstausgabe

Satz: psb, Berlin
Gesetzt aus Sabon
Druck und Bindung: CPI books GmbH, Leck
Printed in Germany

1

Sex ist ein Teil der Natur. Ich schließe mich der Natur an.
– Marilyn Monroe

»Also, nicht vergessen. In dieser Woche liegt der Schwerpunkt darauf, Dinge anders zu machen als sonst. Sie können alles ausprobieren, was Ihnen in den Sinn kommt, solange es etwas Neues ist und Sie beide Spaß daran haben. Sex auf dem Küchentisch, Sex auf dem Autorücksitz, Fessel- oder Rollenspiele, sich gegenseitig mit Sahne besprühen oder mit flüssiger Schokolade beträufeln …«

»Das klingt ja toll.« Jennifer kicherte.

»Alles, was Ihnen so einfällt.« Lächelnd stand Annie auf und trat um ihren Schreibtisch herum. »Wichtig ist nur, dass Sie ein paar neue Pfade beschreiten und Ihre sexuelle Beziehung auffrischen. Die Gefahr, dass in einer Langzeitbeziehung Routine und Langeweile einkehren, ist ziemlich groß, deshalb muss man von Zeit zu Zeit aus dem Trott ausbrechen, auch wenn es anstrengend und unbequem sein mag.«

Ihre Klienten erhoben sich aus den Ledersesseln und schüttelten Annie die Hand.

»Tausend Dank, Annie. Sie sind wirklich wunderbar«, sagte Jennifer, eine gut gekleidete Geschäftsfrau in den Vierzigern.

Richard, ihr Ehemann, legte den Arm um sie und zog sie eng an sich, während Annie ihnen die Tür aufhielt.

»Gern geschehen. Amüsieren Sie sich gut. Wir sehen uns nächste Woche.«

»Bis dann, Annie!«

Das Klappern von Jennifers Absätzen hallte von den menschenleeren Fluren wider, als die beiden plaudernd und lachend zum Ausgang gingen.

Annie schloss die Bürotür und stieß langsam den Atem aus, während sie ihren verspannten Nacken dehnte und die Schultern nach hinten rollte. Es war kurz nach neun Uhr abends. Kein Wunder, dass sie todmüde war.

Richard und Jennifer waren ihre letzten Klienten für diesen Tag gewesen, nun konnte sie Feierabend machen. Sie nahm ihre leere Kaffeetasse und ließ den Blick durch ihr Behandlungszimmer schweifen. Es war klein, aber behaglich, was es bei ihren langen Arbeitszeiten auch sein musste. In den Regalen standen Psychologie-Fachbücher und -Zeitschriften, und ihre in Gold gerahmten Diplome und Auszeichnungen hingen an den cremefarben gestrichenen Wänden. Hinter ihrem Schreibtischstuhl stand eine altmodische Stehlampe, ihr Lieblingsstück jedoch war der antike Schreibtisch aus massiver Eiche, den sie bei einer Versteigerung ergattert hatte, mit glänzenden Messinggriffen und ledernem Einsatz in der Platte. Aber obwohl sie überaus stolz auf alles war, was sie in ihrer Laufbahn bislang erreicht hatte, konnte sie nicht leugnen, dass sie sich ab und zu etwas einsam fühlte.

Annie Hall war vierunddreißig und ausgebildete Sexualtherapeutin – ein Beruf, der weit weniger spannend war, als gemeinhin angenommen wurde. Sie hatte ihre eigene Praxis in einem funktionalen Bürogebäude in Sprowstown, einem Vorort von Norwich, in dem sich verschiedenste Freiberufler und Kleinunternehmer eingemietet hatten. Auf der anderen Seite des Korridors war ein Onlinehändler für Kunstgewerbe untergebracht, am Ende des Flurs ein Chiropraktiker, und im Obergeschoss befand sich das Atelier eines Schuhdesigners.

Um diese Uhrzeit war normalerweise niemand mehr da. Annie war häufig die Letzte, da sie ihre Termine auf die Wünsche ihrer Klienten abstimmte, die häufig zeitlich gebunden waren – frühmorgens, spätabends oder auch am Wochenende, mit dem Ergebnis, dass sie im Grunde kein nennenswertes Privatleben hatte.

Sie nahm ihre prall gefüllte Handtasche, schloss die Tür ab und ging den Korridor entlang zur Gemeinschaftsküche, als ihr das Gedröhne des Staubsaugers ans Ohr drang.

»Annie, wie geht's Ihnen?« Celeste, die jamaikanische Putzfrau, bückte sich umständlich und machte den Staubsauger aus. Sie war Ende fünfzig, groß und stämmig und immer gut gelaunt, auch wenn in letzter Zeit ihre Knie nicht mehr recht mitmachen wollten.

»Mir geht's prima, Celeste. Und Ihnen?«

»Ach, nicht übel, kann mich nicht beklagen. Wieder mal spät geworden, was?«

»Na, Sie wissen ja, wie man so schön sagt – keine Ruhe den Gottlosen.«

Celeste lachte laut auf. »Wohl wahr. Dann wird es aber höchste Zeit, nach Hause zu kommen, hm? Bestimmt wartet schon ein reizender junger Mann auf Sie, so hübsch wie Sie sind.«

Annie wurde rot und sah zu Boden.

»Kein Grund zur Schüchternheit«, fuhr Celeste mit einem verschmitzten Grinsen fort. »Ihr Freund ist ein echter Glückspilz.«

»Freund?«

Celeste nickte wissend. »Bei Ihrem Job können Sie ihm bestimmt ordentlich zeigen, wo's langgeht, was?« Wieder brach sie in schallendes Gelächter aus, das die Wände der verwaisten Küche förmlich beben ließ.

Annie lächelte verlegen und überlegte kurz, ob sie zugeben sollte, dass ihr Liebesleben bei Weitem nicht so aufregend war, wie alle dachten. Die meisten gingen davon aus, dass Annie eine Art männermordender Vamp sein musste, nur weil sie Beziehungstipps gab und offen über Sex redete – ein gewaltiger Irrtum.

In Wirklichkeit hatte Annie keinen Freund, sie hatte seit Jahren keine ernsthafte Beziehung mehr geführt. In der Vergangenheit war einiges schiefgelaufen, und sie hatte sich aus den falschen Gründen zu den falschen Männern (na ja, eigentlich nur zu einem) hingezogen gefühlt und sich seitdem geschworen, auf ein aufreibendes Privatleben zu verzichten und sich lieber auf ihre berufliche Laufbahn zu konzentrieren.

Bislang schien der Plan aufzugehen, und Annie war überglücklich, dass es so gut lief. Sie genoss es, mit Menschen unterschiedlichster Couleur in Kontakt zu kommen, gemeinsam mit ihnen eine Lösung ihrer Probleme zu erarbeiten und ihnen letzten Endes zu ihrem persönlichen Glück zu verhelfen. Trotzdem versuchte ihre Schwester Holly pausenlos, sie mit irgendwelchen völlig unpassenden Typen zu verkuppeln, und hatte ihr massenhaft Profile aus Partnervermittlungen im Internet aufs Auge gedrückt. Das Problem war bloß, dass sich die Kandidaten allesamt als Freaks und durchgeknallte Schwachköpfe entpuppt hatten.

Nein, dachte sie, das würde sie Celeste lieber nicht erzählen. Alle glaubten, sie müsste mit einem scharfen Wahnsinnskerl liiert sein, den sie um den Finger wickelte und der ihr dafür aus der Hand fraß. Zugeben zu müssen, dass sie scheinbar unfähig war, selbst eine Partnerschaft zu führen, obwohl sie bei ihren Klienten als Beziehungsguru galt, war zu peinlich.

»Tja, dann mache ich mich besser mal auf den Weg.« Sie wusch ihre Tasse aus und stellte sie in die Spülmaschine. »Schönen Abend noch, Celeste.«

»Ihnen auch, Annie.« Celestes dunkle Augen funkelten. »Und passen Sie gut auf sich auf.«

Annie hörte, wie der Staubsauger hinter ihr erneut zum Leben erwachte, gefolgt von Celestes kehliger Stimme, als sie Aretha Franklins »Respect« hinausschmetterte. Sie drehte sich noch einmal um und grinste beim Anblick der Putzfrau, die mit ihrem Hoover als Tanzpartner die Hüften schwenkte.

Es war kalt und nieselte, ein typischer Abend Ende Januar. Auf den Gehsteigen bildete sich bereits eine dünne Eisschicht. Annies dunkler Bob wippte, als sie zu ihrem alten Mini Cooper hastete und sich auf den Fahrersitz gleiten ließ. Die Heimfahrt über die Ringstraße nach Hellesdon dauerte nur wenige Minuten, und um diese Uhrzeit herrschte so gut wie kein Verkehr.

Sämtliche Häuser waren erleuchtet, als sie in ihre Straße einbog. Hier und da waren die Vorhänge noch nicht zugezogen, sodass sie die Familien sehen konnte – eng aneinandergekuschelt mit einem Snack auf dem Sofa vor dem Fernseher oder beim Versuch, die Kinder ins Bett zu bringen. Annies Heim hingegen war verwaist und ohne jedes Lebenszeichen, es schien das einzige dunkle Haus in der ganzen Straße zu sein.

»Hi, Harry, hi, Sally!«, rief sie, während sie ihre Tasche in der Diele fallen ließ und ihren Mantel aufhängte.

Sie ging ins Wohnzimmer, wo ihre beiden Goldfische (die sie nach den Charakteren ihrer Lieblingsromantikkomödie benannt hatte) zufrieden in ihrem Glas im Kreis schwammen, ohne die Heimkehr ihrer Besitzerin zur Kenntnis zu nehmen. Annie ließ ein paar Futterflocken ins Wasser rieseln und sah zu, wie sie begeistert mampften und dabei ihre Kreise umeinander zogen.

Toll, selbst ihre Goldfische kriegten dieses Pärchen-Ding hin, dachte sie mit einem unterdrückten Seufzer, ging in die Küche, nahm ein Fertigrisotto aus dem Kühlschrank und stellte es in die Mikrowelle. Währenddessen checkte sie ihr Handy und stellte fest, dass Holly angerufen und ihr eine SMS geschickt hatte.

Hi, Schwesterherz, hab versucht, dich zu erreichen, aber du warst bei der Arbeit, alter Workaholic. Ich hab einen tollen Kerl für dich gefunden, kann es kaum erwarten, euch zusammenzubringen. Ruf mich an xx

Annie verdrehte die Augen und beschloss, die Nachricht zu ignorieren und sich stattdessen lieber ein schönes Glas Merlot einzuschenken.

Holly war fünf Jahre jünger als sie und mit ihrer Jugendliebe Greg verheiratet, der bei einer Versicherung arbeitete. Obwohl Holly als Journalistin bei einer hiesigen Zeitschrift ziemlich eingespannt war, schien sie massenhaft Zeit zu haben, sich in Annies (nicht vorhandenes) Liebesleben einzumischen – wenngleich bislang mit überschaubarem Erfolg: Da war Kevin alias »Der Krake« gewesen, der unter einem schweren Wandersyndrom der Hände gelitten hatte; dann Owen, frisch geschieden und immer noch unübersehbar in seine Ex verliebt, von der er den ganzen Abend in den höchsten Tönen geschwärmt hatte; und schließlich Jack, der Annie teuer zum Essen ausgeführt hatte und dann, als die Rechnung kam, bemerkte, dass er sein Portemonnaie »vergessen« hatte.

Woher kam eigentlich dieses Rieseninteresse an ihrem Beziehungsstatus?, überlegte sie, als sie ihr Risotto ins Wohnzimmer trug und den Fernseher einschaltete. Sie zappte sich durch die Kanäle, bis sie bei *Notting Hill* hängen blieb.

Perfekt!, dachte sie hocherfreut. Natürlich kannte sie den Film bereits – sie hatte ihn mindestens ein Dutzend Mal gesehen –, aber das war umso besser. Gerade lief die Dinnerparty-Szene, in der Hugh Grant Julia Roberts zu seinen Freunden mitnimmt, die sich die größte Mühe geben, nicht komplett auszuflippen. Die Vertrautheit der Bilder wärmte ihr das Herz.

Filme spielten bereits seit der Geburt eine große Rolle in Annies Leben – ihr Vorname war sogar eine Hommage an Annie Hall aus Woody Allens Oscar-prämiertem *Der Stadtneurotiker.* Ihre Mutter Pamela hatte Graham Hall im selben Jahr kennengelernt, als der Film herauskam, sich in den Streifen – und in Graham – verliebt und geschworen, dass sie ihre erstgeborene Tochter Annie nennen würde. Und Holly verdankte ihren Namen Holly Golightly aus *Frühstück bei Tiffany.*

Annie war mit den großen Klassikern aufgewachsen – *Vom Winde verweht* und *Casablanca*, gefolgt von *Pretty Woman* und *Dirty Dancing.* Auch heute noch war sie regelrecht süchtig nach Romantikkomödien, weil einen die schlichten, aber herrlich befriedigenden Stories glauben ließen, dass jeder sein eigenes Happy End finden konnte – und sollte. Und sie hatte es sich zum Ziel gemacht, anderen genau dabei zu helfen.

Kaum hatte Julia Roberts das Haus verlassen, brüllten Hugh Grants Freunde drinnen vor Begeisterung und Ungläubigkeit. Lächelnd zog Annie ihren Terminkalender aus der Handtasche und begann zu blättern. Morgen hatte sie einen frühen Termin – Michael und Carolyn, die vor Arbeitsbeginn kommen wollten, was aber nicht weiter schlimm war, da Annie sie sehr gern mochte. Michael arbeitete als Hypothekenexperte bei einer Bank, Carolyn bei einer Wohltätigkeitsorganisation, doch seit dem Tod ihrer Großmutter, der sie sehr nahegestanden hatte, war Carolyns Interesse am Sex nahezu vollständig zum Erliegen gekommen – ein Phänomen, das Annie aus ihrer Praxis nur allzu gut kannte. Trauer resultierte häufig im Verlust der Libido. Aber sie machten gute Fortschritte, und Michael war sehr verständnisvoll und geduldig mit seiner Frau.

Nach dem Essen wusch sie den Teller ab und duschte, bis das warme Wasser ausging, dann föhnte sie sich die Haare, während sie noch einmal an ihre Unterhaltung mit Celeste dachte. Erst jetzt wurde ihr bewusst, dass sie auf Hollys SMS nicht reagiert hatte. Ach, dafür war auch morgen noch Zeit. Dass dieser Mann besser zu ihr passte als all die anderen, mit denen sie sie im Lauf der Jahre hatte verkuppeln wollen, war höchst unwahrscheinlich.

Nicht, dass Annie sich keine Beziehung gewünscht hätte – nein, sie wäre gern mit einem netten, klugen, witzigen Mann zusammen … und groß und gut aussehend durfte er auch noch sein, auch wenn das vielleicht oberflächlich klingen mochte. Bisher war sie einfach noch nicht dem Richtigen begegnet, dachte sie, schlüpfte unter die Decke und knipste das Licht aus.

Sie lag da, allein in einem Doppelbett, dessen zweite

Hälfte leer war, während ihr wieder und wieder derselbe Gedanke durch den Kopf ging: Wieso schaffte sie es so mühelos, das Liebesleben anderer Menschen auf Vordermann zu bringen, bloß ihr eigenes nicht?

2

Keine Frau bekommt vom Blankwienern des Küchenbodens einen Orgasmus.
– Betty Friedan

Hoch konzentriert blickte Nick Crawford auf seinen Computerbildschirm, als ihm endlich die zündende Idee kam und er hektisch zu tippen begann. Seine Finger flogen förmlich über die Tastatur. Schließlich lehnte er sich zurück und las noch einmal, was er geschrieben hatte, machte hier und da ein paar Änderungen, ehe er wieder loslegte.

Er saß an der Kampagnenpräsentation für eine Brauerei, die ein Bier mit Fruchtgeschmack auf den Markt bringen wollte. Er war fest entschlossen, den Etat für die Werbeagentur zu gewinnen, daher musste das Ganze hochprofessionell und überzeugend sein. Im Augenblick lief es wie geschmiert: Eifrig hämmerte er die Schlüsselbegriffe und Schlagworte in das Dokument und unterfütterte sie mit Statistiken und sorgsam durchgeführten Zielmarkt-Analysen.

Sein Handy vibrierte und tanzte auf einem Stapel Unterlagen. Zunächst versuchte er noch, es nicht zu beachten und weiterzumachen, aber er hatte sich bereits ablenken lassen.

Mit einem frustrierten Seufzer schnappte er das Gerät und blickte auf das Display. Auch wenn es beschämend sein mochte, konnte er nicht leugnen, dass ihm beim Anblick von Julias SMS leicht bange wurde. Und als er sie las, wurde es noch schlimmer:

> Hab den Nachmittag freigenommen – tu du es auch. In 30 Minuten im Schlafzimmer. Ich trage die schwarzen Dessous, die du so scharf findest ☺

Nick ließ langsam den Atem entweichen und massierte sich die Stirn. Er war gerade mal zweiunddreißig, aber heute sah er eher wie vierzig aus – unter seinen hellblauen Augen lagen tiefe Ringe, Falten gruben sich in seine Stirn, und zu seinem Entsetzen hatte er heute Morgen erste graue Strähnen in seinem dichten, dunklen Haar gefunden.

Mit einem unangenehmen Ziehen im Magen las er die SMS ein zweites Mal. Er musste die Präsentation dringend zu Ende bringen, weil er Gerard, seinem Boss, versprochen hatte, ihm heute noch etwas Konkretes vorzulegen. Außerdem musste er sich an das Brainstorming für die Kampagne für Norfolk Cottages machen, sich mit seinem Kollegen Anthony wegen des Termins mit dem Neukunden morgen abstimmen und sich von seinem Team über den Stand der Dinge in all den anderen Kampagnen berichten lassen. Eine SMS-Einladung zum Sex von Julia konnte er jetzt nicht gebrauchen.

Aber er wusste nur zu gut, wie wütend sie werden würde, wenn er nicht nach Hause käme – es würde Tränen, Wutanfälle und Streit geben, gekrönt von tagelangem beleidigtem Schweigen. Einen Moment lang war er hin- und hergerissen und starrte blicklos auf den Bildschirm, auf dem ein attraktives Power-Pärchen mit einem farbenprächtigen Lifestyle-Bier vor einem schicken Countryclub saß.

Widerstrebend traf er eine Entscheidung: Er speicherte das Dokument, loggte sich aus, zog sein Jackett über und warf sein Handy in seine Aktentasche, dann machte er sich auf den Weg in Gerards Büro.

»Herein«, rief Gerard, als Nick leise an die Tür klopfte.

Nick trat ein. Gerard saß hinter seinem Schreibtisch und ihm gegenüber eine Frau, die Nick noch nie gesehen hatte.

»Entschuldigung«, sagte Nick eilig. »Ich wusste nicht, dass du beschäftigt bist.«

»Kein Problem«, sagte Gerard und winkte ab. »Ich wollte sowieso gleich die Runde machen und Nina vorstellen. Nick, das ist Nina, unsere neue Juniorkundenberaterin, die nächste Woche anfängt.«

»Freut mich.« Nick streckte ihr die Hand hin. Nina war jung – schätzungsweise höchstens Mitte zwanzig –, hatte glattes dunkles Haar, das ihr über den Rücken fiel, und große braune Augen.

Sie drückte Nick fest die Hand und schenkte ihm ein freundliches Lächeln. »Mich auch. Auf eine gute Zusammenarbeit.«

»Wieso wolltest du mich sprechen?«, fragte Gerard.

»Ach ja ... entschuldige.« Nick verzog das Gesicht. »Es gab leider einen kleinen Notfall zu Hause. Julia hat gerade angerufen. Sie braucht mich. Ist es okay, wenn ich heute früher Schluss mache?«

Gerard runzelte die Stirn und musterte ihn argwöhnisch. Nick spürte, wie ihm der Schweiß auf der Stirn und unter dem Hemdkragen ausbrach. In letzter Zeit war er ziemlich häufig früher verschwunden, und er fragte sich, wie lange Gerards Geduld wohl noch ausreichen mochte.

»Die Broads-Brewery-Präsentation hast du spätestens

morgen um zehn auf dem Tisch«, blubberte Nick. »Und das Meeting heute Nachmittag kann Maria leiten. Ich bitte sie, mir das Protokoll zu mailen, dann schaue ich es mir später zu Hause an.«

»Das wird allmählich zur Gewohnheit, Nick.« Ein missbilligender Ton schwang in Gerards Stimme mit.

»Ich weiß, und es tut mir auch wirklich leid, aber ich würde nicht darum bitten, wenn es nicht dringend wäre.«

»Na gut, aber du arbeitest die Zeit nach. Und frag Maria, ob sie auch wirklich einspringen kann.«

»Das werde ich. Danke«, sagte Nick erleichtert. »Bis nächste Woche, Nina.« Er hastete davon.

Immer zwei Stufen auf einmal nehmend, lief er die Treppe hinunter, denn auf den Aufzug zu warten, würde viel zu lange dauern, überquerte den Parkplatz und stieg in seinen nagelneuen silbernen BMW-3-Fünftürer. Er war komfortabel, geräumig und – das war das Allerwichtigste – ein richtiges *Familien*auto. Julia hatte darauf bestanden.

Um diese Uhrzeit herrschte wenig Verkehr, und er kam problemlos voran, trotzdem spürte er, wie seine Wut mit jeder Minute wuchs.

Er musste dringend mit Julia reden. Es konnte nicht angehen, dass sie ihn ständig im Büro anrief und ihn für eine weitere Schlafzimmersession antanzen ließ. Julia hatte es leichter. Sie war selbstständige Eventmanagerin und konnte sich ihre Zeit selbst einteilen. Im Gegensatz zu Nick. Gerard war unübersehbar verärgert gewesen, und angesichts der etwas angespannten finanziellen Situation war es kein allzu kluger Schachzug, den Boss gegen sich aufzubringen. Nick mochte seinen Job und wollte ihn gern behalten – ihn für einen Quickie aufs Spiel zu setzen, war es definitiv nicht wert.

Die Ampel sprang auf Rot. Nick trat auf die Bremse und trommelte ungeduldig aufs Lenkrad, während er über seine Lebenssituation nachdachte. Er und Julia versuchten seit fast einem Jahr, ein Baby zu bekommen, und mit jedem Monat, den es nicht klappte, wurde sie verzweifelter. Gestern Abend, zum Beispiel – er hatte noch nicht einmal in Ruhe zu Ende abendessen können, als sie bereits versucht hatte, ihn ins Bett zu zerren. Dabei hätte er es sich am liebsten bei ein oder zwei Folgen *Breaking Bad* auf dem Sofa bequem gemacht, aber Julia hatte ein Nein als Antwort nicht akzeptiert. Dann, um fünf Uhr morgens, hatte er im Halbschlaf gemerkt, wie ihre Hände für die zweite Runde in seine Schlafanzughose gewandert waren. Er hatte sich nach Kräften bemüht, seinen Pflichten nachzukommen, aber heute war er, offen gestanden, ziemlich fertig.

Wehmütig dachte er an den Tag zurück, als er und Julia beschlossen hatten, eine Familie zu gründen. Der Zeitpunkt passte, sie waren finanziell ausreichend abgesichert und der festen Überzeugung, dem wilden Partyleben endgültig entwachsen und bereit zu sein, sich stattdessen schlaflosen Nächten und vollen Windeln zu stellen.

Die ersten Wochen, in denen sie es probiert hatten, waren beängstigend und gleichzeitig unglaublich aufregend gewesen, und der Wunsch, eine Empfängnis herbeizuführen, hatte ihrem Liebesspiel eine ganz neue Intensität verliehen. Sie machten wirklich Ernst – versuchten, einen neuen Menschen zu erschaffen, der ihrer beider Leben für immer verändern würde.

Jeden Monat durchlebten sie gemeinsam den spannenden Moment, wie der Schwangerschaftstest diesmal ausfallen würde. Dicht an dicht saßen sie jedes Mal da und spähten auf das Plastikstäbchen, in der Hoffnung, dass die magische Doppellinie im Sichtfeld erschien.

Aber das tat sie nicht.

Die Tests fielen alle negativ aus, und alle vier Wochen bekam Julia, pünktlich wie ein Uhrwerk, ihre Periode.

Allmählich wurde der Sex angestrengter, während ihre anfängliche Euphorie Frust und gegenseitigen Schuldzuweisungen wich. Julia kaufte sich Bücher, wie sich die Fruchtbarkeit steigern ließ, machte absurde Diäten und lief pausenlos mit dem Thermometer unter der Zunge herum, um die optimalen Tage für die Empfängnis zu ermitteln und …

Eine Hupe ertönte hinter ihm. Nick fuhr erschrocken zusammen und merkte, dass die Ampel grün war. Er trat aufs Gas und schoss mit aufheulendem Motor über die Kreuzung.

Allmählich hatte Julia sich quasi vor seinen Augen von der Frau, die er geheiratet hatte, in jemand völlig anderen verwandelt – in ein reizbares, übersensibles und kinderwunschbesessenes Geschöpf. Und auch Nick hatte sich verändert und legte neuerdings Eigenschaften wie Trotz, Wut und Verschlossenheit an den Tag, wobei er nicht behaupten konnte, dass er den Mann mochte, zu dem er geworden war. Das Schlimmste war, dass er keine Ahnung hatte, wie er es anstellen sollte, dass Freude und jenes Gefühl von Freiheit, die zu Beginn ihrer Beziehung noch geherrscht hatten, wieder Einzug in ihrem Leben hielten.

Damals war Nick völlig hin und weg von Julia gewesen. Halbe Nächte hatten sie bei einer Flasche Wein Pläne geschmiedet, und wann immer sich ihre Blicke über die Köpfe anderer Menschen hinweg begegnet waren, hatte er sich wie der größte Glückspilz auf Erden gefühlt.

Aber jetzt war alles anders. Spaß und Spontaneität waren komplett auf der Strecke geblieben. Julias Gedanken kreisten ausschließlich um ihr Vorhaben, endlich schwanger zu werden, und außer Babynamen, Geburtsvorbereitungskursen, Kaiserschnitte und der Frage, ob eine natürliche oder eine Geburt mit PDA besser wäre, gab es keine anderen Gesprächsthemen mehr.

Als er in die Einfahrt bog, fiel ihm auf, dass die Schlafzimmervorhänge zugezogen waren, obwohl es gerade einmal zwei Uhr nachmittags war. Aus dem Augenwinkel registrierte er eine Bewegung der Jalousien im Wohnzimmer, was bedeutete, dass Julia am Fenster gestanden und ihn bereits erwartet hatte.

Er machte den Motor aus und saß einen Moment lang reglos hinterm Steuer, um sich innerlich für das zu wappnen, was ihm bevorstand. Er gähnte herzhaft, ehe er, in der Gewissheit, dass es sich nicht länger hinauszögern ließ, ausstieg und zur Haustür ging.

Er schaffte es noch nicht einmal, den Schlüssel ins Schloss zu stecken, als die Tür aufging, Julias Hand hervorschnellte und ihn nach drinnen zog. Wie angekündigt, trug sie sexy schwarze Dessous – einen Spitzenbody mit roten Schleifchen und Cutouts –, aber sie schien wütend zu sein.

»Wieso hat das so lange gedauert?«, zischte sie.

Nick wollte etwas erwidern, aber sie kam ihm zuvor. »Egal. Hoch jetzt.«

Den Blick wie gebannt auf ihr halb nacktes Hinterteil gerichtet, folgte er ihr die Treppe hinauf. Er streckte die Hand danach aus, aber sie schlug sie unwirsch weg.

»Hör auf damit!«, herrschte sie ihn an. »Dafür ist jetzt keine Zeit. Laut dem Test habe ich gerade einen Eisprung.«

Sie zerrte ihn ins Schlafzimmer, wo sie bereits die Deckenbeleuchtung ausgeschaltet hatte, sodass der Raum lediglich von den Nachttischlämpchen erhellt wurde.

»Also, an die Arbeit«, erklärte sie im Befehlston, zog den Body aus und ließ ihn auf den flauschigen Teppich fallen. Nick betrachtete sie – seine wunderschöne Ehefrau mit ihren vollen Brüsten und dem dunkelblonden Haar, das ihr verführerisch ins Gesicht fiel. Er trat zu ihr, um sie zu küssen, aber Julia sah ihn bloß entsetzt an.

»Was trödelst du denn so? Wieso bist du noch nicht ausgezogen?«

Nick stieß einen unterdrückten Seufzer aus und fragte sich, wie es so weit kommen konnte: Er hatte sich für einen wilden Quickie mit seiner Frau aus dem Büro geschlichen, die es kaum erwarten konnte, ihn ins Bett zu kriegen – im Grunde die ultimative Männerfantasie schlechthin, die sich allerdings nun zu einem der unerotischsten Momente seines Lebens zu entwickeln drohte.

»Julia …« Er musste ihr erklären, wie er sich fühlte, aber wieder schnitt sie ihm das Wort ab, deshalb gelangte er zu dem Schluss, dass es am klügsten war, es einfach hinter sich zu bringen. Er löste seine Schnürsenkel, streifte sich die Schuhe ab und zog den Reißverschluss seiner Hose herunter. Augenblicke später war er nackt, und Julia trompetete: »Los, Junge, zeig mal, aus welchem Holz du geschnitzt bist.«

Trotz seiner Vorbehalte war er ein heterosexueller Mann, dessen Körper instinktiv auf den Anblick seiner bildschönen, splitternackten Frau reagierte. Mit einem boshaften Lächeln drückte Julia ihn auf die Matratze und setzte sich rittlings auf ihn.

»Ich habe ein bisschen recherchiert, und neuesten Studien zufolge kann es sich auf die Empfängnis bemerkenswert günstig auswirken, wenn die Frau oben ist«, informierte sie ihn sachlich und brachte sich währenddessen in eine bequeme Position.

»Hmhm«, machte Nick und überlegte, wann sein Liebesleben die Spannung einer Dokumentation über die Hungersnot in Irland entwickelt hatte. Alles war so mechanisch, als würden sie eine Checkliste abarbeiten. Keine Küsse, kein Vorspiel, nichts, was annähernd darauf hindeutete, dass es ein Liebesakt zwischen zwei glücklich verheirateten Menschen war. Allmählich beschlich Nick der Verdacht, dass er für Julia mittlerweile kaum mehr als eine Samenproduktionsmaschine war.

Während Julia sich hektisch auf ihm abstrampelte, ertappte er sich dabei, dass er frustriert die Risse in der Zimmerdecke inspizierte und seine Gedanken zu seiner Präsentation zurückkehrten, über der er eigentlich jetzt sitzen sollte. Vielleicht könnte er ja noch ein paar Sätze über die regionale Verteilung des Bierkonsums einfügen und das Ganze mit ein paar tollen Fotos aufpeppen.

»Los, mach schon, Nick! Wieso dauert das so lange?«

Ihre Stimme riss ihn aus seinen Überlegungen, und mit einem Schlag wurde ihm bewusst, dass es so auf keinen Fall weitergehen konnte. Der Sex (als »Liebe machen« konnte man das, was sie hier taten, längst nicht mehr bezeichnen) mit seiner Frau machte einfach keinen Spaß mehr. Er war zu einer lästigen Pflicht verkommen, einer Aufgabe, die erledigt werden musste, statt ein Akt zu sein, dem man sich genüsslich und voller Freude hingab. Was sie hier taten, war nicht angenehm, es war nicht gesund, und es machte keinen Spaß.

Etwas musste sich ändern – und zwar schleunigst.

3

Sex und Golf sind die beiden einzigen Dinge, die Spaß machen können, ohne sie besonders gut zu beherrschen.
– Kevin Costner

Ein zögerliches Klopfen ertönte an Annies Tür. Sie sprang von ihrem Schreibtischstuhl auf, versteckte eilig die *Cosmopolitan*, in der sie geblättert hatte, und eilte zur Tür. »Hallo, Sie müssen Ray sein.« Mit einem freundlichen Lächeln streckte sie ihm die Hand hin.

Der Mann war Ende fünfzig, mittelgroß und mit einem Kranz schütterer grauer Haare. Er trug eine karierte Hose und eine dicke wetterfeste Jacke.

»Ja. Und Sie sind Miss Hall?« Er schüttelte ihr die Hand.

»Bitte, sagen Sie doch Annie zu mir. Kommen Sie herein und machen es sich bequem.«

Sie schloss die Tür, während Ray sichtlich nervös den Blick über die breiten Sessel schweifen ließ und seine Jacke auszog, unter der ein Pulli mit Rautenmuster zum Vorschein kam.

»Ich wusste nicht ... ich meine, ich habe so was noch nie vorher getan ...« Er hielt inne und sah sie flehend an.

»Genau wie die dreiundneunzig Prozent meiner restlichen Klienten, das heißt, Sie sind nicht allein«, erwiderte sie beruhigend. »Allein schon, dass Sie hergekommen sind, ist ein erster Schritt in die richtige Richtung. Ein Schritt, der eine Menge Mut erfordert.«

Ray nickte, schien jedoch keineswegs überzeugt zu sein.

»Und Sie sind heute allein hier«, fuhr Annie fort.

»Ja. Linda, meine Frau, glaubt, ich sei auf dem Übungsparkplatz.« Mit einer entschuldigenden Geste zeigte er an sich herunter. »Ich wollte nicht, dass sie weiß, wohin ich gehe. Bevor ich mit ihr rede, wollte ich erst einmal hören, ob Sie uns helfen können.«

»Das verstehe ich vollkommen«, sagte Annie. »Ich schlage vor, ich erzähle Ihnen ein wenig von meiner Arbeitsweise, und danach können Sie mir erzählen, was Sie zu mir führt.«

»Okay«, sagte Ray zögernd. »Das klingt ... gut.«

»Möchten Sie etwas trinken? Kaffee oder Tee vielleicht?«

Ray lachte leise. »Haben Sie auch etwas Stärkeres? Ein anständiger Johnnie Walker würde es vermutlich leichter machen.«

»Ich fürchte, damit kann ich leider nicht dienen«, lachte Annie. »Das Stärkste, was ich bieten kann, sind zwei Stück Zucker im Tee.«

»Dann wird das wohl reichen müssen. Und ein Schlückchen Milch dazu, bitte.«

Als sie Ray eine Tasse Tee serviert hatte und er nicht mehr Gefahr zu laufen schien, die Flucht zu ergreifen, lehnte Annie sich in ihrem Sessel zurück.

»Normalerweise arbeite ich sehr informell. Ich möchte, dass Sie sich während der Therapiesitzungen so wohl wie möglich fühlen und alles offen aussprechen, was Sie bewegt. Manche Menschen empfinden es als angenehmer, mit einer fremden Person zu reden, die nichts über ihre Beziehung weiß und daher unparteiisch sein kann. Ich urteile nicht und sage Ihnen auch nicht, was Sie tun oder lassen sollen. Stattdessen gebe ich Ihnen Ratschläge auf der Basis meiner Kenntnisse und Erfahrungen und unterbreite Vorschläge – ob Sie sie befolgen, bleibt letzten Endes Ihnen überlassen.«

Ray nippte an seinem Tee und nickte mit großen Augen.

»Wie gesagt, finde ich es großartig, dass Sie sich entschlossen haben, heute herzukommen«, fuhr Annie freundlich fort. »Nach allem, was Sie mir am Telefon gesagt haben, liegt Ihnen Ihre Beziehung mit Ihrer Frau sehr am Herzen, und Sie haben den Wunsch, sie noch zu verbessern. Was genau hat Sie bewogen, sich an mich zu wenden?«

Ray stellte seine Tasse beiseite und schluckte. Annie sah ihm an, dass er mit sich rang, ob er sich ihr anvertrauen sollte – eine Reaktion, die sie nur zu gut kannte; beim ersten Besuch waren die Klienten durchwegs etwas besorgt, aber nach ein paar Sitzungen plauderten sie meist locker, als wären sie uralte Freunde.

»Na ja«, begann Ray. »Linda und ich ... Wie man sieht, sind wir nicht mehr ganz taufrisch. Ich bin neunundfünfzig, Linda ist ein Jahr jünger. Wir arbeiten beide inzwischen nur noch Teilzeit, bis wir endgültig in Rente gehen.«

»Und in welcher Branche?«, hakte Annie nach und machte sich Notizen.

»Ich bin Fahrlehrer«, antwortete Ray. »Und Linda betreibt einen Blumenladen. Na ja, inzwischen hat ihn unsere älteste Tochter Rose übernommen. Wie gesagt, eigentlich wollen wir uns allmählich aus dem Arbeitsleben zurückziehen, aber Linda ist trotzdem fast jeden Tag im Geschäft.«

»Wie viele Kinder haben Sie?«

»Drei. Neben Rose gibt es noch Marianne und Robbie, unseren Jüngsten. Er hat gerade seinen Abschluss gemacht und wohnt in Manchester, weshalb wir ihn nicht allzu oft sehen. Rose und Marianne leben in der Nähe. Sie haben beide Kinder, um die wir uns häufig kümmern …«

Er hielt inne. Annie wartete. Sie spürte genau, dass er sich dem Grund für sein Kommen näherte, und die Erfahrung hatte sie gelehrt, lieber nichts zu sagen, da ein Moment der Stille die Leute häufig anregte, offen auszusprechen, was sie in Wirklichkeit beschäftigte.

»Manchmal kann ich kaum glauben, dass ich Großvater bin. Wo sind nur all die Jahre geblieben?« Er lachte leise. »Mir ist klar, dass ich streng genommen den Zenit längst überschritten habe. Für die Jugend von heute bin ich wahrscheinlich ein alter Mann, aber das Problem ist, dass ich mich immer noch jung fühle. Hier und da zwickt und zwackt es zwar ein bisschen, und ohne Brille kann ich nicht weiter als bis zur Nasenspitze sehen, trotzdem will ich nicht, dass es einfach so … aufhört«, endete er verlegen. »Und manche Dinge haben einfach aufgehört. Da ist nichts mehr.«

»Sie und Ihre Frau sind also nicht mehr intim miteinander?«, fragte Annie leise.

Ray lief rot an und gab einen erstickten Laut von sich, den Annie als Ja deutete.

»Und wann haben Sie und Linda sich das letzte Mal geliebt?«

Unbehaglich rutschte Ray auf seinem Sessel herum. Seine Miene verriet, dass er sich lieber einen Weisheitszahn ohne Betäubung ziehen lassen würde, als Annies Frage zu beantworten. »Vor etwa einem Jahr«, gestand er schließlich, die Stimme kaum mehr als ein Flüstern.

»Und gibt es dafür konkrete Gründe?«

Betrübt schüttelte Ray den Kopf.

»Das ist ein weit verbreitetes Problem bei älteren Paaren, wie Sie sicherlich wissen«, begann Annie behutsam. »Wenn sich die Partner einvernehmlich einigen, spricht nichts dagegen, aber wenn sich einer nach wie vor ein aktives, regelmäßiges Liebesleben wünscht, kann es schwierig werden. Außerdem gibt es keinen biologischen Grund, sexuell kürzerzutreten.«

»Das ist mir klar. Und ich habe auch kein Problem damit, dass wir nicht mehr die Jüngsten sind, aber noch gehöre ich nicht zum alten Eisen, wie es immer so schön heißt. Ich will mich einfach nicht damit abfinden, dass ich auf bestimmte Dinge endgültig verzichten muss.«

»Wie alt war Ihre Frau, als bei ihr die Menopause eingesetzt hat?«, erkundigte sich Annie.

»Die …? Ich …« Ray klappte den Mund auf und zu wie ein Fisch auf dem Trockenen. Annie hätte ihn ebenso gut nach der Wurzel aus 142.078 fragen können.

»Nicht so wichtig«, sagte sie. »Im Moment spielt es keine allzu große Rolle.«

»Ich liebe sie, müssen Sie wissen«, platzte Ray heraus. »Und ich werde sie immer lieben. Ich erinnere mich noch an unser erstes Rendezvous, als wäre es gestern gewesen. Gleich am ersten Abend habe ich mich Hals über Kopf in sie verliebt.« Er lächelte wehmütig. »Im Grunde geht es nicht nur um den … körperlichen Akt an sich«, fuhr er verschämt fort. »Sondern ich vermisse die Berührung. Die Nähe. Es ist einfach nicht mehr so, wie es war.«

Er saß da, zusammengesunken und mit herabhängenden Mundwinkeln, und wirkte mit einem Mal abgrundtief traurig.

»Glauben Sie, Linda wäre bereit, ebenfalls herzukommen?«, fragte Annie. »Gemeinsam mit Ihnen, um mit mir zu reden?«

»Keine Ahnung«, gestand er. »Würden wir … ich meine, wie würde das ablaufen? Müssten wir uns ausziehen?«, flüsterte er erschrocken. »Und würden Sie uns zusehen, während wir … Sie wissen schon … und sagen, was wir falsch machen?«

Annie konnte ein Kichern nicht unterdrücken. »Definitiv nicht«, lachte sie. »Ich weiß nicht, wie die Leute darauf kommen, aber ich kann Ihnen versichern, dass sich hier niemand auszieht. Zumindest nicht vor der dritten Therapiesitzung.«

Ray hob abrupt den Kopf, ehe er merkte, dass sie ihn auf den Arm genommen hatte.

»Oh. Ah.« Er lachte. »Tja, da bin ich aber mächtig froh.«

»Ich würde mit Ihnen beiden reden und herauszufinden versuchen, ob es einen plausiblen Grund für den Verlust Ihrer Intimität gibt«, erklärte Annie. »Sie bekämen auch Hausaufgaben von mir – Übungen, die Sie jede Woche machen sollten. Und ich konzentriere mich auch nicht nur auf die rein körperliche Seite, sondern mir geht es darum, die Liebe in der Beziehung wiederzubeleben.«

Zum ersten Mal, seit er hereingekommen war, schien Ray sich zu entspannen. »Gut«, stieß er sichtlich erleichtert hervor. »Das klingt gut. Ich werde mit Linda reden, ob sie mit mir herkommen will.« Wieder trat ein trauriger Ausdruck in seine Augen. »Ich wünsche mir, dass alles wieder so wird wie vorher. Dass wir wieder glücklich werden.«

»Hier drüben, Annie!«

Annie ließ den Blick durch das brechend volle King's Arms schweifen und entdeckte ihre Schwester breit grinsend und winkend am anderen Ende des Raums.

»Hey, Hols.« Strahlend drängte sie sich durch die Anzug- und Kostümträger, die ihr Feierabendbier genossen, ließ sich auf den freien Platz am Ecktisch fallen, den Holly erobert hatte, und schlang die Arme um sie.

Ihre Vertrautheit verriet auf den ersten Blick, dass sie Schwestern waren, auch wenn sie völlig verschieden aussahen. Annie war eins sechsundsiebzig und konnte im Grunde essen, was sie wollte, ohne ein Gramm zuzulegen. Holly dagegen war einen Kopf kleiner, kurvig und mit vollen Brüsten ausgestattet, um die Annie sie stets beneidet hatte; ihre blonden Locken standen in scharfem Kontrast zu ihrem eigenen dunklen Haar. Außerdem war Holly schon immer die extrovertiertere von ihnen gewesen, lebhaft und quirlig im Gegensatz zu ihrer nachdenklicheren, zurückhaltenderen Schwester.

»Ich hab dir einen Gin Tonic bestellt. Ich dachte, du kannst ihn bestimmt brauchen.« Holly strahlte sie an.

»Allerdings. Hmm, köstlich!« Annie nippte und genoss das befriedigende Gefühl, als die scharfe, klare Flüssigkeit ihre Kehle hinunterrann.

»Und, wie läuft's so bei der Arbeit?«, erkundigte sich Holly und ließ sich zurücksinken. »Es wundert mich, dass du so früh schon kommen konntest.«

»Mein letzter Termin war um sechs, das ist ziemlich früh für meine Verhältnisse. Aber es läuft ganz gut. Heute hatte ich einen neuen Klienten – einen knapp Sechzigjährigen, der sich Sorgen macht, weil er und seine Frau nicht mehr miteinander schlafen.«

»Heiliger Strohsack, ich hoffe bloß, dass ich mit sechzig noch Sex habe.« Holly brach in Gelächter aus. »Vielleicht wäre das ja ein Thema für einen Artikel – ›Das Liebesleben mit fünfzig plus‹.« Mit einer ausholenden Handbewegung beschrieb sie eine Schlagzeile in der Luft.

»Ein bisschen sehr gewagt für *Norfolk Living*, meinst du nicht auch?«, neckte Annie. Normalerweise berichtete Holly eher von Kirchenflohmärkten und Hochzeitsmessen als von Methoden, das eigene Sexleben wieder auf Vordermann zu bringen.

»Das ist wahr«, bestätigte sie. »Die *Cosmo* sind wir nicht gerade. Gerade heute Nachmittag hatte ich einen Interviewtermin mit einem Milchbauern in der Nähe von Aylsham, der sich einbildet, er hätte die fotogensten Kühe der Welt. Er hat sogar einen eigenen Kalender drucken lassen! Wenn du einen über den Verlag bestellst, bekommst du fünfzehn Prozent Rabatt!«

»Klingt verlockend.« Grinsend trank Annie noch einen Schluck.

»Du solltest zuschlagen. Im Vertrauen ...« Holly senkte verschwörerisch die Stimme. »Myrtle, das Covergirl, ist der absolute Hammer!«

Die beiden brachen in Gekicher aus, und Annie ertappte sich bei dem Gedanken, dass sie so etwas eigentlich viel häufiger tun sollte. Niemand konnte immer nur arbeiten – sie sollte zwei oder drei Mal pro Woche früher Schluss machen und sich mit Holly oder einer Freundin treffen. Oder – oho! – vielleicht zu einem Rendezvous gehen ...

»Wie geht's Greg?«, erkundigte sie sich.

»Gut. Er hat eine neue Leidenschaft: Oldtimer. Sein Vater hat einen alten Triumph in der Garage stehen, den sie jetzt in Schuss bringen wollen.« Holly schüttelte verständnislos den Kopf. »Ich denke, das ist so ein Vater-Sohn-Ding. Aber egal, jedenfalls verbringen sie im Moment die Wochenenden damit, den Motor wiederzubeleben, oder was weiß ich, oder sie fahren zu irgendwelchen Sammlermärkten, um Ersatzteile zu finden. Aber es macht Greg Spaß, und das ist wohl die Hauptsache.«

Annie nickte, wohl wissend, was als Nächstes kommen würde. Sie hoffte, dass sie es vermeiden konnte, aber wie befürchtet, ließ Holly nicht locker.

»Und was ist mit dir?«, fragte sie lauernd. »Irgendwelche heimlichen Verehrer, von denen du mir unbedingt erzählen musst?«

Annie verdrehte die Augen. »Nein. An der Front herrscht Flaute.«

»Wenn du mir doch bloß erlauben würdest, dich bei Parship anzumelden. Ich würde dir ein Wahnsinnsprofil anlegen! Oder vielleicht bei Elitepartner? Martin und Anya haben sich auch dort kennengelernt. Drei Jahre sind sie jetzt zusammen, und im April kommt das Baby.«

»So was ist einfach nicht mein Ding, Hol.« Annie war der Gedanke daran unbehaglich.

»Ach komm schon, du musst raus, unter Leute, sonst findest du nie jemanden.«

»Ich weiß noch nicht mal, ob ich überhaupt jemanden finden will. Ich bin auch so glücklich, herzlichen Dank.«

»Annie, seit der Geschichte mit Mark bist du praktisch durchgehend Single. Du darfst nicht zulassen, dass ein einzelnes schlimmes Erlebnis dein ganzes Leben zerstört. Außerdem ist es Jahre her. Du musst all das überwinden.«

»Ich *habe* es überwunden. Es ist nur ... ach, keine Ahnung, ich weiß auch nicht«, endete sie lahm – allein der

Name ihres Exmanns spülte allerlei widersprüchliche Gefühle in ihr hoch.

Sie hatte Mark an der Uni kennengelernt. Er studierte ebenfalls Psychologie, war jedoch ein paar Jahre älter und bereitete sich gerade auf seinen Masterabschluss vor. Annie verliebte sich Hals über Kopf in ihn – die Chemie zwischen ihnen war unglaublich, und sie konnten kaum die Finger voneinander lassen.

An ihrem zweiundzwanzigsten Geburtstag machte Mark ihr einen Antrag, den Annie in ihrer überschäumenden Euphorie annahm. Ihre Eltern waren nicht ganz so begeistert, denn sie hatten (berechtigterweise) Bedenken, dass Annie noch viel zu jung war und alles viel zu schnell ging. Aber Annie war viel zu verliebt, um auf sie zu hören. Sie hatte genug Filme gesehen, um zu wissen, wie die Liebe sein musste: leidenschaftlich, dramatisch und alles verschlingend.

Sie war Marks Charme, seiner Intelligenz und seiner Attraktivität rettungslos erlegen und sagte sofort Ja, als er vorschlug, einfach heimlich zu heiraten. Also stand sie im Standesamt, flankiert von einem wildfremden Pärchen, das sie auf der Straße angequatscht und als Trauzeugen mitgeschleppt hatten, und fühlte sich wie in ihrer privaten Hollywood-Liebesromanze. Sie waren Romeo und Julia, Heathcliff und Cathy – jung, verliebt und von der Welt missverstanden.

Auf Marks Betreiben hin schmiss sie ihr Studium unmittelbar vor dem Examen und schrieb ihre Karriereambitionen in den Wind, um fortan in die Rolle der hingebungsvollen Ehefrau zu schlüpfen. Innerhalb weniger Monate dämmerte ihr allerdings, dass sie einen Riesenfehler begangen hatte. Als die Hormone und die Lust erst einmal etwas abgeflaut waren, stellte sich heraus, dass Mark und sie in Wahrheit nur wenige Gemeinsamkeiten hatten, und an ihrem ersten Hochzeitstag bat Annie ihn um die Scheidung.

Sie war dreiundzwanzig, als die Scheidungsurkunde im Briefkasten lag, und schämte sich für ihre Naivität in Grund und Boden. Wie hatte sie nur so blind sein und übersehen können, was für alle anderen glasklar gewesen war? Sie stellte allen Ernstes ihr Urteilsvermögen infrage und musste sich eingestehen, dass sie zu sehr davon besessen gewesen war, ihre private Hollywood-Liebesschnulze wahr werden zu lassen, um sich mit der Frage auseinanderzusetzen, ob sie den Menschen gefunden hatte, mit dem sie den Rest ihres Lebens verbringen könnte.

Nach der Scheidung schrieb sie sich wieder an der Uni ein und stürzte sich in ihr Studium, ehe sie sich als Therapeutin selbstständig machte. Ab und zu traf sie sich mit Männern, aber es war nie etwas Ernstes daraus geworden, und ihre Angst, ein weiteres Mal einen Riesenfehler zu machen, war gewaltig.

»Annie.« Hollys sanfte Stimme riss sie aus ihren Grübeleien. »Greg hat da einen neuen Arbeitskollegen … Tom. Er ist auch Single, und Greg hat ihm von dir erzählt …«

»Holly«, stöhnte Annie. »Ich weiß nicht, ob …«

»Was kann denn schon passieren?«, fiel Holly ihr ins Wort. »Triff dich doch einfach mal mit ihm. Wenn du ihn nicht magst, brauchst du ihn ja nicht wiederzusehen. Und wenn doch … zack, bumm, peng!«

Annie musste über die Begeisterungsfähigkeit ihrer Schwester lachen. »Was soll das denn schon wieder heißen?«

»Weiß ich auch nicht so genau.« Holly kicherte. »Aber

es ist etwas Gutes, so viel steht fest. Also, was sagst du? Moment, ich suche schnell sein Facebook-Profil. Er ist mit Greg befreundet, also müsste er ...« Mit konzentrierter Miene scrollte sie durch ihr Handy. »Hier.« Triumphierend streckte sie Annie das Telefon hin. »Nicht übel, was?«

Annie betrachtete das Foto. Tom hatte dunkles Haar, einen markanten Kiefer und grinste mit glitzernden dunklen Augen in die Kamera. Annie musste zugeben, dass sie angenehm überrascht war. »Er sieht ganz gut aus. Wo ist der Haken?«

»Vielleicht gibt es ja keinen. Vielleicht hat er bloß noch nicht die Richtige gefunden.«

»Oder vielleicht ist er auch ein Muttersöhnchen, das immer noch ins Bett pinkelt und alle Frauen ›Prinzessin‹ nennt«, konterte Annie trocken. »Oh, halt, nein, das kann nicht sein, weil ich den ja bereits kennengelernt habe – Trevor aus dem King's Lynn, erinnerst du dich? Außerdem hatte er ein medizinisches Problem ... überaktive Schweißdrüsen.« Allein bei der Erinnerung überlief sie ein Schauder.

»Also, was sagst du?«, drängte Holly, ohne auf Annies Einwand einzugehen. »Darf Greg deine Nummer weitergeben?«

Annie holte tief Luft, schloss die Augen und kämpfte gegen das dumpfe Gefühl an, dass Holly ihr wieder einmal etwas aufs Auge gedrückt hatte, was sie eigentlich gar nicht wollte.

»Na gut, du hast gewonnen«, sagte sie achselzuckend, worauf Holly einen begeisterten Schrei ausstieß. »Gib ihm meine Nummer. Aber schraub deine Hoffnungen nicht zu hoch.«

»Wir werden sehen, was passiert. Bei deiner Hochzeit wirst du mir dankbar sein.« Holly zwinkerte ihr zu.

4

Frauen brauchen einen Grund, um Sex zu haben.
Männern genügt eine Gelegenheit.
– Billy Crystal

»Ich weiß immer noch nicht, was wir hier eigentlich machen«, brummte Julia verärgert und sah sich in dem kleinen Wartezimmer um.

Nick seufzte. »Das haben wir doch alles besprochen, Julia. Du hast dich bereit erklärt, herzukommen. Mir zuliebe.«

»Ich finde das absolut lächerlich. Wenn wir ein Problem haben, sollten wir doch eher zu einem *richtigen* Arzt gehen«, sagte sie mit einem vielsagenden Blick auf Nicks Schoß. »Und nicht zu einer Psychotante, die bloß über Gefühle faseln will und wahrscheinlich sowieso nie ... «

Die Tür ging auf, und Julia verstummte, als Annie auf sie zutrat.

»Sie müssen Nick und Julia sein«, begrüßte sie sie lächelnd und schüttelte ihnen die Hand. »Bitte, kommen Sie doch herein.«

Sie folgten ihr in Annies Büro mit den Diplomen und Auszeichnungen an den Wänden und dem Schreibtisch mit einem Laptop und einem Stapel Unterlagen.

»Bitte, setzen Sie sich. Darf ich Ihnen etwas zu trinken anbieten?«

»Nein danke, wir möchten nichts«, lehnte Julia ab –

sie hatte definitiv nicht vor, sich hier häuslich einzurichten.

»Kein Problem. Also, Nick, Sie haben mir ja bereits am Telefon ein wenig von Ihren Problemen erzählt«, begann Annie, wobei ihr auffiel, dass Julia ihren Ehemann argwöhnisch musterte. »Wieso machen Sie nicht den Anfang und schildern mir, wie Sie die Situation sehen, Julia.«

»Es gibt keine *Situation*«, stieß Julia ärgerlich hervor. »Ich weiß noch nicht mal, wieso Nick mich überhaupt hierhergeschleppt hat. Wir versuchen jetzt seit einem Jahr, ein Baby zu bekommen, und ich bin eben noch nicht schwanger geworden«, sagte sie, sorgsam darauf bedacht, jeden Blickkontakt mit Nick zu vermeiden. »Ich denke, wir probieren es einfach weiter, bis es klappt. Und wenn nicht, dann wenden wir uns an einen richtigen Arzt.«

Annie beschloss, nicht auf den Seitenhieb einzugehen, sondern nickte nur. Diese Frau litt Höllenqualen. Sie war wütend und schlug deshalb wild um sich. Annie wusste, dass es nichts mit ihr zu tun hatte.

»Wenn Sie glauben, es könnte sich um ein medizinisches Problem handeln, sollten Sie sich tatsächlich an Ihren Hausarzt wenden, denn das ist nicht mein Fachgebiet. Ich bin hier, um Ihnen dabei zu helfen, Probleme in Ihrem Liebesleben offenzulegen und in weiterer Folge hoffentlich zu überwinden.«

»Wir haben keine Probleme«, gab Julia trotzig zurück. »Wenn es Sie so brennend interessiert: Wir haben praktisch täglich Sex, deshalb kapiere ich nicht, was das Ganze hier eigentlich soll.«

»Okay«, sagte Annie nachdenklich. Das würde eine harte Nuss werden, aber Nick und Julia waren nicht ihr erstes schwieriges Paar – es kam häufig vor, dass Klienten anfangs das Problem nicht sehen wollten und erst nach mehreren Wochen nennenswerte Fortschritte machten. »Für Sie, Nick, gibt es aber offenbar sehr wohl einen Grund, sich an mich zu wenden. Möchten Sie ihn uns vielleicht erläutern?«

Nick wandte sich Julia zu, die ihn finster anstarrte, während er krampfhaft nach den richtigen Worten zu suchen schien. »Ich habe das Gefühl …« Er hielt inne, setzte ein zweites Mal an. »Ich habe das Gefühl, als wäre ich überhaupt nicht mehr wichtig. Du willst unbedingt ein Baby, und alles andere hat offenbar keinerlei Bedeutung mehr.«

Julia verdrehte die Augen. »Werde endlich erwachsen, Nick. Es dreht sich nicht immer alles nur um dich. Wenn du dich jetzt schon so aufführst, wie wird es dann erst, wenn wir wirklich ein Baby haben, das all meine Zeit in Anspruch nimmt?«

»Das habe ich nicht gemeint!« Nick wirkte gekränkt. Er sah Annie an, die ihm ermutigend zunickte. »Ich bin kein Kind, das deine Aufmerksamkeit einfordert, also hör auf, mich so zu behandeln. Ich will nur eine völlig normale Beziehung führen, so wie früher. Aber wir reden ja praktisch kaum noch miteinander. Ja, es stimmt, wir haben oft Sex, aber unsere Bindung ist irgendwie abhandengekommen. Ich habe den Eindruck, dass du die Babyproduktion auch ganz allein übernehmen würdest, wenn du es könntest, aber leider brauchst du mich nun mal dafür.«

»Sei nicht albern«, fuhr Julia ihn wütend an. Die Spannung war förmlich mit Händen greifbar.

»Julia«, sagte Annie sanft. »Wie würden Sie Ihr Liebesleben beschreiben?«

»Mit unserem Liebesleben ist alles in Ordnung. Sogar in bester Ordnung. Zumindest ist es sehr regelmäßig.« Triumphierend wandte sie sich Nick zu. »Ich habe Freundinnen, die bloß einmal die Woche mit ihren Männern schlafen, manche sogar nur alle zwei Wochen oder einmal im Monat. Du kriegst es praktisch jeden Tag und beschwerst dich trotzdem.«

»Um die Häufigkeit geht es doch gar nicht«, protestierte Nick. »Ich wäre überglücklich über einmal Sex pro Woche, wenn ich das Gefühl hätte, dass du auch mit dem Herzen dabei bist. Es gibt ja noch nicht mal mehr ein richtiges Vorspiel, sondern du willst es bloß so schnell wie möglich hinter dich bringen.«

Julia stieß ein hohes, leicht hysterisches Lachen aus. »Haben Sie so was schon mal aus dem Mund eines Mannes gehört?«, fragte sie, an Annie gewandt. »Zu viel Sex und zu wenig Vorspiel? Das ist ja wohl ein Witz.«

»Was Ihre Wünsche angeht, gibt es kein Richtig oder Falsch, das müssen Sie sich klarmachen«, sagte Annie mit fester Stimme, »es geht darum, einen Weg zu finden, mit dem Sie beide zurechtkommen. Sie müssen Kompromisse schließen. Und einander zuhören.«

Die beiden schwiegen, also fuhr Annie fort: »Ich denke, als Erstes sollten wir für eine Weile – nur eine Woche oder so – den Fokus von Ihrem Kinderwunsch weg und zurück auf Ihre Partnerschaft lenken. Sie sollten versuchen, Ihre Bindung neu zu stärken und die Gründe, weshalb Sie sich ineinander verliebt haben, wiederzuentdecken. Julia, in was haben Sie sich an Nick am meisten verliebt?«

Zum ersten Mal wurde Julias Miene etwas weicher, und ihre Augen begannen zu leuchten. »Er war so attraktiv und so witzig. Er hat mich unheimlich zum Lachen gebracht.«

»Wunderbar.« Annie lächelte. »Und Sie, Nick?«

»Sie war – nein, *ist* – einfach unglaublich. Ich war hin und weg von ihr. Sie war so temperamentvoll und hatte ihren eigenen Kopf. Eine echte Herausforderung, aber auf eine positive Art.«

»Julia, Sie sagen, Nicks Humor sei eine der Eigenschaften gewesen, die Sie besonders anziehend an ihm fanden. Das ist sehr gut, und derselbe Humor kann in einer Beziehung sehr wichtig sein. Wann haben Sie das letzte Mal so richtig gemeinsam gelacht, was würden Sie sagen?«

Julia sah sie einen Moment lang leicht verwirrt an. »Er … ich weiß nicht mehr. Ich meine, wir hatten in letzter Zeit viel um die Ohren … wir arbeiten beide viel und … das ist doch eine total blöde Frage! Wieso sollte ich mir so was merken? Das ist doch, als würden Sie mich fragen, ob ich mir heute Morgen die Zähne geputzt habe oder nicht. So was passiert einfach.«

Nick hingegen schüttelte den Kopf. »Nein, tut es eben nicht. Zumindest nicht in letzter Zeit. Lass uns den Tatsachen ins Auge blicken, wir sind beide neuerdings ständig mies gelaunt. Ich kann dich offenbar nicht mehr glücklich machen, so wie früher. Und genau deshalb wollte ich herkommen, zu diesen Therapiesitzungen.«

Julia sagte nichts. Einen Moment lang herrschte unbehagliches Schweigen, ehe Annie schließlich das Wort ergriff.

»Ich finde es gut, dass Sie beide so ehrlich sind, und ich denke, das war ein ganz guter Anfang. Deshalb möchte ich Ihnen einen Vorschlag machen, der im ersten Moment vielleicht etwas seltsam klingen mag, aber bitte geben Sie mir Gelegenheit, es Ihnen zu erklären. Ich möchte, dass Sie eine Woche lang keinen Sex haben.«

Julia hob abrupt den Kopf. »Was? Aber am Freitag habe ich meinen fruchtbarsten Tag. Wenn wir das Zeitfenster verpassen, verlieren wir womöglich einen ganzen Monat. Nein, das kommt überhaupt nicht infrage. Auf keinen Fall!«

»Ich habe durchaus meine Gründe für diesen Vorschlag«, fuhr Annie mit ruhiger, beschwichtigender Stimme fort. »Ich bin davon überzeugt, dass es Ihnen helfen würde, Ihre Beziehung zu festigen. Eine Woche ohne den Druck, ein Baby zu machen. Eine Woche, in der Sie sich ausschließlich aufeinander konzentrieren können. Ich sage nicht, dass Sie sich einander nicht nähern dürfen, es geht nur darum, alles zu tun bis auf den eigentlichen Geschlechtsakt. Verwöhnen Sie sich gegenseitig mit einer schönen Massage, erkunden Sie den Körper des anderen, wenn Sie mögen, praktizieren Sie auch Oralsex. Es geht darum, andere Wege zu finden, einander Vergnügen zu bereiten.«

Julias Lippen waren zu einer schmalen Linie zusammengepresst, und ihre Körpersprache verriet deutlich, dass sie nicht im Traum daran dachte, Annies Vorschlag in die Tat umzusetzen.

»Wissen Sie noch, wie aufregend Küssen als Teenager war?«, fragte Annie. »Wie toll es sich angefühlt hat, stundenlang auf dem Sofa herumzuliegen, nach allen Regeln der Kunst zu knutschen und die ganze Zeit zu wissen, dass es nicht darüber hinausgehen wird? Was spricht dagegen, dieses Gefühl wieder aufleben zu lassen? Gehen Sie ins Kino, setzen Sie sich in die letzte Reihe und knutschen so wild, dass Sie die Hälfte des Films verpassen.«

»Wir sind aber keine Teenager mehr«, protestierte Julia und verdrehte genervt die Augen. »Wir sind erwachsen, und ich will Sex!«

»Ich denke aber, Annie könnte recht haben«, warf Nick ein. »Eine sexfreie Woche ist vielleicht genau das, was wir brauchen. Wir könnten nett essen gehen, vielleicht sogar übers Wochenende wegfahren. Ich könnte dir ein schönes Bad einlassen und …«

»Ein schönes Bad hilft mir aber nicht, schwanger zu werden, oder etwa doch, Nick?«, schnauzte Julia ihn an. »Wie soll ich ohne Sex ein Baby bekommen, hm? Das ist Biologie, erste Stunde. Der Storch wird uns wohl kaum ein Kindlein vor die Haustür legen, oder?«

»Julia, ich möchte, dass Sie Ihren Kinderwunsch vergessen. Nur für eine kurze Woche.« Annies Stimme war ruhig, aber fest, trotzdem wollte Julia nicht auf sie hören.

»Nein!« Sie sprang auf. »Ich will das alles nicht. Ich weiß wirklich nicht, wozu wir hier sind, und will jetzt gehen. Auf der Stelle!«

»Bitte, Jules.« Nick versuchte, nach ihrer Hand zu greifen, aber Julia riss sie weg.

»Nein, ich gehe, Nick. Ich weiß nicht, wieso ich mich überhaupt dazu habe breitschlagen lassen.« Sie wandte sich ab und stürmte hinaus.

Einen Moment lang stand Nick verunsichert da und schien zu überlegen, was er tun sollte.

»Bitte entschuldigen Sie. Es tut mir leid«, platzte er heraus, ehe auch er kehrtmachte und seiner Frau folgte.

Annie saß ein paar Augenblicke da und ließ langsam den Atem entweichen. Sie wartete noch kurz, aber weder Nick noch Julia schienen zurückzukommen. Wie schade, dachte sie. Situationen wie diese hatte sie in der Vergangenheit schon häufig erlebt – dass beide Partner gekränkt und wütend waren und alles wegwarfen, was sie hatten, nur weil sie zu starrsinnig waren, um sich die Sichtweise des anderen darlegen zu lassen.

Eine schöne Tasse Tee, das war jetzt genau das Richtige, beschloss sie, stand auf und ging in die Gemeinschaftsküche, während sie darüber nachdachte, wie sie Nick und Julia am besten helfen könnte. Ob die beiden wohl wiederkamen? Sie hoffte, dass Nick sich irgendwann melden würde, damit sie sicher sein konnte, dass alles in Ordnung war. Und ihnen vielleicht ein paar Vorschläge unterbreiten, wie …

»Da hat jemand einen echt harten Tag, was?«

Erschrocken blickte Annie auf. Jamie Kennedy saß mit einer Tasse Kaffee über einer aufgeschlagenen Frauenzeitschrift am Tisch. Er betrieb mit seinem Bruder Matt eine Softwarefirma, die die gesamte Palette von Geschäftskundenprogrammen bis hin zur Entwicklung von Videospielen abdeckte, und sie waren in einer der anderen Büroeinheiten eingemietet.

»Ich war gerade in Gedanken«, gestand Annie verlegen, »und habe dich gar nicht gesehen.«

»Wie charmant.« Jamie grinste. Er war Anfang dreißig, dunkelblond und hatte hellblaue Augen. Im Moment trug er eine graue Anzughose und ein leicht zerknittertes Hemd mit aufgerollten Ärmeln und saß, die Beine lässig ausgestreckt, am Tisch.

»Na, bringst du dich mit *Take a Break* auf den neuesten Stand?«, fragte sie neckend und spähte über seine Schulter auf die Zeitschrift.

»Was? Oh!« Er lachte. »Wir sollten hier dringend ein paar Männermagazine auslegen«, erklärte er und senkte die Stimme. »Irgendwas mit Sportwagen, Mädchen im Bikini und … na ja, Männerkram eben.«

»Komm, gib's schon zu, du stehst drauf! ›Ich habe

meinen Mann nackt mit der Nachbarin erwischt‹«, las sie, während Jamie eilig die Zeitschrift zuschlug.

»Ich dachte, für so was bist eher du die Expertin«, bemerkte er trocken.

»Im Augenblick bin ich mir nicht so sicher.« Seufzend dachte Annie an die missglückte Sitzung mit Nick und Julia.

»Wieso? Was ist passiert?«

»Ach, nur ein etwas holpriger Beginn mit neuen Klienten.« Annie machte den Wasserkessel an und nahm einen Schokokeks aus der Dose. »Manchmal sind die Menschen ihr ärgster Feind. Man sollte nicht glauben, wie schwer es manchen fällt, ihre Gefühle demjenigen mitzuteilen, den sie geheiratet haben.«

Jamie lächelte nachsichtig. »Wirst du es eigentlich nie leid, dir die Probleme anderer Leute anzuhören?«

»Eigentlich nicht. Sie sind alle unterschiedlich. Im Grunde gleicht kein Fall dem anderen, und ich habe bei jedem das Bedürfnis, eine Lösung zu finden. Das ist unglaublich befriedigend. Vermutlich bin ich einfach süchtig nach Happy Ends.« Sie hielt inne. »Was ist mit dir? Wie läuft es bei dir?«

»Ob man's glaubt oder nicht, wir haben echt viel zu tun. Es mag zwar gerade nicht danach aussehen«, sagte er mit einer Geste auf seinen Kaffee und die Zeitschrift, »aber ich mache nur kurz Pause, um ein paar Minuten vom Bildschirm wegzukommen. Nach einer Weile kriegt man regelrecht viereckige Augen.«

»Und woran arbeitest du gerade?«

Jamie zog eine Braue hoch. »Wenn ich dir das verrate, muss ich dich leider töten ... Nein, im Ernst. Wir entwickeln eine neue App für einen Reiseveranstalter. Eigentlich eine ziemlich coole Sache. Du legst dein Budget und die Urlaubsart fest – Strand, City, Kultur und so weiter –, und die App liefert dir eine entsprechende Auswahl an Topangeboten.«

»Klingt super. Und macht dich der Auftrag zum Millionär?«

»Drück mir die Daumen. Ich bin bloß nicht so sicher, ob sie so viele Leute anlockt wie *Angry Birds*.«

»Schade.« Annie nahm sich noch einen Keks. Bevor sie die Dose wieder zumachen konnte, trat er hinter sie und mopste sich einen.

»Kekse helfen beim Denken. Das ist Tatsache«, erklärte er. Seine blauen Augen blitzten.

»Hmm, ich weiß zwar nicht recht, ob das wissenschaftlich fundiert ist, glaube dir aber einfach mal.« Annie biss von ihrem Keks ab.

Jamie verputzte seinen mit zwei Bissen und spülte ihn mit seinem letzten Schluck Kaffee hinunter. »Ich sollte weitermachen«, sagte er widerstrebend und sah auf die Uhr.

Annie folgte seinem Blick. »Ich auch. Gleich kommt mein nächster Klient, und ich will vorher noch etwas Papierkram erledigen.«

»Alles für die Rente«, bemerkte Jamie grinsend.

»Ach komm schon, in Wahrheit arbeitest du doch gern«, neckte Annie ihn. »Aber sitzt du nicht eigentlich den ganzen Tag da und spielst auf deinem Sega Mega Drive?«

»Nein, ich habe eine Xbox One. Du bist so was von Neunziger.«

»Spielen die Kids von heute etwa nicht mehr *Tetris*?« Annie mimte Verwirrung.

»Nein, aber eigentlich sollten sie es tun. Dieses Spiel ist absolut genial.«

»Ah, herrliche Erinnerungen«, seufzte Annie.

»Okay, ich muss mich beeilen.« Jamie nahm einen letzten Keks aus der Dose und ging zur Tür. »Schönen Tag noch, Annie.«

»Danke, dir auch.« Sie lächelte.

5

Auch nette Mädchen haben gern Sex.
– Hugh Heffner

»Hi, Babe, alles Gute zum Geburtstag!«

»Danke.« Zoe grinste, als Simon sie in die Arme nahm und küsste, ohne sich an den neugierigen Blicken der Passanten zu stören. Mit seinen fast hundert Kilo, verteilt auf einen Meter fünfundachtzig, war er ein Bär von einem Mann, und Zoe genoss es, dass er sie mühelos hochheben und über die Schulter werfen konnte, als wäre sie leicht wie eine Feder. Seine Statur vermittelte ihr ein Gefühl der Sicherheit, und auch im Bett bewies er echte Manneskraft.

»Wartest du schon lange?«, fragte er. In der Ferne schlugen die Kirchenglocken sechs Uhr.

»Bloß ein paar Minuten. Geht es dir gut? Du siehst ein bisschen komisch aus.«

»Mir geht's gut«, erklärte er und strich sich sein sandfarbenes Haar zurück. Sein breites Gesicht war leicht gerötet und erhitzt, und in seinen haselnussbraunen Augen lag ein unnatürlicher Glanz. »Ich musste mich nur etwas beeilen, weil ich dich an deinem Geburtstag nicht auf der Straße herumstehen lassen wollte.«

»Lass uns reingehen, hier draußen ist es eiskalt.« Zoe schob ihre behandschuhte Hand in die ihres Freundes und zog ihn ins Blue Mango, ihren Lieblingsthai in der Exchange Street. Drinnen war es warm, und der köstliche Duft nach Zitronengras, Chili und Ingwer schlug ihnen entgegen.

Lediglich eine Handvoll Tische war besetzt, und der herbeieilende Kellner führte sie zu einem Fenstertisch.

»Du siehst fantastisch aus«, rief Simon und begann förmlich zu sabbern, als Zoe aus ihrem Mantel schlüpfte. Sie trug ein dunkelblaues Wickelkleid, das sich perfekt um ihre zierliche Figur schmiegte und ihre helle Haut betonte. Ihr langes kupferfarbenes Haar fiel ihr über die Schultern, und sie hatte lediglich einen Hauch Make-up aufgelegt, um ihre strahlend blauen Augen zu betonen.

»Du siehst aber auch nicht übel aus«, gab Zoe grinsend zurück und ließ den Blick anerkennend über seine schicke graue Hose und das hellblaue Hemd schweifen – ein auffallendes Kontrastprogramm zu den Overalls und Kapuzenshirts, die er bei der Arbeit trug.

Sie bestellten – Pad Thai mit Garnelen für Zoe, Simon entschied sich für ein Hähnchencurry, dazu eine Flasche Weißwein.

»Noch mal Glückwunsch zum Geburtstag.« Simon hob sein Glas und prostete Zoe zu.

Das Paar am Nebentisch hatte offenbar mitgehört und gratulierte ebenfalls. »Danke«, sagte Zoe errötend und wandte sich wieder an Simon. »Danke noch mal für die Ohrringe. Sie sind wunderschön.« Sie berührte die funkelnden Ohrstecker.

»Gern geschehen«, sagte Simon, als sie ihm über den Tisch hinweg einen Kuss zuhauchte.

Es war Zoes fünfundzwanzigster Geburtstag. Obwohl sie beschlossen hatten, zur Arbeit zu gehen, hatte Simon sie zur Feier des Tages mit einem Frühstück im Bett und einem ganzen Stapel Geburtstagspäckchen überrascht: der neueste Roman von Jojo Moyes, ein halbes Dutzend

Cupcakes aus ihrer Lieblingskonditorei und ein paar hübsche Kleinigkeiten aus dem Body Shop. Danach hatte sie mit klopfendem Herzen die kleine blaue Samtschatulle ausgepackt. Sie und Simon waren seit drei Jahren zusammen, und alle fragten längst, wann sie endlich Ernst machen und den Gang vor den Altar wagen würden. Sie hatte, mit einem Anflug von Enttäuschung, wenn sie ganz ehrlich war, auf ein Paar funkelnder Brillantohrringe geblickt.

»Wie war dein Tag?«, erkundigte er sich beflissen.

»Okay. Wie üblich viel zu tun. Wir hatten eine Perserkatze mit Krampfanfällen – Patrick hatte den Verdacht, es könnte Epilepsie sein – und mussten die Untersuchungen gleich durchführen, was ein bisschen hektisch war, aber die Katze erholt sich gut, und wir haben die richtige Medikation gefunden, deshalb ist so weit alles in Ordnung.«

Zoe arbeitete als Tierarzthelferin. Sie stammte aus Chester, hatte an der Uni von Norwich Kurse als Fachkraft für Tierpflege belegt und war nach ihrer Ausbildung in der Stadt geblieben.

»Später habe ich von Jackie eine Karte und eine Torte von Marks & Spencer bekommen, was ich supersüß fand«, fuhr sie fort. »Wir haben sie gemeinsam in der Pause verputzt ... wirklich sehr lecker.« Sie musterte Simon, der gedankenverloren ins Leere starrte, und stieß ihn an. »Hörst du mir überhaupt zu?«, fragte sie stirnrunzelnd.

Erschrocken fuhr er zusammen. »Entschuldige, ja. Perserkatze. Krampfanfälle. Geburtstagstorte. Lecker. Siehst du?« Mit einem selbstgefälligen Grinsen nahm er ihre Hände. »Ich bin der perfekte Freund.«

»Darauf würde ich lieber nicht wetten ... aber du bist

ziemlich nahe dran.« Zoe lächelte und verschränkte ihre Finger mit seinen.

Auch nach mehreren Jahren Beziehung waren sie bis über beide Ohren ineinander verliebt und sehr glücklich miteinander. Im Bett lief es ebenfalls großartig – sie hatten regelmäßig Sex und waren beide experimentierfreudig im Schlafzimmer. Und im Wohnzimmer. Und im Badezimmer.

Ihre Freunde zogen sie ständig damit auf und meinten, sie sollten sich »schleunigst verziehen«, wenn sie in der Öffentlichkeit wieder mal kaum die Finger voneinander lassen konnten, aber sie waren fest entschlossen, alles dafür zu tun, damit ihr Liebesleben lebendig und frisch blieb. Rein zufällig trug Zoe heute die nagelneuen Dessous, von denen sie wusste, dass Simon begeistert wäre, denn auch wenn es ihr Geburtstag war, wollte sie, dass auch er auf seine Kosten kam.

»Ihr Pad Thai, Madam.« Die Stimme des Kellners riss Zoe aus ihren unartigen Gedanken. Sie spürte, wie sie erneut rot wurde.

»Wie war's bei dir heute?«, fragte sie Simon und spießte einen Bissen auf.

Er zuckte die Achseln. »Ganz okay. Noch hat die Saison ja nicht angefangen, deshalb erledige ich im Moment eher allgemeine Reparaturen und sorge dafür, dass alles bereit ist, wenn es losgeht. Zwar gibt es schon ein paar Buchungen für die Halbjahresferien, aber es läuft erst ab Ostern richtig an.«

Simon arbeitete im Bootsverleih seines Vaters auf den Norfolk Broads. Sie vermieteten Narrow- und Kajütboote an Touristen, die das Labyrinth aus Kanälen und Wasserwegen erkunden wollten, für die die Gegend so berühmt war. Während der Sommermonate herrschte

Hochbetrieb. Sowohl Familien als auch unterschiedlichste Gruppen schipperten auf dem Wasser herum, machten in den Pubs halt und ließen sich abends vom leisen Plätschern des Wassers in den Schlaf lullen.

Manchmal nahmen Zoe und Simon am Wochenende eines der Boote, gondelten herum und liebten sich abends leidenschaftlich in der winzigen Kabine – es war unglaublich romantisch.

»Zwei der Boote werden gerade repariert, und ich glaube, die *Big Dipper* muss ich komplett neu streichen. Sie sieht schon ein bisschen alt und ramponiert aus.«

»Die *Big Dipper*? Ich dachte, ihr hättet sie am Ende des letzten Sommers verkauft?«

»Wie? Ach ja, ich meinte die *Carolina*«, stammelte Simon.

Wieder runzelte Zoe die Stirn. Simon benahm sich heute definitiv seltsam. Er wirkte zerstreut und schien Mühe zu haben, ihrer Unterhaltung zu folgen. In diesem Moment schob er seine Manschette zurück und sah auf die Uhr – zum zweiten Mal in zwei Minuten.

»Entschuldige, aber halte ich dich von irgendetwas ab?«, fragte Zoe zuckersüß.

»Wie? Nein, ich wollte nur sichergehen, dass wir rechtzeitig zur Vorstellung kommen. Spätestens um halb acht müssen wir die Karten abgeholt haben.«

Simon hatte, ebenfalls als Geburtstagsgeschenk, Karten für *Grease* im Royal Theatre reserviert, und Zoe freute sich sehr darüber.

»Nur die Ruhe, wir haben massenhaft Zeit. Es ist noch nicht mal halb sieben«, beruhigte sie ihn. »Hm, das Essen ist wirklich köstlich. Deins nicht? Du hast kaum etwas angerührt.«

»Nein, nein, es schmeckt ausgezeichnet.« Er schob

sich einen großen Bissen in den Mund. »Ich habe nur keinen allzu großen Hunger.«

»Das passt gar nicht zu dir«, lachte Zoe. Simon war berühmt für seinen herzhaften Appetit. »Hast du spät zu Mittag gegessen? Vielleicht brütest du auch etwas aus. Du siehst ein bisschen fiebrig aus.« Besorgt betrachtete sie den dünnen Schweißfilm auf seiner Stirn und seine geröteten Wangen.

»Mir geht's gut«, beharrte er mit diesem Grinsen, das sie so liebte. »Und nichts hält mich davon ab, heute Abend mit dir ins Theater zu gehen.«

»Gut!«, rief Zoe. »Ich weiß, dass du es allmählich nicht mehr hören kannst, aber ich liebe *Grease*. Es war einer von Mums Lieblingsfilmen, deshalb haben wir ihn uns x-mal angesehen, als ich noch klein war, und ich und meine Freundin Claire haben zu den Songs getanzt. Sie war Sandy, und ich musste Frenchy sein. Wegen meiner Haare.« Kichernd deutete sie auf ihre rostrote Mähne.

»Mmm«, meinte Simon abwesend.

»Was ist denn heute nur mit dir los?« Zoe ließ ihre Gabel auf den Teller fallen.

Simon sah sie erschrocken an. »Nichts, gar nichts. Tut mir echt leid, Babe.« Er nahm ihre Hände und strich zärtlich mit den Fingerspitzen über ihre Handflächen. »Gar nichts ist los. Ich wollte nur sichergehen, dass heute Abend alles glatt läuft, das ist alles.«

»Das ist so süß von dir.« Zoes Verärgerung verflog so schnell, wie sie aufgeflackert war. »Aber du brauchst dir keine Sorgen zu machen, es wird alles ganz wunderbar werden.«

»Das hoffe ich.« Simon blies die Wangen auf und ließ den Atem entweichen. »Sehr sogar.«

Mit einem breiten Grinsen verfolgte Zoe, wie gekonnt das Ensemble auf der Bühne die Welt von *Grease* auferstehen ließ. Die Show näherte sich dem Ende, und die Akteure sangen davon, dass sie für immer zusammen sein würden. Die Mädchen wirbelten in ihren Petticoats über die Bühne, und die Jungs mit ihren Pomadefrisuren und in ihren schwarzen Lederjacken wirkten unglaublich cool und lässig. Zoe ertappte sich dabei, dass sie sämtliche Songs laut mitsang, doch ein kurzer Blick ins Publikum verriet, dass sie bei Weitem nicht die Einzige war: Die Zuschauer klatschten und stampften mit den Füßen im Takt, während sie aus vollen Kehlen mitschmetterten.

Zoe warf Simon einen Blick zu, um zu sehen, ob er sich ebenso gut amüsierte, doch er war kreidebleich und starrte blicklos ins Leere. Den ganzen Abend schon benahm er sich so seltsam. In der Pause hatte er zwar ein Glas Sekt für sie besorgt, trotzdem hatte er zerstreut und angespannt gewirkt. Nach ein paar Minuten war er auf die Toilette verschwunden und erst kurz vor Pausenende zurückgekehrt, während sie die ganze Zeit allein mit ihrem Glas in der Hand herumgestanden hatte.

»Alles in Ordnung?«, flüsterte sie.

Er starrte sie mit aufgerissenen Augen an. »Bleib hier. Ich bin gleich wieder da.«

Er stand auf, doch Zoe packte ihn am Arm und zog ihn auf seinen Stuhl zurück. »Was ist denn? Bist du krank? Soll ich nicht mitkommen?«

»Nein!«, stieß er hervor. »Bleib hier. Ich komme schon klar.«

Eilig lavierte er sich an den Zuschauern in ihrer Reihe vorbei und stürmte durch die Notausgangstür.

Ungläubig sah Zoe ihm hinterher und überlegte, was sie tun sollte. Unterdessen steuerte das Geschehen auf der Bühne dem Höhepunkt zu, und das Publikum klatschte begeistert, als Danny und Sandy in einem eigens für die Bühne konzipierten roten Cadillac davonrollten. Das Ensemble betrat die Bühne und verbeugte sich, aber Zoe hatte Mühe, sich zu konzentrieren. Sie klatschte automatisch, als frenetischer Applaus aufbrandete, doch ihr Blick schweifte unablässig zu der Tür, durch die Simon hinausgestürmt war. Was sollte sie tun? Hierbleiben oder ihm folgen?

Allmählich verebbte der Applaus, als die beiden Hauptdarsteller Hand in Hand auf die Bühne traten und um Ruhe baten. Zoe hörte nur mit einem Ohr hin.

»Wir hoffen, die Vorstellung heute Abend hat Ihnen Spaß gemacht, und wir möchten uns bei Ihnen bedanken. Danny und Sandy haben ihr Glück gefunden, aber heute Abend könnte noch für jemand anderes dieser Traum in Erfüllung gehen. Wir haben hier einen Gast, der gern ein paar Worte sagen möchte.«

Die Schauspieler traten beiseite, ein hochgewachsener, breitschultriger Mann betrat die Bühne und blickte in den Saal, wobei seine Augen vor Angst förmlich aus den Höhlen zu treten schienen, als er den Blick über die erwartungsvollen Gesichter im Saal schweifen ließ.

Zoe schnappte vor Schreck nach Luft und schlug sich die Hand vor den Mund. Das war doch nicht möglich! Aber er war es! Simon. Wie um alles auf der Welt kam er auf diese Bühne?

Zoe sah zu, wie er sich in ihre Richtung wandte und die Ränge nach ihr absuchte. Als er sie entdeckt hatte, schien er sich ein wenig zu entspannen. Er räusperte sich und begann zu sprechen.

»Ich wünsche meiner wunderbaren Freundin Zoe alles Gute zum Geburtstag. Ich liebe dich von ganzem

Herzen, deshalb will ich, dass dieser Abend unvergesslich für dich wird.«

Anfangs war seine Stimme leicht zittrig, doch mit jedem Wort schien er selbstsicherer zu werden. Die Zuschauer reckten die Hälse, um zu sehen, an wen sie gerichtet waren. Zoes Herz hämmerte wie verrückt, und sie spürte, dass ihre Wangen hochrot angelaufen waren.

»Deshalb wollte ich dich fragen …«, fuhr Simon fort.

Plötzlich wusste sie, was gleich kommen würde. Sie stieß einen leisen Schrei aus, als er auf ein Knie sank und eine Schatulle aus der Tasche zog. Sein Blick richtete sich wie gebannt auf sie, und in diesem Moment schien es, als wären sie die beiden einzigen Menschen im Saal. Abgesehen von ein paar Seufzern hier und da herrschte völlige Stille.

»Zoe Miller, willst du mich heiraten?«

Die Zeit schien stillzustehen. Alle Blicke richteten sich auf Zoe.

Sie öffnete den Mund. »Ja«, hauchte sie leise, krächzend, kaum hörbar, sodass sie es noch einmal sagen musste. »Ja.«

»Sie hat Ja gesagt!«, rief ein Mann auf einem der Plätze neben ihr.

Die Menge nahm die Worte auf und trug sie hinunter auf die Bühne zu Simon.

»Sie hat Ja gesagt! Sie hat Ja gesagt!« Wieder brandete Applaus auf, und die Leute johlten und jubelten, als das Ensemble Zoe bedeutete, ebenfalls auf die Bühne zu kommen. Zoe stand auf und ging mit zitternden Knien den Gang entlang bis zur Bühne, wo ihr jemand heraufhalf. Dann stand sie im hellen Scheinwerferlicht und sank in Simons Arme, während die Menge vor Rührung kollektiv aufstöhnte. Es fühlte sich an wie in einem nicht enden wollenden Traum.

Simon schlang die Arme um sie. Erst jetzt merkte sie, dass ihr die Tränen über die Wangen liefen, während er ihr Gesicht mit Küssen bedeckte und ihr den Ring an den Finger steckte.

»Der passt zu deinen neuen Ohrringen«, neckte er, als Zoe den funkelnden Brillanten an dem Weißgoldring betrachtete.

»Ich kann es nicht glauben«, stammelte sie. »Ich kann einfach nicht glauben, dass du das getan hast.«

»Ich wollte, dass du es nie wieder vergisst. Ich liebe dich, Zoe.«

Der Vorhang fiel vor ihnen herab und trennte sie von den neugierigen Blicken des Publikums. Zoe blickte zu ihrem frisch gebackenen Verlobten auf und küsste ihn, lang und voller Leidenschaft. Der Moment hätte nicht perfekter sein können.

»Ich liebe dich auch, Simon«, sagte sie, als sie endlich wieder Atem schöpfte. »Ich liebe dich so sehr und kann es kaum erwarten, deine Frau zu werden.«

6

Kennen Sie den Blick, den Frauen bekommen, wenn sie Sex wollen? Nein? Ich auch nicht.
– Steve Martin

»Hi, Rose.« Das Glöckchen an der Tür bimmelte, als Ray lächelnd *Expressions*, den kleinen, aber exklusiven Laden betrat. Tief sog er den Duft nach Lilien, Freesien, Dahlien und Platterbsen ein, die in silbernen Eimerchen auf dem Boden standen.

»Hi, Dad, wie geht's?« Rose trat hinter dem Tresen hervor und gab ihm einen Kuss auf die Wange. Sie war mittelgroß, schlank und hatte ihre dunklen Locken zu einem Pferdeschwanz zusammengebunden.

»Ganz gut. Ist deine Mum auch hier?«

»Sie ist hinten. Ich rufe sie. Mum!«, rief Rose. »Dad ist da.«

»Wie läuft's bei dir so?«, erkundigte er sich. »Alles klar mit den Kindern?«

»Alles bestens, sie halten mich wie üblich gehörig auf Trab. Joshs bester Freund hat ein Meerschweinchen, deshalb liegt er uns die ganze Zeit in den Ohren, dass er auch ein Haustier haben will. Ich bin nicht sicher, ob ich Zeit für so was habe, andererseits möchte ich es ihm nicht vorenthalten. Es wäre eine gute Möglichkeit für ihn, zu lernen, wie man Verantwortung übernimmt.«

»Weißt du noch, als Marianne und du diesen Hamster bekommen habt?« Ray lachte. »Ihr wart furchtbar enttäuscht, weil er den ganzen Tag geschlafen hat und erst herausgekommen ist, als ihr längst im Bett wart.«

»Wir haben ihn zum Spielen in den Garten mitgenommen, und er ist weggelaufen«, fügte Rose schuldbewusst hinzu. »Bestimmt hat ihn die Nachbarskatze gefressen.«

Sie plauderten, bis Linda wenige Minuten später mit einem Arm voller bildschöner altrosa Pfingstrosen erschien. Sie hatte schulterlanges, welliges Haar, das in einem schmeichelhaften Aschblond gefärbt war, und sanfte Kurven – schon vor Jahren hatte sie den sinnlosen Kampf gegen den Verlust ihrer Taille aufgegeben.

»Ray, ich hatte gar nicht mit dir gerechnet.«

»Ich dachte, ich überrasche dich einfach mal«, sagte er fröhlich.

»Ah.« Ihre Begeisterung schien sich in Grenzen zu halten. Suchend sah sie sich im Raum um und legte die Rosen auf dem Verkaufstresen ab.

Fest entschlossen, sich nicht aus dem Konzept bringen zu lassen, räusperte Ray sich. »Ich wollte dich fragen, ob du nicht ein bisschen früher Schluss machen kannst. Wir könnten irgendwo eine Kleinigkeit essen gehen oder so.«

»Ich weiß nicht recht.« Linda runzelte die Stirn. »Wir haben jede Menge Arbeit, und ich stecke mitten in den Vorbereitungen für den Blumenschmuck für Guildhall. Du hättest vorher anrufen sollen.«

»Aber dann wäre es ja keine Überraschung gewesen«, wandte Ray leichthin ein. »Wie wär's mit einem Tee im St. Giles? Dort bist du doch früher so gern hingegangen.«

»Was ist denn in dich gefahren, Dad?«, neckte Rose, nahm eine Pfingstrose und drehte den Stängel zwischen den Fingern.

Verlegen trat Ray von einem Fuß auf den anderen. »Gar nichts. Ich habe mir nur überlegt, meine Frau wieder mal zu verwöhnen, mich ein bisschen um sie zu bemühen.« Er wandte sich wieder Linda zu. Etwas sagte ihm, dass es nicht einfach werden würde. Obwohl es keinen plausiblen Grund gab, Nein zu sagen, ahnte er bereits, dass sie es am liebsten tun würde. »Also?«, fragte er.

»Na ja … ich weiß nicht recht …«

»Geh ruhig, Mum«, warf Rose ein. »Es wird ja schon ruhiger, und das Arrangement für Guildhall kann ich auch allein zu Ende machen.«

Linda, die sich regelrecht bedrängt zu fühlen schien, sah von Ray zu Rose, dann wieder zu Ray. »Na gut«, sagte sie schließlich. »Ich bringe nur noch das Gipskraut herein und hole meinen Mantel.«

Während sie nach hinten ging, wandte Rose sich ihrem Vater zu. »Versuchst du, die Romantik in eurer Beziehung wieder aufleben zu lassen?«

»So was in der Art«, gestand Ray, wobei ihm auffiel, dass Rose der Wahrheit gefährlich nahe gekommen war.

»Wie schön«, strahlte sie. »Ich finde es toll, dass ihr beide euch mal wieder etwas Zeit für euch nehmt. Und nach dem heutigen Tag hat Mum definitiv eine kleine Belohnung verdient.«

»War so viel zu tun?«

»Allerdings. Es war der blanke Wahnsinn. Die ersten Bestellungen zum Valentinstag trudeln ein, und nächste Woche geht es erst richtig los. Du weißt ja, dass um diese Zeit immer der Teufel los ist.«

Ray lächelte wehmütig. »Und natürlich ist deine Mutter die einzige Frau auf der Welt, die *keinen* Riesenstrauß zum Valentinstag haben will.«

»Mum kriegt einen Anfall, wenn sie die Dinger bloß sieht«, lachte Rose.

Der Blumenladen war ein Familienbetrieb, den Linda vor fast zwanzig Jahren aufgebaut hatte. Als Rose, Marianne und Robbie in die Schule gekommen waren, hatte Linda an einem Wendepunkt in ihrem Leben gestanden. Sie hatte immer von einem eigenen Blumengeschäft geträumt und mit einer Erbschaft und einem kleinen Bankdarlehen gerade genug Geld zusammengekratzt, um die winzigen Räume in der Pottergate zu erwerben. Mit viel Arbeit und Liebe hatte sie das ehemalige Fischgeschäft in einen hübschen, florierenden Laden verwandelt.

Als die Kinder größer geworden waren, hatten sie an den Wochenenden und in den Ferien ausgeholfen. Rose hatte festgestellt, dass sie die Kreativität und die Liebe zu den Blumen von ihrer Mutter geerbt hatte, und war nach dem College ins Geschäft eingestiegen.

Inzwischen war Katie als Angestellte hinzugestoßen, die den Laden samstags schmiss, und Linda hatte eigentlich vorgehabt, sich allmählich aus dem Tagesgeschäft zurückzuziehen, was aber aus irgendeinem Grund nicht recht funktionierte. Sie war immer noch praktisch jeden Tag dort, band hinreißende Sträuße in dem kleinen Hinterzimmer oder bediente ihre Stammkunden. Nachdem sie den Laden aus dem Nichts aufgebaut hatte, konnte sie sich offenbar nicht davon trennen.

»Ich habe übrigens mit Mum geredet. Sie meinte, es wäre in Ordnung, dass ihr morgen Abend auf Josh und Harry aufpasst«, fuhr Rose fort. »Adam hat mich zum Essen eingeladen. Es ist unser Pärchenabend, und ich konnte nicht Nein sagen.«

Ray nickte nachdenklich. Zwischen ihren beruflichen Verpflichtungen, dem Babysitten und der Betreuung von Lindas Mutter schien manchmal so gut wie keine Zeit mehr für ihre Zweisamkeit zu bleiben.

Linda trat aus dem Hinterzimmer, knöpfte ihren dicken Wollmantel zu, schlüpfte in ihre Handschuhe – es war bitterkalt und windig draußen – und nahm ihre Handtasche.

»Bist du sicher, dass du es allein schaffst, Rose? Ich bleibe gern, wenn du mich brauchst.«

»Nein, ich kriege das schon hin. Los, macht euch einen schönen Nachmittag. Und bringt mir ein Stück Kuchen mit«, antwortete Rose, halb im Spaß.

»Bis dann, Schatz«, rief Ray, hielt Linda die Tür auf und folgte ihr hinaus.

»Also, was ist hier los?«, fragte Linda argwöhnisch, als sie den Weg zur St. Giles Street einschlugen.

»Ich fand nur, dass wir lange nichts mehr gemeinsam unternommen haben, und dachte, ich lade dich spontan ein, den Nachmittag mit mir zu verbringen.« Er nahm ihre Hand.

Die Geste fühlte sich seltsam an, ungewohnt. Erst jetzt fiel ihm auf, dass er sich nicht mehr erinnern konnte, wann sie zuletzt Hand in Hand die Straße entlanggegangen waren – oder wann sie einander überhaupt in irgendeiner Weise ihre Zuneigung bekundet hatten. Das war eines der vielen Dinge, die im Lauf der Jahre abhandengekommen waren und sie im Grunde zu kaum mehr als guten, alten Bekannten machten, die rein zufällig im selben Haus lebten. Sie sprachen sich ab, wer einkaufen ging, wenn die Milch leer war, wer den Wagen zur Inspektion brachte und was heute Abend im Fernsehen kam, aber über wirklich Wichtiges hatten sie seit Jahren nicht mehr gesprochen. Ray hoffte inbrünstig, dass der heutige Tag als Startschuss für eine Veränderung diente.

Sie liefen die Straße entlang bis zum St. Giles House Hotel, einem prachtvollen Barockgebäude. Ray legte

Linda die Hand auf den Rücken, als sie die behagliche Lounge mit dem schwarz-weißen Parkettboden betraten.

»Ein Tisch für zwei zum Nachmittagstee, bitte.«

»Gern.« Die junge Kellnerin führte sie lächelnd zu einem Tisch am hinteren Fenster. »Ich bin sofort bei Ihnen.«

»Nett ist es hier«, bemerkte Linda spürbar besser gelaunt, während sie sich umsah. Die Lounge war sehr geschmackvoll in Burgunder- und Schokotönen gehalten, und im Hintergrund spielte leise Klaviermusik. Etwa die Hälfte der Tische war besetzt, und einzelne Gesprächsfetzen wehten herüber.

»Es freut mich, dass es dir gefällt.«

»Ach ja, Rose hat mich gefragt, ob wir morgen auf die Jungs aufpassen könnten«, sagte sie. »Ich habe gesagt, dass es kein Problem ist.«

»Ja, sie hat etwas erwähnt. Adam führt sie offenbar zum Essen aus.«

»Nun ja, man ist schließlich nur einmal jung, oder? Es ist gut, dass sie sich Zeit für sich nehmen, ohne die Kinder.«

Wieder nickte Ray, doch die Worte brachen aus ihm heraus, ehe er es verhindern konnte. »Aber was ist mit uns? Wann haben wir mal wieder Zeit füreinander?«

Sein Tonfall war feindselig, und Linda sah ihn entsetzt an.

»Wir haben doch jetzt Zeit füreinander, oder etwa nicht? Du willst doch Rose und Adam nicht vorwerfen, dass sie mal ausgehen wollen. Schließlich arbeitet sie jeden Tag sehr hart.«

»Darum geht es nicht.« Rays Miene war ernst. Er hielt inne, als die Kellnerin zwei große Tassen Tee vor ihnen abstellte und Augenblicke später einen dreistöckigen

Servierwagen mit allerlei Sandwiches, frischen Scones und köstlich aussehenden Mini-Desserts heranrollte.

»Hmmm, das sieht alles herrlich aus.« Linda entschied sich für ein dreieckiges Gurkensandwich ohne Kruste.

Ray nahm eines mit Ei und Kresse, obwohl er spürte, dass ihm der Appetit verging. Er hatte so sehr gehofft, dass Linda für seinen Vorschlag offen wäre, aber allein die Vorstellung, ihr von der Therapie zu erzählen, trieb ihm den Schweiß auf die Stirn.

»Wir sollten so etwas viel häufiger machen«, sagte er stattdessen und pustete in seine Tasse. »Findest du nicht auch? Nur du und ich, gemeinsame Zeit, ohne die Kinder oder die Enkel.«

Linda gab ein knappes Grunzen von sich, und Ray fuhr fort: »Ich dachte immer, jetzt, wo wir nicht mehr Vollzeit arbeiten, hätten wir häufiger Gelegenheit, uns etwas Gutes zu tun, aber der Laden nimmt dich immer noch genauso in Beschlag wie früher.«

Mit einem lauten Klirren knallte Linda ihre Tasse auf die Untertasse. »Darum geht es hier also, ja?« Zorn blitzte in ihren Augen auf. »Dass ich immer noch im Laden arbeite? Ich habe das Geschäft aus dem Nichts aufgebaut, wie du nur zu gut weißt, und genieße die Arbeit dort. Sie ist befriedigender für mich, als es eine Runde auf dem Golfplatz jemals sein wird«, fügte sie spitz hinzu.

Ray ignorierte den Seitenhieb. »Aber ich habe das Gefühl, als hätten wir überhaupt keine Zeit mehr füreinander, und das fehlt mir. Ich vermisse die Nähe, die Zärtlichkeit, und am allermeisten vermisse ich dich«, sagte er leise und griff über den Tisch hinweg nach Lindas Hand.

Wütend entriss sie ihm ihre Finger. »Oh, jetzt verstehe ich, worum es hier in Wahrheit geht. *Die Nähe, die Zärtlichkeit*«, äffte sie ihn nach. »Du willst bloß Sex mit mir haben, stimmt's?« Angewidert blickte sie auf das halb aufgegessene Eclair auf ihrem Teller.

»Das ist mir wichtig, ja«, gab Ray mit leiser Stimme zu, obwohl der Raum riesig und im Umkreis mehrerer Meter lediglich ein Tisch mit zwei kichernden jungen Frauen besetzt war, die eine Flasche Champagner köpften und nichts von ihrer Unterhaltung mitbekamen.

»Ich bin achtundfünfzig Jahre alt und gehe in ein paar Jahren in Rente. Entschuldige vielmals, wenn ich nicht mehr jede Nacht das Bettgestell zum Wackeln bringe«, fauchte sie.

»Das verlange ich ja gar nicht von dir – auch wenn es hin und wieder ganz nett wäre. Ich bin neunundfünfzig und nicht tot«, gab Ray barsch zurück.

Sie funkelten einander an, und die Spannung baute sich wie eine Wand zwischen ihnen auf. Wortlos rammte Linda ihr Messer in ein Scone, zerteilte es in zwei Hälften, schmierte Clotted Cream und Marmelade darauf und begann zu essen.

Schließlich stieß Ray einen langen Seufzer aus. »Ich habe mir überlegt, ob wir uns nicht vielleicht Hilfe suchen sollten.«

»Hilfe suchen? Wovon um alles in der Welt sprichst du?«

»Wir sollten zu einem ... Eheberater gehen. Oder einem Therapeuten.«

Da – endlich hatte er es ausgesprochen. Er schluckte, wartete, wie Linda reagieren würde.

»Ich brauche keine Therapie.« Sie schien stocksauer zu sein, und mit einem Mal war er heilfroh, dass sie sich in der Öffentlichkeit aufhielten und sie keine Szene machen konnte. »Vielleicht solltest *du* ja ein bisschen verständnisvoller sein.«

»Das war ich, aber was wir hier tun, ist nicht gut für uns. Ich versuche nur, etwas dagegen zu unternehmen, statt es zu ignorieren und so lange zu warten, bis es zu spät ist und wir alt und unglücklich sind.«

»Mir geht es hervorragend, herzlichen Dank.«

»Nein«, widersprach Ray sanft. »Das tut es nicht. *Uns* geht es nicht gut.«

Innerlich immer noch vor Wut schäumend, dachte sie über Rays Worte nach. »Du willst also, dass ich zu einem Arzt gehe, ja?«, platzte sie schließlich heraus. »Ich soll in Unterwäsche herumstehen, während mich ein wildfremder Kerl betatscht und in mir herumstochert? So etwas Albernes habe ich wohl noch nie gehört.«

»So läuft es doch nicht ab«, widersprach Ray. »Es geht darum, mit jemandem über unsere Probleme zu reden und dann die Hausaufgaben zu machen, die wir bekommen. Annie sagt …« Er unterbrach sich. Zu spät.

Linda hob abrupt den Kopf. »Annie? Wer ist Annie?«

»Sie … ist Therapeutin.« Ray dämmerte, dass er sich soeben sein eigenes Grab geschaufelt hatte. »Sie ist auf Partnerschaftsberatung spezialisiert. Ich war letzte Woche bei ihr.«

Linda fiel die Kinnlade herunter. »Du hast *was* getan? Du warst bei einer wildfremden Frau, um unsere Privatangelegenheiten mit ihr zu besprechen?«

»Linda, es ist …«

»Du hast einer anderen Frau erzählt, dass du in unserer Ehe unglücklich bist?«

»Bitte, Schatz«, flehte Ray. »So war es nicht. Sie könnte uns helfen. Wir könnten Einzelstunden bei ihr nehmen, und an den Wochenenden bietet sie auch Gruppensitzungen an.«

»Gruppensitzungen?« Linda schien außer sich vor Wut zu sein. »Was genau schlägst du mir da vor, Ray? Ich soll an einer Art Orgie teilnehmen, ist es das? Das ist ja wohl das Abscheulichste, was ich je gehört habe.«

»Nein, nein, nichts in dieser Richtung«, wiegelte Ray hastig ab. »Es ist eher eine Art Gruppentherapie, und Annie meint, es könnte uns weiterhelfen. Aber wir müssen nichts tun, was du nicht willst …« Verzweifelt betrachtete er seine Frau. »Ich will doch nur, dass es zwischen uns wieder so ist wie früher. Ich weiß nicht … Ich bin nicht mal sicher, ob du mich überhaupt noch liebst.«

Seine Stimme brach, und er saß wie ein Häuflein Elend auf seinem Stuhl, den Kopf gesenkt, die Hände schlaff auf dem Tisch neben seinem Teller mit den Köstlichkeiten, die er kaum angerührt hatte.

Linda starrte ihn erschüttert an. In ihren Augen standen Tränen. »Ich … das weiß ich selbst nicht mehr«, gestand sie mit leiser Stimme.

7

Kein Sex ist besser als schlechter Sex.
– Germaine Greer

Vorsichtig näherte sich Annie dem Mann an der Bar und musterte ihn. Er trug lässige Jeans und ein körperbetontes T-Shirt, sein Haar war frisch gewaschen, seine Schuhe auf Hochglanz poliert. Auf den ersten Blick konnte sie keine Makel entdecken, und er war definitiv attraktiv.

Er sagte irgendetwas zu der Barfrau, die prompt in Gelächter ausbrach – witzig schien er also ebenfalls zu sein. Weshalb hätte Annie dann am liebsten kehrtgemacht und wäre geflüchtet? Woher kamen plötzlich diese feuchten Hände und das leicht flaue Gefühl im Magen?

Wieso hatte sie sich nur darauf eingelassen? Sie könnte jetzt schön zu Hause auf dem Sofa sitzen und sich ihre Lieblingskochsendung ansehen, während Harry und Sally friedlich im Aquarium ihre Kreise zogen.

Aber ist es das, was du willst?, fragte eine leise Stimme in ihrem Kopf. Allein alt werden – nicht mal als eine dieser schrulligen Katzenladys, sondern als schrullige Goldfischlady?

Sie holte tief Luft, setzte ein Lächeln auf und trat zu dem Mann am Tresen.

»Tom?«

»Annie! Nett, dich kennenzulernen!«, rief er und gab ihr einen Kuss auf die Wange. »Wie hast du mich erkannt?«

»Von deinem Facebook-Foto«, gestand Annie, während ihr aufging, dass es sich vielleicht anhören könnte, als hätte sie ihn gestalkt. »Ich meine, meine Schwester Holly – Gregs Frau – hat es mir gezeigt.«

»Ja, und Greg hat mir deines gezeigt.« Tom nickte nachdenklich, ohne den Blick von ihr zu lösen. »Aber irgendwie siehst du anders aus als auf dem Bild.«

»Ehrlich?«

»Ja.« Er runzelte die Stirn. Annie spürte einen Anflug von Verunsicherung.

»Ich weiß nicht«, sagte sie lachend. »Das Foto wurde vor zwei Jahren aufgenommen, aber ich glaube nicht, dass ich mich so sehr verändert habe.«

»Klar.« Winzige Fältchen erschienen um Toms Augen, als er lächelte, was seinem Gesicht etwas überaus Anziehendes verlieh. »Möchtest du etwas trinken?«

»Ja, gern, das wäre nett. Ich nehme ein Glas Rotwein.«

»Gute Wahl. Such doch schon mal einen Tisch, ich bringe gleich die Getränke.«

»Danke.« Lächelnd trat Annie zu einem hohen Tisch mit zwei Hockern. Bisher lief es eigentlich ganz gut – vielleicht kein Feuerwerk oder Engelschöre, aber er war ein netter, attraktiver Kerl, und sie war bereit, ihm eine Chance zu geben – und wenn es nur Holly zuliebe war.

Flüchtig betrachtete sie sich in dem Spiegel an der gegenüberliegenden Wand. Sie war nicht eitel, aber heute Abend sah sie definitiv gut aus: Sie trug enge schwarze Jeans und ein passendes Spitzentop dazu, ihr glänzendes Haar saß perfekt, außerdem hatte sie ein wenig mit dem Kajalstift experimentiert und die Augen dunkel umrandet.

Allmählich füllte sich die Bar. Tom schob sich mit

einem Bier in der einen und einem Glas Rotwein in der anderen Hand durch die Menge. Zumindest hatte er nicht den »Oh, ich hab mein Portemonnaie vergessen«-Trick versucht, stellte sie erleichtert fest. Noch ein Pluspunkt.

»Danke.« Lächelnd nahm sie das Glas entgegen und nippte daran. Der Wein schmeckte fruchtig und sehr gut, allem Anschein nach hatte er nicht den billigsten auf der Karte genommen. Wieder ein Pluspunkt.

»Du bist also ein Kollege von Greg, ja?«, fragte sie. »Bei Huntington Mutual.«

»Genau.« Tom fuhr sich mit einer Hand durchs Haar. »Ehrlich gesagt, stehe ich in der Hierarchie eine Stufe über Greg, aber verrat ihm bitte nicht, dass ich das gesagt habe.« Er lachte leise. »Ich habe erst kürzlich dort angefangen. Davor bin ich eine Weile herumgereist.«

»Ehrlich?«, fragte Annie interessiert. »Wohin denn?«

»Das Übliche – Neuseeland, Australien, dann hoch nach Malaysia, Thailand und über Kambodscha nach Vietnam.«

»Wow!« Annie war beeindruckt. »Das klingt ja toll.«

»Es war unglaublich. Soll ich dir ein paar Fotos zeigen?« Er zog ein iPhone heraus, als Annie begeistert nickte.

»Klar.«

Tom öffnete das Fotoarchiv und drehte das Handy so, dass Annie einen Blick auf das klassische Strandfoto werfen konnte – weißer Sand, glitzerndes blaues Wasser und im Hintergrund grüne Berge. Aber nicht die Landschaft erregte Annies Aufmerksamkeit, sondern Tom, der in Hawaii-Surferhose am Strand posierte. Sie konnte nicht abstreiten, dass er einen Wahnsinnskörper hatte, durchtrainiert und gebräunt.

»Wahnsinn«, murmelte sie. »Thailand, meine ich«, fügte sie eilig hinzu, während Tom grinste, als hätte er ihre Gedanken gelesen.

»Und das hier ist der Tempel des Goldenen Buddha in Bangkok«, fuhr er fort.

Nickend betrachtete Annie das Foto und gelangte zu dem Schluss, dass es immer besser lief. Tom war kultiviert, weit gereist, sah toll aus, mit und ohne Hemd ... Vielleicht hatten Holly und Greg ausnahmsweise mal ins Schwarze getroffen.

»Bangkok war wirklich extrem. Ich habe Dinge gesehen, bei denen man vom Glauben abfällt. Es gibt da diese Frauen, die Tischtennisbälle direkt aus ihrer ... na ja, du weißt schon ... rausschießen können.«

»Ja, davon hab ich schon mal gehört«, sagte Annie schnell, aber Tom war bereits beim nächsten Foto, das ihn mit einer hübschen, zierlichen Thai zeigte.

»O shit«, rief er und riss das Telefon zurück. »Das war ... na ja ... ein Urlaubsflirt, wenn man so will.«

»Ah.« Annie bemühte sich um eine neutrale Miene, während sie Toms Tauglichkeit als potenziellen Partner insgeheim noch einmal überdachte. Vielleicht ließen Gregs und Hollys Fähigkeiten als Verkuppler ja doch zu wünschen übrig.

»Und was machst du so beruflich?«, fragte Tom als Versuch, das Gespräch in neutralere Gefilde zu lenken.

»Ich bin Therapeutin«, antwortete Annie und betete mit angehaltenem Atem, er möge nichts Unangemessenes sagen.

»Ach ja, genau.« Tom schnippte mit den Fingern und zeigte auf sie. »Greg hat erzählt, du wärst in der Erotikbranche tätig.«

Annie zuckte zusammen. »Nun ja, so würde ich es

nicht gerade bezeichnen. Das impliziert eher, dass ich mein Geld damit verdiene ... egal.« Sie rang sich ein Lächeln ab. »Ich bin ausgebildete Therapeutin und helfe Paaren, die Probleme in ihrer Partnerschaft haben.«

»Indem du Sex mit ihnen hast?« Tom trank einen Schluck und sah sie erwartungsvoll an. Erst jetzt ging ihr auf, dass die Frage durchaus ernst gemeint war.

»Nein, nicht, indem ich Sex mit ihnen habe«, erklärte sie langsam. »Ich gebe Beziehungstipps und biete ihnen einen Raum, wo sie in Ruhe über ihre Probleme sprechen können.«

»Okay. Ich meine, ich verurteile dich deswegen nicht, keineswegs«, fuhr er leichthin fort. »Das ist einer meiner großen Vorzüge. Ehrlich gesagt, habe ich mir in Thailand überlegt, Buddhist zu werden.«

»Tatsache?«

»Ja, aber dann habe ich mich dagegen entschieden, weil ich nicht aufhören wollte, ins Fitnessstudio zu gehen.«

Annie musterte ihn verwirrt. »Wieso? Dürfen Buddhisten denn nicht ins Fitnessstudio gehen?«

Tom schüttelte den Kopf. »Nein, weil ich mir ja einen kleinen Buddhabauch zulegen müsste, oder? Aber ich mag mein Sixpack zu sehr. Verstehst du?« Er zog sein T-Shirt hoch, um ihr sein beeindruckendes Waschbrett zu zeigen.

»Ah, verstehe.« Annie hatte Mühe, nicht laut zu prusten. »In diesem Fall ist der Buddhismus wahrscheinlich wirklich nicht das Richtige.«

»Das denke ich auch.« Tom ließ sein T-Shirt fallen. »Und gehst du auch gern ins Fitnessstudio, Annie?«

Annie zog die Nase kraus. »Eigentlich nicht so sehr, aber ich gehe ganz gern joggen – es hilft mir, einen klaren Kopf zu bekommen, vor allem in stressigen Phasen.«

Tom runzelte die Stirn. »Du solltest unbedingt etwas tun, Annie. Vor allem in deinem Alter – du musst Gewichte stemmen, Muskeln aufbauen.«

»In meinem Alter?«

»Aber ja.« Tom schien ihre Verärgerung gar nicht zu bemerken. »Ich meine, wie alt bist du? Vierzig?«

Annie blieb fast die Spucke weg. »Ich bin vierunddreißig«, stieß sie zwischen zusammengebissenen Zähnen hervor.

»Ehrlich? Wow.« Tom sah sie schockiert an, dann riss er unvermittelt die Augen auf und schnippte wieder mit den Fingern. »Deshalb siehst du anders aus als auf dem Facebook-Foto«, rief er. »Du siehst im echten Leben wesentlich älter aus.«

Nur unter Aufbietung all ihrer Willenskraft konnte Annie dem Drang widerstehen, ihm eine reinzuhauen. Stattdessen glitt sie von ihrem Hocker. »Würdest du mich einen Moment entschuldigen?«, sagte sie. »Ich muss mal kurz zur Toilette.«

»Klar. Soll ich dir noch was zu trinken holen? Dasselbe noch mal?«

»Ja, bitte«, sagte sie. Vermutlich gab es nur eine Möglichkeit, dieses Date zu überstehen – mit einer beträchtlichen Menge Alkohol.

Auf der Damentoilette holte sie tief Luft und umklammerte den Rand des Waschbeckens so fest, dass ihre Knöchel weiß hervortraten.

Was um alles in der Welt hatte Holly sich dabei gedacht, sie mit diesem Kerl zusammenzuspannen? Nur weil sie Single war, bedeutete das noch lange nicht, dass sie aus purer Verzweiflung jeden Strohhalm ergreifen würde. Und wie um Himmels willen hatte sie ihr erster Eindruck so trügen können? Inzwischen hatte sie ernste Zweifel an ihrer Menschenkenntnis, zumindest im Hinblick auf Männer. So gut sie ihr Handwerk als Therapeutin und Expertin für Beziehungsfragen beherrschen mochte, schien sie privat auf der ganzen Linie zu versagen.

Sie starrte in den Spiegel, inspizierte die winzigen Fältchen um ihre Augen, die vereinzelten grauen Haare in ihrem brünetten Bob. War sie wirklich so schnell gealtert, wie Tom behauptete? Natürlich war sie keine achtzehn mehr und wollte es auch gar nicht sein. Im Großen und Ganzen war sie recht zufrieden mit sich und fühlte sich wohl in ihrer Haut, aber wenn einem jemand so etwas an den Kopf warf, war es womöglich an der Zeit, sein Äußeres noch einmal genau zu überprüfen.

Sie legte frischen Lippenstift auf und überlegte, was sie jetzt tun sollte. Am liebsten würde sie aus dem Klofenster klettern, aber das war vermutlich keine gute Idee. Außerdem lag ihr Mantel noch über dem Stuhl, und ohne ihn konnte sie unmöglich verschwinden. Vielleicht sollte sie ihm ja noch eine Chance geben. Schließlich hatte sie Holly versprochen, sich ernsthaft zu bemühen, wovon bisher noch nicht die Rede sein konnte. Darüber hinaus schien Tom nicht bösartig zu sein, sondern ... einfach nur unfassbar dämlich.

Annie fuhr sich mit den Fingern durchs Haar und kehrte in die Bar zurück, wo das zweite Glas bereits auf dem Tisch auf sie wartete, nur von Tom war weit und breit nichts zu sehen. Schließlich entdeckte sie ihn – er stand mit dem Rücken zu ihr am Tresen und plauderte mit einem Mädchen, das kaum alt genug zu sein schien, um überhaupt schon Alkohol trinken zu dürfen.

Sie trug das kürzeste, knallengste Kleid, das Annie je gesehen hatte, und tänzelte ruhelos herum – offenbar taten ihr in ihren mörderischen High Heels die Füße weh. Annie seufzte und kam sich auf einmal sehr alt vor. Am liebsten hätte sie dem armen Mädchen ein paar flache Sneakers hingestellt und ihr eine kuschelige Strickjacke über die Schultern gehängt, damit sie nicht so zu frieren brauchte.

Tom und das fremde Mädchen hatten die Köpfe zusammengesteckt und kicherten über etwas, das Tom ihr auf seinem Handy zeigte. Sekunden später schlang er beiläufig den Arm um ihre schmale Taille. Das war der Augenblick, als Annie beschloss, dass es Zeit war zu gehen. Ihre Geduld kannte Grenzen, und Tom hatte sie soeben überschritten. Und wenn sie sich beeilte, schaffte sie es vielleicht sogar noch zum Finale der Kochshow.

Annie beugte sich vor, um ihren Mantel zu nehmen. »Ja, ja, ich trainiere ziemlich viel«, hörte sie Tom zu dem scheinbar völlig faszinierten Mädchen sagen. »Hier, ich zeig dir mal mein Sixpack«, fügte er hinzu und hob sein T-Shirt hoch.

Die Augen des Mädchens weiteten sich ehrfürchtig, und sie streckte behutsam die Hand nach seinem Waschbrettbauch aus, ehe sie haltlos zu kichern begann.

»Wie heißt du noch mal, Prinzessin?«, fragte Tom beiläufig.

Das Mädchen zwirbelte eine lange, falsche Haarsträhne um ihren Finger. »Gemma.«

»Hi, Gemma.«

Wieder kicherte sie.

Annie hatte definitiv genug gehört. Gerade als sie sich zum Gehen wandte, sagte Gemma etwas, das sie aufhorchen ließ.

»Und bist du ganz allein hier? Ich dachte, ich hätte dich vorhin mit jemandem reden gesehen.«

»Wie?« Einen Moment lang wirkte Tom leicht panisch. »Ach, nein, nein, das war niemand Wichtiges. Ehrlich gesagt, habe ich nur einem Kollegen einen Gefallen getan, indem ich die Frau ausgeführt habe. Sie ist vierunddreißig und Single, deshalb wäre es ganz nett, wenn sie ab und zu mal vor die Tür kommt, hat er gemeint.«

»Vierunddreißig!«, wiederholte Gemma ungläubig. »Das ist ja ... abartig!«

»Allerdings«, bestätigte Tom. »Für mich ist das eher eine Art Wohltätigkeitsarbeit. Nach dem Motto – man muss auch den Älteren mal unter die Arme greifen.« Er beugte sich näher zu ihr, und die beiden begannen wieder zu lachen.

Annie presste die Lippen zu einer schmalen Linie zusammen, und ihr Herz hämmerte vor Wut. Sie war stinksauer und fühlte sich bis aufs Blut gedemütigt. Mit einem Mal war der Pub in einen roten Nebel getaucht. Aus einem Impuls heraus schnappte sie das Weinglas, ging zu Tom herüber und goss es über seinem Kopf aus ...

8

Nur der gemeinsame Pulsschlag von Herz und Sexus kann wahre Ekstase schaffen.
– Anaïs Nin

»Ich muss sagen, Sie sind ein ganzes Stück jünger als meine üblichen Klienten«, sagte Annie und lächelte dem Paar freundlich zu. Der jugendliche Elan, mit dem sie hereingestürmt waren, stand in krassem Gegensatz zu der Zögerlichkeit und Besorgnis, die die Mehrzahl ihrer Kunden beim ersten Besuch an den Tag legte.

Zoe und Simon grinsten breit.

»Ich bin fünfundzwanzig, Simon achtundzwanzig.« Zoes Augen strahlten. »Und wir haben uns gerade verlobt. Hier!« Sie streckte ihre Linke vor.

»Glückwunsch! Was für ein schöner Ring.« Bewundernd ließ Annie den Blick über den schmalen Ring mit dem kleinen Brillanten schweifen. Weshalb um alles in der Welt sollte so ein junges Pärchen ihre Dienste in Anspruch nehmen wollen? Normalerweise wandten sich nur Paare an sie, die lange zusammen waren, in einer Beziehungssackgasse steckten oder gar unmittelbar vor der Trennung standen. Im Lauf der Jahre hatte sie ihre Menschenkenntnis geschult, und diese beiden schienen extrem glücklich und bis über beide Ohren verliebt zu sein. Doch sie beschloss, ihre Gedanken lieber für sich zu behalten.

»Also, was führt Sie zu mir?«, fragte sie.

Zoe und Simon tauschten einen kurzen Blick. Keiner von beiden schien den Anfang machen zu wollen. Schließlich räusperte sich Simon.

»Ich bin nicht sicher, ob Sie die richtige Ansprechpartnerin für uns sind. Wir hatten eine etwas verrückte Idee, die vielleicht gar nicht in Ihr Ressort fällt.«

»Okay.« Annies Neugier wuchs mit jeder Sekunde. »Schießen Sie los.«

»Wir haben beschlossen ... wir haben lange darüber geredet und sind zu dem Entschluss gelangt ...« Simon holte tief Luft und wandte sich seiner Verlobten zu.

»Wir haben einen Enthaltsamkeitsschwur geleistet«, platzte Zoe heraus.

Sie wirkte so aufgekratzt, dass Annie unwillkürlich lachen musste. »Erzählen Sie mir mehr darüber.«

»Wir wollen im Juli heiraten«, fuhr Zoe aufgeregt fort. »Na ja, das ist zumindest der Plan. Ein konkretes Datum gibt es noch nicht, und die Location haben wir auch noch nicht, weil es ziemlich kurzfristig ist, aber es soll so schnell wie möglich passieren.«

Annie nickte und ließ Zoe fortfahren. Die Worte sprudelten nur so aus ihr heraus, sodass sie Mühe hatte, ihr zu folgen.

»Und da haben wir überlegt, wie wir unseren Hochzeitstag zu etwas ganz Besonderem machen könnten. Na ja, genauer gesagt, die Hochzeitsnacht. So kamen wir auf die Idee, vor der Trauung keinen Sex mehr zu haben, stimmt's, Simon?«

Simon nickte. Annie musterte ihn eindringlich.

»Und Sie haben sich einvernehmlich darauf geeinigt, ja?«

»Ja«, sagte Simon. »Es war zwar Zoes Idee, aber ich tue gern alles, was sie sich wünscht. Natürlich wird mir … der Sex fehlen, trotzdem bin ich überzeugt, dass es auf lange Sicht die richtige Entscheidung ist.«

Er betrachtete seine Verlobte schmachtend, und wieder dachte Annie bei sich, was für ein reizendes Paar die beiden doch abgaben. Simon war ein Bär von einem Mann, mit dem Körperbau eines Rugbyspielers, der praktisch den gesamten Sessel ausfüllte. Er war hin und weg von Zoe, die mit ihren lässigen Klamotten, ihrem kaum geschminkten Gesicht und dem roten, zu einem lockeren Zopf geflochtenen Haar deutlich jünger als fünfundzwanzig wirkte.

»Können Sie sich vorstellen, was für ein Wahnsinn die Hochzeitsnacht werden wird?«, schwärmte sie verträumt. »Nach all den Monaten der Vorfreude und der gespannten Erwartung, bis wir endlich … oh, das wird das reinste Feuerwerk.«

»Ich bin sicher, es wird absolut spektakulär«, bestätigte Annie lächelnd. »Sie haben also regelmäßig Sex, ja?«

»Sogar sehr regelmäßig«, sagte Zoe mit einem unartigen Grinsen. »Überall. Und wir experimentieren gern herum.«

»Zoe!«, rief Simon. »So was darfst du doch nicht erzählen.«

»Wieso denn nicht? Annie macht es bestimmt nichts aus, oder? So etwas hören Sie doch jeden Tag, stimmt's?«

»Mich schockiert so gut wie nichts mehr«, antwortete Annie.

»Siehst du, ich habe es dir doch gleich gesagt.« Zoe warf Simon einen triumphierenden Blick zu. »Einmal hatten wir sogar Sex im Zug«, gestand sie kichernd. »Es war an einem Feiertag. Wir hatten den ganzen Tag in Cambridge verbracht und saßen im letzten Zug nach

Hause, und außer uns war das Abteil leer. Wir hatten etwas getrunken und waren leicht angeschickert, also haben wir ein bisschen gekuschelt und uns dabei wohl etwas vergessen. Wir hatten Simons Mantel über uns gebreitet, deshalb hat keiner etwas mitbekommen, und waren buchstäblich in der Sekunde fertig, als der Schaffner kam und die Fahrkarten kontrollieren konnte. Es war der helle Wahnsinn!«

»Das tut hier doch gar nichts zur Sache«, murmelte Simon, dem das Ganze fürchterlich peinlich zu sein schien. »Das ist erst unsere erste Therapiesitzung, schon vergessen?«

Annie lächelte über Zoes Freimütigkeit und machte sich ein paar Notizen. »Für mich hört es sich nicht an, als mangle es Ihrer Beziehung an Fantasie und Spannung! Also, darf ich Ihnen ein paar Fragen stellen? Erstens: Wie lange sind Sie schon zusammen?«

»Drei Jahre«, antwortete Simon sichtlich erleichtert, wieder sicheren Boden unter den Füßen zu haben.

»Und vier Monate«, fügte Zoe hinzu.

»Prima. Sie scheinen beide fest hinter Ihrer Beziehung zu stehen und alles zu tun, damit sie stabil und lebendig bleibt«, erklärte Annie. »Wenn ich mir die Bemerkung erlauben darf, bin ich nicht ganz sicher, wie ich Ihnen helfen könnte. Soweit ich beurteilen kann, haben Sie keine größeren Probleme, oder?«

»Es ist, wie Zoe gesagt hat«, meinte Simon. »Wir wollen unsere Hochzeitsnacht zu etwas ganz Besonderem machen. Nach der langen Zeit des Verzichts soll es nicht nur schön, sondern absolut unvergesslich sein.«

»Es soll der beste Sex aller Zeiten werden«, warf Zoe ein. »Deshalb haben wir überlegt, dass wir den anderen wirklich kennenlernen sollten, alles über ihn erfahren, innerlich und äußerlich.«

»Die nächsten sechs Monate sollen also wie ein … einziges großes Vorspiel werden?«, folgerte Annie, als der Groschen endlich fiel.

»Genau!«

»Und wir hielten es für klüger, uns professionelle Hilfe zu suchen, um sicherzugehen, dass wir alles richtig machen. Jemanden, der uns vielleicht eine Art Fahrplan gibt oder so etwas.«

»Aber stressfrei«, fügte Zoe hastig hinzu. »Nicht im Sinne von Hausaufgaben und Pflichten oder so was.«

»Das sehe ich ganz genauso. Sex – oder in Ihrem Fall die Vorbereitung darauf – sollte niemals eine Pflicht sein.« Annie lächelte sie an. Sie waren so jung und verliebt, dass sie unweigerlich an ihre Beziehung mit Mark denken musste, auch wenn zwischen ihnen ein wesentlicher Unterschied bestand: Zoe und Simon standen mit beiden Beinen auf der Erde. Sie hatten lange und gründlich über ihre bevorstehende Ehe nachgedacht und wollten alles in ihrer Macht Stehende dafür tun, vorbereitet zu sein und ein solides Fundament für die Zukunft zu schaffen.

Manchmal fragte Annie sich, ob ihre und Marks Chancen besser gestanden hätten, wenn sie zum Therapeuten gegangen wären. Andererseits hätte Annie, wäre sie rationaler gewesen, Mark vermutlich gar nicht erst geheiratet.

»Also, könnten Sie mir etwas mehr über sich und Ihre Beziehung erzählen?«, hakte Annie nach und verdrängte den Gedanken. »Wie haben Sie sich zum Beispiel kennengelernt?«

»Im Taxi«, antwortete Simon und warf Zoe einen

Blick zu. »So lächerlich es klingt, aber genau so ist es passiert.«

»Wir waren beide abends aus«, fügte Zoe hinzu. »Ich war mit meinen Freundinnen im Mojo's, aber mir gefiel es dort nicht so gut, deshalb beschloss ich, nach Hause zu fahren. Zum einen hatte ich eine anstrengende Woche hinter mir, zum anderen waren keine anständigen Jungs dort. Wie hätte ich ahnen können, dass ich ausgerechnet an diesem Abend meinem Traummann über den Weg laufen würde ...«

»Und ich war im Prince of Wales«, warf Simon ein. »Ich musste am nächsten Tag früh raus und wollte nicht noch weiterziehen, sondern lieber gleich nach Hause, als der Pub zugemacht hat. Ich bin die Straße entlanggegangen, habe das Taxi gesehen und wollte es anhalten ...«

»Aber ich hatte dieselbe Idee«, schilderte Zoe. Annie musste über die Art lächeln, wie mühelos sie beim Erzählen hin und her wechselten. Es lag auf der Hand, dass sie diesen Moment in der Vergangenheit x-mal hatten Revue passieren lassen. »Der Weg zu meiner Wohnung wäre zwar nicht sonderlich weit gewesen, aber meine Füße taten in den High Heels fürchterlich weh, deshalb wollte ich unbedingt ein Taxi nehmen.«

»Wir waren beide gleichzeitig da. Natürlich habe ich, Gentleman, der ich nun mal bin, ihr den Vortritt gelassen.«

»Aber er stand wie ein verlorener Welpe da«, säuselte sie. »Noch dazu fing es an zu regnen, deshalb habe ich es nicht übers Herz gebracht, ihn einfach auf der Straße stehen zu lassen.«

»Und natürlich war sie da schon längst verrückt nach mir.«

»Genau«, grinste Zoe. »Wer hätte anders gehandelt?

Er sah ja nicht gerade wie der Axtmörder aus, deshalb habe ich vorgeschlagen, das Taxi zu teilen. Wir kamen ins Reden, haben die Nummern getauscht …«

»Ich habe sie mit meinem Charme vom Hocker gerissen, und der Rest ist Geschichte.« Simon grinste, dann huschte ein leiser Schatten über seine Züge. »Können Sie uns helfen, was glauben Sie?«

Annie setzte sich auf ihrem Stuhl zurück und musterte das junge, attraktive Paar ein weiteres Mal. Sie waren so eifrig, so euphorisch. Worum sie sie baten, war ein Novum in ihrer Therapeutentätigkeit, aber es zeigte zugleich ihre Reife und den innigen Wunsch, ihrer Beziehung Halt und Stabilität zu geben. Die Arbeit mit den beiden würde bestimmt eine Menge Spaß machen …

»Ja«, antwortete sie lächelnd. »Ich glaube, das kann ich.«

Nachdem Zoe und Simon – mit ihren ersten »Hausaufgaben« im Gepäck – gegangen waren, läutete Annies Handy. Eilig kramte sie es aus ihrer Handtasche, bevor die Voicemail anspringen konnte, schnitt jedoch eine Grimasse, als sie den Namen auf dem Display las: Es war Holly.

Sie wusste ganz genau, weshalb ihre Schwester anrief. Einen Augenblick lang überlegte sie, einfach nicht an den Apparat zu gehen, aber damit würde sie das Unvermeidliche bloß hinauszögern.

»Hi, Holly«, sagte sie.

»Hör mir bloß mit diesem ›Hi, Holly‹ auf!« Annie musste den Hörer ein Stück vom Ohr weghalten, weil ihre Schwester so brüllte. »Was um alles in der Welt hast du angerichtet, Annie! Tom erzählt überall herum, du wärst eine durchgeknallte Irre. Greg ist bis auf die Knochen blamiert, denn alle Kollegen im Büro wissen natürlich Bescheid. Er wird nie wieder versuchen, dich mit jemandem zu verkuppeln.«

»Das ist doch mal eine gute Nachricht«, gab Annie trotzig zurück. »Wenn er nichts Besseres zu bieten hat, kann ich locker darauf verzichten. Ernsthaft, Holly, der Typ ist ein absoluter Vollidiot!«

»Das heißt noch lange nicht, dass du ihm ein Glas Wein über den Kopf schütten kannst.«

»Es war ja nur ein kleines«, brummte Annie. »Das Ganze war oberpeinlich. Der Typ hat tatsächlich vor meinen Augen ein Mädchen angequatscht. Und wenn ich *Mädchen* sage, meine ich *Mädchen* – sie sah aus, als müsste sie spätestens um zehn zu Hause sein. Außerdem hat er mir Vorhaltungen gemacht, dass ich alt aussehe, und getan, als wäre er der Fitnessgott höchstpersönlich. Ganz ehrlich, Holly, er ist ein kompletter Idiot.«

»Du bist zu zickig, das ist dein Problem«, schimpfte Holly. Diesen Vorwurf durfte Annie sich schon seit Jahren anhören, und auch jetzt machte er sie stinkwütend.

»Ich bin nicht zickig, sondern habe eben meine Ansprüche«, schnaubte sie. »Das ist ein Riesenunterschied.«

»Ist das der Rat, den du auch deinen Klienten gibst?«, fragte Holly. »Sich irgendwelche Sachen an den Kopf zu werfen, wenn es Probleme in der Partnerschaft gibt? Ganz ehrlich ... was, wenn dich einer gesehen hätte? Du kannst manchmal so was von leichtsinnig sein.«

Annie war nicht zuletzt deshalb so wütend, weil sie wusste, dass ihre Schwester in diesem Punkt recht hatte. Ihr Verhalten war absolut kindisch und unprofessionell gewesen – wenn auch zutiefst befriedigend –, aber wenn einer ihrer Klienten sie gesehen hätte, stünde sie tatsächlich in einem sehr ungünstigen Licht. Wenn jemand von dem Vorfall erfuhr … Norwich war eine Kleinstadt, und sie hatte keine Ahnung, wie gut Tom vernetzt war.

»Ich werde ihn wohl anrufen und mich entschuldigen müssen«, sagte sie mit einem winzigen Anflug von Reue.

»Das wäre angemessen. Ich will doch nur dein Bestes, Annie«, fuhr Holly ein wenig sanfter fort. »Manchmal bist du dein ärgster Feind.«

»Ja, ja, erspar mir die Vorträge. Du hörst dich schon wie Mum an.«

»Apropos«, sagte Holly. Annie war heilfroh über den Themenwechsel. »Kommst du am Sonntag auch zum Essen?«

Annie zögerte. So gern sie ihre Eltern besuchte, so nervtötend konnten die sonntäglichen Mittagessen mit Mum, Dad, Holly und Greg sein, wo man sie jedes Mal wieder neben dem Hund platzierte und löcherte, wieso sie immer noch keinen festen Freund hatte.

»Ja, ich komme«, sagte sie schließlich.

»Okay. Dann bis dahin. Mach's gut.«

»Du auch, Holly, du auch.«

9

Sex ist das, was der liebe Gott erfunden hat,
um sich über die Menschen lustig zu machen.
– Bette Davis

Stunden schienen vergangen zu sein, seit die Dunkelheit hereingebrochen war, und der Regen prasselte gegen die Fensterscheiben. Das Büro wurde lediglich von der harschen Neondeckenleuchte und dem grünlichen Schein der Monitore erhellt. Nick unterdrückte ein Gähnen und warf einen Blick auf die Uhr am Bildschirmrand: 21:16. Auch heute schob er wieder Überstunden, um etwas von der Arbeit nachzuholen, die er versäumt hatte, weil er seinen Pflichten als Ehemann nachgegangen war. Die Präsentation von Norfolk Cottages stand unmittelbar bevor, und Nick musste in Bestform sein.

Das Büro war verwaist, und die Kollegen hatten längst Feierabend gemacht. Alle bis auf Nina. Sie war ihm für das Projekt zugeteilt worden und hatte darauf bestanden, ebenfalls länger zu bleiben.

Im Augenblick saß sie neben ihm und starrte mit gerunzelter Stirn auf den Bildschirm. Sie sah müde aus, ihr schickes schwarzes Etuikleid war knittrig, und einzelne Strähnen hatten sich aus ihrer Frisur gelöst und fielen ihr ins Gesicht. Außerdem hatte sie, ohne es bewusst zu tun, die Schuhe abgestreift und streckte nun ihre wohlgeformten, in schwarzen Strümpfen steckenden Beine unter dem Schreibtisch aus.

»Wieso gehst du nicht nach Hause?«, fragte Nick. »Wir sind hier fast fertig. Ich mache auch bald Schluss.«

»Kein Problem«, sagte Nina. »Es macht mir nichts aus, bis zum Ende zu bleiben. Hier ist mir noch etwas aufgefallen.« Sie zeigte mit ihrem manikürten Nagel auf einen Absatz. Nick registrierte, wie schlank und elegant ihre Hand war. »›Gemütliche Cottages‹ haben wir ein Stück weiter oben schon mal verwendet. Wie wär's, wenn wir stattdessen ›idyllische Anwesen‹ nehmen?«

»Ja, das klingt viel besser.« Nick ersetzte den Text. Obwohl Nina noch neu war, lernte sie schnell, hatte originelle Ideen und eine bemerkenswerte Arbeitsmoral.

»Und hier«, fuhr sie fort und beugte sich weiter herüber, als er mit der Maus nach unten scrollte. Die feine Moschusnote ihres Parfums stieg ihm in die Nase, und er wandte sich eilig ab. »Hier steht, die Quote der Stammkunden macht dreiundzwanzig Prozent vom Gesamtumsatz aus, aber ich glaube, dass die Zahl falsch ist. Sollte es nicht …«

Nina unterbrach sich, als Nicks Handy auf dem Schreibtisch vibrierte. Julias Name stand auf dem Display.

»Musst du nicht rangehen?«, fragte Nina, nachdem sie beide sekundenlang darauf gestarrt hatten.

»Nein.« Nick drückte auf die Taste und ließ die Voicemail anspringen. »Das ist nur meine Frau.« Kaum waren die Worte ausgesprochen, wurde ihm bewusst, wie hässlich das klang. »So war es nicht gemeint.« Er rang sich ein verlegenes Lächeln ab. »Ich wollte …«

»Ist schon okay«, unterbrach sie und musterte ihn neugierig, wobei ihm auffiel, wie dicht und dunkel ihre Wimpern waren.

»Äh … wo waren wir stehen geblieben?« Nick räusperte sich und wandte sich wieder dem Bildschirm zu, doch es fiel ihm schwer, sich zu konzentrieren. Plötzlich schien die Präsentation nichts als ein Haufen bunt durcheinandergewürfelter Worte und Zahlen zu sein, und sie könnte ebenso gut auf Suaheli geschrieben worden sein.

Typisch Julia, dachte er frustriert, platzt wieder mal einfach so rein. Vermutlich wollte sie ihn nur überreden, möglichst schnell nach Hause zu kommen und mit ihr ins Bett zu springen, weil sie gerade ihren Eisprung oder von irgendeiner neuen Technik gelesen hatte oder weil Saturn in der Venus stand und die aktuelle planetare Konstellation eine Empfängnis garantierte.

Einen kurzen Moment überlegte er, sich Nina anzuvertrauen, besann sich jedoch eines Besseren. Nina war gerade einmal dreiundzwanzig, und ein verstohlener Blick auf ihren linken Ringfinger verriet, dass sie nicht verheiratet und damit wohl kaum mit den Problemen und Ärgernissen einer Langzeitbeziehung vertraut war.

Ah, jung, Single und frei sein! Plötzlich verspürte er einen Anflug von Neid auf ihr sorgenfreies Leben und sehnte sich nach seinen Junggesellentagen zurück, nach einer Zeit ohne Verpflichtungen, Rechnungen und Schwangerschaftstests.

»Nick?« Ninas sanfte Stimme riss ihn aus seinen Grübeleien.

Er fuhr hoch. »Entschuldigung. Was sagten Sie gerade?«

»Nur dass es zweiunddreißig Prozent heißen sollte. Offenbar ist da ein Zahlendreher hineingeraten, aber ich kann gern noch mal nachsehen …«

Nina zog einen dicken Aktendeckel heran und begann zu blättern, während Nick sich erschöpft die Stirn massierte.

Seit der Auseinandersetzung in Annies Praxis hatten er und Julia kaum ein Wort miteinander gewechselt. Unmittelbar danach hatten sie einen schlimmen Streit gehabt und einander wüste Gemeinheiten an den Kopf geworfen; seither herrschte Eiszeit. Nick ging der Situation aus dem Weg, indem er frühmorgens das Haus verließ und erst in den späten Abendstunden zurückkehrte und so die gemeinsame Zeit auf ein Minimum beschränkte. Er fragte sich, was sie wollen könnte …

»Wissen Sie was? Lassen Sie uns für heute Schluss machen. Wir setzen uns gleich morgen früh noch mal dran, wenn wir frisch und ausgeruht sind.«

»Klar.« Nina schlüpfte in ihre Schuhe, sammelte die Unterlagen ein und verstaute sie in ihrer Tasche. »Ich mache mir noch ein paar Gedanken über die Zielgruppenausrichtung und schicke eine Mail, wenn mir eine zündende Idee kommt.«

»Prima. Danke. Sie sind wie immer die Beste«, sagte Nick, als sie das Büro verließen und mit dem Aufzug nach unten fuhren. Es war eine kalte, sternenklare Nacht, und der Parkplatz lag verwaist vor ihnen. »Tja, dann bis morgen.« Er sah Ninas bewundernden Blick, als er zu seinem silbernen BMW trat.

»Klar, bis morgen. Gute Nacht, Nick.«

Ninas Absätze hallten laut auf dem Asphalt, als sie zu ihrem Wagen ging.

Nick sah zu, wie sie den Gürtel ihres Wollmantels um ihre schmale Taille schlang, und erschauderte plötzlich. Hastig wandte er sich um, stieg ein und ließ die Zündung an, dann wartete er, bis er sie im Rückspiegel davonfahren sah, ehe er langsam vom Parkplatz rollte und in die Straße einbog.

»Bist du's, Nick?«, rief Julia, als er die Haustür aufschloss.

Nick verzog genervt das Gesicht. Er hatte keine Lust auf einen neuerlichen Streit – wieder und wieder dieselbe Leier, gefolgt von frustriertem, wütendem Schweigen.

»Ja«, antwortete er und zog seine Jacke aus.

Zu seinem Erstaunen kam Julia aus dem Wohnzimmer geeilt. Sie trug einen karierten Pyjama und Flauschhausschuhe, ihr blondes Haar war frisch gewaschen, und sie trug kaum Make-up, was sie deutlich jünger als ihre einunddreißig wirken ließ. Sie sah süß und unschuldig aus. Allerdings schien sie etwas nervös zu sein, unschlüssig, was sie erwartete.

»Hi«, sagte sie in einer Mischung aus Schüchternheit und leiser Hoffnung.

So freundlich hatte er sie seit Langem nicht mehr erlebt. Nichts erinnerte an die frustrierte Miene mit den zusammengepressten Lippen, stattdessen lag ein zögerliches Lächeln auf ihren Zügen.

»Hi«, sagte er vorsichtig und beugte sich herab, um sie auf die Wange zu küssen. Kränkung flackerte in ihren Augen auf, was Nick verriet, dass sie sich mehr erhofft hatte. Aber er war nicht bereit, ihr so schnell zu verzeihen. Noch nicht. Mit dem Termin bei Annie hatte er sich ein Bein ausgerissen, um ihre Beziehung zu retten, und sie hatte sein Engagement erbarmungslos mit Füßen getreten.

»Wie war dein Tag?«, fragte sie mit gezwungener Fröhlichkeit.

»Ganz okay, danke. Und bei dir?«

»Gut. Ich habe einen neuen Auftrag für die Ausrichtung einer Feier zum vierzigsten Hochzeitstag an Land gezogen.«

»Toll. Glückwunsch«, lobte Nick abwesend mit tonloser Stimme. »Ich gehe schnell nach oben, unter die Dusche.«

»Klar. Ich kümmere mich solange ums Essen. Du hast doch bestimmt großen Hunger.«

»Das ist nicht nötig. Ich mache mir später eine Kleinigkeit.«

»Kein Problem«, beharrte Julia. »Du brauchst doch etwas Anständiges im Magen, wenn du so lange arbeitest. Ich habe vorhin versucht, dich anzurufen …«

Der Rest des Satzes hing unausgesprochen zwischen ihnen. Nick öffnete den Mund, schloss ihn jedoch wieder, machte kehrt und ging nach oben. Er sah nicht, dass seine Frau hinter ihm in sich zusammensank und ihre eifrige Miene blanker Resignation wich. Einen Moment lang sah sie ihm hinterher, dann wandte auch sie sich ab und schlurfte in die Küche.

Als Nick eine Viertelstunde später frisch geduscht, in Jogginghose und einem gemütlichen T-Shirt wieder nach unten kam, hatte Julia den Tisch in der Küche für ihn gedeckt. Sie hatte ein Steak gebraten, dazu servierte sie Grilltomaten und Spargel und ein Glas Rotwein.

Sie schenkte ihm ein Lächeln, das er argwöhnisch erwiderte. Das Essen sah wirklich verlockend aus, das musste er zugeben – in den letzten Tagen hatte er sich weitgehend von Toast und Fastfood ernährt, und Julia hatte seine Gegenwart praktisch nicht zur Kenntnis genommen.

»Isst du nichts?«, fragte er.

»Ich habe schon gegessen, wollte deines aber frisch zubereiten. So schmeckt es besser, außerdem dauert es nur zehn Minuten.«

»Danke«, sagte er widerstrebend. Sie gab sich Mühe, das ließ sich nicht leugnen.

Während er aß, hantierte sie leise in der Küche herum, stapelte das Geschirr in die Spülmaschine und wischte die Arbeitsplatte ab.

Schließlich schob er sich den letzten Bissen in den Mund, legte das Besteck beiseite und rückte mit seinem Stuhl nach hinten. »Danke, Jules. Das war wirklich lecker.«

Julia trat neben ihn. »Gern geschehen«, sagte sie und legte ihm beide Hände auf die Schultern.

Unwillkürlich wurde Nick stocksteif, und Julia runzelte die Stirn.

»Du bist so verspannt«, murmelte sie und strich mit den Fingerspitzen über die betonharten Muskeln zwischen seinen Schulterblättern. »Du arbeitest zu viel.«

Mit kräftigen Bewegungen ließ sie ihre Daumen über die verhärteten Knoten kreisen. Nick schloss die Augen und spürte, wie er sich ein wenig entspannte.

»Aaah, das tut gut.« Seufzend ließ er den Kopf auf die Brust sinken, während Julia sich an seiner Wirbelsäule entlang nach oben arbeitete und über die Härchen in seinem Nacken strich, was ihm einen wohligen Schauder über den Rücken jagte.

»Schatz, es tut mir leid ... alles ...«, sagte sie, knetete weiter und schob dabei ihre Hände unter sein T-Shirt, dann beugte sie sich vor, drückte ihm einen Kuss auf den Kopf und vergrub das Gesicht in seinem noch feuchten Haar, während sie ihre Hände zu seiner Brust wandern ließ. Ihre Brüste pressten sich gegen seinen Rücken, als sie mit den Lippen an seinem Hals, seinem Ohr und seiner Wange entlangstrich und seinen Mund suchte.

Noch immer mit geschlossenen Augen, ließ er sich

von den rhythmischen, beruhigenden Bewegungen ihrer Hände in eine Art Trance fallen. Ihre Nägel wanderten über seine nackte Haut, und er spürte, wie die Erregung in ihm aufzusteigen begann, während sie ihn immer noch hingebungsvoll küsste. Es musste ihr aufrichtig leidtun, dachte er, als ihre Zunge in seinen Mund glitt, sie sich rittlings auf ihn setzte und sich gegen seine Erektion presste.

Nick legte die Hände um ihre Pobacken, spürte das weiche, einladende Fleisch, als er sie enger an sich zog. Seine Hände glitten an ihren Schenkeln entlang –

»Nein!« Er riss die Augen auf und wich so schnell zurück, dass Julia das Gleichgewicht verlor und beinahe von seinem Schoß fiel. Sie musste sich am Tisch festhalten, um nicht auf dem Fußboden zu landen.

»Nick, pass doch auf!«, rief sie erschrocken.

»Nein!« Nick wand sich unter ihr hervor. »Ich weiß genau, was du vorhast, Julia. Das schöne Essen, die Massage. In Wahrheit tut es dir gar nicht leid, sondern ich werde hier verführt, verdammt noch mal!«

Julias schuldbewusste Miene verriet ihm, dass er ins Schwarze getroffen hatte, sie aber nicht klein beigeben würde.

»Manche Männer würden sich freuen, von ihrer Frau verführt zu werden, statt so zu tun, als wären sie gerade Opfer des Verbrechens des Jahrhunderts geworden«, erwiderte sie bissig.

»Aber hier geht es überhaupt nicht um mich, stimmt's? Sondern um deine verdammte Besessenheit, ein Kind zu kriegen.«

»Aber wir wollen es doch beide«, protestierte sie. »Wir waren uns einig.«

Nick schüttelte den Kopf. Wie hatte es zwischen ihnen

nur so weit kommen können? »Ich weiß nicht mehr, was ich noch will.«

Mit ausgestreckten Armen trat Julia auf ihn zu, doch er wich zurück.

»Lass es einfach gut sein«, stieß er wütend hervor. »Ich gehe jetzt schlafen. Im Arbeitszimmer.«

»Bitte, Nick«, begann Julia, aber Nick stürmte hinaus, stapfte die Treppe hinauf, den Flur entlang und schlug die Tür hinter sich zu.

Julia gelangte zu dem Entschluss, dass es klüger war, ihm nicht zu folgen. Stattdessen setzte sie sich auf seinen Stuhl und grübelte, was in letzter Zeit zwischen ihnen nur so schrecklich schiefgelaufen war.

Wollte Nick in Wahrheit gar kein Kind? Sie hatten doch endlos darüber diskutiert, und die Aussicht, bald Eltern einer Tochter oder eines Sohnes zu werden, hatte ihn in helle Begeisterung versetzt. Interessiert hatte er Julias Vorschlägen gelauscht, welches Kinderbettchen das richtige wäre oder in welcher Farbe sie das Kinderzimmer streichen könnten. Sie waren sich sogar einig gewesen, in ein paar Jahren noch weiteren Zuwachs zu bekommen, denn keiner von ihnen wollte ein Einzelkind.

Und jetzt ... Julia seufzte. Während ihr gesamtes Denken und Streben ausschließlich um ihren Wunsch kreiste, endlich schwanger zu werden, schien die Vorstellung für Nick jeglichen Reiz verloren zu haben. Aber um ein Baby zu bekommen, *mussten* sie und Nick nun einmal Sex haben – ein klarer Fall für Julia, doch Nick sah es offenbar völlig anders. Wie um alles in der Welt sollte sie das bewerkstelligen, wenn sie in getrennten Zimmern schliefen?

Jeden Tag sah Julia junge Mütter mit ihren Säuglingen im Kinderwagen und Eltern, die ihre Sprösslinge zur

Schule brachten, oder las Artikel über Paare mit sechzehn Kindern, die ein Haus mit nur drei Schlafzimmern bewohnten, was die verzweifelte Sehnsucht in ihrem Innern jedes Mal aufs Neue aufflackern ließ. Wieso schafften alle anderen scheinbar mühelos, wonach sie sich am meisten im Leben sehnte?

Und jetzt kam auch noch Nick an, beschwerte sich, dass ihre Beziehung nicht mehr richtig funktionierte, und verlangte von ihr, ihn zu dieser Wichtigtuerin von Therapeutin zu begleiten. Das ergab doch überhaupt keinen Sinn. Welcher Ehemann wünschte sich nicht täglichen Sex, wann immer ihm gerade der Sinn danach stand?

Heute Abend hatte es den Anschein gehabt, als sei er ernsthaft wütend gewesen. Dabei waren ihre Zärtlichkeiten bei Weitem nicht so zweckorientiert gewesen, wie er vermutet hatte – sie war es schlicht und ergreifend leid, sich andauernd zu streiten, und war davon ausgegangen, dass ein liebevoll zubereitetes Abendessen und – ja, okay – eine Runde heißer Sex die Wogen wieder glätten würden. Stattdessen hatten sie sich wieder in die Wolle gekriegt, und eine neuerliche Eiszeit war angebrochen.

Sie hievte sich von ihrem Stuhl hoch, machte das Licht aus und ging nach oben. Wie vermutet, war die Tür zum Arbeitszimmer geschlossen. Sie erhaschte einen Blick auf sein leeres Bett im Schlafzimmer am Ende des Flurs. Einen Moment lang stand sie da und kaute nachdenklich auf ihrer Lippe. Dann fasste sie einen Entschluss, drückte die Türklinke herunter und betrat leise das Arbeitszimmer.

Ein Lichtstreifen erhellte den Teppich und das schmale Gästebett, auf dem sie seine vertraute Gestalt ausmachen konnte. Er lag reglos da, atmete ruhig und gleichmäßig, und trotzdem war sie sicher, dass er noch nicht schlief.

Leise tappte sie auf die andere Seite des Bettes, schlug die Decke zurück und schlüpfte darunter. Vorsichtig schmiegte sie sich gegen seinen Rücken und legte einen Arm um seine warme, nackte Brust. Wieder registrierte sie schuldbewusst, wie er sich unter ihrer Berührung versteifte.

Behutsam küsste sie seinen Nacken und kuschelte sich noch enger an ihn. »Es tut mir leid, Schatz. Ehrlich. Ich weiß ja, dass es im Moment nicht gut zwischen uns läuft und dass wir ... dass wir etwas unternehmen müssen. Wenn du willst, komme ich mit zu dieser Therapie. Ruf Annie an und mach einen Termin aus ... ich bin dabei.«

10

Wenn Sex so etwas Natürliches ist, wieso gibt es dann massenweise Bücher, in denen steht, wie man ihn richtig praktiziert?
– Bette Midler

Zoe und Simon saßen einander splitternackt im Schneidersitz in ihrem winzigen Wohnzimmer gegenüber. Sie hatten den altmodischen Gasofen bis zum Anschlag aufgedreht, die Deckenlampe ausgemacht und dicke Stumpenkerzen angezündet, die Zoe im Ausverkauf erstanden hatte. Die Vorhänge waren zugezogen, damit niemand hereinsehen konnte.

»Ich habe keine Ahnung, wie ich die nächsten sechs Monate überstehen soll«, stöhnte Simon und ließ den Blick voller Begierde über Zoes Körper wandern. »Bist du sicher, dass das eine gute Idee ist? Ich glaube, ich bereue es jetzt schon.«

Zoe kicherte. »Simon, es sind noch nicht mal zwei Wochen vorbei, und du jammerst schon.«

»Weiß ich doch.« Er sah sie aus treuseligen Augen an. »Vielleicht sollten wir die Hochzeit vorverlegen.«

»Vorverlegen?«

»Ja, auf nächste Woche«, schlug er hoffnungsvoll vor, und Zoe lächelte.

»Nein«, erklärte sie mit fester Stimme und schlug seine Hand weg, die an der Innenseite ihres Schenkels entlangwanderte. »Wir machen es richtig, so wie wir es besprochen haben.«

»Okay, du hast gewonnen«, sagte er. »Was steht noch mal auf dem Arbeitsblatt?«

Zoe sprang auf und nahm den Zettel mit Annies Anweisungen von ihrem Secondhand-Couchtisch. Sie hatte keinerlei Probleme mit ihrer Nacktheit, schließlich hatte Simon sie unzählige Male so gesehen. Wie alle Frauen hatte auch Zoe ihre kleinen Problemzonen, aber Simon hatte nie auch nur den Gedanken aufkommen lassen, dass er ihren Körper nicht lieben würde, wie er war, im Gegenteil. Er schien geradezu verrückt nach ihr zu sein, und Zoe war ihm ewig dankbar für das Selbstvertrauen, das er ihr dadurch schenkte.

»›Erogene Zonen sind Areale des menschlichen Körpers, die bei Stimulation, beispielsweise durch Kitzeln, Lecken oder Streicheln, sexuelle Erregung hervorrufen, was wiederum potenziell zum Höhepunkt führen kann‹«, las sie laut.

»Ich bin schon erregt, wenn ich das bloß höre«, brummte Simon mit einer bedeutungsvollen Geste auf seinen Schritt.

Zoe riss die Augen auf. »Das sehe ich!«

»Ich bin nicht sicher, wie es erst wird, wenn du anfängst, mich zu kitzeln, zu streicheln oder zu lecken.«

»Da ist eben Selbstbeherrschung gefragt«, erwiderte sie mit funkelnden Augen. »Also weiter. ›Neben den offensichtlichen Körperteilen wie den Brüsten und Genitalien besitzen die meisten Menschen auch noch andere erogene Zonen, die auf Stimulation mit Erregung unterschiedlichen Ausmaßes reagieren, unter anderem die Kopfhaut, die Ohrläppchen, Schlüsselbeine, Achselhöhlen ...‹« Zoe unterbrach sich. »Iiiih, deine Achselhöhlen will ich aber nicht ablecken ... die Innenseiten der Ellbogen, Knie, der untere Rücken, Füße und Zehen.«

»Ich nehme alle«, grinste Simon.

Zoe beachtete ihn nicht. »Annie hat gesagt, wir sollen uns auf die weniger offensichtlichen Körperpartien konzentrieren und herausfinden, welche am erregbarsten sind. Wir sollen uns viel Zeit dabei lassen, den anderen zu streicheln und zu liebkosen, und dann die unterschiedlichen Regionen mit Noten von eins bis drei bewerten – eins bedeutet *Na ja, ganz nett*, zwei heißt, dass es sich gut anfühlt, und drei steht für *So erregend, dass ich nicht genug bekommen kann.*«

»Klingt gut.« Simons gieriger Blick glitt über Zoes Körper. »Soll ich anfangen, oder willst du lieber?«

Zoe grinste. »Mir egal.«

»Lügnerin!« Simon seufzte, während Zoe wieder kicherte. »Okay, dann fang du an.« Er legte sich flach auf den Rücken und schloss die Augen.

»Oh, eins hätte ich fast vergessen!« Wieder sprang Zoe auf, nahm ihre Handtasche von dem durchgesessenen blauen Sofa, kramte eine schlanke, steife Feder in schillerndem Blaugrün heraus und drehte sie bewundernd hin und her. »Ist die nicht bildschön?«

Simon schlug die Augen auf. »Das heißt, kein Lecken oder Saugen?«, fragte er mit unüberhörbarer Enttäuschung.

»Diese Woche nicht.« Zoe schüttelte den Kopf, strich mit der Feder über ihre Handfläche und genoss das leise Prickeln auf ihrer Haut. »Ich habe sie in der Mittagspause in diesem kleinen Kunsthandwerksgeschäft in der Elm Street erstanden. Die Verkäuferin und ich kamen ein bisschen ins Plaudern, und sie wollte wissen, wofür ich sie brauche. Ich habe Panik bekommen und geantwortet, dass ich mir einen Hut machen will.«

»Einen Hut! Sehr einfallsreich!«

»Halt den Mund und mach die Augen zu«, befahl Zoe. Simon gehorchte mit einem anzüglichen Grinsen.

»Also gut«, murmelte sie und betrachtete nachdenklich seinen nackten Körper. »Wo fange ich am besten an?«

Sie musste zugeben, dass der Anblick von Simons breiten Schultern und kräftigen Armen, seiner Brust mit den dichten dunklen Härchen und seiner kräftigen Rugbyspieler-Schenkel durchaus erregend war. Ganz zu schweigen von seiner eindrucksvollen Männlichkeit …

Es wäre ein Kinderspiel, Annies Anweisungen einfach zu zerreißen und ihren Schwur in den Wind zu schreiben, dachte sie und biss sich auf die Unterlippe. Am liebsten würde sie sich rittlings auf ihn setzen und seinen langen, harten …

»Bist du noch da?«, fragte Simon besorgt und öffnete halb ein Auge.

»Was? Äh, ja, entschuldige. Ich war nur kurz abgelenkt. Mach die Augen wieder zu.«

»Ich fühle mich so ausgeliefert«, gestand Simon. »Aber bitte keine versauten Fotos schießen, die du dann an all unsere Freunde schickst. Oder an deine Mutter.«

»Tolle Idee, darauf bin ich ja noch gar nicht gekommen«, giggelte Zoe. »Für meine Mutter bist du ohnehin das Beste seit der Erfindung von Schnittbrot. Bestimmt würde sie vor Begeisterung ausflippen!«

»Könnten wir jetzt bitte nicht über deine Mutter reden? Das ist gar kein guter Zeitpunkt!«

»Okay, du hast recht.« Zoe lachte, dann schwieg sie und konzentrierte sich wieder. Vorsichtig streckte sie die Hand aus und fuhr behutsam mit der Feder über Simons Bauch, umkreiste seinen Nabel, strich zwischen die dunklen drahtigen Härchen in seiner Schamgegend und zu seinen Beckenknochen.

Simon erschauderte, und auf seinem Arm bildete sich eine Gänsehaut. »Mmm, das kitzelt.«

Zoe lächelte. »Gefällt es dir?«

»Irgendwie schon ... eine Zwei.« Er schnitt eine Grimasse. »Nett, aber nicht der absolute Oberhammer.«

»Okay.« Zoe nickte und nahm ihr nächstes Ziel ins Visier. »Hmm ...« Sie kroch ein paar Zentimeter nach vorn, bis sie sich auf Augenhöhe mit seinen Füßen befand – typische Männerfüße, ungeliebt und ungepflegt, mit Nägeln, die dringend geschnitten werden müssten, und dunklen Härchen auf den einzelnen Zehen. Langsam fuhr Zoe mit der Feder über Simons rechten Fuß, von der Ferse bis zum Ballen und über seine Zehen.

Simon fuhr zusammen und riss seinen Fuß weg. »Eins!«, rief er. »Sogar eher Null. Das mag ich überhaupt nicht. Mir wird sogar fast ein bisschen unwohl.«

»Also bist du definitiv kein Fußfetischist.«

»Zumindest nicht für meine eigenen – bei deinen sieht es vielleicht anders aus.«

»Na gut, dann können wir deine Füße künftig außer Acht lassen. Ich werde sie jedenfalls nicht mehr anfassen ... oder erst wenn du bei der Pediküre warst.«

Simon runzelte die Stirn. »Vielleicht solltest du dir noch mal genau überlegen, worum es hier eigentlich geht«, neckte er sie. »Wenn ich es richtig verstanden habe, solltest du doch die Stellen finden, bei denen es mir die Schädeldecke wegbläst.«

»Ich an deiner Stelle wäre vorsichtig«, warnte Zoe und zog eine Braue hoch. »Du liegst wehrlos vor mir. Das ist nicht gerade die allerbeste Ausgangsposition, nur falls du es vergessen haben solltest. Eine falsche Bewegung von mir, und unsere Chancen auf Kinder könnten dahin sein.«

Simon verfiel in Schweigen und wartete, während Zoe sich dem anderen Ende seines Körpers zuwandte – sie fuhr mit der Feder an seinem Hals entlang, über sein Schlüsselbein, dann zurück zu seinem Ohr.

»Grr, drei«, schnurrte er.

Lächelnd beugte sie sich vor, bis ihre Lippen beinahe seine Haut berührten, und pustete vorsichtig auf die empfindsame Partie an Hals und Ohr.

»Fünf … zehn … hundert!«, rief Simon, als sein gesamter Körper vor Erregung zu kribbeln begann. Er schlug die Augen auf. Beim Anblick von Zoes nacktem Körper konnte er sich nicht länger beherrschen, sondern streckte die Arme nach ihr aus, um sie zu küssen.

Zoe schloss die Augen, als Simon beide Hände um ihr Gesicht legte, und ließ sich vom vertrauten Gefühl seines Munds auf ihren Lippen und der köstlichen Wärme seines Körpers einhüllen. Sie legte sich neben ihn auf den Boden und schlang die Beine um ihn, während sie sich weiterküssten, bis Simon sich widerstrebend von ihr löste.

»Dürfen wir das überhaupt?«, fragte er schwer atmend und betrachtete seine Verlobte voller Leidenschaft.

Zoe nickte. »Ja, wir haben schließlich keinen Sex, oder? Es spricht nichts dagegen. Alles ist wunderbar.«

»Ich fühle mich aber überhaupt nicht wunderbar.« Stöhnend rollte Simon sich zur Seite. »Es ist total frustrierend. Wenn wir so weitermachen, kann ich für nichts mehr garantieren. Gib mir die Feder und lass mich mal.«

»Bist du sicher, dass eine kalte Dusche nicht besser für dich wäre?«

»Vermutlich schon«, meinte er, nahm ihr die Feder aus der Hand und rollte sie auf den Bauch. »Unterer Rücken … zwischen eins und drei.«

»Ohh, drei«, stöhnte sie und legte den Kopf auf den Händen ab, wobei ihr Blick auf den im Kerzenschein funkelnden Brillanten an ihrem Verlobungsring fiel. Sie konnte immer noch nicht recht glauben, dass sie ihren wunderbaren Verlobten bald heiraten würde. Sie wandte den Blick ab und gab sich genüsslich den zarten Federstrichen hin.

Simon strich weiter über Zoes nackte Haut, vom Hals über ihre Schulterblätter bis hinunter zum weichen Schwung ihres Hinterteils, über die Rückseiten ihrer Schenkel, ihre Waden und schließlich ihre Fußsohlen. Es fühlte sich herrlich an. Mit einem zufriedenen Seufzer verkündete sie, dass die gesamte Rückseite ihres Körpers eine drei verdiente.

»Also ist dein ganzer Körper praktisch eine einzige erogene Zone?«

»Das macht die Dinge doch gleich viel einfacher, was?«, gab Zoe zurück und sah Simon liebevoll an.

»Hey, du schummelst. Die Augen sollen geschlossen bleiben«, rief er, ehe sich ein hinterhältiges Lächeln auf seinem Gesicht ausbreitete. »Ich habe da eine Idee …«

Simon sprang auf und durchquerte den Raum, während Zoe bewundernd sein festes, rundes Hinterteil betrachtete. Dank der körperlichen Arbeit war er in ausgezeichneter Form.

Simon betrat das Schlafzimmer und kramte in Schubladen und Schränken.

»Was suchst du denn?«, rief Zoe ihm hinterher und stützte sich auf die Ellbogen.

»Lass dich überraschen«, rief Simon und suchte weiter, während Zoe auf dem Wohnzimmerboden liegen blieb. Ihre Wohnung, die Zoe nach der Uni gemeinsam mit ihrer Freundin Hannah gemietet hatte, befand sich über einem Möbelladen in der Madgalen Steet. Nach ein paar Monaten hatte sie Simon kennengelernt, und Hannah hatte beschlossen auszuziehen, also war Simon zu ihr gezogen – ein perfektes Arrangement für alle Beteiligten. Inzwischen sparten sie für ein eigenes Zuhause, was sich jedoch angesichts der bevorstehenden Hochzeit und der Flitterwochen als reichlich ehrgeiziges Projekt entpuppte. Zoe fragte sich manchmal, ob sie es jemals schaffen würden …

»Gefunden!«, rief Simon triumphierend und schwenkte eine Krawatte – sie war fliederfarben und die einzige, die er besaß. Zoe hatte sie für ihn ausgesucht, als sie letzten Sommer zur Hochzeit einer Freundin eingeladen gewesen waren. »Ich wusste doch, dass ich sie eines Tages gut gebrauchen kann«, grinste er.

»Was hast du denn damit vor?«, fragte Zoe, deren Augen bereits zu glitzern anfingen. Sie hatte sich aufgesetzt, und ihr langes, tizianrotes Haar fiel ihr über die helle, glatte Haut ihrer Schultern und ihre kleinen Brüste.

Wortlos beugte Simon sich vor, legte ihr die Krawatte über die Augen und band die Enden zusammen.

»Siehst du etwas?«

Zoe schüttelte den Kopf. Sie war ein bisschen nervös, gleichzeitig hatte es etwas unglaublich Erregendes, die Kontrolle abzugeben und ihr Schicksal buchstäblich in Simons Hände zu legen.

»Wie viele Finger halte ich hoch?«

»Drei?«, riet sie.

»Fangfrage«, raunte Simon unmittelbar neben ihrem Ohr. Sein Atem prickelte auf ihrer Haut, sodass sich die winzigen Härchen in ihrem Nacken aufrichteten. »Ich habe gar keinen hochgehalten. Leg dich hin …«, befahl er.

Sie gehorchte. Ihr Körper fühlte sich an, als stünde er in Flammen. Simon konnte kaum den Blick von ihr wenden, als er nach der Feder griff und sie in winzigen Kreisen über ihre rosafarbenen Brustwarzen gleiten ließ.

»Drei«, hauchte Zoe mit erstickter Stimme.

Wogen der Lust stiegen in Simon auf und verschlugen ihm den Atem. »Ich habe keine Ahnung, wie wir die nächsten Monate überstehen sollen«, flüsterte er. »Ernsthaft, Zoe, ich bin so scharf, dass ich gleich explodiere.«

»Na ja«, sagte sie mit leiser, heiserer Stimme, »wir haben uns ja nur darauf geeinigt, vor der Hochzeit keinen Sex zu haben. Trotzdem bleibt eine ganze Menge anderer Möglichkeiten übrig ... wir müssen nur unserer Fantasie freien Lauf lassen.«

Simon lauschte ihren Worten. Er war so erregt, dass er kaum noch klar denken konnte. »Gute Idee, finde ich.«

Zoe setzte sich auf, nahm die Krawatte ab und sah Simon tief in die Augen. »Was denkst du?«, murmelte sie verführerisch. »Ich bin sicher, uns fällt ein Arrangement ein, das ... für uns beide befriedigend ist.«

Simon grinste. Er wusste ganz genau, worauf sie anspielte. »Ich wusste, dass ich dich nicht ohne Grund gebeten habe, mich zu heiraten«, knurrte er, drückte sie auf den Boden zurück und begann sie leidenschaftlich zu küssen.

11

Ich kenne zwar die Frage nicht, aber Sex ist definitiv die Antwort.
– Woody Allen

»Hallo und herzlich willkommen! Wie schön, dass Sie so zahlreich erschienen sind. Und ich sehe auch ein paar neue Gesichter.« Strahlend sah Annie sich im Raum um und entdeckte Zoe und Simon und zu ihrer Überraschung auch Nick und Julia unter ihren Stammklienten, die im Halbkreis Platz genommen hatten.

»Diejenigen von Ihnen, die schon einmal hier waren, wissen ja, dass die Gruppensitzungen am Samstagvormittag ganz anders ablaufen als Ihre Einzelstunden. Wir werden hier nicht auf die Gründe für Ihre Therapie eingehen, und Sie müssen nichts tun oder sagen, was Sie nicht wollen.«

Wieder lächelte sie in die Runde, als die Anwesenden – sechs Paare unterschiedlichen Alters – zustimmend murmelten und nickten. Manche von ihnen saßen eng nebeneinander, hielten sich bei den Händen oder sahen einander immer wieder an, andere blickten geradeaus und mieden jeden Körper- und Augenkontakt.

»Diese Gruppensitzungen sollen lockerer und weniger intensiv sein als Ihre Einzeltherapiestunden, trotzdem würde ich mich freuen, wenn Sie etwas Wertvolles für die Arbeit an Ihrer Beziehung daraus ziehen würden«, fuhr Annie fort. »Da wir ein paar Neulinge haben, schlage ich vor, wir stellen uns als Erstes der Reihe nach vor. Möchten Sie den Anfang machen, Zoe?«

Zoe und Simon gehörten zu den Paaren, deren Körpersprache verriet, dass sie in ihrer Beziehung sehr glücklich waren.

»Okay.« Zoe wirkte leicht nervös, als sie sich vorbeugte, sodass die anderen sie sehen konnten. »Hi«, sagte sie fröhlich, »ich bin Zoe, und das hier ist mein Freund, nein, genauer gesagt, mein Verlobter, Simon.«

»Hi, ich bin Simon, und meine zukünftige Frau nimmt mir gern mal das Wort aus dem Mund«, scherzte Simon, worauf die anderen lachten und Zoe vor Verlegenheit rot anlief.

Als Nächstes war Nick an der Reihe. »Ich bin Nick«, stellte er sich mit einem kurzen, etwas unbehaglichen Nicken vor.

»Julia«, sagte Julia knapp, und ihre Miene verriet, dass sie lieber an jedem anderen Ort auf der Welt wäre als hier.

Nick hatte Annie einige Tage zuvor angerufen, um sich noch einmal für Julias Benehmen zu entschuldigen, dabei hatte Annie vorgeschlagen, dass sie doch an einer ihrer Samstagssitzungen teilnehmen sollten – um den Druck von ihrem Paarproblem zu nehmen und auch, um Julia zu zeigen, dass Therapie nicht zwangsläufig bedeutete, sich vor anderen seelisch zu entblößen. Nick hatte das Angebot freudig angenommen. Sie waren früh erschienen, und Julia war, wenn auch erst nach einem kleinen Schubs von Nick, zu Annie gekommen, um sich noch einmal persönlich zu entschuldigen.

Die restlichen Teilnehmer stellten sich der Reihe nach vor: Richard und Jennifer, Michael und Carolyn, Hardeep und Shamila sowie David und Brigitte.

»Wunderbar«, sagte Annie schließlich. »Also. Ich bitte Sie in Ihrem Interesse über alles, worüber heute in diesem Raum gesprochen wird, Stillschweigen zu wahren. Keiner soll Angst haben, dass etwas, was hier passiert oder gesagt wird, im Internet kursieren oder in irgendwelchen Freundeskreisen breitgetreten werden könnte.«

Wieder nickten alle, und Zoe ließ ein leicht angespanntes Lachen hören.

»Wie Sie vielleicht schon bemerkt haben, habe ich ein paar Gegenstände besorgt, die Sie vielleicht nicht unbedingt bei einer Gruppensitzung vermuten würden«, fuhr Annie fort. Sie hatte den größten Konferenzraum des Bürogebäudes gemietet und den Tisch an die Wand geschoben, um so viel Platz wie möglich zu schaffen. Am einen Ende befanden sich die im Halbkreis aufgestellten Stühle, unmittelbar davor war eine Art Mini-Hindernisparcours aufgebaut: eine Reihe mit Verkehrshütchen, dann eine niedrige Hürde, ein kleines Trampolin, ein Kinderplanschbecken und schließlich ein Tischchen mit einem Glöckchen darauf.

»Die heutige Übung besteht darin, dem Partner genau zuzuhören und zu lernen, ihm zu vertrauen. Mehr möchte ich für den Moment nicht verraten. Wer will anfangen?«

Einige Paare sahen rasch zu Boden, um nicht Gefahr zu laufen, dass Annie Blickkontakt aufnahm – genau wie früher beim Sportunterricht in der Schule.

»Los, Leute, einer muss den Anfang machen!«

Zoe sah sich um und hob die Hand, als sie merkte, dass niemand die Initiative ergriff. »Ich fange an!«, rief sie. »Besser gesagt – wir.«

»Was habe ich dir noch mal gesagt, dass du nicht über meinen Kopf hinweg entscheiden sollst?«, flüsterte Simon halblaut, erhob sich aber trotzdem.

Lächelnd zog Annie einen schwarzen Schal hervor und reichte ihn Simon. »Ich möchte, dass Sie Zoe damit die Augen verbinden.«

Grinsend nahm Simon den Schal entgegen. »Kommt mir irgendwie bekannt vor«, murmelte er, schlang ihn um Zoes Kopf und verknotete ihn, während sie belustigt kicherte.

»Schön eng, aber nicht so, dass die Blutzirkulation abgedrückt wird«, scherzte Annie. »Okay, Simon. Sie werden jetzt Zoe einzig und allein mit Ihrer Stimme durch den Parcours dirigieren – um die Hütchen herum, über die Hürde, auf das Trampolin, wo sie dreimal hüpfen muss, dann um das Planschbecken herum, bis sie vor dem Tisch steht, wo sie am Ende die Glocke läuten wird. Und Sie, Zoe, müssen ganz genau zuhören, was Simon Ihnen sagt.«

»Das ist für alle Beteiligten eine Premiere«, bemerkte er, worauf die anderen lachten. Schließlich kehrte Schweigen ein. Simon räusperte sich, während die anderen ihn aufmerksam beobachteten.

»Also, Zoe, du kannst mich gut hören, ja?«

»Ich bin blind, aber nicht taub.«

»Okay, okay. Sei nett zu mir, sonst lasse ich dich gegen die Wand laufen.«

Annie sah ihn an. »Ich finde es schön, dass Sie so ... spielerisch miteinander umgehen können, aber Sie sollten jetzt anfangen. Es kommen noch einige Paare nach Ihnen.«

»Klar. Entschuldigung«, sagte Simon. »Also, Schatz. Geh zwei große Schritte nach vorn ...«

Zögernd gehorchte Zoe.

»Wunderbar. Jetzt einen kleinen Schritt nach rechts. Nein, rechts, das ist links!«

»Tut mir leid, das verwechsle ich immer.«

»Das macht nichts. Wir sind schon wieder auf dem richtigen Weg. Noch ein halber Schritt nach vorn, dann einen nach links, also in die entgegengesetzte Richtung wie beim letzten Mal, okay?«

»Das weiß ich selber, Schlauberger.«

Sie machten weiter – Simon dirigierte Zoe unter gutmütigem Geplänkel quer durch den Raum. Als Zoe das Glöckchen vom Tisch nahm und triumphierend läutete, brachen die anderen Anwesenden in spontanen Beifall aus. Breit grinsend streifte Zoe die Augenbinde ab und stürzte sich geradewegs in Simons Arme, der sie fest an sich drückte.

»Das war toll, Babe«, raunte er und gab ihr einen Kuss auf den Mund.

»Gut gemacht!«, lobte Annie, als sie zu ihren Plätzen zurückkehrten. »Möchte sonst jemand etwas dazu sagen?«

»Sie beide führen unübersehbar eine tolle Beziehung«, ergriff Michael das Wort. »Ehrlich gesagt, weiß ich nicht recht, weshalb Sie überhaupt hier sind. Sie haben hervorragend zusammengearbeitet und hatten keine Angst, sich gegenseitig vor eine Herausforderung zu stellen.«

»Und das alles bei bester Laune und ohne jede Aggressivität«, fügte Shamila hinzu. »Es herrschte keine Sekunde schlechte Stimmung.«

»Absolut«, bestätigte Annie. »Sie haben ganz hervorragend zusammengearbeitet und Probleme, wie zum Beispiel die Hürde bei Ihnen, Zoe, gemeinsam gemeistert. Wer möchte es als Nächstes versuchen?«

Richard und Jennifer meldeten sich. Diesmal bekam Richard die Augenbinde umgebunden, und Jennifer dirigierte ihn durch den Parcours. Obwohl Richard eines der

Verkehrshütchen umwarf und vor dem Trampolin beinahe die Geduld verlor, schafften sie es, die Strecke ohne größere Probleme zu bewältigen, wenn auch deutlich langsamer als Zoe und Simon zuvor.

Als Nächstes waren Nick und Julia an der Reihe. Widerstrebend erklärte Julia sich bereit, sich die Augenbinde umlegen und von Nick anweisen zu lassen. Schon der Start lief nicht gut, als Julia über eines der Hütchen stolperte und sich beinahe den Knöchel verknackste.

»Ich habe dir doch gesagt, du sollst nicht da entlanggehen!«, schnauzte Nick sie an, als Julia sich zornig die Augenbinde herunterriss und ihren schmerzenden Knöchel massierte.

»Du hast gesagt, nach links«, verteidigte sie sich. »Also bin ich nach links gegangen.«

»Ich habe gesagt, nach vorn und dann nach links, nicht gleich nach links.«

»Das ist doch sowieso alles total blöd. Ich weiß nicht, wieso ich überhaupt hergekommen bin.« Julia schien den Tränen nahe zu sein. Annie beschloss einzugreifen.

»Was macht Ihr Knöchel, Julia? Können Sie gehen, was glauben Sie?«

»Ich werde es wohl überleben«, brummte Julia verdrossen.

»Wieso setzen Sie sich nicht einfach wieder hin?«, schlug Annie vor. »Jemand anderes kann sein Glück versuchen, und wenn Sie wollen, können Sie es später noch mal in Angriff nehmen.«

»Mir geht's gut!«, blaffte Julia mit einem finsteren Blick in Nicks Richtung und stand wieder auf. »Wir machen weiter.«

»Wieso wechseln wir nicht, und du dirigierst mich?«, schlug Nick vor. Er schien stocksauer über Julias Benehmen zu sein, wollte aber offensichtlich keine Szene machen.

»Gut.«

Julia setzte sich hin, während Annie Nick den Schal umband.

»Nach vorn. Links. Links. Noch mal vor. Rechts, nein, nicht so weit«, befahl Julia knapp.

Kreidebleich vor Wut und mit zusammengepressten Lippen arbeitete Nick sich so schnell wie möglich durch den Parcours. Als er die Glocke läutete, applaudierte niemand. Er zerrte sich die Augenbinde herunter, stapfte zu seinem Stuhl zurück und kreuzte trotzig die Arme vor der Brust. Er und Julia wechselten keinen einzigen Blick, sondern hockten voneinander abgewandt da.

Diesmal bat Annie die anderen Teilnehmer nicht um Kommentare – es war erschütternd deutlich, dass Nicks und Julias Beziehung alles andere als optimal lief, und Annie wollte dringend mit den beiden allein sprechen. Sie hoffte sehr, dass sie einen Termin für eine Einzelsitzung vereinbarten – es würde zwar ein hartes Stück Arbeit werden, trotzdem war sie sicher, dass sie ihnen helfen konnte.

Als Nächstes nahmen Michael und Carolyn den Parcours in Angriff, gefolgt von Hardeep und Shamila. Als Letzte kamen David und Brigitte an die Reihe, die ihre Sache wunderbar machten und die Lacher auf ihrer Seite hatten, sodass die Anspannung, die seit Nicks und Julias Sticheleien geherrscht hatte, spürbar nachließ. Mit beinahe hysterischer Ausgelassenheit verfolgte die Gruppe, wie David sich weigerte, vom Trampolin herunterzusteigen, weil ihm das Hüpfen solchen Spaß machte, ehe Brigitte ihn gefährlich nahe an das Planschbecken herandirigierte, da sie der Ansicht war, er bräuchte dringend wieder mal ein Bad.

Als David unter lautem Applaus und Johlen den Parcours beendete, klopfte es laut an der Tür, was alle vor Schreck zusammenfahren ließ. Annie machte auf. Jamie stand vor der Tür, im Wochenendoutfit mit Jeans und Poloshirt und sandfarbenen Bartstoppeln.

»Annie!«, rief er breit grinsend. »Ich frage mich die ganze Zeit, wer hier solchen Lärm macht.«

»O Gott, tut mir wahnsinnig leid«, rief Annie. »Ich wusste nicht, dass noch jemand hier ist. An den Wochenenden ist das Gebäude sonst immer leer.«

Jamie lächelte betrübt. »Viel Arbeit, fürchte ich. Deshalb musste ich herkommen.«

»Und du konntest uns sogar in deinem Büro hören?«, fragte Annie ehrlich verblüfft, denn Jamies Büro befand sich am anderen Ende des Gebäudes.

»Nein, ich habe nur kurz Pause gemacht und wollte mir ein bisschen die Beine vertreten. Dabei habe ich die Stimmen gehört.«

»Wir versuchen, etwas leiser zu sein«, versprach sie. »Außerdem sind wir sowieso fast fertig.«

Zoe, die den Dialog mit Interesse verfolgt hatte, trat vor. »Wieso versuchen Sie es nicht selbst mal, Annie?«

Annie sah sie erschrocken an. »Ich? Nein, ich glaube nicht ...«

»Mit Ihrem Freund«, warf Jennifer mit einem Nicken in Jamies Richtung ein. »Wenn er doch sowieso gerade Pause macht.«

»Was macht ihr denn da?« Jamie trat vollends herein und sah sich interessiert um.

»Das war eine Übung«, erklärte Annie und spürte, wie sie zusehends unter Druck geriet. »Es geht darum, auf den anderen zu hören und zu kommunizieren. Das Ganze ist ein Hindernisparcours. Einer bekommt eine

Augenbinde um, und der andere muss ihn dirigieren. Aber eigentlich ist es für Paare gedacht, daher …«

»Ich würde das gern mal ausprobieren.« Jamie zuckte lässig die Achseln. »Wenn du Lust hättest …«

»Los, Annie«, meinte Zoe.

»Ja, Sie sollten selber mal ausprobieren, was Sie da von uns verlangen«, warf Simon gut gelaunt ein.

Annie ließ den Blick über die erwartungsvollen Gesichter schweifen. Sie musste zugeben, dass das ein Argument war: Wenn sie ihre Klienten all das schon durchexerzieren ließ, sollte sie den Parcours eigentlich auch einmal absolvieren.

»Na ja … wenn das so ist …«, sagte sie, und Brigitte warf Jamie den schwarzen Schal zu.

»Wie heißen Sie überhaupt?«, fragte Zoe und grinste ihn an.

»Ich bin Jamie«, stellte er sich mit einem knappen Winken vor.

»Hi, Jamie«, sagten die Teilnehmer im Chor.

Er wandte sich wieder Annie zu. »Willst du die Augenbinde umgebunden bekommen?«

»Wieso nicht?« Annie bemühte sich, ruhig und lässig zu klingen, obwohl sie sich in Wahrheit fragte, in welchen Schlamassel sie sich da bloß hineingeritten hatte.

Sie spürte Jamies warme Fingerspitzen auf ihrer Haut und in ihrem Haar, als er ihr die Augenbinde umband.

»Und jetzt muss ich dich durch den Parcours dirigieren?«, fragte er, wobei Annie seinen Atem an ihrem Hals spürte.

Sie schluckte mit klopfendem Herzen. »Genau.«

»Fein. Also, zwei kleine Schritte nach vorn, dann einen kleinen Schritt nach links. Hey, das ist ja genauso wie Computerprogrammieren.« Er grinste.

»Und was bin ich dann? Ein Code?«, fragte Annie.

»Bitte keine Unterhaltungen«, warf Zoe ein. »Jamie, Sie sollen bloß Anweisungen geben, und Sie, Annie, sollen still sein und sie befolgen. Kommunikation, darum geht es hier«, ahmte sie Annies Einleitung nach.

Jamie lächelte. »Okay, Annie, also noch einen Schritt nach vorn …«

Schweigen breitete sich aus, als die Teilnehmer zusahen, wie Jamie Annie durch den Parcours lenkte. Seine Stimme war ruhig und klar, und Annie befolgte seine Anweisungen ganz genau, sodass sie die Hindernisse in Rekordzeit überwand.

Triumphierend griff sie nach der Glocke, zog die Augenbinde herunter und blickte in Jamies lächelndes Gesicht am anderen Ende des Raums, während die anderen applaudierten. »Also, möchte jemand etwas dazu sagen?«, fragte Zoe die anderen.

»Ich fand, die Kommunikation zwischen Ihnen war ganz hervorragend«, erklärte Simon.

»Allerdings«, bestätigte Jennifer. »In Ihrer Beziehung gibt es unübersehbar keine Probleme.«

»Ehrlich gesagt, würde ich sogar so weit gehen und behaupten, dass Sie beide ein ganz wunderbares Paar abgeben.« Ein verschmitztes Funkeln lag in Carolyns Augen.

Wieder brachen alle in Gelächter aus, und Annie spürte, wie sie rot anlief. Als sie sich endlich traute, in Jamies Richtung zu sehen, lächelte er sie immer noch an.

12

Guter Sex ist wie eine gute Partie Bridge –
wenn du keinen anständigen Partner hast,
solltest du selbst ein gutes Händchen haben.
– Mae West

»Klopf, klopf, jemand zu Hause?« Annie öffnete die Haustür und betrat die Diele des Hauses ihrer Eltern mit dem vertrauten Sammelsurium aus Gummistiefeln, dicksohligen Schuhen, Mänteln und Stockschirmen.

Annies Eltern lebten in einem etwas abgeschiedenen Häuschen im Cottagestil in Aylsham, etwa eine halbe Stunde von Annie entfernt. Es war nicht das Haus, in dem sie groß geworden war, denn nachdem Holly und Annie ausgezogen waren, hatten sich ihre Eltern räumlich verkleinert, doch trotzdem liebte sie die Behaglichkeit, und in sämtlichen Zimmern gab es viele vertraute Kleinigkeiten aus ihrer Kindheit.

»Hallo, mein Junge.« Romeo, der achtjährige Golden Retriever ihrer Eltern, kam schwanzwedelnd angelaufen. Sie tätschelte ihn und vergrub die Finger in seinem dichten Fell, während Romeo begeistert bellte und versuchte, ihr das Gesicht abzulecken.

»Annie, da bist du ja!«, rief ihre Mutter Pamela, eine attraktive Frau von Anfang sechzig mit schulterlangem Haar, leuchtend blauen Augen und einer Cath-Kidston-Schürze. In der Hand hielt sie ein Glas Rosé. »Nur herein, nur herein. Holly und Greg sind schon da.«

»Hmm, das riecht ja köstlich!« Annie lief bereits das Wasser im Mund zusammen.

»Mit dem Essen dauert es noch zehn Minuten, also schenk dir ruhig vorher noch ein Glas Wein ein.«

»Annie, wie schön, dich zu sehen.« Graham, ihr Vater, glitt von seinem Barhocker und schloss sie in die Arme. Mit seinen einundsiebzig war er zehn Jahre älter als ihre Mutter, und Annie bemerkte, dass seine Bewegungen seit ihrem letzten Besuch langsamer und mühevoller geworden waren. Er wirkte steifbeiniger, und die Furchen in seinem Gesicht schienen ebenfalls tiefer zu sein.

»Gleichfalls, Dad. Der Garten sieht wunderbar aus.« Sie blickte durch die Terrassentüren auf den sorgsam gepflegten Garten, wo die Frühlingsblumen bereits in voller Blüte standen – ein Farbenmeer aus frühen Tulpen, Narzissen, Schneeglöckchen und Krokussen.

»Der späte Frost hat uns einige Pflanzen gekostet, aber inzwischen blüht alles«, erklärte Graham.

»Hey, Schwesterherz, dachte ich mir doch, dass ich dich gehört habe.« Grinsend kam Holly in die Küche geeilt und umarmte Annie. »Ich habe Greg gerade die neuen Jalousien im Wohnzimmer gezeigt.«

»Hi, Hols, hi, Greg.« Strahlend drückte Annie ihrem Schwager einen Kuss auf die Wange. Er war etwa so groß wie sie, hatte einen dunklen Lockenkopf und trug eine Anzughose mit einem hellblauen Hemd – ein gut aussehender Mann, keine Frage, aber nicht einmal ansatzweise Annies Typ, und das war gut so! Greg und Holly waren bereits seit der Schulzeit zusammen, aber wenn Annie ehrlich war, hatte sie ihn immer ein bisschen langweilig und zugeknöpft gefunden. Aber er liebte ihre Schwester heiß und innig, und die beiden schienen immer noch genauso verrückt nacheinander zu sein wie am ersten Tag.

»Will noch jemand einen Schluck?« Annie nahm ein Glas aus dem Schrank und den Rosé aus dem Kühlschrank.

»Ich hätte gern noch etwas«, erklärte Pamela zwinkernd, »schließlich habe ich den ganzen Morgen geschuftet.«

»Holly?«

»Ich bleibe bei Limonade, ich muss fahren.«

»Ich würde noch ein Bier nehmen, Annie«, sagte Greg. Annie reichte ihm und ihrem Vater eine Flasche Peroni.

»Und wie läuft's an der Oldtimer-Front?«, erkundigte Annie sich freundlich bei Greg. Der Vorfall mit seinem Kollegen Tom lag noch nicht allzu lange zurück, deshalb hatte sie das Gefühl, ihren Schwager gnädig stimmen zu müssen.

»Gut, danke.« Seine Züge erhellten sich. »Gestern war ich mit Dad in Colchester, um einen Satz Originalradkappen abzuholen.«

»Wow!«, sagte Annie, leicht unsicher, wie sie reagieren sollte. »Das nenne ich mal Hingabe.«

»Pass bloß auf, was du sagst, sonst hört er überhaupt nicht mehr auf zu quasseln«, warnte Holly und schmiegte sich liebevoll an ihn.

»Also, alle Mann hinsetzen, das Essen ist so weit«, rief Pamela, während alle an dem großen Holztisch im Wintergarten Platz nahmen und Pamela Rinderbraten, Yorkshire-Pudding und Gemüse mit Bratensauce auf die Teller häufte.

»Würdest du mir die Bratkartoffeln rübergeben, Dad?«, bat Annie und gab eine großzügige Portion auf ihren Teller.

Pamela hob eine Braue. »Vorsicht, Annie, du musst auf deine Linie achten.«

»Sei nicht albern, Mum«, meinte Holly. »Annie ist gertenschlank. Ich wünschte, ich könnte so viel essen wie sie.«

»Ich sage ja nur, dass es jenseits der dreißig immer schwieriger wird, das Gewicht zu halten. Ich weiß, wovon ich rede. Und man muss nun mal schlank und attraktiv sein, damit die Männer einen zur Kenntnis nehmen.«

Annie warf Holly einen Blick zu und verdrehte die Augen, was ihrer Mutter nicht entging.

»Ich meine ja nur.« Pamela spießte ein Blatt Weißkohl auf. »Jetzt mag es noch toll sein, Karriere zu machen und ungebunden zu sein, aber du musst auch an später denken, wenn du älter wirst und jemanden brauchst, der sich um dich kümmert.«

»Ich hätte nicht gedacht, dass du nach dem, wie es beim letzten Mal gelaufen ist, so scharf darauf bist, dass ich häuslich werde«, konterte Annie – sie konnte sich den Kommentar beim besten Willen nicht verkneifen.

»Ah. Ja. Mark.« Pamela presste die Lippen zu einer schmalen Linie zusammen. »Je weniger Worte wir über diese Episode verlieren, umso besser. Aber all das liegt ja längst hinter uns, oder? Es war eine jugendliche Dummheit, und es wird allmählich Zeit, dass du jemand Anständiges findest, oder siehst du das anders?«

Annie aß weiter, sorgsam darauf bedacht, ihre Mutter nicht anzusehen. Sie hatte keinerlei Lust auf Streit, traute sich aber selbst nicht so recht über den Weg, deshalb schwieg sie lieber.

»Aber es gibt doch neuerdings jemanden in Annies Leben«, trompetete Holly in die Stille hinein. Pamela wandte sich ihr zu, und Annie hob abrupt den Kopf. »Sie hatte ein Rendezvous mit einem Freund von Greg«, fuhr Holly fort, wobei sie sich ihrer Sache mittlerweile nicht mehr ganz so sicher zu sein schien. »Oder, Greg?«

Greg schwieg, bis Holly ihn in die Rippen stieß. Er starrte Annie durchdringend an. »Ja. Ja, das stimmt.«

Annie sah Holly an. »*Was soll das?*«, formte sie lautlos mit den Lippen.

»*Ich versuch doch nur, dir zu helfen*«, gab Holly lautlos und mit aufgerissenen Augen zurück.

»Tatsächlich?« Pamela schien beeindruckt zu sein. »Und wie heißt der junge Mann?«

Annie räusperte sich. »Tom. Er hieß Tom.«

»Das klingt doch nett«, sagte Pamela. Annie konnte sich nur fragen, nach welchen Kriterien ihre Mutter den Richtigen für sie bewerten mochte. »Und siehst du ihn wieder?«

Anne zögerte und warf Greg einen Blick zu, der sie finster anstarrte. »Nein, ich glaube nicht. Er ... er war nicht so mein Typ«, antwortete sie lahm.

Sichtlich enttäuscht legte Pamela ihre Gabel beiseite. »Oh, Annie, du bist einfach zu anspruchsvoll.«

Annie wollte etwas erwidern, doch ihr Vater eilte ihr zu Hilfe. »Ich war auch schon sechsunddreißig, als ich deine Mum geheiratet habe, Annie. Damals galt ich als eingefleischter Junggeselle, aber dann kam Pam und hat mich einfach umgehauen.« Er bedachte seine Frau über den Tisch hinweg mit einem liebevollen Blick.

»Ja, aber bei dir war das auch etwas anderes«, warf Pamela ein.

»Wieso? Weil er ein Mann ist?«, fragte Annie hitzig.

»Ja, genau, Schatz, ganz genau. Will noch jemand Wein?«

»Mum!«, rief Holly, entsetzt über die altmodischen Ansichten ihrer Mutter, aber Pam zuckte bloß die Achseln und füllte mit Unschuldsmiene die Gläser.

Annie setzte zu einer sarkastischen Bemerkung an, hielt jedoch inne, als sie eine feuchte Nase an ihrem Bein spürte. Romeo stand neben ihr und blickte sie aus seinen dunkelbraunen Hundeaugen seelenvoll an.

Wenigstens einer liebt mich, dachte sie ironisch und lächelte ihre Mutter zuckersüß an, während sie dem Hund unterm Tisch ein Stück Yorkshire-Pudding hinhielt, das er begeistert verschlang.

Pamela wandte sich Holly zu. »Bist du sicher, dass du nicht doch ein Glas Wein willst?«, fragte sie. »Du musst zwar fahren, aber Annie auch, und ein Glas kannst du schon vertragen.«

»Nein danke, Mum, ich möchte nichts.« Holly warf Greg einen verstohlenen Seitenblick zu, den dieser mit einem kaum merklichen Nicken quittierte. »Ehrlich gesagt wollten wir euch etwas erzählen.«

Annies Herzschlag beschleunigte sich. Holly schien förmlich von innen heraus zu leuchten, und in ihren Augen lag ein ganz besonderes Strahlen, als sie Greg ansah.

Pamela schien es ebenfalls bemerkt zu haben, denn sie setzte sich und presste sich erwartungsvoll eine Hand auf die Brust.

»Ich bin schwanger«, platzte Holly heraus. »Wir bekommen ein Baby!«

»Herzlichen Glückwunsch!« Pamela schien den Tränen nahe zu sein. »Das sind ja wunderbare Nachrichten! Graham, hol den Champagner!«

»Hey, das ist unfair. Ich darf keinen Alkohol trinken«, protestierte Holly, während ringsum alle lachten.

Annie umarmte ihre Schwester. »Ich freue mich ja so für dich!«

Hollys Augen leuchteten. »Du wirst Tante!«

»Tante Annie?« Annie schnitt eine Grimasse. »Ich weiß nicht recht, wie ich das finden soll.«

»Du wirst dich schon daran gewöhnen«, meinte Holly grinsend. »Es sei denn, du willst lieber, dass das Kind dich Tante Erdnussflip nennt«, neckte sie – Annie hatte sich den Spitznamen im Zuge eines missglückten Versuchs mit Selbstbräuner als Teenager eingehandelt.

»Nein, Annie ist wunderbar«, lenkte sie eilig ein.

»Wie weit bist du denn? Wann ist der Geburtstermin?«, fragte Pamela und tupfte sich mit dem Geschirrtuch die Tränen ab.

»Den ersten Ultraschall haben wir am Dienstag, deshalb wissen wir es noch nicht«, antwortete Holly. »Aber wir konnten es nicht erwarten, es euch zu sagen.«

»Hier, übernimm du das«, sagte Graham und drückte Greg die Sektflasche in die Hand. Der Korken sprang mit einem lauten Knall aus dem Flaschenhals, gefolgt vom Applaus der anderen.

Pamela hob ihr Glas. »Auf Holly und Greg und auf unseren Familienzuwachs. Und darauf, Großeltern zu werden.«

»Und auf Tante Annie!«, fügte Holly hinzu.

»Auf Tante Annie«, wiederholte die ganze Familie. Annie lief rot an und trank eilig einen großen Schluck.

»Ich werde niemals loslassen, Jack. Das verspreche ich …«

Annie saß mit einem Kissen im Arm auf ihrem Sofa und versuchte vergeblich, die Tränen zurückzuhalten. Kate Winslet umklammerte Leonardo DiCaprios Hand und küsste sie ein letztes Mal, ehe er in den eisigen Fluten des Atlantiks versank.

Bei den letzten Momenten von *Titanic* schlug Annies Schniefen in lautes Schluchzen um. Sie riss ein Papiertaschentuch aus der Schachtel auf dem Couchtisch. Desinteressiert zogen Harry und Sally ihre Kreise, während sie sich die Nase putzte und sich die Augen trocken tupfte.

Als, begleitet von Celine Dions Stimme, der Abspann lief, ließ Annie sich nach hinten fallen und seufzte.

Vielleicht hatte ihre Mutter ja doch recht, und sie war bei der Auswahl ihrer Partner tatsächlich zu anspruchsvoll. Aber war es denn so verkehrt, sich eine Liebe wie die von Jack und Rose zu wünschen – und einen Mann, der wie Leo aussah?

Vielleicht war ihre Mutter ja in Wahrheit schuld an allem, weil sie sie schon als Kind in Filme wie *Casablanca* geschleppt hatte. Annie wünschte sich einen starken, sexy, gleichzeitig aber feinfühligen Helden, der sowohl ihre Ehre verteidigen als auch freimütig über seine Gefühle sprechen konnte.

Tief im Innern wusste Annie nur zu gut, dass die Nachricht von Hollys Schwangerschaft ihr ziemlich zugesetzt hatte und der Grund dafür war, weshalb sie sofort nach der Rückkehr von ihren Eltern *Titanic* in den DVD-Player eingelegt hatte. Natürlich freute sie sich über alle Maßen, dass Holly und Greg bald Eltern wurden, und auch darauf, Tante zu sein … trotzdem konnte sie das Gefühl nicht abschütteln, dass Holly ihr Leben perfekt auf die Reihe bekam – sie war mit ihrer Jugendliebe verheiratet, hatte einen anständigen Job und wurde Mutter und all das noch vor ihrem dreißigsten Geburtstag –, wohingegen bei ihr selbst nichts nach Plan zu laufen schien. Abgesehen von einer beachtlichen DVD-Sammlung und einem Job, den die Leute manchmal mit Prostitution verwechselten, hatte sie im Grunde nichts vorzuweisen.

Aber nein, das war albern. Sie stand vom Sofa auf und warf den leeren Ben&Jerry-Becher in den Müll. Der Richtige würde irgendwann schon kommen, und wenn er vor ihr stand, würde sie es wissen. Es wäre nicht so wie beim letzten Mal – sie würde weder die Anzeichen falsch interpretieren noch sich kopfüber in etwas hineinstürzen oder sich von einer romantischen Fantasie täuschen lassen, die rein gar nichts mit der Realität zu tun hatte. Aber all das würde erst passieren, wenn die Zeit reif war.

Eines hatte sie aus ihrer Arbeit mit all den Paaren gelernt, die sich an sie wandten – und von den romantischen Komödien, die sie in- und auswendig kannte: Chemie konnte man nicht vorgaukeln. Jeder, der Elizabeth Taylor und Richard Burton in *Kleopatra* gesehen hatte, wusste das, denn die Anziehungskraft zwischen den beiden war so stark, dass förmlich das Gehäuse des Fernsehers schmolz.

Annie hatte häufig Klienten beraten, die auf den ersten Blick wie Feuer und Wasser waren und praktisch keinerlei Gemeinsamkeiten hatten: der Bulle von einem Kerl, der am liebsten nur Wrestling im Fernsehen sah, aber mit einer kleinen grauen Maus verheiratet war, die sich in ihren romantischen Schnulzen verlieren konnte; die knallharte Karrierefrau mit dem Ehemann, der kein Problem mit einem Leben als Hausmann hatte. Aber sowie man sich eingehender mit den Menschen befasste, merkte man, dass die Chemie zwischen ihnen, zumindest oftmals, hundertprozentig stimmte. Annie half ihnen bloß, sie wiederzuentdecken.

Nein, dachte sie. Egal, was ihre Mutter sagte – sie würde sich nicht mit weniger zufriedengeben als einem Mann, der sie sowohl körperlich anzog als auch ihren Geist beflügelte. Sie würde sich jetzt die Tränen abwischen und sich wieder ins Getümmel stürzen. Morgen ist auch noch ein Tag, würde Scarlett O'Hara jetzt bestimmt sagen.

13

Meine Frau ist ein Sexobjekt. Rein objektiv gesehen, will sie nie mit mir ins Bett.
– Les Dawson

»Linda, ich freue mich, Sie kennenzulernen.« Mit einem herzlichen Lächeln winkte Annie Ray und seine Frau in ihr Büro.

Linda schien weit weniger begeistert über die Begegnung zu sein. Den Mantel wie eine Schutzschicht eng um sich gezogen, sah sie sich schmallippig im Raum um.

»Wie geht es Ihnen, Ray?«, erkundigte sich Annie und schloss die Tür hinter ihnen.

»Mir geht's gut, danke«, antwortete Ray höflich, obwohl ihm die Nervosität im Gesicht geschrieben stand. Annie hatte den Verdacht, dass enorme Überzeugungskünste nötig gewesen sein mussten, um Linda dazu zu bewegen, ihn zu begleiten, und sie würde mit viel Fingerspitzengefühl vorgehen müssen, wenn sie sie überzeugen wollte, wiederzukommen und über ihre Probleme zu sprechen.

»Also, Linda, was hat Ray Ihnen über die Therapiestunden erzählt?«, fragte sie freundlich.

Linda warf Ray einen wütenden Blick zu, ehe sie Annie ansah. »Nicht viel. Ich weiß bloß, dass er glaubt, wir hätten ... Probleme, bei denen Sie uns seiner Meinung nach helfen können.«

Annie stützte die Ellbogen auf die Tischplatte und verschränkte die Hände ineinander. »Und hatten Sie auch Gelegenheit, über diese Probleme zu sprechen?«

»Ein wenig«, antwortete Linda, obwohl sie immer noch den Anschein erweckte, als wäre sie am liebsten überall, nur nicht in Annies Praxis. »Es geht darum, dass wir nicht mehr ... na ja, um ... ach, das ist doch alles lächerlich!«, platzte sie heraus, stand auf und starrte Ray wütend an. »Ich weiß überhaupt nicht, wieso du mich herschleppen musstest. Ich will ja nicht unhöflich sein«, sagte sie an Annie gewandt, »und Sie meinen es bestimmt gut, aber das hier wird nie im Leben funktionieren!«

»Linda!« Annie erhob sich.

Ray war bereits aufgesprungen und vertrat seiner Frau nun den Weg. »Bitte, Schatz«, bat er eindringlich. »Jetzt sind wir schon so weit gekommen. Versuch es doch wenigstens.«

Zögernd sah Linda zwischen Ray und Annie hin und her.

»Wir müssen über nichts sprechen, worüber Sie nicht sprechen wollen«, beteuerte Annie. »Wenn Ihnen etwas nicht gefällt, sagen Sie es mir einfach, und wir wechseln sofort das Thema.«

Wortlos und mit aufmüpfiger Miene setzte Linda sich wieder hin, während Annie insgeheim aufatmete und mit Ray einen erleichterten Blick wechselte.

»Vielleicht sollten wir zu Beginn allgemein über Ihre Ehe sprechen – wo Sie sich kennengelernt haben und wie Sie zusammengekommen sind. Wer möchte anfangen?«

Ray nickte Linda ermutigend zu. »Erzähl du, Schatz.«

Linda verdrehte die Augen und holte tief Luft. »Kennengelernt haben wir uns 1979, in einem Club. The Empire, hieß der Laden, in der Red Lion Street. Es gibt ihn längst nicht mehr. Als der große Debenhams gebaut wurde, hat man das Gebäude abgerissen.«

»Ich war mit meinem Freund Jim dort, um seinen Junggesellenabschied zu feiern«, warf Ray ein. »Er hat eine Woche später geheiratet, aber ich war noch Single.«

Linda zuckte die Achseln. »Eigentlich war's das schon. Ich stand an der Bar, er kam rüber, hat mich angesprochen, und dann haben wir getanzt.«

»Sie fiel mir sofort auf«, erklärte Ray grinsend. »Sie hatte so einen karierten Mini mit Kniestrümpfen und ein enges Poloshirt an, unter dem man sehen konnte, was für tolle Brüste und eine schlanke Taille sie hat.«

»Schon gut, schon gut.« Wieder verdrehte Linda die Augen. »So wie du es erzählst, klingt es ja, als wäre ich die reinste Schlampe gewesen.«

Ein Anflug von Kränkung flackerte in Rays Blick auf. »Aber so habe ich es überhaupt nicht gemeint. Du hast toll ausgesehen.«

»Tja, wie man sieht, ist nicht mehr allzu viel davon übrig«, bemerkte Linda ironisch.

»Ach wo«, warf Ray ein. »Du siehst immer noch fantastisch aus.«

Linda schnaubte ungläubig. »Jetzt sehen Sie auch, wieso ich auf ihn reingefallen bin. Er wusste genau, was er sagen muss«, stieß sie feindselig hervor.

Annie runzelte die Stirn und fragte sich, weshalb Linda die Momente ihres Kennenlernens offenbar weitaus weniger positiv in Erinnerung hatte als Ray. »Könnten Sie mir etwas über Ihre Hochzeit erzählen? Wie war Ihr Heiratsantrag, Ray?«

Beiden schien Annies Frage höchst unangenehm zu sein. Ray begann angespannt mit dem Fuß zu wackeln, während Linda sich auf die Lippe biss und zu Boden sah.

»Was ist passiert?«, hakte Annie nach.

»Es war ... na ja, kein Antrag im traditionellen Sinn«, begann Ray vorsichtig. »Okay, traditionell vielleicht schon – bestimmt sind wir nicht das einzige Paar, das sich unter diesen Voraussetzungen verlobt hat. Was ich damit sagen will, ist ... also, es war kein romantischer Moment mit Blumen und Herzchen. Ich habe damals bei Rowntrees, der Schokoladenfabrik, gearbeitet. Linda meinte, sie müsste dringend mit mir sprechen, und kam während der Mittagspause vorbei ...«

»Ich war schwanger«, unterbrach sie Rays langwierige Erklärung barsch. »Ich hatte ein Brötchen im Ofen, unsere Rose, deshalb meinte Ray, dass er mich heiraten würde. Das trifft's doch im Großen und Ganzen, oder?« Sie starrte ihn vorwurfsvoll an.

»Eigentlich nicht, nein.«

»Nein? Willst du damit sagen, wenn ich nicht schwanger gewesen wäre, hättest du mich trotzdem geheiratet? Ich weiß doch, dass du damals um Susan Townsend herumscharwenzelt bist. Die hübsche kleine Susie mit ihrem blonden Haar und den schicken Klamotten aus London. Stattdessen bist du bei mir gelandet, weil du *Anstand zeigen* wolltest.« Die Bitterkeit in ihrer Stimme war ein echter Schock. Ray sah aus, als hätte ihm jemand eine schallende Ohrfeige verpasst.

»Das hast du all die vielen Jahre geglaubt? Ernsthaft?«

Linda nickte und wischte zornig die Träne ab, die ihr langsam über die Wange kullerte.

»Aber ... das ist nicht wahr!«, protestierte Ray. »Glaubst du allen Ernstes, ich wäre die ganze Zeit bei dir geblieben und wir hätten Marianne und Robbie noch bekommen, wenn ich dich nicht von ganzem Herzen geliebt hätte?«

Linda hob eine Braue. »Das Beste aus einer misslichen Lage machen, nennt man so was doch. Aber es ist in Ordnung. Ich hatte ja die Kinder und den Laden, die meinem Leben einen Sinn gegeben haben. Keiner kann mir vorwerfen, ich wäre dir eine schlechte Ehefrau gewesen. Ich habe dir dein Essen gekocht, und im Bett habe ich auch getan, was du wolltest. Aber jetzt ist Schluss. Ich will nicht länger mit der Lüge leben.«

»Mit der Lüge leben …«, wiederholte Ray fassungslos. »All die Jahre, in denen ich dachte, es wäre alles in bester Ordnung zwischen uns, wir wären glücklich und würden uns lieben, waren in Wahrheit ein Schwindel?«

»Ach, ich weiß ja schon nicht mehr, was ich sage!« Linda schien sich mit jedem Wort noch weiter hineinzusteigern. Annie lehnte sich auf ihrem Stuhl zurück – ihr Instinkt sagte ihr, dass sie lieber nichts sagen sollte. Allem Anschein nach waren Ray und Linda noch nie vorher so ehrlich zueinander gewesen, und die beiden mussten den Konflikt ohne ihre Hilfe ausfechten.

»Ich weiß nicht, was ich tun soll, außer zu sagen, wie es für mich war«, erklärte Ray schließlich. »Für mich ist das Ganze auch nicht leicht. Du weißt genau, dass ich kein Mann bin, der viele Worte über seine Gefühle verliert. Aber offenbar muss ich das tun. Ich war vom ersten Moment an rettungslos in dich verliebt. Als wir uns in dieser Bar begegnet sind, warst du das schönste Mädchen, das ich je gesehen hatte, und in diesem Moment ist etwas mit mir passiert«, fuhr er leise fort und presste sich eine Hand auf die Brust. »Seit diesem Tag ist nichts mehr so, wie es war.« Seine Stimme klang erstickt. »Ich wusste von Anfang an, dass du die Frau bist, die ich heiraten will, und daran hat sich seitdem für mich nichts geändert. Gar nichts. Ich habe keine Ahnung, woher du diesen Unsinn über Susan Townsend hast.«

»Angie O'Brien hat es mir kurz nach der Hochzeit erzählt.«

»Angie O'Brien war eine boshafte kleine Unruhestifterin. Willst du ihr allen Ernstes eher glauben als mir?«

»Ich weiß nicht, wem ich überhaupt noch etwas glauben soll«, stieß Linda hilflos hervor.

»Wieso liege ich dir wohl ständig in den Ohren, weniger Zeit im Laden zu verbringen, was glaubst du? Weil ich etwas mit dir unternehmen will. Ich will meine Freizeit mit dir genießen!«

»Wie denn? Auf dem Golfplatz?«, schnauzte sie ihn an.

Zum ersten Mal sah Ray Annie ins Gesicht, sodass sie den flehenden Ausdruck in seinen Augen erkennen konnte.

»Linda«, sagte Annie sanft, aber Linda erhob sich abrupt.

»Danke, Annie, aber ich glaube, wir sind hier fertig. Ich denke nicht, dass das etwas für mich ist.«

Zu Annies und Lindas Verblüffung erhob sich auch Ray. »Nein, Linda, du musst dich entscheiden«, erklärte er trotzig. »In der letzten halben Stunde haben wir offener miteinander geredet als in den dreißig Jahren unserer Ehe. Keine Ahnung, ob du mir glaubst oder nicht, aber ich habe dich immer geliebt. Immer. Wenn du auch willst, dass wir unsere Ehe retten, ist die Therapie bei Annie der richtige Schritt. Ich glaube sogar, sie ist die Einzige, die uns wirklich helfen kann. Deshalb musst du eine Entscheidung treffen, und zwar jetzt, in diesem Augenblick. Bist du dabei oder nicht?«

14

Bei Männern kann Sex ab und an zu Intimität führen.
Bei Frauen kann Intimität ab und an zu Sex führen.
– Barbara Cartland

Es war halb zehn Uhr abends, und Annie saß immer noch im Büro. Sie hatte die Stehlampe hinter ihrem Schreibtisch angeknipst, Regentropfen prasselten leise gegen die Fenster. Sie unterdrückte ein Gähnen und streckte ihren schmerzenden Rücken, dann beugte sie sich vor und fing wieder an zu schreiben, füllte Seite um Seite ihres Blocks mit ihrer kleinen, klaren Handschrift.

Annie machte sich Notizen zu jedem Paar, mit dem sie arbeitete – nach jeder Sitzung hielt sie fest, über welche Themen sie gesprochen, welche Hausaufgaben sie ihnen mit auf den Weg gegeben hatte, notierte Positives und auch Negatives, das ihr aufgefallen war, sowie neue Ideen und Therapieansätze. Obwohl sie einen topmodernen Samsung-Laptop besaß, erledigte Annie ihre Notizen lieber handschriftlich, ehe sie sie in dem großen silberfarbenen Aktenschrank in der Ecke ablegte.

Sie saß gerade bei ihren Eindrücken der Stunde mit Ray und Linda, als es an der Tür klopfte. Annie fuhr zusammen. Um diese Uhrzeit war sie für gewöhnlich ganz allein hier. Vielleicht war es ja Celeste, die ihr Büro sauber machen oder ein bisschen plaudern wollte. Sie stand auf und machte die Tür auf.

»Jamie!«

»Hi, Annie, ich wollte nur nachsehen, ob du noch hier bist. Ich weiß ja, dass du häufig länger arbeitest.«

»Ja, leider«, gab sie grinsend zurück und fragte sich, weshalb er wohl vorbeigekommen war. Er trug eine dunkle Hose und einen marineblauen Pulli, unter dem ein weißes T-Shirt hervorblitzte. Er wirkte müde, schien aber bester Dinge zu sein.

»Zeit für ein kleines Päuschen?«, fragte er. »Du könntest uns bei etwas helfen.«

Annies Neugier war sofort geweckt. »Ich bin dankbar für jede Ausrede, um von meinem Schreibtisch wegzukommen. Was soll ich tun?«

»Komm mit.« Grinsend schlug Jamie den Weg zu seinem Büro ein.

Annie sah ihm verwirrt hinterher. »Muss ich etwas mitnehmen?«

»Nein, nichts.«

Sie eilte ihm hinterher.

»Mir war nicht bewusst, dass noch jemand hier ist«, sagte sie und folgte ihm den Korridor entlang.

»Wir haben die letzten Tage ein paar Spätschichten eingelegt«, gab Jamie zurück. »Unser neuestes Projekt …«

»Oh, das, von dem du neulich erzählt hast? Die Urlaubs-App?«

»Nein, damit sind wir längst fertig. Der Kunde war hellauf begeistert. Nein, gerade haben wir ein neues Spiel am Start.« Seine blauen Augen leuchteten, als er schwungvoll die Tür zu seinem Büro öffnete. Annie trat ein und sah sich um – der Raum war ähnlich groß wie ihr eigenes Büro, nur völlig anders eingerichtet: An den Wänden hingen zwei gerahmte Drucke, ein Schwarz-Weiß-Foto der New Yorker Skyline und eine dramatische Aufnahme von Wellen, die gegen einen Felsen mit einem

Leuchtturm schlugen. Abgesehen von der Grünlilie auf der Fensterbank schien der Raum ausschließlich von Technik beherrscht zu sein: Auf jedem der Rücken an Rücken stehenden Schreibtische befanden sich Computer mit mehreren Bildschirmen, ein Laptop, ein iPad, zwei Telefone und eine Menge anderer Gerätschaften. Auf einem Besucherstuhl stand eine leere Pizzaschachtel, die Jamie eilig schnappte und in den Müll beförderte.

»Entschuldigung«, sagte er verschämt, »aber wie gesagt, in letzter Zeit war die eine oder andere Spätschicht nötig.«

»Kein Problem.« Annie lächelte. »Hi, Matt, wie geht's?« Jamies Bruder Matt saß auf seinem Bürostuhl. Wie sein Bruder war auch er blond und schlank, trug sein Haar jedoch ein Stück kürzer und war nicht so attraktiv wie Jamie, fand Annie. Auch auf seinem Gesicht spiegelte sich eine Mischung aus Erschöpfung und Euphorie wider.

»Super, danke, Annie. Du bist hier, um unsere neue App auszuprobieren, ja?«

»Bin ich das?« Annie zuckte die Achseln. »Ich weiß nicht so genau, weswegen ich hier bin.«

»Annie Hall, du bist in der beneidenswerten Lage, als erster lebender Mensch das neue, unfassbar geniale Smartphone-Spiel *Coconut Shack* zu testen, das demnächst seinen Siegeszug rund um die Welt antreten wird«, erklärte Matt. »Hast du eine Ahnung, was für ein Glückspilz du bist?«

»Äh, ich glaube nicht«, antwortete Annie wahrheitsgetreu.

Matt sah Jamie an. Ungläubig schüttelten die Brüder die Köpfe, und Annie kicherte.

»Also, setz dich.« Jamie deutete auf einen freien Stuhl,

bei dem es sich allem Anschein nach um seinen handelte, und legte ihr die Hände auf die Schultern. Annie spürte, wie ihre Haut unter der Wärme seiner Berührung prickelte.

»Kennst du dich mit Spielen aus?«, fragte er, scheinbar ohne ihre Reaktion zu bemerken.

»Und damit meine ich nicht *Grand Theft Auto 5*«, erklärte Matt, »sondern eher so etwas wie *Pflanzen gegen Zombies* und solche Dinge.«

»Eine Weile war ich nach *Angry Birds* süchtig, außerdem habe ich eine Zeit lang *Bejeweled* gespielt«, gestand Annie.

»Perfekt! Dann weißt du ja genau, wo wir hinwollen! Als Erstes kannst du es auf dem Mac probieren.« Jamie beugte sich über sie und drückte ein paar Tasten, worauf der Bildschirm zum Leben erwachte und ein bunter »Coconut Shack«-Schriftzug aufflammte. Die Grafik war einfach und leicht kindlich gehalten, trotzdem erkannte Annie auf den ersten Blick die Massentauglichkeit.

Jamie reichte ihr ein seitlich am Computer angeschlossenes, schwarzes Pad. »Das Ganze funktioniert genauso wie die Touchscreen-Technologie auf deinem Handy«, erklärte er. »Damit kannst du es erst mal durchspielen. Bereit?«

»Erklärst du mir gar nicht, was ich machen soll?«, fragte Annie leicht panisch.

Jamie schüttelte den Kopf. »Nein. Wir wollen sehen, wie intuitiv das Spiel angelegt ist. Ob man einfach loslegen kann ohne große Erklärungen. Falls ja, wissen wir, dass es funktioniert. Es muss kinderleicht sein, aber trotzdem Suchtpotenzial haben.«

»Okay.« Nervös tippte Annie auf das Pad, worauf die Startseite einer hawaiianisch anmutenden Grafiklandschaft wich. Auf der linken Bildschirmseite befand sich ein Hubschrauber, daneben eine Riesenkokosnuss, und den unteren Rand säumten Palmen und rosafarbene Hibiskusblüten. Als Annie den Finger auf dem Pad bewegte, hob der Hubschrauber ab. Das Ziel war klar: Sie musste die Riesenkokosnuss einsammeln, also setzte sie zum Tiefflug an. Wie erwartet, fand die Nuss am Hubschrauberboden Halt. Sie flog weiter über Palmen hinweg, während die Landschaft im Hintergrund vorbeizog. Als sie über eine Blume schwebte, verfing sich der Hubschrauber und stürzte ab.

»Oh!«, rief Annie enttäuscht. »Darf ich es noch mal versuchen?«

»Bitte.« Jamie nickte und lächelte Matt zu.

Diesmal klappte es schon besser. Die Palmen dienten als Beschleunigung, sodass sie mehr Zeit in der Luft verbringen konnte, wohingegen die Blumen den Absturz auslösten und folglich umflogen werden mussten. Sie flog über eine Krabbe und hämmerte auf das Pad ein, worauf die Kokosnuss sich löste, herabfiel und die Krabbe unter sich begrub. Auf dem Bildschirm flammte eine Nachricht auf: Sie hatte Level 1 erfolgreich absolviert und fünfzig Punkte gewonnen!

»Hurra!«, rief sie mit einem triumphierenden Blick auf die Brüder. »Darf ich weitermachen?«

»Klar«, sagte Jamie.

Das Spiel setzte sich nach demselben Schema fort: einfach, aber mit eindeutigem Suchtfaktor. Annie spielte sich durch die einzelnen Levels, lud Kokosnüsse und zerquetschte Krabben auf, wobei bei jeder Schwierigkeitsstufe neue, anspruchsvollere Hindernisse hinzukamen. Wann immer Annie abstürzte oder ein weiteres Level bewältigte, schwor sie, »nur noch eine Runde« zu spielen. Über eine Stunde später saß sie immer noch da und versprach hoch und heilig, in einer Minute aufzuhören. Matt hatte sich bereits mit der Erklärung verabschiedet, er hätte seiner Freundin versprochen, nicht allzu spät nach Hause zu kommen, während sie und Jamie allein zurückblieben.

»Los, Annie, du schaffst das!«, feuerte Jamie sie an, als sie das letzte Hindernis zu Level 12 überwand.

»Ich mache nur noch bis fünfzehn«, erklärte sie beiläufig, obwohl sie dem Spiel längst hoffnungslos verfallen war.

»Bei zwanzig musst du zwangsläufig aufhören, weil wir es noch nicht weiterentwickelt haben. Aaaah, pass auf die versteckte Blume auf. O nein, hättest du doch auf mich gehört!« Seufzend sah er zu, wie Annie erneut abschmierte.

Sie warf ihm einen flüchtigen finsteren Blick zu und machte weiter. Sie saßen so dicht nebeneinander, dass sie sich beinahe berührten. Annie war sich seiner Nähe überdeutlich bewusst, sie registrierte die Wärme, die von seinem Körper ausging, während ihr der Geruch nach Kaffee und seinem Aftershave in die Nase stieg.

»Soll ich für dich zu Ende spielen?«, fragte er mitleidig, als sie dreimal nacheinander am selben Level scheiterte.

»Vielleicht willst du den Mund halten, damit ich mich konzentrieren kann.« Mit gespielter Verärgerung kniff Annie die Augen zusammen, worauf Jamie in Gelächter ausbrach.

»Ich liebe Frauen mit einem eisernen Willen. Das Spiel verwandelt dich in das reinste Ungeheuer. Vielleicht solltest du lieber aufhören.«

»Nur noch fünf Minuten«, bettelte sie.

Als sie fast zwanzig Minuten später endlich Level 15

erreichte, setzte sie sich auf ihrem Stuhl zurück und sah auf ihre Uhr. »Holla, wie um alles in der Welt kann es sein, dass es schon elf ist? Ich fasse es nicht!«

»Das ist doch ein gutes Zeichen«, meinte Jamie lächelnd. »Toll, dass es dir gefallen hat.«

»Es hat wirklich Suchtpotenzial«, gestand Annie. »Ihr habt ein echt tolles Spiel entwickelt.« Ihre Augen leuchteten, und das Adrenalin pumpte durch ihre Venen.

»Danke. Irgendwelche Verbesserungsvorschläge?«

Annie dachte kurz nach. »Eigentlich nicht. Ich finde es toll, wie es ist.«

»Wie sieht es mit dem Namen aus?«

»*Coconut Shack*? Eigentlich ganz gut. Ich persönlich mag Alliterationen ganz gern. Wie wär's mit ... *Coconut Cracker*?«

»*Coconuts & Crabs*? *Crab Crusher*?«

»*Coconut Crush*?«, schlug Annie vor.

Jamie starrte sie mit aufgerissenen Augen an. »Ja! Das ist der Hammer, Annie!« Einen Moment lang schien er drauf und dran zu sein, die Arme um sie zu schlingen, besann sich jedoch eines Besseren. »Wenn wir eine Flasche Champagner hätten, würde ich sie jetzt aufmachen. Mit einem Rest kaltem Kaffee kann ich dich nicht locken, oder?«

»Nicht besonders«, kicherte sie und sah sich um. »Hier herrscht ja das völlige Chaos«, stellte sie fest. »Macht Celeste hier nie sauber?«

»Nein. Wir lagern hier alle möglichen wichtigen Sachen, die nicht durcheinandergeraten dürfen. Außerdem würde zu viel Ordnung womöglich unsere Kreativität beeinträchtigen.«

»Hm.« Annie sah ihn skeptisch an. »Sieht es bei dir zu Hause auch so aus?«

»Nein«, antwortete Jamie. »Da ich sowieso die meiste Zeit hier bin, ist es zu Hause ziemlich aufgeräumt. Allerdings koche ich gern, deshalb herrscht in der Küche Chaos, wenn ich frei habe.«

Annie zog eine Braue hoch. »Du kochst gern? Klingt, als wärst du der perfekte Mann«, platzte sie spontan heraus, bereute es jedoch in dem Moment, als die Worte über ihre Lippen gekommen waren. Sie spürte, dass sie rot anlief.

»Das würde ich nicht unbedingt sagen …«

»Lebst du allein?«, fragte Annie, um das Thema zu wechseln, ehe ihr dämmerte, dass er die Frage erst recht als Versuch werten könnte, ihn über sein Privatleben auszuquetschen.

»Ja.« Jamie schien es nicht zu bemerken. »Jetzt schon. Früher …« Er hielt kurz inne. »Matt und ich haben vor ein paar Jahren ein Haus in der Nähe der Drayton Road gekauft, aber jetzt ist er zu seiner Freundin gezogen, deshalb wohne ich allein.«

»Ach, das ist ja praktisch direkt bei mir um die Ecke«, sagte Annie. »Ich habe ein Haus in Hellesdon.«

»Stimmt. Es wundert mich, dass wir uns noch nie zufällig begegnet sind.«

»Na ja, die meiste Zeit bin ich ohnehin hier.« Annie lachte. »Und dann laufen wir uns in der Kaffeeküche über den Weg.«

Jamie lachte ebenfalls. »Du arbeitest offenbar auch sehr viel.«

Annie zuckte die Achseln. »Ja, aber es macht Spaß. Vermutlich stimmt es, was die Leute sagen – wenn man Spaß an seiner Arbeit hat, merkt man nicht, dass es Arbeit ist.«

Jamie nickte. »Absolut, auch wenn ich meinen Job lieber von einem Karibikstrand aus erledigen würde, als hier in einem Industriebau in Norwich zu sitzen.«

»Klingt nicht übel.« Annie grinste. »Vielleicht nimmst du mich ja mit, wenn du im Lotto gewonnen hast.«

»Mache ich«, versprach er mit funkelnden Augen. »Ich gebe dir den Posten einer leitenden Spieletesterin.«

»Ich bin dabei.« Annie lächelte und sah erneut auf die Uhr. »Es hat echt Spaß gemacht, aber ich glaube, ich muss jetzt nach Hause.«

»Ja, klar. Ich beende hier noch ein paar Dinge, dann bin ich auch weg.«

»Aber mach nicht zu lange«, warnte sie, stand auf und nahm ihre Tasche. »Danke für den Abend, Jamie. Es war wirklich toll, und ich finde, ihr beide habt ein fantastisches Produkt entwickelt.«

»Danke, Annie. Mir hat es auch Spaß gemacht. Du bist eine echt harte Nuss beim Spielen.«

Annie lachte. »Gute Nacht, Jamie. Bis morgen.«

»Nacht, Annie.«

Obwohl es schrecklich spät war, ging sie beschwingt den leeren Korridor hinunter. Als sie die Eingangstür öffnete, ertappte sie sich dabei, dass sie in sich hineinlächelte. Ein leises Glücksgefühl durchströmte sie bei der Erinnerung an den Tag und den Spaß der vergangenen Stunden.

Was war das denn gerade?, dachte sie und blieb mitten auf dem Parkplatz abrupt stehen. Es war doch bloß Jamie! Jamie, den sie jeden Tag im Büro sah und mit dem sie bei Keksen in der Kaffeeküche plauderte. Wieso grinste sie dann plötzlich wie eine Idiotin und fühlte sich, als würde sie eher nach Hause schweben als fahren? Und wieso summte sie »When You Say Nothing At All?« vor sich hin?

Eilig riss sie sich zusammen, als sie Gefühle in sich aufkeimen spürte, die sie schon lange nicht mehr empfunden hatte. Nein, darüber würde sie jetzt nicht nachdenken, ermahnte sie sich streng. Sie war übermüdet, hinter ihr lag ein langer, intensiver Tag, und sie konnte offensichtlich nicht mehr klar denken. Außerdem musste sie dringend aufhören, sich ständig abends *Notting Hill* anzusehen, um nicht pausenlos schmalzige Ronan-Keating-Songs im Kopf zu haben.

Nein, sagte sie sich, stieg in ihren Wagen und legte ihre Tasche auf den Beifahrersitz. Sie würde nach Hause fahren, schlafen gehen, und morgen früh war ein ganz normaler Tag. Diese unerwarteten und unerklärlichen Glücksgefühle, die gespannte Erregung und das Versprechen auf mehr wären verflogen, und alles wäre wieder so wie vorher – so wie sie es haben wollte.

15

Beim Sex geht es grundsätzlich um Gefühle:
Bei gutem Sex um befreite, bei schlechtem um blockierte.
– Deepak Chopra

»Wie schön, dass Sie auch heute so zahlreich erschienen sind.« Annie lächelte in die Runde. Es war Samstagvormittag, und sie saß mit acht Paaren im Halbkreis im großen Konferenzraum.

»Im Mittelpunkt der heutigen Übung steht, wie auch schon beim letzten Mal, dem Partner zuzuhören und mit ihm zu kommunizieren. Anders ist allerdings, dass Sie nicht mit dem Partner arbeiten werden, mit dem Sie hergekommen sind.«

Ein Murmeln ging durch den Raum.

»Damit wird aber kein genereller Partnertausch angestrebt«, fügte Annie hinzu, was erleichtertes Lachen und Gekicher auslöste. »Es spielt keine Rolle, ob Sie sich zu gemischten Paaren zusammenfinden, wichtig ist nur, dass jeder einen Partner hat.«

Die Anwesenden beäugten einander nervös. Stühle scharrten auf dem Boden, als die ersten aufstanden und den Raum durchquerten, andere wandten sich mit diesem typisch britischen »Wollen wir beide vielleicht …?« ihrem Nachbarn zu.

Zoe und Julia saßen nebeneinander, allerdings musste Zoe zugeben, dass sie die Aussicht, mit Nicks Frau zusammenarbeiten zu müssen, leicht nervös machte. Sie konnte sich nur allzu gut an ihr Benehmen bei der letzten Gruppensitzung erinnern und wusste, wie schwierig und unterkühlt sie sein konnte. Aber als Julia sich ihr mit einem zögerlichen Lächeln zuwandte und »Wollen wir beide …?« fragte, stimmte Zoe ohne Zögern zu.

»Ich bin übrigens Zoe«, sagte sie.

»Julia.« Die beiden Frauen lächelten einander an, während das Eis zwischen ihnen brach.

Nick bildete ein Team mit Linda, während Simon und Richard jeweils einen Partner unter den anderen Teilnehmern gefunden hatten. Alle sahen Annie erwartungsvoll an.

»Ist jeder fündig geworden? Prima. Also, als Erstes möchte ich, dass Sie Ihrem Arbeitspartner erzählen, wie Sie Ihren Beziehungspartner kennengelernt haben. Versuchen Sie, so viele Details wie möglich zu schildern. Geben Sie ihm das Gefühl, als durchlebe er Ihr Kennenlernen selbst, völlig egal, ob es lustig, peinlich oder unglaublich romantisch war.«

»Wie weit sollen wir ins Detail gehen?«, fragte Simon anzüglich. »Ich will ja nicht all unsere Geheimnisse verraten.«

Zoe lief knallrot an. »Simon!«, rief sie. »Das klingt ja, als hättest du mich gleich beim ersten Date flachgelegt. Hier geht es um Ehrlichkeit, nicht um wilde Fantasien.«

Annie lächelte die beiden an. »Wie gesagt, Details sind durchaus erwünscht, aber es braucht nicht zu explizit zu sein. Sie sollten Ihren Arbeitspartner nicht in Verlegenheit bringen«, erklärte sie fröhlich, »es geht darum, noch einmal in Erinnerungen an den Tag zu schwelgen, als Sie sich in Ihren Partner verliebt haben. Damals, als die körperliche Anziehungskraft zwischen Ihnen noch am ausgeprägtesten war und Sie von Lust und Hormonen gesteuert waren, bevor die Wirkung des Oxytocins eingesetzt hat. Vielleicht wissen Sie das nicht, aber in den ersten drei Beziehungsjahren werden Sie von allen möglichen Hormonen gesteuert, die Ihren Herzschlag beschleunigen und Ihr sexuelles Verlangen steigern. Danach kommt ein anderes Hormon namens Oxytocin, auch als das Kuschelhormon bekannt, zum Tragen. Das bedeutet, dass Sie nicht länger von den wilden, aufregenden Gefühlen, wie Sie sie aus den Anfängen Ihrer Beziehung kennen, bestimmt werden.« Annie ließ den Blick durch den Raum schweifen. »Die gute Nachricht ist, dass Sie stattdessen ein Gefühl der Zufriedenheit und der Sicherheit empfinden und das Bedürfnis entwickeln, ein Nest zu bauen. Das ist alles sehr schön, gleichzeitig kann es vorkommen, dass wir die anfängliche Leidenschaft wieder aufleben lassen und uns daran erinnern wollen, wie wir uns in unseren Partner verliebt haben. Ich gebe Ihnen jetzt etwa zehn Minuten Zeit, um Ihrem Gegenüber davon zu erzählen, und danach tauschen wir. Noch Fragen?«

Alle schüttelten die Köpfe. »Oh, und Sie müssen auch nicht so sitzen bleiben, wie Sie jetzt sitzen«, fügte Annie hinzu. »Suchen Sie sich gern eine ruhige Ecke und machen es sich gemütlich, sodass Sie sich Ihrem Gegenüber öffnen können.«

Zoe und Julia trugen ihre Stühle ein Stück von den anderen fort und setzten sich. »Willst du anfangen?«, fragte Zoe.

»Äh … ja, okay«, sagte Julia, obwohl sie alles andere als sicher war. Obwohl sie und Nick eine Einzelstunde bei Annie absolviert hatten, war die Situation zwischen ihr und Nick immer noch schwierig, deshalb war Julias Bedürfnis, die Anfänge ihrer Liebe noch einmal aufleben zu lassen, nicht allzu groß.

»Ich soll also erzählen, wie Nick und ich uns kennengelernt haben? Das dort drüben ist er übrigens.« Sie zeigte auf ihren Ehemann.

Zoe nickte. Sie konnte sich noch ziemlich gut an die letzte Gruppensitzung erinnern, beschloss jedoch, nicht weiter darauf einzugehen, falls Julia ihre Auseinandersetzung mit Nick peinlich war.

Julia räusperte sich. »Also, wie haben wir uns kennengelernt? Na ja, ehrlich gesagt, bei der Arbeit, auch wenn es ein bisschen klischeehaft klingt.« Sie verdrehte die Augen. »Wir haben damals bei Skyrocket, einer Werbeagentur in Devonshire, gearbeitet, wo wir beide herkommen.«

»Oh, ich wusste ja gar nicht, dass ihr aus Devonshire stammt«, rief Zoe.

»Ja, wir sind erst vor etwa einem Jahr hergezogen, als Nick seine neue Stelle angetreten hat. Er konnte das Angebot nicht ablehnen, also haben wir unsere Sachen gepackt und sind in Norwich gelandet.«

»Und wie gefällt es dir hier?«

»Es ist ... ganz nett.« Zoe registrierte die leise Unsicherheit in Julias Stimme. »Ehrlich gesagt, kenne ich noch nicht allzu viele Leute hier. Es ist ganz anders als zu Hause, wo ich meine Mum und all meine Freunde um mich hatte. Außerdem versuche ich, mein eigenes Geschäft aufzubauen – ich arbeite als Eventmanagerin –, deshalb weiß ich in letzter Zeit kaum noch, wo mir der Kopf steht ... Aber zurück zu unserem Kennenlernen«, fuhr Julia mit gezwungener Fröhlichkeit fort. »Ich habe als Empfangsdame-Schrägstrich-Sekretärin des Geschäftsführers von Skyrocket gearbeitet, und Nick war Junior Account Manager. Ich war sofort hin und weg von ihm ...«

»Wie süß!«, rief Zoe.

»Ja, ich fand ihn unglaublich attraktiv, und er wirkte so … keine Ahnung. Wann immer er bei mir vorbeikam, hat er mit mir geplaudert oder eine witzige Bemerkung gemacht. Und er hat immer gegrüßt, im Gegensatz zu vielen anderen – einige der Typen dort waren ziemlich arrogant und hatten keine Zeit für kleine Empfangsmitarbeiterinnen wie mich, aber Nick hat sich immer bemüht. Nach einer Weile konnte ich es kaum erwarten, ihn wiederzusehen, und hatte echte Schmetterlinge im Bauch«, fuhr Julia mit einem unwillkürlichen Lächeln fort. »Wir haben uns gegenseitig aufgezogen und zum Lachen gebracht.«

»Und hast du ihn gefragt, ob er mit dir ausgehen will?«, hauchte Zoe atemlos.

»Nein, davor hatte ich viel zu große Angst! Ich war ziemlich sicher, dass er Single ist, und hatte schon das Gefühl, dass er mich mag, aber es wäre doch total peinlich gewesen, wenn ich ihn gefragt und er Nein gesagt hätte. Schließlich waren wir ja so was wie Kollegen. Aber eines Tages kam er mir ein wenig nervös vor, als wir uns unterhielten«, fuhr Julia fort und sah zu Nick hinüber, der mit Linda plauderte. Unwillkürlich fragte sie sich, wie er die Geschichte ihres Kennenlernens schildern mochte. Empfand er genauso wie sie? Bekam er feuchte Augen, wenn er an ihre Anfänge zurückdachte, und fragte sich, wie es so schwierig zwischen ihnen hatte werden können?

Julia richtete ihre Aufmerksamkeit wieder auf Zoe, die sie erwartungsvoll musterte.

»Wie gesagt, wir haben geplaudert, und er wollte wissen, was ich am liebsten esse. Ich habe ihm erzählt, dass ich die italienische Küche am liebsten mag, und er meinte, es hätte doch dieser tolle neue Italiener aufgemacht, und ob wir nicht mal hingehen sollten. Natürlich habe ich sofort Ja gesagt, trotzdem war ich nicht sicher, ob es ein richtiges Date war oder nur eine Verabredung zwischen zwei Kollegen.«

»Natürlich war es ein Date. Er war total scharf auf dich«, erklärte Zoe im Brustton der Überzeugung.

»Na ja, ich habe es jedenfalls gehofft«, gestand Julia. »Und ich habe mich total ins Zeug gelegt. Ich bin extra zum Friseur gefahren, um mir die Haare waschen und föhnen zu lassen, und habe mir ein komplett neues Outfit zugelegt, mit Schuhen, Tasche und allem Pipapo. Ich mochte ihn wirklich.«

»Und war es schön?«

Julias Züge wurden weich. »Ja. Es war ein toller Abend. Ehrlich gesagt, erinnere ich mich an manche Teile nur verschwommen, weil ich so aufgeregt war – ich wollte mich auf keinen Fall bekleckern oder Spinat zwischen den Zähnen haben oder so was! Ich weiß aber noch, wie souverän Nick wirkte und wie gut er roch! Nach Hugo Boss«, sinnierte sie verträumt.

»Noch fünf Minuten«, verkündete Annie, verließ Nick und Linda und gesellte sich zu einem anderen Gespann.

»Als wir aus dem Restaurant kamen, hat Nick meine Hand genommen. Ich bin beinahe explodiert vor Aufregung. Wir sind in eine Bar gegangen, haben endlos geredet, und danach sind wir in einen Club weitergezogen und haben bis zwei Uhr morgens getanzt. Auch wenn du es vielleicht nicht glaubst, aber Nick ist ein erstklassiger Tänzer«, fuhr Julia mit einem weiteren Blick in seine Richtung fort. »Besser gesagt, er *war* es. Wir waren eine halbe Ewigkeit nicht mehr tanzen. Inzwischen sind wir wohl zu alt dafür.«

»Aber nein!«, rief Zoe. »Ihr solltet definitiv wieder mal um die Häuser ziehen. Norwich punktet zwar nicht gerade mit seiner Clubszene, aber ein paar gute Läden, wo man sich amüsieren kann, gibt es, so viel steht fest. Vielleicht ziehen wir ja mal zu viert los.«

»Vielleicht ... obwohl ich nicht glaube, dass das für Nick und mich noch etwas ist.«

»Ein Grund mehr, es auszuprobieren«, gab Zoe ermutigend zurück. »Die Jugend wieder aufleben lassen.«

»Die sich anfühlt, als wäre sie schon ein halbes Jahrhundert her«, bemerkte Julia ironisch.

Zoe schwieg einen Moment. »Wie lange seid ihr schon verheiratet?«

»Drei Jahre.«

»Und wie war die Hochzeit? Simon und ich haben uns gerade verlobt – hier.« Grinsend streckte Zoe ihre Hand mit dem funkelnden Verlobungsring am Finger vor. »Deshalb kreist bei mir im Augenblick alles um das Thema Hochzeit und die Frage, wie es bei anderen war.«

»Oh, es war wunderschön. Es ist wie im Traum, wenn man vor den Altar tritt«, sagte Julia. »Und die Party danach ist auch fantastisch. All die Menschen, die man liebt, sind da und feiern mit: Familie, Freunde, einfach alle.«

»Viele sagen, der Tag würde rasend schnell vergehen, sodass man kaum etwas mitbekäme.«

»Das stimmt. Man möchte mit allen reden und sicher sein, dass jeder auch auf seine Kosten kommt, und gleichzeitig die Stunden mit seinem neuen Ehemann genießen, deshalb vergeht er wie im Flug.«

»Und was für ein Kleid hattest du an? Ich kann mich immer noch für keinen Stil entscheiden. Ehrlich gesagt, kann ich mich im Moment für gar nichts entscheiden«, kicherte Zoe. »Ich versuche, diese Hochzeit in Rekordzeit auf die Beine zu stellen, was sich als echter Albtraum entpuppt. Ich hätte nie im Leben gedacht, dass es so aufwendig ist, alles zu organisieren – der Empfang, das Catering, die Blumen, die Band. Es nimmt einfach kein Ende.«

»Wenn du Hilfe brauchst, sag Bescheid. Schließlich verdiene ich meinen Lebensunterhalt damit«, bot Julia an. »Wie gesagt, arbeite ich erst seit einem Jahr in der Branche, habe aber schon ein paar ganz gute Kontakte und kann dir sicher unter die Arme greifen. Einen Teil der Aufgaben zu delegieren, kann einem eine Menge Stress ersparen.«

»Das wäre ja fantastisch!« Zoes Augen begannen zu leuchten, doch dann verdüsterte sich ihre Miene wieder. »Allerdings können wir uns das vermutlich gar nicht leisten. Wir haben ein ziemlich knapp kalkuliertes Budget.«

»Ich gebe dir gern einen Rabatt«, meinte Julia achselzuckend. »Als Gegenleistung erlaubst du mir, ein paar Fotos von eurem großen Tag zu schießen, die ich dann auf meine Webseite stelle, und schreibst mir eine kleine Empfehlung dazu. Ich bin immer noch in der Aufbauphase und für jede Erfahrung dankbar. Und ich kann mein Honorar ziemlich unten halten, weil ich eine Provision von den Lieferanten bekomme, mit denen ich zusammenarbeite.«

»Das wäre ja unglaublich! Meinst du, das ginge?«

»Ich gebe dir meine Visitenkarte, und du rufst mich an, dann unterhalten wir uns über dein Budget und deine Vorstellungen«, schlug Julia vor und kramte eine Karte aus ihrer Handtasche.

»Das klingt ja spitze«, rief Zoe mit unverhohlener Begeisterung. »Ohh, bist du das?«, fragte sie, als ihr Blick auf das Foto der Blondine im Brautkleid als Bildschirmschoner von Julias Handy fiel.

»Ja«, gestand Julia mit einem verlegenen Lächeln. »Ich habe völlig vergessen, dass es noch drauf ist. Ich sollte es endlich austauschen.«

»Nein, lass es«, beharrte Zoe. »Darf ich mal sehen? Dein Kleid interessiert mich.«

»Klar. Hier habe ich ein paar Fotos davon machen lassen.« Sie scrollte durch ihre Aufnahmen und reichte Zoe das Handy. »Bitte.«

»Ohh, du siehst ja super aus.« Staunend betrachtete Zoe die schulterfreie Satinrobe im Mermaid-Stil mit dem dazu passenden Diadem. »Ernsthaft, Julia, du siehst atemberaubend aus. Dein Kleid ist absolut umwerfend. Und deine Frisur ist der Wahnsinn.«

»Danke, meine Freundin Hanni hat sich darum gekümmert.«

»Bildschön.« Zoe ging auf das nächste Foto. »Ooh, und Nick sieht so gut aus! Manche Männer sind einfach für den Anzug geboren. Wie glücklich ihr beide wirkt.«

»Findest du?« Julia musterte sie skeptisch. »Ja, das waren wir wohl. Schon seltsam, wie schnell sich alles verändert.«

Wieder verdüsterte sich ihre Miene.

»Okay, zehn Minuten sind vorbei. Zeit für den Wechsel«, ertönte Annies Stimme.

Julia rang sich ein Lächeln ab und verstaute das Handy wieder in ihrer Handtasche. »Genau. Ich habe genug von mir erzählt. Jetzt bist du dran. Ich will alles darüber hören, wie ihr beide euch kennengelernt habt.«

16

Männer mögen das Feuer entdeckt haben,
aber Frauen wissen, wie man damit spielt.
– Candace Bushnell, Sex and the City

»Kommst du mit, Nick?«

Nick hob den Kopf und sah Nina neben seinem Schreibtisch stehen. Obwohl es bereits nach sechs war, sah sie in ihrem schmal geschnittenen roten Kleid und der passenden Jacke frisch und gepflegt aus, so als wäre sie gerade erst ins Büro gekommen. Sie musterte ihn fragend.

»Hä?«, fragte er, während ihm bewusst wurde, dass er sich wie ein Idiot anhörte.

»Ich sagte, ein paar von uns gehen noch auf ein Bier in den Pub. Hast du Lust mitzukommen?«

Nick zögerte. Ehrlich gesagt, wäre ein kühles Bier, eine Runde Billard und eine Tüte Chips genau das Richtige, aber bestimmt wartete Julia – in nagelneuen Dessous und sauertöpfischer Miene – bereits zu Hause auf ihn.

»Ich ... eigentlich sollte ich nach Hause fahren«, antwortete er schließlich. Ninas Miene verriet, dass ihm die Begeisterung nicht gerade aus dem Gesicht sprang.

»Ach komm schon, nur ein Bier«, beharrte sie. »Heute ist meine Probezeit vorbei. Du warst immer so nett zu mir und hast mir geholfen, mich einzuleben und meinen Platz im Team zu finden. Deshalb würde ich dir gern einen Drink ausgeben, quasi als Dankeschön.«

Wieder spürte Nick, wie seine Entschlossenheit ins Wanken geriet. Eine Handvoll Kollegen hatte sich bereits an der Tür postiert und sah ihn erwartungsvoll an. Beim Anblick von Ninas hoffnungsvoller Miene fragte er sich, wie lange es her war, dass jemand sich so über seine Gesellschaft gefreut hatte.

»Okay«, sagte er aus einem spontanen Impuls heraus, worauf Nina vor Freude in die Hände klatschte. »Aber nur auf ein Bier.« Er nahm seinen Mantel und tippte eine SMS an Julia.

»Fertig?«, fragte Nina.

Er nickte – sie schien sich ehrlich auf den Abend zu freuen. Es war eine halbe Ewigkeit her, seit er das letzte Mal nach der Arbeit ein Bier trinken gegangen war, statt nach Hause zu der übellaunigen Julia zu fahren. Er sah Nina an und lächelte.

»Ja. Gehen wir.«

Der Kessel schaltete sich aus, und Julia goss kochendes Wasser über eine spezielle Teemischung, die den Uterus und die Beckenbodenmuskulatur stärken und die Fruchtbarkeit im Allgemeinen unterstützen sollte. Sie blies in den Becher, nippte daran und verzog das Gesicht – das Zeug schmeckte abscheulich, aber wenn es half … Sie trug ihn ins Wohnzimmer und nahm die *Mother & Baby* vom Couchtisch.

Sie hatte einen langen, hektischen Tag hinter sich, war stundenlang von einem malerischen Landhaus zum nächsten gekurvt, auf der Suche nach der perfekten Location für die Feier zum Hochzeitstag, die sie organisieren sollte. Dazwischen hatte sie am Telefon versucht, die aufgebrachte Mutter eines verwöhnten Teenagers zu beruhigen, deren »Sweet Sixteen«-Feier sie ebenfalls auf die Beine stellte. Julia liebte ihren Job, aber jemandem zu erklären, weshalb man nicht mir nichts, dir nichts sechzehn weiße Mini-Ponys ankarren und ihnen das Fell in unterschiedlichen Rosaschattierungen färben konnte, stand nicht gerade ganz oben auf der Liste ihrer Lieblingsbeschäftigungen.

Eigentlich hatte sie gehofft, dass Nick früh nach Hause käme, aber bislang deutete nichts darauf hin. In letzter Zeit arbeitete er ständig länger und verließ das Haus sehr früh – schätzungsweise, um ihr aus dem Weg zu gehen. Der Gedanke machte sie traurig. Vor allem heute könnte sie ein freundliches Gesicht gut gebrauchen. Sich selbstständig zu machen, war ein kräftezehrendes Unterfangen, und sie hätte sich über etwas Unterstützung und den Rat ihres Mannes sehr gefreut.

Zumindest hatte sie einen neuen Auftrag an Land gezogen – sie würde Zoe bei der Ausrichtung ihrer Hochzeit unterstützen, was toll war. Zoe schien ein zauberhaftes Mädchen zu sein, und Julia freute sich darauf, sie häufiger zu sehen, auch wenn sie ein paar Jahre jünger war. Während der letzten Monate hatte sie sich zunehmend einsam gefühlt und festgestellt, dass die Arbeit als Freiberuflerin einen entscheidenden Nachteil hatte: Es gab nur wenig Gelegenheit, neue Leute kennenzulernen und Freunde zu finden. In einer noch fremden Stadt, weit weg von ihren Freunden und ihrer Familie, gab es nun mal niemanden, mit dem man sich spontan auf einen Kaffee treffen, sich anvertrauen und von ihren Problemen mit Nick oder den Schwierigkeiten, endlich schwanger zu werden, erzählen konnte.

Aus einer plötzlichen Sehnsucht heraus griff Julia nach dem Hörer und rief Naomi an, ihre beste Freundin aus

Derby. Sie kannte die Nummer auswendig und lauschte voller Hoffnung dem Freizeichen.

»Hallo?«

»Hi, Naomi, hier ist Jules. Hast du Zeit für ein Schwätzchen?«

»Klar! Wie geht es dir? Ich habe eine halbe Ewigkeit nichts von dir gehört.«

Beim Klang von Naomis Stimme spürte Julia Tränen aufsteigen. »Ach, eigentlich ganz gut«, antwortete sie betont lässig. »Und selbst?«

»Mir geht's prima! Alfie macht gerade ein Nickerchen, sollte aber bald wieder wach sein.« Alfie war Naomis sechs Monate alter Sohn, den Julia nur ein einziges Mal, unmittelbar nach seiner Geburt, gesehen hatte, als sie auf Familienbesuch in Derby gewesen waren. »Das heißt, die nächste halbe Stunde habe ich noch Ruhe. Oh, es ist so schön, von dir zu hören, Jules.«

»Geht mir genauso. Was macht Nathan?« Nathan war Naomis Ehemann.

»Ach, dem geht es auch gut. Heute musste er geschäftlich nach Glasgow, deshalb bin ich allein mit dem Kleinen. Wie geht es Nick? Wie läuft es in seinem neuen Job?«

Julia zögerte. »Ja, es geht ihm gut. Viel Arbeit. Wir beide arbeiten im Moment ziemlich viel, was aber eigentlich zu erwarten war.«

In diesem Moment kam eine SMS von Nick:

Immer noch bei der Arbeit, sollte aber nicht mehr allzu lange dauern. Warte nicht mit dem Essen, ich besorge mir etwas. Kuss.

Wenn man vom Teufel spricht, dachte sie ironisch, wobei ihr auffiel, wie sachlich sein Tonfall war.

»Gerade kam eine SMS von ihm«, sagte sie mit einem gezwungenen Lachen. »Er macht Überstunden wie immer. Wenigstens kann ich dadurch länger mit dir quatschen.« Julia bemühte sich um einen unbeschwerten Tonfall, doch sie und Naomi kannten sich seit der Grundschule, deshalb konnte sie ihr nichts vormachen.

»Julia«, sagte sie sanft. »Was ist los? Ist mit dir und Nick alles in Ordnung?«

Julia setzte zu einer Erwiderung an, es sei alles bestens, doch stattdessen drang ein unterdrücktes Schluchzen aus ihrer Kehle. »Nein«, presste sie erstickt hervor, während ihr bereits die Tränen kamen. »Es läuft überhaupt nicht gut zwischen uns, und ich verstehe nicht, was mit uns passiert. Ich habe dir ja erzählt, dass wir versuchen, ein Baby zu bekommen, aber es klappt einfach nicht, und inzwischen entfernen wir uns eher voneinander …« Julia konnte nicht weitersprechen.

»Ach, Süße.« Naomis Mitgefühl wärmte sie wie eine weiche Decke. »Das tut mir so leid.«

»Nein, mir tut es leid«, schluchzte Julia. »Vergiss einfach, dass ich überhaupt damit angefangen habe.«

»Hör auf zu spinnen. Los, schenk dir ein Glas Wein ein, mach es dir gemütlich und erzähl mir alles.«

»Ich darf keinen Alkohol trinken«, stammelte Julia unter Tränen und blickte betrübt auf ihre Tasse mit dem rasch abkühlenden Tee. »Wegen meiner Fruchtbarkeit.«

»Ach, Süße«, seufzte Naomi, doch Julia hörte an ihrer Stimme, dass sie grinste, und musste ebenfalls lachen.

»Es tut so gut, mit dir zu reden, Naomi. Ich … In den letzten Monaten hatte ich das Gefühl, bald den Verstand zu verlieren. Und ich habe Angst, dass Nick sich von mir entfernt. Neuerdings ist es, als könnten wir überhaupt keine Verbindung mehr herstellen. Wir haben Sex, damit ich vielleicht schwanger werde, aber die Ironie dabei ist, dass wir innerlich meilenweit voneinander entfernt sind. Ich weiß einfach nicht, was ich tun soll.«

»Vielleicht hat Nick ja Stress bei der Arbeit«, sagte Naomi.

»Kann sein. Trotzdem habe ich das Gefühl, als wäre das nicht alles.«

»Will er denn hundertprozentig ein Baby? Vielleicht hat er ja Zweifel und Angst, dass ein Kind das endgültige Ende seiner Jugend ist oder so.«

»Möglich. Aber du kennst Nick. Er ist unglaublich reif, steht voll und ganz hinter unserer Beziehung und arbeitet sehr hart, um uns eine sichere Zukunft zu ermöglichen. Und Kinder waren definitiv immer Teil des Plans.«

»Hast du mal versucht, mit ihm darüber zu reden?«

»Ja, aber irgendwie endet es jedes Mal im Streit. Obwohl ...« Julia hielt inne.

»Obwohl was?«

»Ich gebe es ja nur ungern zu«, fuhr Julia fort und holte tief Luft, »aber wir waren sogar schon bei einer Therapeutin.«

»Was?«

»Ja. Es war Nicks Idee. Annie ist Sextherapeutin. Aber bitte erzähl keinem davon«, bat sie.

»Eine Sextherapeutin? Und woraus genau besteht ihre Arbeit? Sieht sie euch zu und sagt, was ihr falsch macht?«

Julia brach in schallendes Gelächter aus. »Gott sei Dank nicht. Kannst du dir das vorstellen? *Nick, legen Sie Ihre Hand hierhin ... nein, ein Stück höher ... ja, so. Und wie ist das für Sie, Julia?*« Die beiden Frauen kicherten. »Nein, es geht darum, über unsre Gefühle und die Beziehung zu reden, und dann gibt sie uns eine Art Hausaufgaben. Ob du's glaubst oder nicht, aber Nick beschwert sich, wir hätten zu viel Sex und es würde sich unpersönlich anfühlen. Er wünscht sich ein längeres Vorspiel und mehr Kuscheln.«

»Wie süß. Aber das hört sich doch an, als würde er sich um eure Beziehung bemühen, oder nicht?«

»Ja, mag sein«, stimmte Julia zu. Vielleicht war sie ja zu streng mit ihm gewesen. »Vielleicht sollte ich einen Gang runterschalten, aber ich wünsche mir nun mal so sehr ein Baby.«

»Ich weiß. Vielleicht solltest du ja mal herkommen und dich ein paar Tage um Alfie kümmern. Dann würdest du dir es womöglich noch mal überlegen – schlaflose Nächte, volle Windeln, strähnige Haare, weil du nicht zum Duschen kommst. Und eins kann ich dir versichern – nach der Geburt ist Sex so ziemlich das Letzte, was du auf dem Zettel hast, weil da unten sowieso alles völlig kaputt ist.«

Wieder brach Julia in Gelächter aus. »Trotzdem ist es das alles wert, oder?«

»Ja«, bestätigte Naomi mit sanfter Stimme. Wie auf ein Stichwort ertönte Babygeschrei im Hintergrund.

»Ich muss Schluss machen. Alfie hat Hunger. Nimm dir das Ganze nicht so zu Herzen, okay? Ruf mich an, wenn du reden willst. Und lass Nick für eine Weile vom Haken. Du hast Riesenglück mit ihm – er ist ein toller Typ.«

»Ja, das ist er«, stimmte Julia zu. »Tausend Dank, Naomi. Gib Alfie einen dicken Kuss von mir und schöne Grüße an Nathan.«

»Mache ich. Bis bald.«

»Bis dann.« Julia legte auf und dachte noch einmal darüber nach, was ihre Freundin gesagt hatte. Vielleicht war sie Nick gegenüber tatsächlich zu hart gewesen. Naomi hatte völlig recht. Er war ein toller Mann, und vielleicht sollte Julia dankbarer dafür sein.

Beim dritten Bier spürte Nick die wohltuende Betäubung des Alkohols. Die zwei kleinen Tüten Chips, die er sich mit Nina geteilt hatte, waren sein einziges Abendessen gewesen, und ihm war klar, dass er auf keinen Fall mit dem Auto nach Hause fahren konnte. Ach, dachte er, dann nehme ich eben ein Taxi.

Er sah seinen Kollegen Billy und Raj bei ihrer Partie Darts zu – es war denkbar knapp, und ganze fünf Pfund Einsatz standen auf dem Spiel.

Nina saß neben ihm, die langen Beine überkreuzt, und nippte an einer Weißweinschorle. Sie hatten sich den ganzen Abend blendend unterhalten, sie war witzig und nett, und Nick war nicht entgangen, dass sie mit ihm flirtete, aber das spielte heute Abend keine Rolle. Es war lange her, dass jemand seinem Ego geschmeichelt hatte, und Nina war ohne jeden Zweifel eine höchst attraktive Frau. Mit ihr zusammen zu sein, war eine angenehme Abwechslung zu Julias ewiger Nörgelei und ihrem geradezu obsessiven Babywunsch.

»Ja! Gut gemacht, Raj!«, drang eine Stimme vom anderen Ende des Raums herüber. Raj hatte die Partie offenbar gewonnen und wurde von den anderen mit Jubel und Schulterklopfen gefeiert, während Billy seine Geldbörse zückte und einen zerknitterten Fünfer herauszog. Nick sah zu, wie sie austranken und ihre Jacken anzogen.

»Wir gehen dann mal, Nick. Bis morgen. Bis dann, Nina.«

»Klar, Billy, bis morgen.«

Sie verließen den Pub, während Nick und Nina an ihrem Tisch inmitten der anderen Gäste zurückblieben. Mit einem Mal schien sich die Atmosphäre zu verändern, und ihm wurde bewusst, dass sie endgültig allein waren.

»Und, wie findest du alles so?«, fragte er verlegen. »Die zwei Monate sind ja wie im Flug vergangen.«

»Ja, das ist wahr. Es gefällt mir gut. Und die Zusammenarbeit mit dir macht riesigen Spaß. Du bist wirklich gut, und ich habe eine Menge von dir gelernt.«

»Da wäre ich mir nicht so sicher.« Nick schnaubte abfällig, trotzdem konnte er nicht leugnen, dass er sich geschmeichelt fühlte.

»Und wie geht es dir so?«, erkundigte sie sich beiläufig und strich sich ihr langes dunkles Haar hinters Ohr.

Nick zuckte die Achseln. »Ach, na ja, ganz okay so weit.«

»Du wirkst in letzter Zeit ... ein bisschen bedrückt, aber wahrscheinlich geht es mich nichts an.«

Nick lächelte wehmütig. Sein Handy lag auf dem Tisch, aber Julia hatte auf seine SMS nicht reagiert. Vermutlich war sie immer noch sauer. Manchmal konnte sie so was von kleinlich sein.

»Ach, nur ein paar private Probleme«, gestand er und fragte sich, wieso er das gesagt hatte.

In diesem Moment setzte sich eine Frau neben Nina und zwang sie, ein Stück näher an Nick heranzurücken. Ihr Bein fühlte sich warm an seinem an, und ihr Rock rutschte ein Stück an ihrem wohlgeformten Schenkel hinauf.

»Wenn du reden willst ... ich kann ziemlich gut zuhören«, murmelte sie und beugte sich ein Stück herüber.

Seufzend schüttelte Nick den Kopf. »Du bist nicht verheiratet, oder?«

»Nein«, antwortete sie, wobei Nick auffiel, wie voll ihre Lippen waren.

»Dann würdest du es sowieso nicht verstehen.«

Nina legte ihre Hand auf seinen Arm. Nick sah sie erschrocken an. Ihre Blicke begegneten sich, und für den Bruchteil einer Sekunde geschah etwas zwischen ihnen – etwas, das Nicks Herzschlag beschleunigte und das Blut durch seine Venen pumpen ließ.

»Bist du dir da so sicher?«, hauchte sie mit einem aufreizenden Unterton.

Nick stockte der Atem. Sie war so nahe, dass ihm die Moschusnote ihres Parfums in die Nase stieg und er sehen konnte, wie sich ihre Pupillen weiteten. Ihr Mund war leicht geöffnet, ihre Lippen feucht und einladend, und Nick ertappte sich dabei, dass er den Blick nicht von ihnen wenden konnte.

Plötzlich überkam ihn der übermächtige Drang, sich ihr anzuvertrauen, dieser strahlenden, bildschönen Frau zu erzählen, wie einsam, verängstigt, gefangen und gelangweilt er sich in seiner Ehe fühlte; wie groß seine Angst war, einen schrecklichen Fehler begangen zu haben, von seiner Furcht, fünfzig Jahre heimlicher Unzufriedenheit vor sich zu haben. Nina würde ihm lauschen, mitfühlend, tröstend …

Ohne nachzudenken, beugte er sich vor, sodass sich ihre Nasenspitzen flüchtig berührten. Seine Lippen fanden die ihren – warm, weich und verwirrend fremd –, und für einen Moment verlor er sich in der Berührung, während eine Flut an Empfindungen über ihm zusammenschlug. Erleichterung, Freude und Erregung. Nina schmiegte sich an ihn, erwiderte seinen Kuss, und Nick hatte nur einen Gedanken – wie gut es sich anfühlte. Er hob die Hand, um ihr über die Wange zu streichen, doch in dem Moment, als seine Fingerspitzen ihre Haut berührten, fuhr er zusammen, als hätte er einen elektrischen Schlag bekommen. Mit weit aufgerissenen Augen und hämmerndem Herzen starrte er sie an. Was zum Teufel hatte er sich nur dabei gedacht?

»Entschuldige, Nina. Es tut mir wirklich leid.« Er stand so schnell auf, dass er um ein Haar sein Glas umkippte, während Nina ihn mit gekränkter, verwirrter Miene ansah.

»Nick, warte …«

»Ich muss nach Hause«, murmelte er und schüttelte den Kopf, als könnte er damit den Bann lösen, mit dem sie ihn belegt hatte. »Es tut mir wirklich leid. Wir sehen uns morgen im Büro.«

Er schnappte seine Jacke und stürmte aus dem Pub auf die Straße, um ein Taxi heranzuwinken und ganz schnell zu vergessen, was gerade passiert war. Er wusste nur eins: Er musste weg hier, und zwar so schnell es ging. Er musste nach Hause, zu seiner Frau.

Die kalte Nachtluft schlug ihm entgegen. Weit und breit war kein Taxi in Sicht. Er begann zu laufen. Nur weg von hier. Seine Lippen fühlten sich an, als stünden sie in Flammen, und er hatte noch den Geschmack von Ninas Mund auf seiner Zunge. Als er die Straße entlanglief, breitete sich ein Gefühl in seinem Innern aus, von seinem Magen durch seinen gesamten Körper, das ihn zu überwältigen drohte. Er brauchte einen Moment, um es einordnen zu können, doch als er schwer atmend auf den Rücksitz eines Taxis sank, wusste er es: Es war ein Gefühl tiefer Schuld.

17

Wenn du tollen Sex willst, such dir einen Partner,
der dich total antörnt.
– Jackie Collins

Annie verbrachte ihren Sonntagnachmittag so, wie sie es am liebsten tat – bei einer Romantikkomödie chillen, nur diesmal nicht auf ihrem Sofa, sondern im Cinema City, einem kleinen, kuscheligen Arthouse-Kino in der St. Andrews Street. Es lief *Nächte der Zärtlichkeit*, die jüngste Romanverfilmung von Nicholas Sparks mit Ryan Gosling und Amanda Seyfried. Annie konnte sich keine perfektere Besetzung für die Hauptrollen vorstellen. Natürlich hatten die Kritiker den Film gnadenlos verrissen und als schmalzig, pappsüß und völlig unrealistisch bezeichnet (eine besonders vernichtende Stimme hatte den Zuschauern geraten, sicherheitshalber mit der Kotztüte ins Kino zu gehen), aber davon ließ Annie sich nicht abhalten.

Sie war ganz allein losgezogen, denn als jahrelanger Single hatte sie ihre Unabhängigkeit schätzen gelernt und schreckte auch nicht davor zurück, abends allein essen zu gehen oder sogar in den Urlaub zu fahren, wenn sie sich ausnahmsweise ein paar freie Tage gönnte. Wenn sie ganz ehrlich war, genoss sie es sogar, allein ins Kino zu gehen. Zwar hätte sich ihre Schwester oder eine Freundin bestimmt breitschlagen lassen, aber auf diese Weise konnte sie wenigstens entscheiden, was sie essen und in welcher Reihe sie sitzen wollte, und hemmungslos Ryan

Gosling anschmachten, ohne sich Gedanken darüber machen zu müssen, dass ihre Begleitung sich über den Film ärgern oder vor Langeweile einschlafen könnte.

Annie genoss diese kleine Auszeit in vollen Zügen. Für manche Frauen war ein heißes Bad mit einem Glas Wein der Inbegriff der Glückseligkeit, andere gingen shoppen bis zum Umfallen, für Annie hingegen gab es keine schönere Beschäftigung, als sich die neueste Romantikkomödie anzusehen.

Sie stand an der Kasse in der Schlange und beugte sich über den Tresen, um die Auswahl an Schokoriegeln in Augenschein zu nehmen. Als sie zurückwich, stieß sie gegen jemanden und rammte ihm den Ellbogen in die Rippen.

»Oh, Entschuldigung«, sagten beide wie aus einem Munde.

Die Stimme des Mannes kam ihr seltsam bekannt vor. Sie drehte sich um und sah Jamie Kennedy vor sich stehen.

»Annie!« Auch er schien erfreut zu sein, sie zu sehen. »Wie geht's dir?«

»Super, danke.« Sie spürte, wie sie rot wurde, und ohrfeigte sich insgeheim für ihre Unbeholfenheit. »Ich hoffe, ich habe dir nicht wehgetan.«

»Ich hab schon ganz andere Schläge abbekommen«, wiegelte er grinsend ab. »Das ist ganz normal, wenn man mit einem Bruder aufwächst.«

»Stimmt, ja.« Annie lachte. »Ist Matt auch hier?«

»Nein, der ist mit seiner Freundin unterwegs. Ich wollte eigentlich ins Büro, aber Matt hat darauf bestanden, dass ich mir den Tag freinehme, deshalb habe ich beschlossen, mir einen Film anzusehen. Für welchen hast du dich entschieden?«

»Äh …« Annie überlegte kurz, ob sie ihn anlügen sollte. Ihr Blick schweifte über die Filmplakate eines Kinderanimationsfilms, eines hochseriös wirkenden Historiendramas, dem Remake eines klassischen Science-Fiction-Streifens und eines französischen Films mit Untertiteln. Nichts davon erschien ihr als Ausrede geeignet. »*Nächte der Zärtlichkeit*«, gestand sie.

Jamie schien der Titel etwas zu sagen, und für den Bruchteil einer Sekunde fragte sie sich, ob er vielleicht wegen desselben Films hier war.

»Ja, ich habe davon gehört, aber eigentlich ist so was nicht unbedingt mein Ding.«

»Oh.« Annie verspürte einen lächerlichen Anflug von Enttäuschung.

»Ich steh eher auf Science-Fiction«, gestand Jamie. »Und *Metropolis* ist ein Klassiker. Aus den Zwanzigerjahren.« Er nickte in Richtung des Filmposters. »Der Film wird nur ganz selten auf der großen Leinwand gezeigt, deshalb dachte ich, dass ich die Gelegenheit nutzen sollte.«

»Wieso nicht? Klingt doch cool.«

»Kein Grund, sich vor Begeisterung zu überschlagen.« Er lachte leise, als Annie, die inzwischen vorn in der Schlange stand, ihre Karte kaufte. »Mit wem bist du hier?«, erkundigte er sich, während das Mädchen hinter der Kasse Popcorn und eine kleine Flasche Wein für Annie holte.

»Ich bin allein hier«, antwortete Annie und fragte sich, ob ihre Antwort wohl trotzig geklungen hatte.

Jamie sah sie erstaunt an. »Ehrlich? Ich auch. Ich wollte nicht, dass einer merkt, was ich für ein komischer Kauz bin.«

»Guter Plan. So ähnlich war es bei mir auch.« Annie

zog ihre Geldbörse heraus, zahlte und stand ein wenig unschlüssig herum, während er sich ein Bier und eine Tüte Chips kaufte.

»Also, dann viel Spaß«, sagte Annie schließlich.

»Dir auch.«

Beide zögerten kurz, als würde ihnen noch etwas auf der Zunge liegen, doch keiner sprach es aus. Schließlich wandte Annie sich mit einem entschuldigenden Lächeln ab und ging davon.

»Annie!«, rief Jamie ihr hinterher.

»Ja?«

»Wie lange dauert denn dein Film?«

»Das weiß ich nicht genau … ich glaube, ziemlich lange. Die nächste Vorführung findet erst um kurz vor halb fünf statt, deshalb müssen es mindestens zwei Stunden sein.«

»Okay. Meiner dauert ähnlich lange … Ich könnte ja hier auf dich warten, und wir gehen noch etwas zusammen trinken oder essen.«

Seine Nervosität war absolut hinreißend – angespannt fuhr er sich mit der Hand durchs Haar und sah sie hoffnungsvoll an.

»Klar. Wieso nicht? Gern«, erwiderte Annie wie aus der Pistole geschossen.

»Super«, sagte Jamie sichtlich erleichtert. »Dann bis später.«

»Bis dann.«

Der Film war genau so, wie Annie ihn sich vorgestellt hatte – romantisch, rührselig und mit einem leckeren Ryan Gosling ohne Hemd, trotzdem gelang es Annie nicht, sich darauf zu konzentrieren. Stattdessen schweiften ihre Gedanken immer wieder zu Jamie und ihrem

Treffen, eine Aussicht, die sie aus unerfindlichen Gründen reichlich nervös machte.

Es war doch nur Jamie, dachte sie. Jamie, der Typ, mit dem sie fast jeden Tag in der Kaffeeküche plauderte. Jamie, der Computer-Fuzzi, der seine Tage damit zubrachte, neue Apps und sonstigen Technikschnickschnack zu erfinden, den sie nicht mal ansatzweise kapierte. Woher kamen dann plötzlich die tanzenden Schmetterlinge in ihrem Bauch?

Vermutlich lag es daran, dass sie ihm das erste Mal außerhalb des Bürogebäudes begegnet war. Falls sie sich nicht verstanden, könnte es künftig ziemlich unangenehm werden. Ja, genau das war der Grund für ihre Nervosität, sagte sie sich, schob sich eine Handvoll Popcorn in den Mund und richtete ihre Aufmerksamkeit wieder auf die Leinwand, wo Ryan und Amanda gerade nach über einem Jahrzehnt ihr großes Wiedersehen feierten.

Als der Film zu Ende war und das Licht anging, sprang Annie auf und verließ den Kinosaal. Normalerweise blieb sie bis zum Ende des Abspanns sitzen, um den Zauber nicht zu durchbrechen und wieder in die Realität eintauchen zu müssen, aber sie wollte Jamie nicht warten lassen.

Er hatte sich lässig an die Wand gelehnt und blickte konzentriert auf das Display seines Handys, während seine Finger über die Tasten flogen. Annie blieb stehen und beobachtete ihn einen Moment lang – mit seiner lässigen Jeans, dem Karohemd und der Freizeitjacke sah er ganz anders aus als gewohnt. Und er sah gut aus, stellte Annie errötend fest.

In diesem Moment sah er auf und bemerkte sie. Eilig schob er sein Handy in die Tasche.

»Tut mir leid, aber ich musste kurz eine Mail schreiben.«

»Du arbeitest am Wochenende? Hast du nie frei?«, fragte Annie neckend.

»Leider nicht.« Jamie lachte. »Wie war dein Film?«

»Toll. Wirklich gut. Genau mein Ding.«

»Bist du Ryan-Gosling-Fan?«

Annie biss sich auf die Lippe. »Könnte schon sein ...«

»Hey, ich habe eine jüngere Schwester, deshalb kenne ich mich damit aus.«

Etwas verlegen standen sie da, während links und rechts die Kinobesucher herein- und hinausströmten.

»Hättest du Lust, einen Happen essen zu gehen? Ganz in der Nähe ist ein Spanier, wo es tolle Tapas und Sangria gibt.«

»Das klingt perfekt.« Annie lächelte. »Und wie war *Metropolis*? Hat er deine Erwartungen erfüllt?«, erkundigte sie sich, als sie auf die Straße traten.

»Mehr als das. Gibt es eine schönere Beschäftigung für einen Sonntagnachmittag, als einen neunzig Jahre alten deutschen, in einem futuristischen, urbanen Dystopie-Setting angesiedelten Schwarz-Weiß-Stummfilm anzusehen?«

»Ja«, antwortete Annie automatisch, worauf beide laut loslachten.

»Jetzt hast du mich aber enttäuscht«, meinte er seufzend. »Also kann ich dich nicht von deinen romantischen Komödien weglocken?«

Annie schüttelte den Kopf. »Ich fürchte nicht. Ich glaube fast, ich bin süchtig danach. Es gibt wohl kaum einen Film aus diesem Genre, den ich nicht kenne, auch wenn er noch so schmalzig und rührselig ist.«

»Das kenne ich.« Jamie verdrehte die Augen. »Als ich noch jünger war, hat meine Schwester mich regelmäßig gezwungen, mir die Schnulzen rauf und runter anzusehen. *Romeo und Julia* habe ich bestimmt ein Dutzend Mal gesehen, aber immerhin hat es mir geholfen, meine Abschlussprüfung in Englisch zu bestehen. Leah hat total für Leonardo DiCaprio geschwärmt und ›Lovefool‹ von den Cardigans in Endlosschleife gehört, bis die CD im Zuge eines tragischen Unfalls einen Kratzer bekam.«

»Ich liebe diesen Song!«, rief Annie. »Das klingt, als würde ich mich mit deiner Schwester ziemlich gut verstehen.«

»Ja, vermutlich.« Er sah sie einen Moment lang nachdenklich an.

Wieder spürte Annie, wie sie rot wurde. Inzwischen standen sie vor dem La Casita.

»Hier war ich noch nie«, sagte Annie, als sie das winzige Restaurant betraten. Es war noch früh, deshalb herrschte nicht viel Betrieb.

»Ich auch nicht«, gestand Jamie. »Mein Bruder hat es mir empfohlen. Er und seine Freundin kommen regelmäßig her, aber ich habe es noch nie geschafft.«

»Die Speisekarte sieht jedenfalls fantastisch aus«, bemerkte Annie, der beim Anblick von Gerichten wie *Calamares* und *patatas bravas* das Wasser im Mund zusammenlief.

»Isst du gern spanisch?«

»Ich esse alles gern, völlig egal, aus welchem Land es kommt«, gestand Annie. »Essen ist meine große Leidenschaft. Aber, ja, spanisch ist köstlich. Was ist mit dir?«

»Mir geht's genauso. Und alles, was nicht vom Lieferservice kommt, ist eine willkommene Abwechslung. Matt und ich ernähren uns hauptsächlich von Junkfood, wenn viel zu tun ist.«

»Ja, es ist ziemlich schwierig, sein eigenes Geschäft zu haben«, meinte Annie mitfühlend. »Wenn man erfolgreich sein will, muss man sich total reinknien.«

»Allerdings«, bestätigte Jamie, als der Kellner den Rioja und zwei Gläser brachte. »Aber wenigstens haben wir unsere Leidenschaft zum Beruf gemacht, stimmt's?«

»Das stimmt. Darauf trinke ich. Auf die Leidenschaft«, erklärte Annie und stieß mit Jamie an. Ihre Blicke begegneten sich, und Annie spürte, dass ihr Herz schneller schlug.

»Haben Sie sich entschieden?«, fragte der Kellner, der in diesem Moment an ihren Tisch trat. Eilig senkte Annie den Blick. Sie bestellten mehrere kleine Portionen zum Teilen, und der Kellner schenkte noch einmal nach, ehe er verschwand.

»Wie läuft es mit *Coconut Crush*?«, fragte Annie, um das Thema zu wechseln.

»Gut. Sogar erstaunlich gut. Die Branche hat großes Interesse gezeigt, und einige Firmen wollen mit uns zusammenarbeiten. Was ziemlich schräg ist, weil wir seit Jahren versuchen, die Leute auf uns aufmerksam zu machen und Kunden zu gewinnen, und jetzt kommen sie plötzlich auf uns zu. Sogar eine kalifornische Firma interessiert sich für das, was wir so machen.«

»Wahnsinn!«, rief Annie. »Also geht's demnächst über den großen Teich ins Silicon Valley, wo du dann eine ganz wichtige Nummer wirst?«

»Das bezweifle ich.« Er lächelte. »Einer der Vorteile an meinem Job ist, dass du praktisch von überall aus arbeiten kannst, solange du einen Laptop und einen Internetanschluss hast.«

»Also willst du für immer hierbleiben? Selbst wenn du die Möglichkeit hättest, dich sonst irgendwo auf der

Welt niederzulassen, würdest du dich für Norwich entscheiden?«

»Na ja, so ausgedrückt ...« Er grinste. »Aber für den Augenblick habe ich jedenfalls nicht vor, von hier wegzugehen. Meine gesamte Familie ist hier, und ich sehe keinen Sinn darin, nach London oder gar ins Ausland zu gehen.«

Ihr Essen wurde serviert, und es sah köstlich aus, Tellerchen mit *pulpo a la gallega* und *pinchitos de pollo* und anderen leckeren Tapas.

»Und wie ist es mit dir?«, erkundigte Jamie sich. »Du hast mir schon mal ein bisschen erzählt, aber so ganz genau verstehe ich immer noch nicht, was du machst.«

Annie lächelte. »Das geht vielen so. Die meisten haben die wildesten Vorstellungen, dabei ist es im Grunde ganz einfach. Im Prinzip bin ich Therapeutin und für Leute da, die Probleme in ihrer Beziehung haben – vor allen Dingen im sexuellen Bereich. Gemeinsam mit ihnen erarbeite ich eine Lösung und helfe ihnen dabei, sie zu bewältigen.«

»Ich weiß nicht recht, ob ich mit einem Wildfremden über so persönliche Angelegenheiten sprechen könnte«, sagte er. »Ist dir das nie peinlich?«

»Eigentlich nicht.« Annie zuckte die Achseln. »Ich hab schon so gut wie alles gehört. Ich habe Männer erlebt, die in der Sitzung völlig zusammengebrochen sind und ihrer Ehefrau gestanden haben, dass sie am liebsten in Frauenkleidern herumlaufen würden. Ich habe gehört, wie Frauen ihren Männern erzählt haben, dass sie in Wahrheit nicht die Väter ihrer Kinder sind, und Männer, die sich zu ihrer obsessiven Pornosucht bekannt haben.« Jamie fielen fast die Augen aus den Höhlen.

Annie schob sich einen Bissen *pan de ajo* in den Mund und fuhr fort. Das Gespräch floss mühelos dahin. Sie war heilfroh – und ein wenig überrascht –, dass Jamie sich zu keinem albernen Kommentar über ihren Job hinreißen ließ. Die meisten Männer konnten sich schmierige Plattheiten nicht verkneifen, Jamie hingegen schien aufrichtiges Interesse an ihrer Beschäftigung zu haben.

»Wie bist du darauf gekommen, ausgerechnet diesen Beruf zu ergreifen?«, fragte er. »Die Wahl ist ja doch ziemlich ungewöhnlich.«

Nachdenklich nippte Annie an ihrem Wein. »Ich denke, es waren verschiedene Gründe. Ich habe Psychologie studiert, weil ich mich dafür interessiert habe. Irgendwann nach dem Grundstudium habe ich festgestellt, dass mein Interesse an Beziehungen und die sexuelle Seite daran noch größer ist. Ich wollte wissen, wie Paare miteinander umgehen, wie sie Probleme lösen und wie häufig es in Ehen zu Schwierigkeiten in diesem Bereich kommt.« Beim Anblick von Jamies ernster Miene hielt sie inne. »Weniger ernsthaft ausgedrückt, bin ich durch meine Liebe zu romantischen Komödien wohl zu der Überzeugung gelangt, dass jeder sein persönliches Happy End haben sollte. Vermutlich will ich den Leuten einfach helfen, das ihre zu finden – O Scheiße!« Erschrocken schlug sie sich die Hand vor den Mund.

»Was ist denn?« Jamie folgte ihrem Blick in Richtung Tür, wo gerade ein Paar vom Kellner in Empfang genommen wurde.

Annie erkannte den Mann auf Anhieb.

Tom.

»Vor zwei Monaten war ich mit dem Typen mal aus«, erklärte sie leise und zuckte bei der Erinnerung an den katastrophalen Abend zusammen. »Er war ein kompletter Idiot. Sagen wir einfach, es lief nicht besonders gut mit uns beiden.«

Annie blickte auf die Tischplatte, sodass ihr dunkles Haar ihr Gesicht halb verdeckte, in der Hoffnung, dass Tom sie nicht bemerkte. Aber als der Kellner das Paar an ihrem Tisch vorbeiführte, blieb Tom abrupt stehen.

»Na, wen haben wir denn da?«, höhnte er.

»Hi, Tom.« Annie tat so, als hätte sie ihn erst jetzt bemerkt, und schnitt eine Grimasse.

»Ist das dein neuer Freund?«, fragte Tom eisig und musterte Jamie von oben bis unten.

»Eigentlich nicht …«, antwortete Annie, aber Tom fiel ihr ins Wort. »Ich an deiner Stelle wäre vorsichtig, Kumpel. Die hat einen echten Dachschaden.«

»Moment mal!« Jamie sprang auf, während Annie den Kopf schüttelte. »Wag bloß nicht, so über Annie zu sprechen!«

»Ist nur eine gut gemeinte Warnung«, fuhr Tom fort, obwohl sein Tonfall etwas anderes ahnen ließ. »Wenn du nicht aufpasst, kriegst du am Ende ein Glas Wein über den Kopf gekippt.«

Jamie runzelte verwirrt die Stirn.

»Nein, Tom, du bist der Einzige, dem ich je einen Drink über den Kopf geschüttet habe«, sagte Annie.

»Siehst du? Ich sage doch, die ist komplett durchgeknallt.«

»Möchtest du lieber gehen, Annie? Ich lasse die Rechnung kommen«, erklärte Jamie ritterlich, zog sein Portemonnaie heraus und gab dem Kellner ein Zeichen.

»Ja, wieso verpisst ihr euch nicht einfach?«, blaffte Tom.

Innerhalb von Sekundenbruchteilen war Jamie wieder auf den Beinen und trat drohend auf Tom zu. »Wenn du noch einmal so über Annie sprichst, wird ein Glas Wein über dem Kopf dein geringstes Problem sein, kapiert?«

Etwas flackerte in Toms Augen auf – er mochte muskelbepackt sein, aber Jamie überragte ihn um ein gutes Stück, und Annie beschlich der Verdacht, dass Tom in Wahrheit ein Feigling war.

»Wie auch immer«, maulte er, wich jedoch einen Schritt zurück. »Komm, Nicki, gehen wir zu unserem Tisch«, sagte er zu seiner Begleiterin.

Annie ließ langsam den Atem entweichen. Sie war viel zu erschüttert, um etwas zu sagen, als Jamie die Rechnung bezahlte. Als sie in die kühle Abendluft traten, sah Jamie sie nachdenklich an. »Hast du ihm tatsächlich ein Glas Wein über den Kopf gekippt?«

»Ja«, antwortete Annie schuldbewusst. »Aber er hat es absolut verdient. Er ist ein Schwachkopf.«

»Das habe ich allerdings gemerkt«, gab er lächelnd zurück.

Schweigend gingen sie ein Stück die Straße entlang. Annie zog ihre Jacke enger um sich. »Danke, dass du meine Ehre so verteidigt hast«, sagte sie schließlich. »Das war wirklich nett von dir.«

»Jederzeit«, erwiderte Jamie grinsend, und Annie ertappte sich dabei, wie auch sie lächeln musste, während sie eine angenehme Wärme durchströmte.

18

Mein Herz ist in etwa so rein wie der Schneematsch am Straßenrand.
– Tallulah Bankhead

Simon saß im Maleroverall über seiner Jogginghose und seinem Kapuzenshirt am Flussufer. Es war ein herrlicher Frühlingstag – frisch, aber mit einem so strahlend blauen Himmel, dass er seine Sonnenbrille aufsetzen musste. Er strich die *Belle of the Broads*, eines ihrer neuen Kanalboote. Nun, da es jeden Tag wärmer wurde, mussten sie sich beeilen, alle Boote für die beginnende Saison in Schuss zu bringen, zumal über Ostern fast alle reserviert waren.

Eigentlich hatte Simon nicht vorgehabt, in den Familienbetrieb einzusteigen. Stattdessen hatte er sich nach dem College in diversen Jobs versucht, darunter in der Verwaltung eines Krankenhauses und als Telesales-Mitarbeiter für eine Bank, doch die Konzernstrukturen waren so gar nicht sein Ding gewesen. Simon genoss es, draußen an der frischen Luft zu sein und eine handwerkliche Arbeit zu verrichten, bei der kein Tag dem anderen glich. Heute herrschte beispielsweise friedliche Stille, mal abgesehen vom gelegentlichen Muhen einer Kuh oder dem leisen Brummen irgendeiner Landmaschine, das von der nahe gelegenen Farm herüberdrang.

Wenn er mit dem Streichen fertig war, musste er sich um die Bepflanzung der Blumentöpfe kümmern und das

Bootsinnere überprüfen, um sicherzugehen, dass nichts kaputt war oder fehlte, ehe er den Motor einem letzten Check unterzog. Er hatte noch ausreichend Zeit und konnte daher seine Arbeit in Ruhe und mit Sorgfalt erledigen.

Sobald er mit diesem Bootsteil fertig war, würde er Mittagspause machen. Er tauchte den Pinsel in die rote Farbe und zeichnete vorsichtig eine Linie am unteren Rumpfrand. Seine Stirn war gerunzelt, Schweißtropfen glitzerten auf seiner Stirn. In diesem Moment piepste sein Telefon in seiner Hosentasche. Er unterdrückte den Impuls, es herauszuziehen, sondern zwang sich, noch ein paar Minuten weiterzumachen. Schließlich las er die Nachricht, die Zoe ihm geschickt hatte:

Hey, schöner Mann, was läuft bei dir so? xxx

Simon legte den Pinsel in die Abstreifschale und wischte sich die Hände an einem Lappen ab, ehe er zurückschrieb:

Nicht viel. Ich streiche die Belle. Was ist mit dir? xxx

Ihm blieb gerade genug Zeit, um wieder den Pinsel zu zücken, als die Antwort bereits kam:

Ich denke an dich und das, was du gerade mit mir machen könntest.

Simon ließ beinahe den Pinsel fallen. Instinktiv drückte er das Telefon an seine Brust, damit keiner das Display erkennen konnte, obwohl außer einer Handvoll Kühe auf dem Feld hinter ihm weit und breit kein Lebewesen zu sehen war. Erst jetzt merkte er, dass sich sein Atem beschleunigt hatte und sein Körper sich anspannte. Meinte Zoe das ernst? Oder verstand er die Nachricht falsch? Erregt tippte er eine Antwort.

Das Handy fest in einer Hand, zog Zoe ihren Kittel aus und schlüpfte in ihren Mantel. Sie fragte sich, was sie mit ihrer aufreizenden Bemerkung in Gang gesetzt haben mochte. Nach der letzten Therapiesitzung hatte Annie sie beiseitegenommen und ihr einen Geheimauftrag auf den Weg mitgegeben – sie sollte während der kommenden Woche Simon eine SMS eindeutigen Inhalts zukommen lassen, um so die Spannung aufzubauen. Das sei eine Art Vorspiel, hatte sie Zoe erklärt, die dazu diente, den Partner an die Grenze des Erträglichen zu bringen.

Zoe hatte sich einverstanden erklärt, da sie im Grunde für jedes Abenteuer zu haben war, trotzdem konnte sie einen Anflug von Verunsicherung nicht leugnen. Wie explizit sollten sie werden? Was, wenn Simon das für einen Scherz hielt oder nicht verstand, was sie ihm damit sagen wollte?

Zoes Handy vibrierte.

Das tust du? Erzähl mir mehr ☺

Ein triumphierendes Lächeln breitete sich auf ihrem Gesicht aus. Simon schien ganz genau zu wissen, was sie hier tat! Jetzt kam der heikle Teil – was sollte sie darauf antworten? Es musste etwas Lustig-Neckendes, nichts Vulgäres oder Geschmackloses sein.

»Ich mache dann Mittagspause und bin in einer Stunde wieder hier«, rief sie Jackie am Empfang zu und blieb kurz stehen, um den Beagle mit der verbundenen Pfote zu streicheln.

»Bis später, Zoe. Und viel Spaß.«

»Oh, den werde ich haben«, erwiderte sie mit einem verschmitzten Grinsen, während sie sich fragte, was Jackie wohl denken würde, wenn sie wüsste, womit Zoe sich die nächste Stunde amüsieren würde.

Die Glocke über der Tür bimmelte, als sie hinaustrat. Sie wickelte ihren Schal enger um den Hals und marschierte die Princes Street entlang in Richtung Kathedrale – bei gutem Wetter aß sie ihr Mittagessen am liebsten irgendwo auf dem Rasen.

Sie nahm sich keine Zeit, um die Pracht des Gebäudes zu bestaunen, sondern suchte sich die nächste freie Bank und tippte die nächste Nachricht:

> Erinnerst du dich an unseren ersten Jahrestag in diesem Hotel? Ich fand es so schön, was du damals mit mir gemacht hast …

Sie zog die Box mit dem Eier-Mayo-Sandwich heraus und wartete auf Simons Antwort.

Simon hatte die Arbeit komplett vergessen. Die Borsten auf dem Pinsel trockneten inzwischen im Sonnenschein, während er gespannt auf Zoes nächste Nachricht wartete.

Endlich gab sein Handy ein leises Piepsen von sich. Ein breites Grinsen erschien auf seinem Gesicht, als er den Text las.

Simon konnte sich nur allzu deutlich an jenen Abend erinnern: Er hatte sie zum ersten Jahrestag ins Hambledon Hall eingeladen, ein wunderschönes Landhaushotel in der Nähe von Fakenham, wo sie den Nachmittag im Spa zugebracht und sich im Whirlpool ein bisschen in Stimmung gebracht hatten, ehe sie in ihr Zimmer zurückgekehrt waren, um eine Flasche Prosecco zu bestellen und ein paar höchst unartige Dinge zu tun. Simon hatte einen großen Schluck Blubberwasser in den Mund genommen und zwischen ihre Schenkel rinnen lassen. Das Prickeln der Bläschen in ihren intimsten Körperteilen hatte Zoe so angemacht, dass sie nach mehr gebettelt hatte.

Ich kann das jederzeit wiederholen – sag nur das Zauberwort. Der Prosecco liegt schon auf Eis ☺

Er schickte die SMS ab, ließ sich nach hinten fallen und blickte zu den vorbeiziehenden Wolken hinauf, während sich das vertraute Ziehen in seinem Unterleib bemerkbar machte. Das Vorhaben, enthaltsam zu bleiben, war – Achtung: Wortspiel – härter als vermutet. Bereits mehr als einmal hatte er überlegt, Zoe zu bitten, das Experiment abzubrechen, aber ihm war klar, dass sie darauf bestehen würde, es bis zum Ende durchzuziehen. Simon hingegen war nicht sicher, ob er es schaffen würde. Und falls ja ... ehrlich gesagt, hatte er insgeheim Angst, dass der Moment der großen Erlösung bei Weitem nicht so spektakulär ausfallen würde, wie sie es sich erhoffte. Stattdessen könnte das Ganze innerhalb weniger Minuten – oder gar Sekunden – vorbei sein.

Und wenn Zoe ihm weiterhin derartige Nachrichten schickte, machte es die Sache nur noch härter – buchstäblich.

Stöhnend schirmte er mit einer Hand die Augen ab, während er auf die nächste Nachricht wartete.

Zoe genoss die wärmenden Sonnenstrahlen auf ihrer Haut, ließ den Blick durch den Kirchgarten schweifen und betrachtete die Spaziergänger – Touristen, die die prächtige Fassade bewunderten, junge Mütter mit ihren Kinderwagen und andere Berufstätige, die die Mittagspause nutzten, um sich für ein paar Minuten an der frischen Luft zu entspannen.

Sie sah eine ganz in Schwarz gekleidete Gestalt näher kommen, die sich bei genauerem Hinsehen als Nonne entpuppte. Ihr Haar war unter ihrem Habit verborgen, und sie trug eine ausladende Brille und ein goldenes Kreuz an einer Kette um den Hals. Lächelnd setzte sie sich neben Zoe auf die Bank, während Zoe ihre Sachen nahm, um ihr Platz zu machen.

In diesem Moment piepste ihr Handy. Sie schnappte es und las grinsend Simons Nachricht – nein, sie hätte ganz bestimmt nichts gegen eine Wiederholung ihrer heißen Nacht in Hambledon Hall einzuwenden. Einen Moment lang saß sie auf der Bank und tippte kauend eine Antwort. Zugegebenermaßen machte es einen Riesenspaß, Simon zu reizen, andererseits hatten sie sich bislang noch halbwegs bedeckt gehalten, und allmählich wurde es Zeit, ein bisschen Würze in die Sache zu bringen.

»Entschuldigen Sie …«

Zoe sah auf. »Ja?«

»Ich störe Sie nur ungern, aber wissen Sie zufällig, wie spät es ist?«, fragte die Nonne.

Zoe blickte auf ihr Handy. »Es ist kurz nach halb zwei.«

»Halb zwei?«, wiederholte die Nonne langsam. »Danke. Ich fürchte, meine Uhr ist stehen geblieben.« Sie hob den Arm und zeigte Zoe die altmodische Uhr an ihrem Handgelenk. »Da werde ich wohl eine neue Batterie brauchen.«

»Ich glaube, in der Wensum Street ist ein Geschäft, die sie auswechseln«, meinte Zoe und richtete ihre Aufmerksamkeit wieder auf ihr Handy, indem sie eilig eine Nachricht einhämmerte:

Ich stelle mir gerade vor, wie du

»So ein schöner Tag, nicht?«

Zoe hob den Kopf und spürte, wie sie rot anlief.

»Ja. Ja, herrlich«, stimmte sie zu.

»Eigentlich ist der Frühling meine Lieblingsjahreszeit«, fuhr die Nonne besinnlich fort. »Alles erneuert sich. Jedes Jahr im Frühjahr wird mir bewusst, dass ich wieder einen Winter überlebt habe.« Sie lachte leise.

Zoe wusste nicht recht, was sie darauf erwidern sollte, also lächelte sie nur freundlich. »Ja, es ist wirklich ein schöner Tag«, sagte sie noch einmal und senkte den Kopf, um weiterzuschreiben, sorgsam darauf bedacht, das Telefon so zu halten, dass die Schwester nicht auf das Display sehen konnte.

Hmm, welche Fantasie sollte sie Simon schildern? Die mit den Fesselspielchen? Oder die mit dem Dreier …

»Man kann kaum glauben, dass die Kirche schon über neunhundert Jahre alt ist.« Die Stimme der Nonne riss Zoe aus ihren Gedanken. »Wenn man sich das vor Augen führt, fühlt man sich so unglaublich jung!«

Zoe lächelte höflich, während ihre Verlegenheit von Minute zu Minute wuchs. Die Nonne war eine reizende ältere Dame, die gern mit ihr plaudern wollte, aber es war extrem schwierig, anzügliche Gedanken heraufzubeschwören, wenn man neben einer Dienerin Gottes auf der Bank saß. Entschlossen klappte Zoe den Deckel ihrer Lunchbox zu und verstaute sie in ihrer Tasche.

»Noch einen schönen Tag«, sagte sie, stand auf und schwang sich ihre Handtasche über die Schulter. »Ich muss wieder zur Arbeit.«

»Natürlich. Ich wünsche Ihnen auch einen schönen Tag«, erwiderte die Nonne, ohne Anstalten zu machen, von der Bank aufzustehen.

Zoe folgte dem Pfad aus dem Kirchhof und tippte eilig die Nachricht, die ihr mittlerweile mühelos aus den Fingern floss:

> Ich stelle mir gerade vor, wie du mich fesselst und mir den Hintern versohlst xxx

Zufrieden lächelnd drückte sie auf »Senden« und trat durch das Tor auf die Straße hinaus.

Simon lag immer noch im Gras und gab sich den Tagträumen seiner Verlobten hin. Er war völlig verrückt nach ihr, weil sie so hinreißend war – nicht zuletzt wegen ihres Hangs zur Unartigkeit, die ihnen immer wieder Ausflüge in neue sexuelle Gefilde bescherte. Am allermeisten liebte er sie dafür, dass sie *ihm* das Gefühl gab, sexy zu sein. Zoe war genauso scharf auf ihn wie er auf sie, was ihrer Beziehung erst das richtige Feuer verlieh.

Trotzdem fühlte er sich manchmal verunsichert. Kurz bevor er Zoe begegnet war, hatte ihn seine Exfreundin – seine Jugendliebe – betrogen und ihm damit das Herz gebrochen. Er hatte nicht allzu viel Erfahrungen mit Frauen, wohingegen Zoe in sexueller Hinsicht wesentlich mehr erlebt hatte als er. Manchmal fragte er sich, was sie mit seinen Vorgängern so getan hatte – ein Gedanke, der ihm ganz und gar nicht gefiel. Was, wenn er mit den Männern nicht mithalten konnte, mit denen sie in der Vergangenheit geschlafen hatte? Wenn Zoe seine Antworten öde fand oder es für sie im Bett nicht so aufregend war wie mit den Männern vor ihm?

Allein die Vorstellung, dass Zoe Sex mit einem anderen Mann hatte, brachte ihn auf die Palme. Und noch viel schlimmer war der Gedanke, derjenige könnte besser im Bett sein als er. Vermutlich litt jeder Mann unter dieser Angst, und Simon bildete da keine Ausnahme …

Doch all seine Ängste und Sorgen waren auf einen Schlag vergessen, als er ihre nächste Nachricht las. Wahnsinn! Träumte Zoe ernstlich davon, dass er sie fesselte und ihr den Hintern versohlte?

Augenblicklich spürte er wieder dieses verräterische Ziehen im Unterleib und sah sich schuldbewusst um. Er war unglaublich erregt, und jeder im Umkreis von einer halben Meile würde es auf den ersten Blick erkennen. Zum Glück war er ganz allein. Er ließ langsam den Atem entweichen und versuchte, seinen Puls halbwegs unter Kontrolle zu bekommen. Inzwischen war an Arbeit nicht mehr zu denken. Eilig tippte er eine Antwort an Zoe:

Klingt super. Ich tue alles, was du willst. Hab die Handschellen schon parat ☺ ☺

Er drückte auf »Senden«, doch auf dem Display erschien das kreiselnde SMS-Symbol, gefolgt von »Nachricht nicht gesendet«.

»Verdammt!«, fluchte er und versuchte es noch einmal, aber wieder ging die SMS nicht durch. Er stöhnte frustriert. Einer der Nachteile an der Gegend war, dass das Handynetz nicht immer zuverlässig funktionierte. Er wedelte mit seinem Telefon wild über dem Kopf hin und her, in der Hoffnung auf Empfang, aber es geschah nichts. Zoe dachte bestimmt, er würde ihre Nachrichten ignorieren. Oder sie hatte Angst, dass sie zu weit gegangen war und ihn verschreckt hatte. Er sprang auf, lief am Ufer entlang und schwenkte sein Telefon, jedoch ohne Erfolg.

Er rannte zum Haus zurück, wo er von einem Fuß auf den anderen sprang und dabei das Telefon hin und her schwenkte.

»Ist alles in Ordnung, Simon?«

Simon fuhr herum und sah seinen Vater hinter ihm stehen. Er war so mit sich und dem fehlenden Handysignal beschäftigt gewesen, dass er ihn gar nicht bemerkt hatte. Er lief knallrot an.

»Oh. Ja, ja«, antwortete er verlegen und blickte zu Boden. »Ich wollte nur ... eine SMS senden, aber sie geht nicht durch«, erklärte er lahm.

»Klar.« Sein Dad hob skeptisch eine Braue. »Muss ja eine mächtig wichtige Nachricht gewesen sein. Ich schaue dir schon seit ein paar Minuten zu, wie du wie Billy Elliot in der Gegend herumspringst.«

»Oh«, stieß Simon noch einmal hervor. »Ich wollte Zoe eine Nachricht schicken. Sie hat gerade Mittagspause.«

»Da steht wohl jemand mächtig unterm Pantoffel, was?«, bemerkte Brian neckend. »Wie kommst du denn mit der *Belle* voran?«

»Mit wem? Ach so, ja. Gut.« Es war ihm peinlich, dass er das Boot völlig vergessen hatte. »Ich mache nur kurz Pause.«

Wieder runzelte Brian die Stirn. »Na gut. Sag Bescheid, wenn du Hilfe brauchst.« Er wandte sich ab und ging in Richtung Lager.

Kaum war er verschwunden, blickte Simon auf sein Handy und stellte fest, dass wundersamerweise vier Balken erschienen waren. Eilig drückte er auf »Senden« und scrollte sich durch seine Kontakte bis zu Zoes Nummer.

»Hallo, Geliebter«, schnurrte sie.

»Hi.« Plötzlich überkam ihn eine ungewohnte Schüchternheit.

»Ich hab deine SMS gelesen und wollte gerade zurückschreiben.«

»Ich kann es kaum noch erwarten«, stöhnte er. »Du hast ja keine Ahnung, was du mir antust, Zoe. Du machst mich total an.«

Er spürte, wie sie am anderen Ende der Leitung lächelte. »Gut.«

»Nein, gar nicht gut«, protestierte er. »Ich kann mich nicht konzentrieren, und mein Vater hält mich für völlig verrückt. Und das Frustrierendste ist, dass dauernd der Empfang ausfällt.«

»Meine Mittagspause ist auch fast vorbei«, sagte Zoe und stöhnte enttäuscht. »Vermutlich müssen wir jetzt die Pausentaste drücken und später weitermachen.«

»Keine Ahnung, ob ich so lange durchhalte.«

»Alles eine Frage der Selbstdisziplin. Bis heute Abend, Liebster.« Das Letzte, was Simon hörte, bevor er auflegte, war ein leises, verruchtes Kichern.

19

Das Problem ist, dass Gott den Männern ein Gehirn und einen Penis geschenkt hat, aber leider nur so viel Blut, um eines von beiden zu versorgen.
– Robin Williams

Annie befand sich mitten in der Therapiesitzung mit Nick und Julia, hatte aber alle Mühe, sich zu konzentrieren – ständig drohten ihre Gedanken abzuschweifen, ganz zu schweigen von dem albernen Grinsen, das sich in den unpassendsten Momenten auf ihrem Gesicht ausbreitete.

Grund für ihren seltenen Mangel an Professionalität war ein gewisser Mr. Jamie Kennedy, der am späten Vormittag in ihrem Büro aufgetaucht war und sich nach ihren Plänen für die Mittagspause erkundigt hatte. Da sie ihren nächsten Klienten erst um drei Uhr nachmittags erwartete, hatte er darauf bestanden, sie zu einem Käsesandwich und einem Glas Wein – mitten am Tag! – in einem gemütlichen Pub außerhalb der Stadt einzuladen.

Es hatte sich herrlich verboten angefühlt, ein klein wenig wie Schule schwänzen, so war es ihr jedenfalls vorgekommen, als sie die Landstraße entlanggefahren waren. Sie hatten sich einen Tisch in einer Ecke gesucht und sich angeregt unterhalten. Annie hatte von ihrem Job und ihren Karriereplänen erzählt, Jamie von seiner Arbeit und seiner Familie. Sie hatte ihn beobachtet und festgestellt, dass sie mittlerweile selbst die Details an ihm faszinierend fand: die widerspenstigen Härchen über seinem rechten Ohr, die sich offenbar nicht bändigen lassen wollten, die winzige Narbe über seiner linken Braue und die Stoppeln, die er beim Rasieren übersehen hatte.

Annie sagte sich zwar, dass sie nun einmal ein Mensch mit einer ausgeprägten Beobachtungsgabe war, doch das seltsam flattrige Gefühl in der Magengegend legte den Verdacht nahe, dass es vielleicht noch einen anderen Grund geben könnte, weshalb sie Jamie so eingehend musterte. Einen Grund, über den sie im Moment lieber nicht so genau nachdenken wollte …

Die Zeit im Pub war wie im Flug vergangen, und am Ende hatte Jamie das Gaspedal ordentlich durchdrücken müssen, damit Annie nicht zu spät zu ihrem Termin kam. Nur wenige Augenblicke, bevor Nick und Julia aufgetaucht waren, hatte sie ihr Büro betreten. Nun saßen sie seit einer halben Stunde hier und arbeiteten sich konzentriert und erstaunlich offen durch eine Handvoll Themen.

Annie war sehr stolz auf die beiden. Vor allem Julia schlug sich beachtlich. Sie war kooperativ und zugänglich, so als wollte sie die anstehenden Probleme ernsthaft lösen. Zu Annies Erstaunen zeigte Nick sich heute von seiner distanzierten Seite. Er gab ausweichende Antworten, wirkte verkrampft, hatte Mühe, Blickkontakt herzustellen, und wackelte die ganze Zeit beim Sprechen hektisch mit dem Bein.

»Wir waren bei Ihrem familiären Hintergrund«, sagte Annie und bemühte sich, sämtliche Gedanken an Jamie zu verbannen. »Ich würde gern noch näher darauf eingehen. Welche Worte kommen Ihnen in den Sinn, wenn Sie an Ihre Kindheit denken?«

»Hm …« Julia zögerte. »Unsicherheit, vielleicht?

Ängstlichkeit? Einsamkeit? Ich will nicht, dass sich das allzu deprimierend anhört. Mum hat sich alle Mühe gegeben, aber ... ich war Einzelkind, deshalb fühlte ich mich oft allein, so ohne Geschwister. Und als mein Dad uns verlassen hat, war ich noch klein. Schätzungsweise wurde unser Leben dadurch erst recht schwierig. Wir hatten nie Geld, und in der Schule wurde mir bewusst, dass ich eben keine normale Familie mit Mum, Dad, Brüdern und Schwestern wie all die anderen habe.«

Annie nickte. »Erinnern Sie sich, dass Sie schon früh von einer eigenen Familie geträumt haben?«

»Ja, absolut. Ich habe mir mit meinen Puppen und Teddybären meine eigene Familie geschaffen und so getan, als wäre ich ihre Mummy und müsste mich um sie kümmern. Ich habe mir nichts sehnlicher gewünscht als eine glückliche Ehe und eine große Familie, definitiv mit mehr als einem Kind. Ich wollte eine Beziehung, die stabil ist, mir Sicherheit bietet, mit einem Mann, auf den ich mich verlassen kann und der mich nicht im Stich lässt.«

Mit einem zögerlichen Lächeln sah sie zu Nick hinüber, der jedoch wortlos zu Boden starrte.

»Und Sie halten es für möglich, dass Sie Ihren Kinderwunsch über das Ziel gestellt haben, diese stabile Beziehung aufrechtzuerhalten?«

Julia dachte einen Moment darüber nach. »Ja. Ja, das habe ich möglicherweise getan. Ich war so damit beschäftigt, ein perfektes Leben aufzubauen – dieses Bild umzusetzen, das ich im Kopf hatte, mit meiner Karriere, meinem Ehemann und Kindern –, dass ich meinen Mann vielleicht vernachlässigt habe. Nein, nicht vielleicht, sondern ganz bestimmt.« Wieder sah sie Nick an. »Aber ehrlich gesagt, hatte ich so riesige Angst davor, dass alles auseinanderbrechen würde, wenn ich kein

Kind bekäme und mein großer Lebenstraum sich nicht erfüllen würde.«

Sie schien den Tränen nahe zu sein. Annie lächelte mitfühlend.

»Hier.« Sie schob ihr die Schachtel mit den Papiertaschentüchern zu. Da Tränenausbrüche in ihrer Praxis an der Tagesordnung waren, sorgte sie stets für einen ausreichenden Vorrat.

»Entschuldigung, ich benehme mich total albern«, schniefte Julia und tupfte sich vorsichtig die Augen ab, um ihre Wimperntusche nicht zu verschmieren.

»Absolut nicht«, widersprach Annie. »Sie sind nur sehr ehrlich und gestatten sich selbst, verletzlich zu sein. Das ist ein Riesenschritt für Sie.«

»Danke.« Julia wirkte enorm erleichtert.

»Nick.« Annie wandte sich ihm zu. »Julia hat Ihnen gerade einen sehr tiefen Einblick in ihr Innerstes gewährt. Was empfinden Sie dabei?«

Nick machte ein Gesicht, als würde er zum Schafott geführt werden. Überrascht bemerkte Annie, dass er den Anschein erweckte, als wäre er am liebsten ganz weit weg. Dabei war er doch derjenige gewesen, der die Therapie als Versuch, seine Ehe zu retten, überhaupt erst vorangetrieben hatte.

»Ich weiß nicht so recht«, antwortete er achselzuckend und weigerte sich immer noch, Annie ins Gesicht zu sehen.

»Können Sie Julias Verhalten denn inzwischen nachvollziehen? Ist Ihnen bewusst geworden, weshalb das Baby eine so große Priorität für sie hatte?«

»Ja, irgendwie schon.«

Mit wachsender Frustration sah Annie ihn an. »Geht es Ihnen gut, Nick?«

»Ja, klar, wieso sollte es mir nicht gut gehen?« Ein Anflug von Verärgerung schwang in seiner Stimme mit.

»Keine Ahnung«, antwortete Annie wahrheitsgetreu. »Sie wirken nicht so offen wie sonst, sondern eher, als wären Sie mit den Gedanken woanders.«

»Stimmt etwas nicht?«, fragte Julia besorgt.

»Es ist alles in Ordnung. Können wir das jetzt vielleicht lassen?«

In Wahrheit quälten Nick schreckliche Gewissensbisse wegen der Episode mit Nina, und Julias Geständnis machte alles nur noch schlimmer. Dass sie ihn als eine Art Heilsbringer und Retter sah – einen hochanständigen Mann, dem sie vertrauen konnte und mit dem sie eine Familie gründen wollte –, potenzierte seine Schuldgefühle nur noch.

Es war nur ein einziger Kuss, sagte er sich. Nur ein einziger, flüchtiger Kuss, und er hatte Nina Einhalt geboten, bevor etwas passiert war. Außerdem trug er nicht allein die Schuld daran; Nina hatte unverblümt mit ihm geflirtet, sich ihm praktisch auf dem Silbertablett serviert und …

Nein, gestand er sich kopfschüttelnd ein. Wie er es auch drehte und wendete, er trug den Großteil der Verantwortung für das, was vorgefallen war. Er war älter als Nina, ihr Vorgesetzter und derjenige, der den ersten Schritt gemacht hatte. Wenn er ganz ehrlich zu sich selbst war, hatte er sich geschmeichelt gefühlt, sich in der Bewunderung der jungen, attraktiven Frau gesonnt. Er hatte sich wie ein dämlicher Idiot benommen, das war ihm mittlerweile bewusst, und nun musste er die Konsequenzen tragen.

Er hob den Kopf und sah, dass Julia und Annie ihn verwirrt und vorwurfsvoll musterten. Mit einem Mal hatte er das Gefühl, in der Falle zu sitzen, so als würden ihm die Frauen ansehen, was ihm gerade durch den Kopf ging.

»Wir können auch gern das Thema wechseln, wenn es Ihnen unangenehm ist, Nick«, schlug Annie sanft vor. »Aber es wäre wirklich schade, weil ich den Eindruck hatte, als würden wir Fortschritte machen. Worüber würden Sie stattdessen lieber sprechen?«

Nick holte tief Luft und fuhr sich erschöpft mit der Hand übers Gesicht. Er wusste nur eins: Dieses Geheimnis brachte ihn beinahe um den Verstand, und Julia verdiente es, die Wahrheit zu erfahren.

»Ich habe eine andere Frau geküsst«, murmelte er.

Verwirrung flackerte in Julias Blick auf, als sei sie sich nicht sicher, ob sie richtig gehört hatte. »Was?«

Auch Annie horchte auf. »Könnten Sie bitte wiederholen, was Sie gerade gesagt haben?«

»Ich habe eine andere Frau geküsst, okay? Habt ihr es jetzt kapiert? Ich habe eine andere Frau geküsst!« Nicks Stimme wurde mit jedem Wort lauter.

Julia starrte ihn ungläubig an. »Wen? Und wann?«

Annie war ebenfalls vor den Kopf gestoßen, bemühte sich jedoch, professionell zu bleiben. Sie hatte schon allerlei Katastrophenszenarien in ihrer Praxis erlebt – Paare, die die Scheidung voneinander verlangten, bis hin zu einem Klienten, der seiner Frau eröffnet hatte, dass er eine Geschlechtsumwandlung vornehmen lassen wollte. Ihr Instinkt riet ihr, dass sie versuchen sollte, Nick und Julia den Konflikt zunächst allein ausfechten zu lassen und erst einzugreifen, falls es nötig wäre.

»Jemanden aus dem Büro«, gestand Nick. Er saß völlig zusammengesunken auf seinem Stuhl und hatte das Gesicht in den Händen vergraben.

»Nina«, sagte Julia. »Sie war es, richtig?«

Nick starrte sie entsetzt an. »Woher weißt du …«

»Ich bin nicht bescheuert, Nick«, schnauzte Julia ihn an. »So oft, wie du sie erwähnt hast, war ja klar, dass du auf sie stehst.«

»Sie steht auf mich! Sie hat mich angemacht. Sie hat mir die Hand auf den Arm gelegt und …«

»Hör doch auf, Nick«, herrschte Julia ihn gekränkt an. »Das ist ja erbärmlich.«

»Ich habe meinen Arm weggerissen und gesagt, dass wir das nicht tun dürfen«, stieß er in seiner Verzweiflung hervor. »Ich habe gesagt, dass ich nach Hause muss.«

»Was für ein beschissenes Klischee. Nach Hause zu deiner miesepetrigen, unglücklichen Frau, die dir sowieso nur ständig die Ohren volljammert?« Julia schien nicht bewusst zu sein, wie schmerzlich nahe sie der Wahrheit kam.

Nick schwieg.

»Und was ist genau passiert?« Julia wusste, dass sie sich damit nur quälte, trotzdem *musste* sie die Wahrheit hören, jedes Detail.

»Es war neulich abends, als ich dir eine SMS geschrieben habe, ich würde noch länger arbeiten. Aber stattdessen war ich im Pub. Die anderen sind irgendwann nach Hause gegangen, und wir waren nur noch zu zweit. Ich hatte ein bisschen zu viel getrunken, aber nichts gegessen …«

Eine Träne kullerte Julia über die Wange. Er schien todunglücklich über den Vorfall zu sein, doch sie empfand keinerlei Mitleid mit ihm. Sie war am Boden zerstört. Wie sehr hatte sie sich nach einer glücklichen, stabilen Familie gesehnt, mit so vielen Kindern, wie sie nur bekommen konnte, und nun hatte ihr Mann sie betrogen.

»Du hast mich angelogen«, sagte sie. »Du hast gesagt, du würdest länger arbeiten.«

Nick hob langsam den Kopf. »Du hast mir das Gefühl gegeben, als müsste ich es tun«, wandte er ein. »Du hast mir ein schlechtes Gewissen gemacht, wenn ich nicht rund um die Uhr zu deiner Verfügung gestanden und versucht habe, dir ein Kind zu machen. Ich darf inzwischen überhaupt nichts mehr, nicht mal so normale Dinge wie mit ein paar Kollegen auf ein Bier gehen.«

»Sag mir, was passiert ist«, flüsterte Julia mit brüchiger Stimme. »Wieso hast du das getan?«

»Ich war so unglücklich, Julia«, gestand er und spürte, wie ihn trotz allem eine tiefe Erleichterung durchströmte. »Ich habe das Gefühl, als wäre ich dir überhaupt nicht mehr wichtig, sondern nur noch die Tatsache, dass du unbedingt ein Baby willst, und, mal ganz ehrlich, im Grunde könnte ich ein x-beliebiger Kerl sein, solange ich dich nur vögle.«

Julia zuckte zusammen, als hätte er ihr eine Ohrfeige verpasst. »Das war nie meine Absicht«, stammelte sie. »Wirklich nicht. Die meisten Männer wären heilfroh, dass ihre Frau so oft Sex will, statt mit dem nächstbesten Flittchen herumzumachen.«

»Aber du hast mir nicht das Gefühl gegeben, dass du mich wirklich *willst*, sondern es war eher so, als wäre ich ein beschissener Samenspender statt dein Ehemann, der dich liebt.«

»Und bei dieser *Nina*« – Julia spie den Namen förmlich aus – »hattest du das Gefühl, der große Zampano zu sein, gut aussehend und so unglaublich schlau, ja? War es so?«

Nick schloss die Augen und stieß einen tiefen Seufzer aus. »Sie war ... witzig. Anspruchslos. Und, ja, sie hat sich um mich bemüht und hat mir geschmeichelt. Ich habe vergessen, wann wir beide das letzte Mal richtig zusammen gelacht haben, Jules … oder ausgegangen sind. Ich weiß, dass ich einen Fehler gemacht habe, und du musst mir glauben, wenn ich sage, dass es nichts bedeutet hat … dafür hat es mir noch einmal vor Augen geführt, wie viel wir mittlerweile verloren haben.«

»Trotzdem siehst du diese Frau tagtäglich im Büro«, platzte Julia heraus, während sich ihre Augen mit Tränen füllten. »Bestimmt fahrt ihr das ganze Programm ab – nette, lustige Gespräche in der Kantine, sehnsuchtsvolle Blicke über die Schreibtische hinweg. O Gott, ist es etwa mehr als einmal dazu gekommen? Wolltest du es?«, rief sie, während er vehement den Kopf schüttelte.

»Nein, natürlich nicht. So war es nicht. Danach habe ich mit ihr geredet. Es ging nicht anders«, fügte er beim Anblick ihrer Miene hinzu. »Ich habe mich für mein Benehmen entschuldigt und gesagt, dass es niemals hätte so weit kommen dürfen. Ich habe ihr erklärt, dass ich durcheinander und gestresst war und mich normalerweise nie so benehmen würde. Ich sei verheiratet und so etwas dürfe nie wieder passieren, habe ich gesagt.« Nick rief sich das unsäglich peinliche Gespräch in Erinnerung. Nina war verständnisvoll und nett gewesen, und seither wahrten sie sorgsame Distanz. »Inzwischen ist sie einem anderen Team zugeteilt und arbeitet an einem neuen Projekt, deshalb sehen wir uns so gut wie gar nicht. Und ich habe keinerlei Bedürfnis, es zu wiederholen, das verspreche ich dir, Jules.«

»Das ist … der reinste Albtraum«, presste Julia mühsam hervor, als die Tränen wieder zu fließen begannen. »Ich habe mir so sehr eine perfekte Ehe und eine perfekte Familie gewünscht, und du hast alles kaputt gemacht, nur weil du dein Ego von einer kleinen Schlampe aufpolieren lassen musstest.«

»Julia«, sagte Annie, als sie spürte, dass Julia die Kontrolle zu verlieren drohte. »Keine Beziehung ist perfekt, und wenn Sie diese Krise überwinden wollen, müssen Sie akzeptieren, dass Sie sich keine perfekte Kunstwelt erschaffen können, sonst werden Sie immer nur enttäuscht sein. Die Frage ist, ob Sie weitermachen und diese Krise überwinden wollen.«

Julia sah Nick an. »Willst du es?«, fragte sie. »Oder willst du lieber mit deiner neuen Flamme durchbrennen?«

»Natürlich nicht«, stieß Nick hervor. »Es hat mir nichts bedeutet, Jules, ehrlich, das musst du mir glauben. Es war ein kurzer Moment, in dem ich mich nicht unter Kontrolle hatte. Aber letzten Endes hat mir das Ganze nur gezeigt, wie viel Arbeit noch vor uns liegt und wie richtig die Entscheidung war, uns an Annie zu wenden.«

»Es war nicht meine Schuld«, fuhr Julia ihn weiter an. »Mir kannst du keinen Vorwurf machen, genauso wenig, wie du behaupten kannst, all das wäre nie passiert, wenn ich dir mehr Aufmerksamkeit geschenkt hätte. Oder glaubst du etwa, ich hätte dich in die Arme dieser anderen Frau getrieben? Das ist doch lächerlich!«

»Ich habe klipp und klar gesagt, dass ich einen Fehler gemacht habe, und ich glaube nicht, dass er passiert wäre, wenn zwischen uns alles zum Besten stünde. Wir beide haben ein Problem, das vielleicht größer ist, als wir dachten. Und ich bin dafür, dass wir versuchen, es zu lösen.«

Julia wandte sich Annie zu. »Was sagen Sie dazu?«

»Ich denke, Sie haben beide Ihre Argumente«, begann Annie diplomatisch, »und alles, was wir bislang hier besprochen haben, hat offenbar zu diesem Moment geführt. Wir befinden uns an einem neuralgischen Punkt, an dem Sie beide zu einem Entschluss gelangen müssen, wie Sie weitermachen wollen.«

Julia und Nick sahen sie beide wortlos an.

»Nick hat erklärt, was vorgefallen ist, und hat sich entschuldigt, und Sie, Julia, müssen entscheiden, ob Sie die Entschuldigung annehmen und weitermachen wollen. Sie, Nick, müssen sich ganz sicher sein, dass Sie sich nicht wieder in so eine Situation bringen, auch wenn der Reiz noch so groß ist.«

»Das werde ich nicht tun. Ich weiß es«, erklärte er. »Julia ist die Frau, die ich liebe und mit der ich zusammen sein möchte.«

»Sagen Sie das ihr, nicht mir«, meinte Annie sanft.

Nick schluckte und wandte sich seiner Frau zu. »Ich liebe dich, Julia, sehr sogar. Du bist die Einzige für mich. Es tut mir unendlich leid, aber ich verspreche dir, dass ich so etwas nie wieder tun werde. Ich will, dass es wieder besser zwischen uns läuft, und bin bereit, alles dafür zu tun, damit wir uns wieder gut verstehen.«

Julias Miene blieb ausdruckslos.

»Ich ...« Sie öffnete den Mund, schloss ihn jedoch wieder. Sekunden später setzte sie ein zweites Mal an. »Es tut mir leid, Nick, aber ich brauche Zeit. Ich kann nicht sagen, was ich im Moment denke. Es ist alles so frisch ...« Sie hielt inne und sah ihn bekümmert an. »Ich lasse dich wissen, wenn ich meine Entscheidung getroffen habe.«

20

Das Spiel mit den Männern liegt dem weiblichen Geschlecht im Blut, und Übung macht den Meister.
– Charlotte Brontë

Annie stand vor dem Schlafzimmerspiegel und betrachtete sich. Sie trug einen langen Rock und ein weites cremefarbenes Top dazu, während sich auf dem Bett hinter ihr ein Kleiderstapel türmte. Normalerweise brauchte sie nie so viel Zeit mit der Auswahl ihrer Klamotten, aber sie wollte auf keinen Fall zu verkleidet wirken. Andererseits sollte auch nicht der Eindruck entstehen, dass sie sich überhaupt nicht bemüht hatte, und die richtige Mischung zu finden, schien schlicht unmöglich zu sein.

»Was sagt ihr dazu?«, fragte sie Harry und Sally, als sie das Wohnzimmer betrat. »Gefällt es euch?«

Die Goldfische musterten sie desinteressiert aus ihren hervorquellenden Augen, während sich ihre Münder abwechselnd öffneten und schlossen.

»Nicht so viel Begeisterung, bitte.« Sie überlegte kurz, ob sie nicht doch lieber in Jeans und einen leichten Pulli schlüpfen sollte.

Du liebe Güte, jetzt reicht's aber! Immerhin war sie bloß mit Jamie verabredet, es bestand also kein Anlass, komplett auszuflippen.

Nach ihrer zufälligen Begegnung im Kino hatte Jamie beiläufig vorgeschlagen, so etwas doch regelmäßiger zu machen – sie als glühender Fan von romantischen Komödien und er als eingefleischter Science-Fiction-Freak könnten sich gegenseitig ganz neue Welten eröffnen, hatte er gemeint. Annie hatte begeistert zugesagt, und so kam es, dass sie heute im Cinema City verabredet waren.

In letzter Zeit geisterte Jamie ziemlich häufig in ihren Gedanken herum. Sie liefen einander ständig bei der Arbeit über den Weg – wobei es, offen gestanden, weniger zufällig war, als es den Anschein erwecken mochte. Nach ihrem kleinen Ausflug in den Pub waren sie vergangene Woche noch zweimal beim Mittagessen gewesen und trafen sich auch sonst meist gegen drei Uhr nachmittags auf einen Plausch bei Kaffee und Keksen in der Kaffeeküche, wenn Annie keinen Klienten hatte.

Jamie war ein prima Kerl, und Annie wusste, dass sie ernsthaft Gefahr lief, Gefühle für ihn zu entwickeln, auch wenn sie sich im Augenblick noch einredete, dass sie bloß Freunde waren. Die Erinnerung daran, wie übel es beim letzten Mal geendet hatte, war noch allzu deutlich, und die emotionalen Wunden waren längst nicht verheilt. Ein Therapeut würde ihr vermutlich erklären, dass sie Probleme hatte, anderen zu vertrauen, dachte sie ironisch.

Außerdem hatte Jamie nie Andeutungen gemacht, dass sie mehr sein könnte als eine nette Freundin. Sie waren lediglich Kollegen, die beide gern ins Kino gingen und im Pub zu Mittag aßen, aber von einem Date war nie die Rede gewesen. Wogegen es absolut nichts einzuwenden gab, sagte sie sich.

Sie sah auf die Uhr und stellte fest, dass sie eigentlich schon seit fünf Minuten unterwegs sein sollte. Verdammt, es war definitiv zu spät, um sich noch mal umzuziehen, also schlüpfte sie in ein Paar bestickter Ballerinas, schnappte ihre Tasche und warf Harry und Sally einen Luftkuss zu.

»Drückt mir die Daumen!«

Die beiden starrten Annie bloß trübselig an, als sie hinaushastete.

»Hi«, rief Annie. Jamie, unglaublich attraktiv in seinen lässigen Jeans, dem langärmeligen T-Shirt und dem blonden Haar, das irgendwie gestylter wirkte als sonst, wartete bereits vor dem Kino auf sie. Hatte er schon immer so gut ausgesehen?, überlegte sie kurz, ehe sie beschloss, Gedanken wie diesen ganz schnell beiseitezuschieben.

»Hi.« Grinsend beugte Jamie sich vor und gab ihr einen Kuss auf die Wange. »Alles klar?«

»Ja, ja, alles bestens. Wie kommst du darauf?«, fragte sie und merkte, dass sich ihre Stimme beinahe überschlug.

»Nur so.« Jamie schien belustigt zu sein. »Du wirkst ein bisschen ... erhitzt. So als hättest du es eilig gehabt.«

»Ach, ich bin nur etwas später losgefahren«, sagte sie, dankbar für die Möglichkeit, ihr gerötetes Gesicht erklären zu können. »Meine Goldfische konnten sich nicht einigen, welches Outfit am besten aussieht.«

»Wie?«, hakte Jamie stirnrunzelnd nach, und Annie fand es selbst rätselhaft, wieso sie das gesagt hatte.

»Ach, nichts!« Sie strahlte ihn an.

»Ich finde jedenfalls, dass du toll aussiehst, auch wenn deine Goldfische sich nicht entscheiden konnten.« Jamie grinste, und Annies Gesicht färbte sich noch eine Spur dunkler.

»Also, bist du bereit, in die Welt der romantischen Komödien einzutauchen?«, wechselte sie das Thema.

»Ich denke schon.« Leicht verunsichert betrachtete er das Plakat. »*Wo das Herz wohnt*«, las er. »Die Geschichte eines Großstadtgirls, das sein Herz in der Provinz verloren hat.«

»Das klingt doch wunderbar, oder?«, meinte Annie verträumt.

»Bist du sicher, dass du nicht lieber auf *Sie sind unter uns* umschwenken willst?«, meinte Jamie mit einem sehnsuchtsvollen Blick auf das Plakat, das einen Alien inmitten einer Menschenmenge zeigte.

Annie schüttelte den Kopf. »Nein, aber wenn du an der Reihe bist, kannst du dich gern dafür entscheiden.«

»Ich glaube, darauf hatten wir uns ja sowieso geeinigt«, meinte Jamie neckend. »Also, welche Snacks nehmen wir mit? Zwei Stunden klebrigen Mädchenschmalz ertrage ich nur mit viel Essen.«

»Das ist überhaupt kein Mädchenschmalz«, widersprach Annie, »sondern es geht um Gefühle, Liebe und Romantik. Und wenn du schon so lieb fragst – ich plädiere für salziges Popcorn.«

»Okay.« Grinsend bestellte Jamie etwas zu trinken und kaufte die Karten.

»Ich zahle.« Annie zog ihre Geldbörse heraus. »Du hast letztes Mal die Tapas übernommen.«

Jamie schüttelte den Kopf. »Ist schon gut. Ich hab dich eingeladen, also bin ich dran.«

»Dann lass mich wenigstens die Getränke zahlen.«

Am Ende einigten sie sich darauf, dass Jamie die Eintrittskarten und Annie den Wein bezahlte. Das Tolle an diesem Kino war, dass es auch Alkohol gab und die Sitze so behaglich waren, dass man sich wie zu Hause auf dem Sofa fühlte.

»Ich gehe so gerne hierher«, erklärte Annie, als sie zu ihren Plätzen gingen.

»Es ist ein tolles kleines Kino«, bestätigte Jamie. Annie war sich seiner Nähe überdeutlich bewusst – er roch herrlich, frisch geduscht und nach einem würzigen, moschusartigen Aftershave –, und sie spürte, wie sich ihr Herzschlag beschleunigte. Gerade als sie in den Popcorneimer griff, streckte auch Jamie die Hand danach aus. Ihre Finger berührten sich. Jamie grinste sie an, und Annies Magen zog sich zusammen, als wäre sie mit hundert Sachen über einen Hügel gebrettert. Das war doch völlig verrückt! Sie arbeitete seit Monaten im selben Gebäude wie Jamie, und plötzlich schmolz sie dahin, wenn er sie bloß ansah?

Die Lichter erloschen, und Annie stieß einen erleichterten Seufzer aus, weil er im abgedunkelten Saal ihr Gesicht nicht sehen konnte – sie hätte schwören können, dass ihr ihre Gedanken mitten auf die Stirn gepflastert waren.

Doch kaum hatte der Film angefangen, stellte sie fest, dass sie sich unmöglich auf die Handlung konzentrieren konnte, solange Jamie so dicht neben ihr saß. Wann immer er seufzte, einen Schluck Wein trank oder das Gewicht in seinem Sessel verlagerte, fuhr sie zusammen. Sie ertappte sich dabei, wie sie sich ausmalte, dass Jamie sich im Halbdunkel herüberbeugte und sie leidenschaftlich küsste. Bestimmt würde es niemand merken, wenn er näher rücken und ihr die Hand unter den Rock schieben würde, an ihrem Schenkel entlang nach oben …

Aufhören! Sie spürte, wie sich ihr Gesicht flammend rot färbte.

»Und, gefällt er dir?«, flüsterte Jamie.

Ihre Gesichter trennten nur wenige Zentimeter, und sie spürte seinen warmen Atem an ihrem Hals. Es fühlte sich herrlich sinnlich an.

»Mmhm«, machte sie nur, da sie ihrer Stimme nicht recht traute.

In Wahrheit hatte sie keine Ahnung, worum es eigentlich ging, auch wenn die Handlung nicht allzu kompliziert war. Im Augenblick stand die Heldin am Fenster und blickte wehmütig auf die nächtliche New Yorker Skyline hinaus – ein atemberaubender Anblick mit zahllosen hell erleuchteten Wolkenkratzern und dem Vollmond über dem Empire State Building.

Dann kam ein Schnitt, und ein halb nacktes Pärchen wälzte sich zwischen den Laken – die Heldin ließ noch einmal Revue passieren, wie sie ihre Unschuld an ihre Sandkastenliebe in Texas verloren hatte. Annie wand sich innerlich in ihrem Sessel. O Scheiße, hielt Jamie sie etwa für sexbesessen? Zuerst ihr Job und jetzt auch noch dieser Film? Oder, schlimmer noch – glaubte er, sie hätte ihn mit Absicht hergeschleppt, um ihm unterzujubeln, dass sie sich ausmalte, wie *sie* sich mit *ihm* herumwälzte, und jetzt saß er da und wusste weder aus noch ein und …

Hör auf, dich verrückt zu machen, Annie!

Annie rutschte ein Stück tiefer in ihren Sitz und versuchte, ihre Verlegenheit zu verbergen. Dabei streifte ihr Knie Jamies Bein.

»Entschuldigung, Entschuldigung, das war ein Versehen«, flüsterte sie eilig.

Sie hörte Jamie leise lachen. »Kein Problem.«

Den restlichen Film saß sie stocksteif da, fest entschlossen, sich auf die Handlung zu konzentrieren. Beim Abspann hatte sie ihre Fassung einigermaßen wiedererlangt. Sie stand auf und folgte Jamie nach draußen.

»Und, wie fandest du ihn?«, fragte er.

Annie zog die Nase kraus. »Eigentlich gut, allerdings

kann ich mir nicht vorstellen, dass er das Zeug zum Klassiker hat. Und du?«

»Er war ... erträglich«, meinte Jamie, worauf beide in Gelächter ausbrachen.

»Hättest du Lust, noch etwas trinken oder essen zu gehen«, fragte Annie und staunte über ihren Mut. »Hier um die Ecke gibt es ein tolles Restaurant und ...«

»Es tut mir schrecklich leid, Annie, aber ich kann nicht«, unterbrach Jamie.

»Oh.«

»Ich würde wahnsinnig gern, ehrlich, aber leider ... es geht nicht«, fügte er beim Anblick ihrer enttäuschten Miene hinzu.

»Ah.« Annie war am Boden zerstört. »Kein Problem.«

»Es ist nur ... ich muss ... es ist ein bisschen kompliziert. Aber ich würde es gern ein andermal nachholen. Wir können gern nach der Arbeit etwas trinken gehen, oder ich lade dich zum Essen ein ... nächste Woche?«

»Klar, wieso nicht«, antwortete Annie schnell und bemühte sich um einen unbeschwerten, lässigen Tonfall, obwohl sie sich miserabel fühlte. Was um alles in der Welt hatte sie sich nur gedacht? Wieder einmal hatte sie die Situation komplett fehlinterpretiert und ihn mit einer dämlichen Bemerkung abgeschreckt.

»Ich begleite dich noch zu deinem Wagen«, bot er an. »Wo stehst du?«

»Ein paar Straßen weiter. Aber das ist nicht nötig«, versicherte Annie, um ihre Blamage nicht noch in die Länge zu ziehen.

»Aber ich würde es gern tun«, sagte er sanft. Ein Blick in seine blauen Augen verriet ihr, dass jeder Widerstand zwecklos war.

»Okay.«

Sie gingen durch die Straßen, beide tief in Gedanken versunken. Annie hätte sich am liebsten für ihre Dämlichkeit geohrfeigt, während Jamie völlig andere Dinge zu beschäftigen schienen.

»Wie läuft es bei der Arbeit so?«, durchbrach Annie die Stille.

»Wie?« Einen Moment lang schien er verwirrt zu sein. »Oh, ach ja. Gut, danke. Sogar super. Ich glaube, ich habe noch gar nicht erzählt, dass Matt und ich einen wichtigen Termin haben. Wir haben selbst erst am Freitag davon erfahren.«

Annie sah ihn fragend an.

»Gamejacker will sich mit uns treffen. Die gehören zu den Marktführern im Computerspielbereich, und wir hätten gern einen Vertrag für die Entwicklung neuer Ideen. Wenn es klappt, wäre das ein echter Durchbruch für uns.«

»Wow, das klingt ja superspannend.« Annie freute sich aufrichtig für sie.

»Ja, auch wenn ich ein bisschen die Hosen voll habe, ehrlich gesagt«, gestand Jamie. »Den Superwichtigen Honig ums Maul zu schmieren, ist nicht so mein Ding. Aber schätzungsweise gehört es eben zum Geschäft.«

»Du machst das bestimmt ganz wunderbar«, beruhigte Annie ihn. »Du hast so etwas Ruhiges, Souveränes an dir.«

»Findest du?« Jamie sah sie erstaunt an. »Das höre ich gern, vor allem von dir.«

»Wieso?«

»Na ja, schließlich bist du ja Expertin auf diesem Gebiet, oder nicht? Darin, die Charakterzüge an einem anderen Menschen zu erkennen und auf deine Intuition zu hören, meine ich.«

Annie lächelte. »Leider scheint es nur auf der beruflichen Ebene zu funktionieren, da kriege ich es locker hin, aber privat …« Sie hielt inne.

»Du solltest nicht so streng mit dir sein«, meinte er. »Du besitzt eine gute Menschenkenntnis, so viel steht fest … dass du dich mit mir triffst, ist der beste Beweis dafür.« Er grinste, und Annie musste lachen.

»Tja, hier steht mein Wagen.« Sie zeigte auf ihren Mini.

»Okay.« Jamie blieb stehen und wandte sich ihr zu. »Es tut mir ehrlich wahnsinnig leid, dass ich heute Abend nicht kann. Ich habe leider eine Verabredung, die ich nicht absagen kann, aber wir holen es bald nach, versprochen. Ich bin gern mit dir zusammen, Annie.«

»Ich auch mit dir«, gestand Annie schüchtern. »Keine Sorge, das kriegen wir schon hin.«

»Das wäre schön, Annie. Es würde mich wirklich freuen. Es ist nur …« Er hielt inne, als läge ihm noch etwas auf der Zunge. »Hast du zufällig schon mal *Paul* gesehen? Den Film, meine ich?«, sagte er dann.

Leicht verwirrt wegen des abrupten Themenwechsels schüttelte Annie den Kopf. Sie wusste zwar nicht, was sie erwartet hatte, aber das definitiv nicht.

»Es ist ein Science-Fiction-Film mit Simon Pegg, aber ein lustiger, deshalb wäre es der ideale Einstieg ins Genre.«

»Klingt gut. Läuft er hier? Vielleicht könnten wir ihn ja nächstes Mal ansehen.«

»Nein, er ist schon ein paar Jahre alt, deshalb läuft er nicht mehr im Kino, aber ich habe ihn auf Blu-Ray …«

»Wie wär's dann, wenn du einfach zu mir kommst? Ich könnte uns etwas kochen und eine Flasche Wein besorgen und …« Sie hielt inne. Das klang ja fast, als wollte sie versuchen, ihn zu verführen. Panisch sah sie ihn an, in der Annahme, das blanke Entsetzen auf seinem Gesicht zu sehen.

Stattdessen schien er geradezu begeistert zu sein. »Ja! Prima, dann haben wir also ein Date.«

»Haben wir das?«, platzte Annie unwillkürlich heraus. »Äh, ich meinte ...«

Doch Jamie zuckte nur grinsend die Achseln. »Klar«, meinte er lässig. »Ich muss mich jetzt beeilen, aber wir sehen uns am Montag im Büro. Hab einen schönen Abend, Annie.«

Annie wünschte sich, der Erdboden tue sich unter ihren Füßen auf und verschlinge sie. »Du auch«, presste sie hervor, stieg ein und fuhr eilig davon.

21

Ich habe keine Ahnung von Sex, weil ich immer verheiratet war.
– Zsa Zsa Gabor

Es war Samstagvormittag, und die drei Paare, gemeinsam mit einem halben Dutzend weiterer Klienten, hatten sich ein weiteres Mal im Konferenzraum versammelt. Hinter ihnen lag eine Vertrauensübung, die ihnen einiges abverlangt hatte: Jeder Einzelne musste sich rückwärts in die Arme seines Partners fallen lassen und darauf vertrauen, aufgefangen zu werden.

Zur Sicherheit hatte Annie eine dicke Sportmatte aus einem Fitnessclub geliehen – eine weise Entscheidung, wie sich herausgestellt hatte. Zoe hatte sich, ohne mit der Wimper zu zucken, in Simons starke Arme fallen lassen, wohingegen Julia sich gar nicht hatte überwinden können, Nick zu vertrauen, und sich auf den Boden hatte fallen lassen, sobald sie zu weit nach hinten gekippt war; das hatte Nick wiederum stocksauer gemacht, was der Situation alles andere als zuträglich gewesen war.

Als die Paare tauschten, ließ Ray sich, ebenfalls ohne eine Sekunde zu zögern, in Lindas Arme fallen und riss sie damit prompt von den Füßen, sodass sie beide auf der Matte landeten. Nach einigem Hin und Her gelang es ihnen, sich aus dem Wirrwarr aus Armen und Beinen zu lösen und heil wieder auf die Füße zu kommen – Linda sichtlich verlegen, Ray hingegen beinahe hysterisch vor Gelächter.

»Okay, nach der ganzen Aufregung möchte ich zum Abschluss gern noch eine kurze verbale Übung machen«, erklärte Annie und bemühte sich, ein wenig Ruhe in die Gruppe zu bekommen, die von dem vielen Adrenalin im Blut komplett außer Rand und Band war.

»Ist das dasselbe wie eine orale Übung?«, flüsterte Zoe Simon zu, worauf die beiden in haltloses Gekicher ausbrachen.

Annie verdrehte die Augen – die beiden waren schon den ganzen Morgen kaum zu bändigen –, was sie nur noch lauter lachen ließ. »Ich möchte, dass Sie sich mit jemandem zusammentun, der nicht Ihr Partner ist, und sich dann einen Platz suchen«, fuhr Annie fort und wartete, bis sich alle gefunden hatten und sie erwartungsvoll ansahen.

»Also, das Ganze soll recht zügig ablaufen. Sie haben jeder nur fünf Minuten.«

»Das schaffe ich locker. Mehr brauche ich ganz bestimmt nicht«, raunte Simon, worauf Zoe ein wenig damenhaftes Schnauben ausstieß.

»Ich möchte, dass Sie Ihrem Gegenüber drei Dinge nennen, die Sie an Ihrem Partner oder Ihrer Partnerin besonders lieben. Das können physische Attribute sein – beispielsweise ein schönes Hinterteil …« – worauf prompt Gekicher laut wurde – »oder etwas ganz Banales wie ›Am meisten liebe ich ihn dafür, dass er mir morgens den Tee ans Bett bringt‹.«

»Schön wär's«, bemerkte Ray, worauf Linda ihm einen vernichtenden Blick quer durch den Raum zuwarf.

»Was immer Ihnen einfällt«, fuhr Annie lächelnd fort. »Die Übung soll Sie anregen, sich die vielen Dinge vor Augen zu führen, die Sie an Ihrer besseren Hälfte besonders mögen.«

Linda und Simon bildeten ein Team und stellten erstaunt fest, wie gut sie sich verstanden. Simon erinnerte Linda ein wenig an Robbie, ihren Jüngsten, und sie lauschte mit großem Interesse seinen Schilderungen über die bevorstehende Hochzeit mit Zoe. Gleichzeitig versetzte es ihr einen wehmütigen Stich, die beiden zu sehen, so jung und voller Optimismus.

»Willst du anfangen?«, fragte Linda.

»Okay.« Simon nickte.

»Also, welche drei Dinge magst du an Zoe ganz besonders?«

»Ihre Brüste und ihren Hintern«, antwortete er wie aus der Pistole geschossen. »Und ... äh ... ihren Charakter?« Der dritte Punkt hatte ihn sichtlich Mühe gekostet.

»Ja, natürlich, den Charakter darf man nicht vergessen.« Linda lachte. »Also diese drei, ja?«

Simon zuckte die Achseln. »Ja, ich denke schon. Das trifft es im Grunde. Und du? Das dort drüben ist dein Mann, stimmt's?« Simon nickte in Rays Richtung.

»Ja, genau, das ist er«, antwortete Linda in einem Tonfall, den Simon nicht recht einordnen konnte. »Tja, früher hätte ich vielleicht auch ›Hintern‹ gesagt, aber heute wohl eher nicht mehr. Das ist einige Jährchen her.« Sie lachte. »Aber bei mir sieht es auch nicht viel besser aus. Am Ende siegt nun mal die Schwerkraft, fürchte ich.«

»Aber du siehst doch immer noch knackig aus«, meinte Simon mit Verführergrinsen. »Wäre ich nicht verlobt, würde ich bestimmt mein Glück bei dir versuchen.«

»Das ist wirklich süß von dir, aber ich glaube dir kein einziges Wort. Nein, an Ray liebe ich besonders seinen Sinn für Humor. Er kann wirklich witzig sein. Und, na ja, er hat handwerkliches Geschick, kann Glühbirnen wechseln, Regale aufbauen, solche Dinge. Das zählt doch auch, oder? Und das Dritte …«

Linda hielt inne und überlegte krampfhaft. Fielen ihr etwa keine drei Dinge ein, die sie an Ray besonders liebte?

»Unsere Kinder«, sagte sie schließlich. »Er hat mir drei wunderbare Kinder geschenkt.«

»Oh, oh.« Simon schüttelte den Kopf und stieß einen Laut aus wie ein Quizmaster, dessen Kandidat die falsche Antwort gegeben hatte. »Das zählt nicht.«

»Doch, tut es.«

»Nein, tut mir leid. Soll ich Annie noch mal nach den Regeln fragen?«

Linda warf ihm einen gespielt finsteren Blick zu. »Okay, okay, ist ja schon gut. Dann nehme ich eben … seine Augen«, fügte sie hinzu, auch wenn ihr die Begeisterung nicht gerade aus dem Gesicht sprang. »Sieh mich gefälligst nicht so an!«, protestierte sie. »Du und Zoe, ihr seid noch blutjung und wahnsinnig ineinander verliebt, aber in unserem Alter ist das nicht mehr ganz so einfach. Wir reden noch mal, wenn ihr über dreißig Jahre verheiratet seid und drei Kinder habt. Dann wollen wir mal sehen, was von eurer Begeisterung noch übrig ist.«

Schuldbewusst registrierte sie, wie Simons Miene sich verdüsterte.

»Ich sage ja nur, dass ihr euch und euer Glück nicht als selbstverständlich betrachten solltet«, erklärte Linda sanft. »Es ist schön, euch beide so glücklich und verliebt zu sehen. Ehrlich gesagt, habe ich keine Ahnung, weshalb ihr überhaupt hier seid, und es geht mich auch nichts an. Vermutlich hältst du mich für eine blöde alte Schachtel, aber ich spreche aus Erfahrung, und ich möchte nicht erleben müssen, dass ein anderes Paar dieselben Fehler macht wie wir. Wenn du Zoe liebst, dann sag es ihr. Jeden Tag. Verwöhn sie, gib ihr das Gefühl, etwas ganz Besonderes zu sein, zeig ihr, dass sie der Mittelpunkt deiner Welt ist.«

Simon lächelte. »Das werde ich. Und ich muss dir sagen, dass dein Mann ein echter Glückspilz ist.«

Linda blickte zu Ray hinüber, der tief ins Gespräch mit Nick versunken war. Sie fragte sich, was er wohl über sie sagen mochte, welches die drei Dinge waren, die er am meisten an ihr liebte.

»Ich wünschte, jemand würde es ihm bei Gelegenheit mal sagen«, meinte sie wehmütig.

»Ganz schön clever, was?«, bemerkte Linda auf dem Rückweg von der Gruppensitzung.

»Was denn, Schatz?« Ray drosselte das Tempo, um vorsichtig an einer Reiterin vorbeizufahren, die zum Dank die Hand hob.

»Diese Sitzungen. Na ja, und Annie auch. Ihre Fragen regen einen tatsächlich zum Nachdenken an.«

»Also stehst du einer Therapie nicht mehr ganz so abgeneigt gegenüber?«, hakte er nach.

»Nein, wohl nicht. Ich hätte zwar in einer Million Jahren nicht daran gedacht, dass das etwas für mich wäre, aber inzwischen sehe ich ein, dass sie ihren Sinn und Zweck hat.«

Ray lächelte, wohl wissend, dass Linda einem Eingeständnis, dass er recht gehabt hatte und es in ihrer Beziehung tatsächlich Probleme gab, niemals näher kommen würde.

»Du hast es ihr beim ersten Termin ganz schön schwer gemacht.«

Linda verzog beschämt das Gesicht. »Ich weiß. Ich sollte mich bei ihr entschuldigen. Aber vermutlich ist sie daran gewöhnt – nicht jeder, der zu ihr kommt, kann vom ersten Tag an offen und zugänglich sein.«

Ray erwiderte nichts darauf.

»Und was hast du gesagt?«, fragte Linda nach einer Weile, als sie ihre Neugier nicht länger zügeln konnte.

»Was meinst du?«

»Was du zu diesem Nick gesagt hast – deine drei Dinge, die du an mir liebst.«

»Ach das.« Ray lachte leise. »Ich weiß nicht recht, ob ich es dir verraten darf. Haben wir zu Beginn nicht Verschwiegenheit gelobt?«

Linda holte aus und zog ihm mit der Handtasche eins über.

»Hey! Ich fahre! Das ist gefährlich«, protestierte Ray lachend.

»Wenn du es mir nicht sagst, tue ich gleich noch etwas viel Gefährlicheres«, drohte Linda, worauf Ray nur noch lauter lachte.

»Okay, okay, ich sage es dir. Als Erstes habe ich deine Kreativität genannt. Ich bewundere dich wirklich dafür, was du mit diesen Blumen machst – dass deine Sträuße immer so wunderschön aussehen. Und ich bin stolz darauf, dass du dein eigenes Geschäft so erfolgreich aufgebaut hast. Das hätte ich nie im Leben geschafft.«

»Ehrlich?« Linda sah ihn überrascht an. »Das höre ich heute zum allerersten Mal. Du hast mir noch nie gesagt, dass du stolz auf mich bist.«

»Nein? Aber gedacht habe ich es all die Jahre. Offenbar hat sich eben nie die Gelegenheit dazu geboten.«

»Wohl nicht.« Linda konnte nicht abstreiten, dass sie sich insgeheim darüber freute. »Und was noch?«

Rays Grinsen wurde noch eine Spur breiter. »Deine Beine«, sagte er und warf ihr einen flüchtigen Blick zu. »Ein schöneres Paar habe ich jedenfalls noch nie gesehen. Ich habe Nick von dem Tag vorgeschwärmt, als du mir aufgefallen bist ... in diesem Karoröckchen mit den Kniestrümpfen.«

»Tja, ich fürchte, die Zeiten sind lange vorbei.«

»Aber deine Beine sind immer noch erste Sahne«, erklärte Ray. »Ich bestaune sie, wann immer ich die Gelegenheit dazu bekomme.«

»Ehrlich?« Unwillkürlich wanderte ihr Blick über ihre Hosenbeine.

»Definitiv.« Ray war nicht entgangen, dass Linda seine Komplimente wie ein Schwamm in sich aufsog. »Ich hätte nichts dagegen, sie häufiger zu sehen zu bekommen. Und auch nicht, ab und zu mal ein bisschen Zeit dazwischen zu verbringen, wenn ich ganz ehrlich sein soll.«

»Raymond Anderson!«, platzte Linda schockiert heraus. Einen Moment lang fürchtete er, zu weit gegangen zu sein. So entspannt hatten sie seit Monaten nicht mehr miteinander geplaudert, und er konnte nur hoffen, dass Linda nicht wieder komplett dichtmachen würde. Stattdessen brach sie in schallendes Gelächter aus.

»Du bist ein echter Satansbraten«, japste sie und wischte sich die Tränen aus den Augenwinkeln. »Vor Männern wie dir hat mich meine Mutter immer gewarnt.«

»Wir sind die Allerbesten«, erklärte Ray. »Außerdem fehlt noch Nummer drei.«

»Da bin ich ja mal gespannt! Wie lautet deine Nummer drei?«

»Dein Lächeln«, sagte er zärtlich. »Ich finde dich immer wunderschön, aber am schönsten bist du, wenn du lächelst.«

»Du machst mich wirklich verlegen«, sagte sie und legte sich eine Hand auf den Mund.

»Das brauchst du nicht«, sagte Ray und holte tief Luft. »Aber genauso wie deine Beine bekomme ich dein Lächeln in letzter Zeit nicht allzu häufig zu sehen. Du bist nicht mehr so fröhlich wie früher, und ich würde alles dafür tun, um es zu ändern.«

Linda lauschte den Worten ihres Mannes, dann beugte sie sich vor und legte ihre Hand über seine Finger, die den Schalthebel umschlossen. Ray verschränkte sie mit ihren und strich zärtlich mit dem Daumen über ihren Handrücken.

Kurz vor der Abzweigung auf die Ringstraße nach Little Plumstead bremste er unvermittelt und fuhr an den Straßenrand.

»Was machst du denn?«, fragte Linda erschrocken.

»Ich habe eine Idee! Es ist noch nicht mal Mittag. Wieso machen wir nicht einen Ausflug? Nur wir zwei? Das haben wir seit Jahren nicht mehr getan.«

»Ich weiß nicht recht«, meinte Linda widerstrebend. »Ich habe Rose versprochen, am Nachmittag im Laden vorbeizusehen, außerdem habe ich noch einiges im Haushalt zu tun.«

»Rose kommt schon zurecht«, sagte er. »Das weißt du ganz genau, außerdem ist Katie heute da. Und die Hausarbeit kann warten. Ich helfe dir morgen gern, wenn du willst.«

»Wunder gibt es immer wieder«, erwiderte sie trocken und zog eine Braue hoch. »Wüsstest du überhaupt, wie man mit dem Staubwedel umgeht?«

Ray ging nicht darauf ein. »Ach komm schon, Schatz. Wieso fahren wir nicht einfach nach Cromer?«, schlug er vor. »Dort waren wir seit Jahren nicht mehr.«

»Aber das geht nicht!«

»Wieso nicht?«

»Wir sind keine Teenager mehr. Wir können nicht einfach davonlaufen, als hätten wir keinerlei Verpflichtungen.«

»Aber genau die haben wir nicht«, widersprach Ray ruhig. »Wir müssen nirgendwo hin, müssen nichts tun, also können wir uns genauso gut amüsieren.«

Er sah Linda an, die alles andere als überzeugt zu sein schien.

»Also, bist du dabei?«

Linda zuckte die Achseln. »Also gut, auf nach Cromer.«

Eine Dreiviertelstunde später stellten sie den Wagen in dem Küstenstädtchen ab, stiegen aus und wurden von einem Chor kreischender Möwen und dem Geruch nach Fish & Chips, Zuckerwatte und Waffeln begrüßt. Es war bewölkt, regnete aber nicht, und die Nordseebrise war ungewöhnlich lau.

»Ah, die Seeluft«, rief Ray und ließ den Blick über die Küstenlandschaft schweifen. Sie hatten einen Parkplatz direkt am Ufer ergattert, und vor ihnen erstreckte sich das blaugraue Meer mit der schäumenden weißen Gischt. Besucher führten ihre Hunde am Strand Gassi, hier und da hatten sich Familien zum Picknicken niedergelassen, und eine Handvoll Kinder spielten im seichten Wasser. Ein Stück weiter draußen versuchten Paddler in Neoprenanzügen, das Gleichgewicht auf ihren Brettern zu halten, während im Hintergrund Frachter vorüberzogen.

»Worauf hättest du Lust?«, fragte Ray. »Sollen wir ins Meer springen?«

»Ich will lieber nicht an Unterkühlung sterben, herzlichen Dank«, gab Linda zurück und zog ihren Mantel fester um sich. »Lass uns an der Uferpromenade spazieren gehen.«

»Dein Wunsch ist mir Befehl.« Ray hielt ihr den Arm hin. Linda zögerte kurz, dann hakte sie sich bei ihm unter und folgte ihm den Weg entlang zur Promenade.

»Früher, als die Kinder noch klein waren, hat es ihnen hier immer so gut gefallen, weißt du noch?«, meinte Linda beim Anblick eines kleinen Jungen, der seinen Plastikeimer mit Sand füllte, ihn stürzte und übers ganze Gesicht strahlte, als die Sandburg darunter zum Vorschein kam.

»Allerdings«, bestätigte Ray. »Rose ist so lange im Wasser geblieben, bis ihre Lippen ganz blau waren. Und trotzdem wollte sie immer noch nicht heraus.«

»Weißt du auch noch, wie diese Möwe Marianne ihr Eis klauen wollte? Es war ein Riesenvieh und ist direkt auf sie zugeflogen. Sie hat geschrien wie am Spieß. Seither hat sie immer ein bisschen Angst vor Vögeln.«

Sie lachten herzlich über die Erinnerungen, was Ray in seinem Glauben bestärkte, dass sein Vorschlag richtig gewesen war. Schon jetzt waren sie einander näher als seit Jahren.

Sie kamen am Pier mit den Werbeplakaten für die Sommerveranstaltungen vorbei, gingen die Promenade weiter bis zum Ende und schlugen den Bogen zurück zur Stadt. Vor einer Reihe hoher, schlanker Häuser am Ufer blieb Linda stehen.

»Was ist denn?«, fragte Ray.

»Sieh mal, da.« Linda nickte in Richtung des rosa gestrichenen Hauses in der Mitte mit den schmutzigen Fenstern und der abblätternden Farbe. »Robin's Nest Guest House« stand auf dem Schild. »Weißt du nicht mehr?«

Ray betrachtete das Haus einen Moment lang stirnrunzelnd.

»Die haben den Namen geändert! Früher hieß es Sunnyside B & B«, half Linda ihm auf die Sprünge.

In diesem Moment fiel der Groschen. »Du meine Güte«, rief Ray. »Ich fasse es nicht, dass ich das vergessen konnte! Dort sind wir abgestiegen! Damals, als wir noch nicht verheiratet waren.«

Linda nickte. »Ich musste meine Mutter belügen und habe ihr erzählt, ich würde mit Margaret Scott übers Wochenende wegfahren. Wenn sie gewusst hätte, dass ich mit dir unterwegs war, hätte sie einen Tobsuchtsanfall bekommen!«

»Und der Besitzerin, dieser alten Hexe, mussten wir weismachen, dass wir schon verheiratet sind, sonst hätte sie uns kein Zimmer gegeben.«

»Und wir haben uns das ganze Wochenende mit Mr. und Mrs. Anderson angesprochen.« Linda lachte. »Ah, es war wunderbar, nicht?«

»Weißt du noch, dass Rose vermutlich an diesem Wochenende in diesem Haus gezeugt wurde?«, meinte Linda nachdenklich.

»Ich bereue keine Sekunde«, sagte Ray. »Keine.«

»Wirklich nicht?« Linda versuchte vergeblich, den Anflug von Bitterkeit in ihrer Stimme zu unterdrücken. »Fragst du dich nie, wie dein Leben wohl verlaufen wäre, wenn ich damals nicht schwanger geworden wäre? Du wärst frei gewesen und hättest dir Susie Townsend oder sonst ein hübsches Mädchen angeln können, und wir wären nie in eine überstürzte Ehe gezwungen worden.«

Ray seufzte. »Linda, ich habe keine Ahnung, was ich tun muss, damit du mir endlich glaubst, aber ich wollte mir weder Susan noch sonst ein Mädchen angeln. Die

Einzige, die ich wollte, warst du. Wie könnte ich bereuen, dass du schwanger wurdest, wenn du mir Rose geschenkt hast, von Marianne und Robbie ganz zu schweigen? Ich bin außer mir vor Freude, dass du meine Frau bist, und ich hoffe inbrünstig, dass du genauso glücklich bist, mich als Mann zu haben.«

Linda schwieg einen Moment, dann beugte sie sich vor und küsste Ray. Sie hatte die Augen geschlossen und presste ihre Lippen sekundenlang auf seinen Mund, während Ray wie erstarrt dastand, schockiert, zugleich jedoch ungläubig und überglücklich. Er konnte sich nicht erinnern, wann sie sich das letzte Mal geküsst hatten, und strahlte übers ganze Gesicht.

»Linda Anderson!«, rief er. »Und meine Mutter hat mich immer vor kessen Mädels wie dir gewarnt!«

Linda verpasste ihm einen Klaps auf den Arm. »Halt den Mund, du alter Dummkopf«, sagte sie mit einem liebevollen Lachen. »Und jetzt komm. Wenn du brav bist, darfst du mich zu einer Portion Fish & Chips einladen.«

»Machen wir.« Grinsend nahm er seine Frau bei der Hand, und gemeinsam gingen sie den Hügel hinauf in Richtung Zentrum.

22

Liebt euch, wann immer ihr könnt. Es tut euch gut.
– Kurt Vonnegut

Julia regte sich im Schlaf, als Nick die Bettdecke zurückschlug und aufstand. Es war Sonntagmorgen, und sie nutzten die Gelegenheit, endlich wieder einmal auszuschlafen. Julia war später mit Zoe und Simon zur Verkostung ihrer Hochzeitstorte verabredet, kuschelte sich jedoch noch einmal unter die warme Decke und schlief wieder ein.

Nach einer Weile – Minuten oder auch Stunden später – stieg ihr der Duft von Kaffee und gebuttertem Toast in die Nase, dann spürte sie Nicks Hand an ihrer Schulter. »Wach auf, Schlafmütze. Ich habe dir Frühstück gemacht.«

Julia kniff die Augen zusammen. »Ich habe keinen Hunger«, sagte sie trotzig. Sie wusste ganz genau, was Nick vorhatte, aber ihr ein paarmal Frühstück ans Bett zu bringen, reichte nicht, um sie gnädig zu stimmen.

»Dann lasse ich es hier stehen.«

Sie hörte, wie er das Tablett auf der Frisierkommode abstellte, wieder unter die Decke schlüpfte und sich an sie kuschelte. Er schlang den Arm um sie, zog sie zu sich heran und küsste ihren Hals.

»Sonntagmorgen ... keine Termine ...«, raunte er. »Der perfekte Zeitpunkt, ein Baby zu machen.«

Julia versteifte sich und entzog sich seiner Umarmung. »Nicht jetzt, Nick.«

Sie spürte, wie er erstarrte. Ihr war bewusst, dass ihn ihre Reaktion verwirrte. Normalerweise konnte sie gar nicht genug von ihm bekommen, sondern nutzte jede Gelegenheit für eine potenzielle Empfängnis.

Er zog seinen Arm zurück und seufzte. »Julia …«

»Nein, Nick«, herrschte sie ihn an. »Ich will das jetzt nicht. Ich will dieses Gespräch nicht führen.«

»Aber irgendwann *müssen* wir darüber reden.« Julia hörte den Frust in seinem Tonfall. »Wir können so nicht weitermachen. Wir haben alles besprochen, und ich habe mich x-mal bei dir entschuldigt. Annie sagt, wir müssen diese Krise überwinden oder …«

»Oder was?«

»Oder … nicht«, sagte er langsam. Er brauchte es nicht laut auszusprechen. Sie wussten beide, dass der nächste logische Schritt die Scheidung wäre, sollten sie zu dem Schluss gelangen, dass ihre Beziehung irreparabel war. Und trotz all ihrer erbitterten Streitereien und verletzenden Vorwürfe wollte keiner von ihnen, dass es so weit kam.

Julia drehte sich zu ihm um und sah ihn wortlos an. Ihre Gesichter trennten nur wenige Zentimeter, während sie seine vertrauten Züge betrachtete – die Falten, die sich neuerdings in seine Stirn gruben, die Wochenendbartstoppeln auf Kinn und Wangen, die hellblauen Augen, die ihr gewohntes Leuchten verloren zu haben schienen. Dann fiel ihr Blick auf seinen Mund – jenen Mund, der einer anderen Frau Nettigkeiten ins Ohr gesäuselt, sie geküsst und …

Sie kniff die Augen zusammen. Nein, so etwas durfte sie nicht denken, sonst wäre dies ihr Ende, das Ende ihrer Ehe. Wie Annie und auch Nick gesagt hatten: Sie musste eine Entscheidung treffen.

»Es ist unglaublich schwer für mich, Nick«, gestand sie und schlug die Augen auf, sodass er die Tränen darin glitzern sah.

»Ich weiß. Und ich weiß auch, dass alles nur meine Schuld ist. Ich war ein kompletter Idiot und würde alles darum geben, es rückgängig zu machen. Aber das kann ich nicht, sondern kann dir nur tausendmal versichern, dass du die Frau meines Lebens bist. Ich liebe dich und will mit dir zusammen sein. Und ich will Kinder mit dir haben.«

»Willst du das?«, fragte Julia und schluckte. »Denn gerade sieht es nicht danach aus.«

»Natürlich will ...« Er hielt inne. Eigentlich hatte er ihr versichern wollen, dass sein Kinderwunsch ungebrochen war und Julia sich sein Zögern nur einbildete, aber ihm wurde bewusst, dass er ganz ehrlich zu ihr sein musste. »Ich will, dass du eins weißt«, sagte er. »Ich wollte ... ich meine, ich will Kinder, ehrlich. Aber ich glaube, als wir angefangen haben mit dem ganzen Thema, war es doch schwieriger für mich, als ich gedacht hatte. Es war auf einmal so real ... und ich habe begriffen, dass sich dadurch unser ganzes Leben von Grund auf verändern würde.«

Julia verkniff sich eine sarkastische Erwiderung, sondern lauschte ihrem Mann wortlos.

»Und dann – aber daran gebe ich keinesfalls dir die Schuld – wurde der Druck auf einmal zu groß. Ich hatte das Gefühl, als würden wir plötzlich nicht mehr *gemeinsam* versuchen, ein Baby zu bekommen, sondern es war nur noch dein Projekt, und ich war komplett außen vor.«

»Das ist nicht fair«, protestierte Julia.

»Kann sein«, räumte er ein. »Aber ich sage dir nur, wie es mir damit ging. Ich habe nicht behauptet, dass meine Argumente logisch sind.« Er lächelte zögerlich.

Julia erwiderte sein Lächeln nicht, sondern dachte stirnrunzelnd über seine Worte nach. »Was willst du mir damit sagen? Dass ich dich in Ninas Arme getrieben habe?«

»Nein«, widersprach Nick und wünschte, Julia würde endlich aufhören, ständig diesen Namen aufs Tapet zu bringen. »Ich will gar nicht mit Ausreden ankommen. Ich weiß, dass ich ganz allein verantwortlich für das bin, was ich getan habe, auch wenn es noch so schwachsinnig war. Aber ich bereue diesen Moment mehr als jeden anderen meines Lebens. Ich hätte alles kaputt machen können. Alles, was wir uns zusammen aufgebaut haben, unser gesamte Zukunft.«

»Liebst du mich noch?« Julias Stimme zitterte, als sie ihn unter tränennassen Wimpern hindurch ansah.

»Jules, ich liebe dich über alles, ehrlich«, sagte er, rückte näher und nahm sie in die Arme. Ihre Unsicherheit, diese Frage aus ihrem Mund hören zu müssen, brach ihm beinahe das Herz. »Und ich verstehe dich jetzt auch«, fuhr er fort. »Seit wir bei Annie waren, ist mir klar, weshalb es so wichtig für dich ist, eine Familie zu haben. Mir ist bewusst geworden, wie tief ich dich damit gekränkt haben muss.«

»Du hast dich wie ein kompletter Schwachkopf benommen«, stieß sie hitzig an seiner Brust hervor.

Nick lächelte, als ihm bewusst wurde, dass sie an einem Wendepunkt angelangt waren. »Das ist wahr.« Er drückte ihr einen Kuss auf den Scheitel. »Ich war ein kompletter Schwachkopf.«

Reglos lag Julia in Nicks Armen. Trotz allem, was

vorgefallen war, schenkte ihr seine Nähe Geborgenheit und Wärme. Alles fühlte sich beruhigend vertraut an – die kuschelige Behaglichkeit der Decke, Nicks Körper, der sich an ihren schmiegte, der Geruch seiner Haut.

Ganz langsam ließ sie den Atem entweichen und spürte, wie erschöpft sie war. Sie war es so leid – die Streitereien und gegenseitigen Vorwürfe, die Lächerlichkeit ihrer Feindseligkeiten, die stumme Ablehnung und ständige Anspannung zwischen ihnen. Sie wünschte sich, dass ihre Beziehung wieder genau so war wie vorher, aber zugleich war ihr klar, dass das nicht ging. Man musste immer nach vorn sehen, das war eines der vielen Dinge, die sie in der Therapie bei Annie gelernt hatte. Die Zeit ließ sich nicht zurückdrehen, und einen bestimmten Moment konservieren zu wollen, war ausgeschlossen.

Wenn sie ihre Krise überwinden wollten, musste sie ihre Wut und ihren Groll hinter sich lassen und Nick verzeihen.

»Bitte, schlaf mit mir«, murmelte sie. »Ohne Plan, ohne den Gedanken an eine Schwangerschaft. Nur du und ich, ganz langsam und liebevoll.«

Nick stützte sich auf die Ellbogen und musterte sie fragend. »Bist du sicher?«, fragte er mit ernster Stimme.

Julia lächelte ihn an und streichelte zärtlich seine Wange. »Ich war mir noch nie so sicher«, sagte sie.

Mehr als ein Dutzend Kuchen standen auf dem Tisch, und sie sahen allesamt fantastisch aus: Es gab einen roten Samtkuchen mit Frischkäseüberzug, einen Lemon-Drizzle-Cake mit weißem Zuckerguss, einen traditionellen Vanillebiskuit mit Erdbeermarmelade und eine dunkle Schokotorte mit Kirschlikör.

Sehnsüchtig betrachtete Zoe die Kunstwerke und

presste sich verlegen die Hand auf den Magen, als er hörbar zu knurren begann.

»Die riechen ja köstlich«, sagte sie und sog tief den Duft nach Kakao und Zuckerguss ein, der in der Luft hing.

»Wann wollte Julia noch mal hier sein?«, fragte Simon zum dritten Mal. Auch ihm lief das Wasser im Mund zusammen, und es hätte ihn nicht gewundert, wenn er bereits eine Speichelpfütze auf dem Tresen hinterlassen hätte.

»Um eins, hat sie gesagt«, antwortete Zoe besorgt und sah auf die Uhr an ihrem Handgelenk – es war Viertel nach eins.

»Ich finde das nicht gerade professionell«, maulte Simon. »Gleich beim ersten Termin, den sie für uns arrangiert, zu spät zu kommen.«

»Psst«, zischte Zoe. »Sie organisiert unsere gesamte Hochzeit für einen Apfel und ein Ei, und sieh dir nur diese Kuchen hier an. Ohne sie hätten wir nie einen Fuß in diese Konditorei gesetzt, schon gar nicht an einem Sonntag.«

Sie standen im »Truly Scrumptious«, einer Traditionsbäckerei in Fotheringham, einem hübschen Örtchen in der Nähe von Norwich. Die Besitzerin, eine ältere Dame namens Molly MacDonald, war eine Geschäftspartnerin von Julia und hatte eine private Verkostung außerhalb der Geschäftszeiten für Zoe und Simon arrangiert, damit sie in Ruhe über den Teig, die Füllung und den Guss ihrer Torte entscheiden konnten. Julia hatte angeboten, sie zu begleiten, allerdings war sie bislang nicht aufgetaucht.

»Bestimmt gibt es eine plausible Erklärung für ihre Verspätung«, meinte Zoe.

Molly, die am Fenster stand und nach Julia Ausschau hielt, wandte sich zu ihnen um. »Ich fürchte, sie ist immer noch nicht zu sehen«, sagte sie mit ihrem weichen schottischen Akzent. »Möchten Sie trotzdem schon anfangen? Ich kann Ihnen ja mal zwei Stücke abschneiden.«

Zoe und Simon sahen einander an. »Vielleicht sollten wir ihr noch fünf Minuten geben«, sagte Zoe und biss sich sehnsüchtig auf die Lippe.

»Nein«, platzte Simon heraus, der beim Anblick der saftig-fruchtigen Karottentorte mit dem sahnigen Mascarponeguss förmlich zu sabbern anfing. »Ich kann nicht länger warten. Darf ich den da mal probieren?« Er zeigte auf eine Kreation aus weißer Schokolade und Himbeere.

»Natürlich!« Molly lächelte. Simon musste sich ein leises Wimmern verkneifen, als das Messer die knackige Schokoladenhülle durchdrang und die Himbeerfüllung herausquoll. Gerade als Molly zwei kleine Portionen auf die Teller verteilt hatte, kam Julia hereingestürmt.

»Es tut mir wahnsinnig leid«, stieß sie atemlos hervor. Allem Anschein nach hatte sie es mächtig eilig gehabt: Ihr Haar war zerzaust, ihre Bluse verkehrt zugeknöpft, und an ihrem Rock hing das Etikett heraus. Gleichzeitig schien sie von innen heraus zu strahlen, und ihre Augen leuchteten. »Ich war nur ... es war ... Nick und ich haben, äh, verschlafen, und dann ... ich kann mich nur vielmals entschuldigen. Normalerweise passiert mir so was nie.«

»Ist doch nicht so schlimm«, sagte Zoe und winkte ab. »Wir sind nur allmählich schwach geworden und wollten gerade anfangen, aber jetzt bist du ja hier.«

»Genau.« Julia strich sich das Haar glatt und zog Stift und Block aus der Tasche. »Also, was sagt ihr? Euer erster Eindruck?«

»Es ist absoluter Wahnsinn«, schwärmte Zoe. »Tausend Dank, dass wir herkommen durften. Ich kannte den Laden gar nicht.«

Julia lächelte erfreut. »Sehr schön. Molly ist der absolute Geheimtipp in ganz Norfolk.« Sie lächelte Molly an, die ein drittes Stück abschnitt und Julia den Teller reichte.

»Mmm, das ist ja göttlich.«

»Unglaublich!«

Simon stieß lediglich einen nicht enden wollenden Seufzer aus. »Den nehmen wir«, sagte er dann.

»Aber wir haben die anderen doch noch gar nicht probiert«, kicherte Zoe.

»Das ist mir egal. Nichts kann so gut schmecken wie dieser hier.«

»Tja, mein roter Samtkuchen ist auch nicht von schlechten Eltern«, bemerkte Molly lächelnd und schnitt drei weitere Stücke ab.

Julia goss Wasser aus einem Krug ein, um den Gaumen zu neutralisieren, ehe sie weitermachten.

»Ich glaube, der hier ist noch besser«, jaulte Simon. »Wie sollen wir uns da jemals entscheiden?«

»Wir könnten ja von jedem einen nehmen«, meinte Zoe. »Wenn wir kleine Formen nehmen, können wir uns drei als Stufen leisten.«

»Dann würde ich gern den nächsten probieren.« Strahlend kratzte Simon die letzten Reste auf seinem Teller zusammen.

»Du sollst doch nicht das ganze Stück essen, sonst wird dir noch schlecht«, tadelte Zoe lachend.

»Ach, ich schaffe das schon, ich bin schließlich groß und kräftig.« Simon zuckte die Achseln.

»Den Vanillekuchen vielleicht?«, schlug Molly vor.

Wieder glitt das Messer durch den federleichten, mit Marmelade und Buttercreme gefüllten Kuchen.

»Ich glaube, wir haben soeben die dritte Stufe gefunden«, erklärte Simon grinsend.

»Wenn es so weitergeht, bekommt ihr eine zwanzigstöckige Torte.« Julia lachte.

»Dir ist schon klar, dass unsere Gäste auch etwas von der Torte abbekommen sollen und du sie nicht allein essen darfst«, sagte Zoe.

»Ehrlich? Oh.« Simon blickte enttäuscht drein.

»Aber vielleicht gibt es ja auch noch andere Dinge, auf die du dich freuen kannst.« Zoe beugte sich vor. »Auf unsere Hochzeitsnacht, zum Beispiel.«

»Oh, aber ja ...« Ein breites Grinsen erschien auf seinem Gesicht. »Vielleicht könnten wir ja beides verbinden. Meine Ehefrau, mit Schokocreme verziert.«

Zoe lachte anzüglich.

Eine Stunde später hatten sie sich durch sämtliche Varianten gefuttert und waren pappsatt.

»Ich will nie wieder Kuchen sehen«, stöhnte Simon und griff nach dem Wasser.

»Ich habe dich gewarnt«, sagte Zoe, obwohl auch ihr fast schlecht war – es hatte sich herausgestellt, dass man tatsächlich auch von etwas so Leckerem zu viel bekommen konnte.

»Also haben Sie Ihre Wahl getroffen?«, fragte Molly und schob ihre Drahtgestellbrille ein Stück hoch.

»Ich denke schon.« Zoe sah zu Simon hinüber. »Als unterste Stufe nehmen wir die rote Samttorte mit Frischkäseüberzug.«

»Das ist die größte, richtig?«, hakte Simon nach. »Nur zur Sicherheit«, fügte er hinzu, als Zoe nickte.

»Als Nächstes den Vanillebiskuit mit Buttercreme

und als Oberstes einen traditionellen Obstkuchen mit Zuckerguss – den werden vor allem unsere Eltern lieben.«

»Und auf allen dreien rosafarbene Rosenblüten als Deko?«, hakte Molly nach und notierte die Details.

»Ja, bitte.«

Zoe, Simon und Julia standen auf und stellten die Teller mit den Überresten der Kuchen zusammen.

»Ich rufe in ein paar Tagen noch mal an und bestätige alles«, sagte Julia zu Molly und umarmte sie.

»Tausend Dank«, sagte Zoe. »Ihre Kuchen sind eine echte Wucht.«

»Gern geschehen.« Molly drückte ihr eine kleine weiße Schachtel in die Hand. »Hier sind noch ein paar Extrastücke für zu Hause zum Probieren.«

»Du liebe Güte, wollen Sie mich umbringen«, stöhnte Simon.

»Was ist mit mir? Ich soll in nicht mal drei Monaten in ein winziges Hochzeitskleid passen.«

»Oh, apropos«, sagte Julia. »Bleibt es bei einer ersten Anprobe nächste Woche?«

»Definitiv! Ich kann es kaum erwarten.«

»Ich auch nicht. Und ich verspreche hoch und heilig, dass ich nicht zu spät kommen werde«, beteuerte Julia und merkte, wie sich ihre Wangen bei der Erinnerung an den Grund für ihre Verspätung erneut röteten.

»Kein Problem«, wiederholte Zoe. »Ich hoffe, du hast wenigstens etwas Schönes gemacht.«

Julias Röte wurde noch tiefer. »Könnte man so sagen«, antwortete sie, als sie neben ihrem Wagen stehen blieben. »Wir sehen uns bald, und ich rufe dich wegen nächster Woche an«, versprach sie und drückte die beiden zum Abschied an sich.

»Tja, wir haben noch den ganzen Nachmittag«, sagte Zoe und winkte Julia hinterher. »Was machen wir jetzt?«

»Hm, ich denke da an dich, mich und die Schokocreme …«

»Ich dachte, du wärst so pappsatt, dass du keinen Bissen mehr hinunterbekommst.«

Simon zog Zoe an sich und tat so, als würde er ihren Hals anknabbern, was Zoe ein begeistertes Kreischen entlockte. »Wenn ich dich sehe, kriege ich auf einmal wieder Bärenhunger!«

23

Emanzipiert ist eine Frau dann, wenn sie vor der Hochzeit Sex und danach einen Job hat.
– Gloria Steinem

Annie stand in ihrer Küche – ein Raum, in dem sie normalerweise nicht allzu viel Zeit verbrachte –, angespannt, nervös und mit verschwitztem, fleckigem Gesicht. Dampf stieg von den Töpfen auf dem Herd auf, der Backofen verströmte eine mörderische Hitze, und überall standen schmutzige Schüsseln neben Resten von geschnippeltem Gemüse herum.

Sie riss ein Fenster auf, damit die feuchte Luft entweichen konnte, und betrachtete entsetzt das Chaos, das sie angerichtet hatte. Meistens nahm sie auf dem Heimweg etwas auf die Hand mit oder machte in der Mikrowelle ein Fertiggericht warm, daher war es mit ihren Kochkünsten nicht allzu weit her. Sie hatte Jamie zum Filme-Abend eingeladen und beiläufig angeboten, eine Kleinigkeit zu kochen, doch inzwischen hatte das Ganze Ausmaße einer TV-Fernsehkochshow angenommen.

Sie hatte sich für etwas entschieden, das man bequem vor dem Fernseher auf dem Sofa essen konnte: Hotdogs mit Senf und frittierten Zwiebelringen, selbst gemachte Süßkartoffelfritten, Makkaroni und Käse in kleinen Förmchen, Chicken Wings und als Dessert Schokoladenbrownies mit Vanilleeis. Doch allmählich beschlich sie der Verdacht, dass sie ihre Fähigkeiten ein klein wenig überschätzt haben könnte – fünf Gerichte, und keines davon war fertig.

»Scheiße«, fluchte sie leise, als ihr Blick auf die Uhr am Backofen fiel. Jamie musste jede Minute hier sein. Sie rannte nach oben ins Schlafzimmer, wobei sie im Vorbeigehen einen Blick auf ihr Spiegelbild erhaschte. O Gott. Ihr Gesicht war gerötet, ihr sorgsam glatt geföhntes Haar krisselig und ihr weißes T-Shirt mit Flecken unterschiedlichster Farbgebung übersät.

Eilig schlüpfte sie in ein Paar Skinny-Jeans und ein gestreiftes Top im Marinestil, in der Hoffnung, ihrem Look einen französischen Chic zu verpassen, und legte einen Hauch Make-up auf. Unwillkürlich kamen ihr wieder Jamies Worte nach dem Kino in den Sinn, als er sie zum Wagen begleitet und sie dämlicherweise gefragt hatte, ob dies tatsächlich ein Date sei. Er hatte lediglich die Achseln gezuckt und »Klar« gesagt, während beim Anblick seiner blitzenden blauen Augen die Schmetterlinge in ihrem Bauch zu tanzen begonnen hatten. Hatte er sie bloß auf den Arm genommen? Oder war der heutige Abend tatsächlich ein Erwachsenen-Ich-mag-dich-und-du-magst-mich-Abend mit Potenzial für mehr?

Dabei war sie noch nicht einmal sicher, ob sie die Antwort auf diese Frage wirklich wissen wollte. Sie mochte Jamie, so viel stand fest. Mehr als das, wenn sie ganz ehrlich war. Allmählich fing sie sogar an, ernsthafte Gefühle für ihn zu entwickeln. Trotzdem konnte sie nicht abstreiten, dass sie Angst hatte; Angst, ein weiteres Mal verletzt zu werden und einen kolossalen Fehler zu begehen, der Auswirkungen auf ihr gesamtes Leben hatte. Woher wusste man eigentlich, dass die Gefühle für einen anderen Menschen aufrichtig und tief waren? Wie konnte man sicher sein, dass die Lust und die Aufregung im

Lauf der Zeit nicht nachließen und schließlich ganz verschwanden? Vielleicht war der Unterschied zwischen einer oberflächlichen und einer ernsthaften Beziehung auch, dass man nicht einfach die Kurve kratzte, wenn es schwierig wurde, so wie sie es bei Mark getan hatte. Stattdessen wusste man, dass man etwas gefunden hatte, wofür es sich zu kämpfen lohnte, und deshalb tat man alles in seiner Macht Stehende, um es zu bewahren.

Es läutete an der Tür. Annies Herz machte einen Sprung. Sie zählte auf drei, dann ließ sie langsam den Atem entweichen und lief die Treppe hinunter, um die Tür zu öffnen.

»Hi, Jamie.« Sie lächelte und bemühte sich um eine lässige, entspannte Miene.

»Hi, Annie.« Grinsend küsste er sie auf die Wange. Die Berührung jagte einen Schauder durch ihren Körper. Wie üblich sah er in seinen Jeans und dem lässigen Shirt zum Anbeißen aus. Er hatte einen hübschen Strauß aus Rosen und Freesien in der Hand, den er ihr reichte. »Die sind für dich.«

»Danke!«, rief Annie. »Das wäre doch nicht nötig gewesen.«

»Weiß ich, aber ich wollte es trotzdem tun«, sagte er, worauf Annies Lächeln noch eine Spur breiter wurde. Sie konnte sich nicht erinnern, je von einem Mann Blumen bekommen zu haben, schon gar nicht von Mark, der derlei Geschenke stets als Geldverschwendung betrachtet hatte. Aber für Annie waren Blumen eine wunderbar romantische Geste. Verzückt versenkte sie ihre Nase in dem Bouquet und sog den herrlichen Duft ein.

»Und die hier habe ich auch mitgebracht.« Jamie schwenkte eine Flasche Malbec. »Du trinkst doch Roten, richtig?«

»Genau.«

Einen Moment lang standen sie lächelnd da und genossen die Vorfreude auf das, was dieser Abend bringen mochte.

»Komm doch rein«, sagte Annie schließlich und führte ihn an der Küche vorbei ins Wohnzimmer.

»Schönes Haus, Annie«, erklärte Jamie bewundernd und ließ den Blick durch den in beruhigenden, gedeckten Tönen gehaltenen Raum schweifen, über die Kommode mit dem Goldfischglas neben den gerahmten Fotografien von Annies Eltern, dem überquellenden Bücherregal in der Ecke und ihrer DVD-Sammlung an der gegenüberliegenden Wand. Er schlenderte hinüber und las grinsend die Titel vor.

»*Shakespeare in Love* ... *Moulin Rouge* ... *Der Englische Patient* – du hast ja wirklich alles, das gesamte Programm.«

»Aber klar! Und heute kommt noch Science-Fiction dazu.«

»Der Plan ist, dich in mein Lager zu locken«, erklärte er neckend.

»Na gut, fang du schon mal an, alles herzurichten«, sagte Annie mit einer Geste in Richtung DVD-Player. »Ich kümmere mich solange ums Essen. Was möchtest du trinken? Wein? Bier?«

»Ich fange mit einem Bier an, danke.«

»Auf den heutigen Abend«, erklärte Jamie wenige Minuten später und stieß vorsichtig mit seiner Bierflasche gegen Annies Weinglas.

»Und darauf, meine Science-Fiction-Jungfräulichkeit zu verlieren«, bekräftigte Annie und lief puterrot an. Verlegen nippte sie an ihrem Wein und tat so, als hätte sie Jamies Lachen nicht bemerkt.

»Das riecht köstlich«, sagte er und trank noch einen Schluck. »Was gibt es denn?«

»Amerikanisches Fingerfood. Ich dachte, das lässt sich am einfachsten vor dem Fernseher essen.«

»Gute Idee.« Wieder grinste er, und Annie spürte, wie ihr Magen einen langsamen Purzelbaum schlug. Wenn er lächelte, sah er sogar noch besser aus. Annie betrachtete die winzigen Fältchen um seine Augenwinkel und wie sich sein ganzes Gesicht zu erhellen schien. Er hatte so eine ruhige Souveränität an sich und schien nie den Drang zu verspüren, sich in ihrer Gegenwart in die Brust zu werfen oder Eindruck zu schinden, sondern war mit sich und dem Rest der Welt offenbar völlig im Reinen, was ihn umso attraktiver machte. Sexy, dachte Annie und spürte ein lang vermisstes Prickeln.

»Was ist das für ein Geräusch?«, fragte Jamie stirnrunzelnd.

Das Zischen eines überkochenden Topfes riss Annie abrupt aus ihrer Schwärmerei. Sie fuhr herum und stürzte in die Küche, die sich in ihrer Abwesenheit zum Katastrophengebiet entwickelt hatte. Rauch quoll aus dem Backofen, und als sie die Klappe aufriss, stellte sie fest, dass sich ihre Süßkartoffelfritten in verkohlte Klumpen verwandelt hatten. Das Hühnchen dagegen war immer noch besorgniserregend rosa, wohingegen die Makkaroni mit Käse kaum mehr als klebrige, im Milch schwimmende Pastaklumpen geworden waren. Am liebsten wäre sie in Tränen ausgebrochen.

»Alles okay bei dir?«, rief Jamie aus dem Wohnzimmer.

»Alles bestens«, rief Annie mit unnatürlich hoher, gepresster Stimme. »Zwei Minuten noch.«

Gerade als sie verzweifelt versuchte, die Würstchen aus ihrem wässrigen Grab zu bergen, hörte sie ein Geräusch hinter sich und drehte sich um. Jamie stand mit entsetzter Miene im Türrahmen.

»Vielleicht auch noch ein paar Minuten länger?«, meinte Annie, als ihr aufging, dass sie geliefert war.

Sein Blick schweifte über das Chaos und heftete sich dann auf den Käse, der an ihrer Wange klebte, und auf die auf der Arbeitsplatte verschmierte Barbecuesauce. Unvermittelt fing er an zu lachen – zuerst ein leises Kichern, das sich innerhalb von Sekunden in lautes Gelächter verwandelte.

Annie starrte ihn ungläubig an, während auch ihr die Absurdität der Szene immer bewusster wurde. Augenblicke später hielten sie sich die Bäuche vor Lachen.

»Es tut mir wahnsinnig leid«, stieß Annie zwischen zwei Kicheranfällen hervor und rang nach Atem. »Ich wollte etwas Einfaches, aber Leckeres machen – nur ein paar Kleinigkeiten –, aber offenbar habe ich vergessen, dass ich nicht gerade Nigella Lawson bin. Ich habe es komplett vergeigt.«

»Halb so wild«, wiegelte Jamie ab. »Ganz ehrlich. Was zählt, ist die gute Absicht dahinter.«

»Ich habe die Nummer von einem prima Pizza-Lieferservice«, meinte Annie.

»Vielleicht brauchen wir den ja gar nicht … Trink erst mal einen Schluck.« Er schenkte noch etwas Wein in Annies Glas und hielt es ihr hin.

Dankbar nahm Annie es entgegen und stellte nach ein paar Schlucken fest, dass die Welt tatsächlich schon anders aussah.

»Also, dann nehmen wir das erst mal vom Herd«, murmelte Jamie, schaltete den Herd aus und nahm den Topf mit den Würstchen herunter. »Die können wir später immer noch gemeinsam mit den Zwiebeln rösten.

Und was soll das hier sein?«, fragte er und linste in die feuerfeste Glasform. »Reispudding?«

»Makkaroni mit Käse«, antwortete Annie empört.

Wieder zuckten Jamies Lippen vor Belustigung. »Hast du etwas Mehl? Vielleicht ist ja noch etwas zu retten …«

Annie kramte in den Schränken, während Jamie das Blech mit den verkohlten Kartoffelklumpen in den Müll beförderte.

»Hast du noch Süßkartoffeln?«, fragte er.

»Nein, aber normale.«

»Perfekt.« Zwinkernd nahm er ihr die Tüte aus der Hand.

Voller Bewunderung sah sie zu, wie er sich an die Arbeit machte – er schien ein echter Experte zu sein, gab Mehl und geriebenen Käse in die Form, um die Makkaroni-Mischung anzudicken, tauchte das Hühnchen noch einmal in die Barbecuesauce und legte es dann unter den Grill. Annie stand mit ihrem Glas an der Arbeitsplatte, sorgsam darauf bedacht, nicht noch mehr Schaden anzurichten. Vielleicht lag es am Alkohol, aber sie konnte den Blick nicht von seinen definierten Oberarmen wenden, deren Muskeln sich abwechselnd anspannten und wieder lösten. Völlig gelassen rettete er Stück für Stück ihr gemeinsames Abendessen.

»Du machst das wirklich gut«, stellte sie zutiefst beeindruckt fest.

»Ich habe dir doch erzählt, dass ich gern koche.«

»Aber ich habe ein schlechtes Gewissen. Ich habe dich eingeladen, und jetzt bist du derjenige, der alles machen muss.«

»Das spielt doch keine Rolle. Teamwork, das ist es, was zählt. Möchtest du mir vielleicht bei den Kartoffeln helfen? Der Trick ist, sie richtig zu würzen …«

Annie folgte seinen Anweisungen und gewann mit jeder Minute an Selbstvertrauen. Zu ihrem Erstaunen stellte sie fest, dass sie unter Jamies Anleitung durchaus zurechtkam und die Zusammenarbeit reibungslos funktionierte. Ihre Küche war winzig, weshalb sie gezwungen waren, sich auf engstem Raum zu arrangieren, und die Chemie zwischen ihnen war ohne Zweifel hervorragend.

Nach einer Stunde waren sie so weit, sich auf Annies Sofa zu setzen und sich über die eindrucksvolle Auswahl an Köstlichkeiten auf dem Couchtisch herzumachen.

»Das ist ja unglaublich!« Annie biss in ihren mit Senf bestrichenen Hotdog. »Das hätte ich in tausend Jahren nicht allein hinbekommen.«

»Ach, du hast das super gemacht«, gab Jamie zurück. »Ich habe nur am Ende ein bisschen nachgeholfen.«

Annie lächelte ihn dankbar an. Sie wussten beide, dass das die blanke Untertreibung war. Sie drückte die Abspieltaste des DVD-Rekorders, doch trotz aller Versuche, sich zu konzentrieren, schalteten sie immer wieder ab, um sich zu unterhalten. Annie fühlte sich wohl in Jamies Gegenwart und gewann den Eindruck, dass es ihm genauso ging …

Sie plauderten über Gott und die Welt – über die Arbeit, ihre Familien, übers Reisen und Essen, über Kindheitserinnerungen, witzige Anekdoten, ihre Lieblingsbücher und die Songs, die sie zu Tränen rührten. Als der Abspann lief, lagen sie beide auf dem Sofa, nur wenige Zentimeter voneinander getrennt. Die Weinflasche auf dem Tisch war leer, als Jamie den letzten Schluck trank und sich Annie zuwandte. In seinen Augen lag ein sanfter Ausdruck, seine Lippen waren voll und verführerisch. Annies Herz begann zu rasen, als sie spürte, wie sich die Atmosphäre zwischen ihnen zu verändern begann.

»Als du wissen wolltest, ob das ein Date ist …«

»Vergiss es«, wiegelte Annie mit einer Handbewegung ab. »Ich wollte nicht, dass es so rüberkommt.«

Doch Jamie fuhr unbeirrt fort: »Hast du dir gewünscht, dass es eines ist?«

Annie zögerte. »Ich … ich weiß es nicht. Was Dates angeht, sieht meine Erfolgsstatistik nicht gerade gut aus.«

»Vielleicht ist es ja Zeit, das zu ändern.«

Annie fragte sich, was genau er damit meinte.

»Ich bin kein Teenie mehr, Annie, und nicht der Typ für Spielchen. Wenn ich jemanden mag, muss ich es offen sagen. Und ich mag dich sehr, Annie.«

Annie sog scharf den Atem ein. Ihr schlug das Herz bis zum Hals. Seine Worte beschworen eine Flut an Gefühlen in ihr herauf – Glück und Aufregung, zugleich aber auch Angst. Sie schluckte. »Ich mag dich auch«, gestand sie mit kaum hörbarer Stimme.

Und das war die Wahrheit. Lange Zeit hatte sie es zu leugnen versucht, aber jetzt war es endlich ausgesprochen, dachte sie voller Euphorie. Ihr Herz hämmerte immer noch wie wild, als Jamie sich vorbeugte, und ihr wurde bewusst, wie sehr sie es sich wünschte. Seine Lippen berührten ihren Mund. In diesem Moment vereinten sich ihre Sympathie, die gesamte Anspannung der vergangenen Wochen und der aufgestaute Frust zu einem Gefühl absoluter Magie. Es war, als würden tausend Feuerwerke in ihrem Innern explodieren. Sie erwiderte seinen Kuss, spürte die Weichheit seiner Lippen, während ihre Finger durch sein Haar, über seine kräftigen Schultern und muskulöse Brust glitten.

Als sie sich voneinander lösten und Atem schöpften, musterte Jamie sie zögernd, als wollte er um Erlaubnis fragen weiterzumachen. Wortlos beugte Annie sich vor und küsste ihn erneut. Ihre Lippen fanden sich, als wären sie füreinander geschaffen.

Es fühlte sich so richtig an. Perfekt. Und Annie wünschte sich, dass es nie wieder aufhören möge.

24

Worte sind das beste Aphrodisiakum für Frauen.
Unser G-Punkt befindet sich in den Ohren, und jeder,
der weiter unten danach sucht, vergeudet nur seine Zeit.
– Isabel Allende

Julia schlenderte durch die Beauty-Abteilung bei Jarrold, dem bekanntesten Kaufhaus von Norwich, und bestaunte das Sortiment: Tages- und eigens darauf abgestimmte Nachtcremes, Produkte mit Kaviar, Algenextrakten und mit von der NASA entwickelten Technologien und ein beängstigendes Gerät namens »Ultraschallreinigungsbürste auf Basis von Mikrodermabrasion gegen die Zeichen vorzeitiger Hautalterung«.

Früher war Julia stets auf dem aktuellen Stand gewesen: Zu Beginn ihrer Beziehung mit Nick, als sie noch bei Skyrocket gearbeitet hatte, war es ihr wichtig gewesen, bei der Arbeit stets attraktiv und gepflegt zu wirken, und sie hatte nicht davor zurückgeschreckt, ganze Monatsgehälter für Wellnessbehandlungen und Designer-Make-up auszugeben.

In letzter Zeit jedoch hatten sich ihre Prioritäten verschoben. Nun, da sie und Nick Hausbesitzer waren und Hypothekenzahlungen zu leisten hatten – ganz zu schweigen davon, vielleicht bald auch noch ein Kind finanzieren zu müssen –, ging Julia wesentlich sparsamer mit ihrem Geld um. Darüber hinaus war sie immer noch dabei, ihr eigenes Geschäft aufzubauen, weshalb ihr Einkommen überschaubar war und von Monat zu Monat schwankte, deshalb stand es nicht länger zur Debatte, Geld für teure Klamotten und Schuhe auszugeben.

Sie schlenderte an der Brow Bar vorbei, wo eine Kosmetikerin einer Kundin die Brauen mit dem Faden in Form brachte, und blieb vor dem Chanel-Counter stehen. Über ihr hing das überdimensionale Plakat einer berühmten Schauspielerin mit makellosem Teint und schimmernden Lippen. Sehnsuchtsvoll ließ Julia den Blick über die Auslage schweifen. Eine Kleinigkeit musste doch drin sein, sagte sie sich. Schließlich wollte sie nicht vollends zur grauen Maus werden, und nun, da Nick sich Mühe gab und möglichst früh nach Hause kam, um mehr Zeit mit ihr zu verbringen, wollte sie hübsch für ihn aussehen.

Spontan griff sie nach einem leuchtend pinkfarbenen Lippenstift in der bewährten schwarz-goldenen Hülle und reichte ihn der Verkäuferin.

»Den hier, bitte.«

»Oh, die Farbe ist toll, nicht?«, meinte die junge Frau, scannte den Lippenstift ein und gab ihn in ein Tütchen. »Die steht Ihnen ganz hervorragend, außerdem ist sie perfekt für den Sommer.«

Julia verspürte einen Anflug von Fröhlichkeit und Optimismus. So albern es sein mochte, aber sich diese Kleinigkeit zu leisten, hatte sie in ihrer Zuversicht bestärkt, dass alles wieder gut werden würde.

»Na, belohnst du dich?«, sagte eine Stimme hinter ihr.

Julia wirbelte herum und blickte in Zoes lächelndes Gesicht.

»Hi, Zoe! Ja, ich dachte, ich beschenke mich selbst mit einem schönen Lippenstift. Ich habe mir seit einer halben Ewigkeit nichts mehr gegönnt.«

»Wem sagst du das? Mir kommt es vor, als würde alles, was ich zur Seite lege, für die Hochzeit draufgehen. Alles ist so unglaublich teuer! Ich kann mich schon gar nicht mehr erinnern, wann ich mir das letzte Mal etwas für mich allein gekauft habe.«

»Aber am Ende ist es die Sache wert«, meinte Julia. »Wenn der große Tag erst mal kommt, wirst du es nicht bereuen, all die Opfer gebracht zu haben. Also, wollen wir in die Brautabteilung gehen?«

»Ja!«

Zoe hatte sich den Nachmittag freigenommen, um mit Julia ein Brautkleid zu kaufen. Am letzten Wochenende war ihre Mutter zu Besuch aus Chester gekommen und hatte sie in einige Boutiquen begleitet, aber bislang hatte sie das Richtige noch nicht gefunden.

»Weißt du inzwischen, wonach du suchst?«, fragte Julia auf dem Weg zum Aufzug.

»Eher etwas Klassisches, nicht zu extravagant, trotzdem mit dem gewissen Etwas, verstehst du, was ich meine?«

»Absolut!« Julia nickte. Im dritten Stock stiegen sie aus und folgten den Schildern durch die Kinderabteilung in Richtung Brautmoden.

»Oh, sieh dir das mal an!«, rief Julia mit einem wehmütigen Seufzer. »Hast du schon mal so etwas Niedliches gesehen?«

Sie zeigte auf einen rosa Strampler mit Bärenmotiv und »Mami hat mich lieb«-Aufdruck.

»Ja, der ist echt putzig«, bestätigte Zoe und wandte sich zum Gehen, aber Julia schien sich nicht losreißen zu können.

»Und der hier erst!« Sie nahm einen blau gestreiften Baumwollanzug vom Ständer und hielt ihn hoch.

Zoe sah sie verwirrt an. »Kaufst du für ein bestimmtes Kind ein?«

»Eigentlich nicht. Ich sehe mich nur um.«

»Habt ihr eigentlich Kinder, Nick und du?«, fuhr Zoe fort. »Ihr habt nie etwas erwähnt ...«

»Nein«, antwortete Julia leise. »Wir ... wir versuchen es aber gerade.«

»Oh, wie aufregend! Simon und ich haben auch schon über Kinder gesprochen, aber ich denke, wir sollten erst mal ein paar Jahre der Zweisamkeit genießen, bevor ich mit meiner Rasselbande loslege.«

Julia lächelte traurig. »Tja, leider ist es nicht immer so einfach.«

»Oh, bitte entschuldige.« Erst jetzt bemerkte Zoe Julias Miene. »Habe ich etwas Falsches gesagt?«

»Nein, nein, natürlich nicht. Es ist nur ... Wir versuchen es schon eine ganze Weile, aber bisher hat es noch nicht geklappt. Wahrscheinlich probieren wir es noch ein paar Monate weiter, aber dann müssen wir uns einen Arzt suchen. Leider wirkt sich das Ganze nicht gerade positiv auf unsere Beziehung aus. Ehrlich gesagt, ist das der Grund, weshalb wir bei Annie in Therapie sind«, gestand Julia voller Erleichterung, weil sie es endlich laut ausgesprochen hatte.

»Verstehe.« Zoe nickte mitfühlend. »Und hast du das Gefühl, dass die Therapie hilft?«

Julia zuckte die Achseln. »Ehrlich gesagt, weiß ich es nicht recht. Anfangs war ich nicht davon überzeugt und habe Nick das Leben ziemlich schwer gemacht. Und Annie auch, wenn ich es mir genau überlege. Einerseits hatte ich Gelegenheit, alles auszusprechen, was mir auf der Seele brannte, andererseits sind auch viele andere Dinge dabei hochgekommen. An manchen Tagen fühlt es sich an, als würden wir auf verschiedenen Planeten leben, ohne die Möglichkeit, jemals wieder eine Verbindung zueinander herzustellen. Aber dann gibt es auch wieder bessere Tage ...« Blicklos starrte Julia den Babyanzug an und hängte ihn eilig zurück. »Aber genug von mir«, sagte sie mit gezwungener Fröhlichkeit. »Wir sind wegen dir hergekommen. Los, lass uns dein Traumkleid suchen gehen.«

Sie gingen weiter, quer durch die Dessous-Abteilung, die sich direkt neben den Brautmoden befand.

»Vielleicht sollten wir ja noch etwas Hübsches für die Hochzeitsnacht suchen«, schlug Julia mit einem vielsagenden Blick vor. »Hier gibt es tolle Sachen.«

»Oh, ich kann meine Hochzeitsnacht kaum erwarten!«, rief Zoe voller Inbrunst und brach beim Anblick von Julias Miene in Gelächter aus. »Na ja, nachdem du mir alles von dir erzählt hast, ist es wohl nur fair, wenn ich mich dir anvertraue. Ich und Simon haben einen vorübergehenden Enthaltsamkeitsschwur geleistet«, platzte sie heraus. »Wir haben keinen Sex vor der Hochzeit, aber wenn es so weit ist, wird es bestimmt der absolute Wahnsinn! Annie hat uns ein paar Übungen mitgegeben, mit deren Hilfe wir uns gegenseitig entdecken sollen. Ziel ist, unsere Fantasien auszuleben und die Vorfreude damit zu steigern.«

»Wow!« Julia war völlig baff. »Ich bin echt sprachlos! Und ist es schwierig?«

»Es ist ein absoluter Albtraum!«, gestand Zoe. »Andererseits finden wir, na ja, andere Mittel und Wege, uns gegenseitig zu befriedigen, wenn man so will. Es gibt ein paar Dinge, die Annie uns erlaubt hat und die wir uns schamlos zunutze machen.«

»Wow!«, wiederholte Julia. »Mir war nicht klar ...«

Sie unterbrach sich und sah mit zusammengekniffenen Augen quer durch den Verkaufsraum. »Moment mal, ist das nicht …«

Zoe, die ihrem Blick gefolgt war, riss die Augen auf. »Das ist doch Linda, oder? Aus der Samstagsgruppe.«

Julia nickte. Beide Frauen sahen zu Linda hinüber, die einen Ständer mit Seidennegligés durchging, ein champagnerfarbenes herauszog und es prüfend vor sich hielt.

»Sollen wir sie begrüßen?«, flüsterte Zoe.

»Keine Ahnung. Vielleicht ist es ihr ja peinlich, dass wir sie beim Shoppen von sexy Dessous erwischen.«

»Du meine Güte! Ob sie eine Nymphomanin ist, was meinst du? Vielleicht sind sie ja deswegen bei Annie.«

»Ihr Mann sah tatsächlich ziemlich fertig aus«, gab Julia zurück, worauf die beiden in Gekicher ausbrachen.

Linda, die zu spüren schien, dass sie jemand beobachtete, drehte sich um und lief knallrot an.

Hastig hängte sie das Negligé zurück und rief verlegen: »Hallo!«

»Hi, Linda. Wie geht's?« Strahlend trat Zoe mit Julia zu ihr.

»Gut, danke!«, kiekste Linda. »Ich wollte nur … für meine Tochter … ein paar Sachen besorgen. Sie hat mich darum gebeten, weil sie immer so wenig Zeit hat.«

»Klar.« Julia nickte skeptisch.

»Und ihr beide? Ich wusste ja gar nicht, dass ihr euch auch außerhalb …« Linda hielt inne.

»Eigentlich tun wir das auch noch nicht lange«, warf Julia lachend ein. »Aber wir kamen kürzlich ins Gespräch, und da ich Eventmanagerin bin, habe ich angeboten, Zoe bei den Hochzeitsvorbereitungen zu helfen.«

»Und das macht sie absolut toll«, warf Zoe ein.

»Wie wunderbar!«, rief Linda. »Ich hatte völlig vergessen, dass du ja bald heiratest. Beim letzten Mal habe ich mich mit deinem Verlobten unterhalten. Was für ein reizender junger Mann.«

»Das finde ich auch«, ereiferte sich Zoe grinsend.

»Tja, dann will ich euch nicht länger aufhalten«, meinte Linda lächelnd und schwang sich ihre Handtasche über die Schulter.

»Du kannst ja mitkommen«, schlug Zoe spontan vor. »Wir wollten in der Brautmodenabteilung ein paar Kleider anprobieren und hätten nichts gegen eine zweite Meinung.«

»Je mehr, umso lustiger«, warf Julia ein.

»Ich … na ja …« Linda zögerte, doch dann lächelte sie breit. »Wieso eigentlich nicht? Das wird bestimmt nett.«

Sie machten sich auf den Weg und traten durch die mit einem weißen Torbogen abgegrenzte Brautabteilung.

»Oh, sind die nicht ein absoluter Traum?« Ehrfürchtig staunend ließ Julia den Blick über die Ständer mit Roben aus Seide, Spitze, Organza und Tüll schweifen.

Zoe strahlte übers ganze Gesicht. »Das ist ja so aufregend!«

Eine perfekt zurechtgemachte Verkäuferin in einem schicken burgunderroten Kostüm trat auf sie zu. »Kann ich Ihnen helfen?«

»Wir haben einen Termin auf den Namen Zoe Miller«, sagte Julia. »Ich bin Julia Crawford, ihre Hochzeitsplanerin.«

»Ach ja, hier haben wir Sie ja«, sagte die Verkäuferin und ging ihre Liste durch. »Pünktlich um vierzehn Uhr. Ich bin Valerie.« Sie gab Zoe und Julia die Hand. »Und das ist vermutlich die Brautmutter, ja?« Sie lächelte Linda an.

»Nein, nein«, kicherte Zoe, »das ist meine Freundin Linda. Sie steht mir heute auch zur Seite.«

»Oh, bitte entschuldigen Sie.« Valerie lachte leise. »Also, welche Größe haben Sie? Eine 34/36, würde ich sagen.« Sie trat einen Schritt zurück und beäugte Zoe.

»Ich erinnere mich noch dunkel an die Zeiten«, raunte Linda.

»Geht mir genauso. Eine 34 wird es bei mir nicht mehr, so viel steht fest«, bestätigte Julia wehmütig.

»Und haben Sie schon eine Idee, was die Farbe und die Stilrichtung betrifft?«, hakte Valerie nach.

»Elfenbein gefällt mir sehr gut, aber ein Cremeton wäre auch in Ordnung.«

»Ja, das würde sehr gut zu Ihrem Haar passen.«

»Ich habe schon ein paar Kleider im Empirestil anprobiert, was mir sehr gut gefallen hat. Ich hätte lieber gern etwas Schmales, auf Figur Geschnittenes. Nichts zu Ausladendes.«

Valerie nickte nachdenklich. »Okay, ich glaube, ich habe da ein paar Sachen, die Ihnen gefallen könnten«, sagte sie, trat zu einem der Ständer und nahm ein ärmelloses, hochgeschlossenes, schmal geschnittenes Kleid mit kunstvoller Perlenstickerei vom Ständer.

»Oh, das ist ja toll«, quiekte Julia und stieß Zoe an. »Das hat wirklich Klasse.«

»Soll ich es für Sie in die Umkleidekabine hängen?«, fragte Valerie. »Ich suche Ihnen gern noch etwas anderes heraus, und vielleicht möchten Sie sich ja selbst ein bisschen umsehen. Sagen Sie mir Bescheid, wenn Sie Hilfe brauchen.«

»Danke, das werden wir«, rief Zoe aufgeregt wie ein Kind vor der weihnachtlichen Bescherung. »Oh, sieh dir das mal an«, hauchte sie und zog ein cremefarbenes Spitzenkleid mit tiefem V-Ausschnitt, Satinband unter der Brust und hauchzarter Schleppe heraus.

»Es ist ein Traum.« Julias Augen begannen zu leuchten. »Und wie findest du das hier? Sieh dir nur mal die Rückseite an …«

Gemeinsam wählten sie ein halbes Dutzend Kleider aus, dazu Schleier, Diademe und Schuhe, die Zoe allesamt in die Umkleidekabine mitnahm. Valerie begleitete sie, während Julia und Linda voller Vorfreude Platz nahmen und auf sie warteten.

Minuten später trat Zoe wie eine Prinzessin durch den weißen Vorhang, und Julia und Linda schnappten verzückt nach Luft.

»Zoe, du siehst atemberaubend aus«, rief Julia.

»Bildschön«, bestätigte Linda und tupfte sich die Augenwinkel trocken.

Zoe trug ein klassisch geschnittenes elfenbeinfarbenes Kleid von trügerischer Schlichtheit. Es war trägerlos, mit schmal geschnittenem Oberteil, einer mit Glitzersteinen besetzten Taillenschärpe und einem weich fallenden Rock. Dazu trug sie einen hauchzarten, cremefarben eingefassten Schleier. Sie sah unglaublich aus.

Ihre Augen mit den langen, hellen Wimpern leuchteten, und ein Strahlen lag auf ihrem Gesicht, als sie ihre beiden neu gewonnenen Freundinnen ansah. »Ich glaube, das ist es«, hauchte sie ganz leise, als hätte sie Angst, den Zauber zu durchbrechen.

»Ich glaube, ich habe mein Kleid gefunden«, fügte sie sichtlich erschüttert, aber zugleich außer sich vor Freude hinzu.

25

Ich bin prosexuell. Ich probiere alles einmal aus.
– Samantha Jones

»Du liebe Güte, das glaube ich einfach nicht.«

»In tausend Jahren nicht! Das soll wohl ein Witz sein!«

»Sind Sie verrückt geworden, Annie?«

»Nein, bin ich nicht.« Strahlend blickte Annie in die Gesichter vor ihr. »Ich hatte Sie ja gebeten, heute in sportlicher Kleidung zu kommen.«

»Aber ... *damit* hätte ich nun wirklich nicht gerechnet«, warf Nick ein.

Annie hatte ihre Samstagsgruppe nicht wie sonst zu sich ins Büro bestellt, sondern sie gebeten, sich auf dem Parkplatz des Mid-Yare Nature Reserve, einem Naturschutzgebiet östlich von Norwich, einzufinden. Fünf Paare standen mit offenen Mündern da und sahen verblüfft zu, was aus dem Transporter geladen wurde.

»Immerhin verlangen Sie nicht, dass wir nackt Klimmzüge im Wald machen«, bemerkte Simon. »Ich habe mich zwar gefragt, was uns erwarten könnte, aber ...«

Er verstummte abrupt, als Zoe ihm einen Klaps auf den Arm verpasste.

»Also, was sagen Sie?«, fragte Annie in die Runde. »Sind alle dabei?«

Nervös blickten die Klienten auf die fünf Tandemräder, die in der Frühlingssonne glänzten, ehe sie nacheinander zustimmten.

»Gibt es etwas Schöneres als eine kleine Radtour an einem herrlichen Maimorgen?«, meinte Annie. »Bei dieser Übung steht die Zusammenarbeit im Mittelpunkt. Ich will nicht, dass einer von Ihnen hinten sitzt und seinem Partner die Arbeit überlässt, sondern Sie müssen sich beide gleichermaßen anstrengen. Anfangs kann es etwas dauern, bis Sie sich an das Tandemfahren gewöhnt haben, aber auch das werden Sie gemeinsam bewältigen. Sie brauchen etwas Geduld und eine anständige Portion Humor. Außerdem setzt Sport Endorphine frei, was Sie gut gebrauchen können, um sie später im Schlafzimmer einzusetzen.«

»Da wäre ich mir mal nicht so sicher«, warf Ray ein. »Bestimmt bin ich danach völlig erledigt. Sofern ich nicht vorher einen Herzinfarkt erlitten habe.«

»Sie sind bestimmt fit wie ein Turnschuh«, zog Annie ihn auf. »Jemand, der so viel Golf spielt wie Sie ...«

Ray schnaubte nur. Er trug seine Golfsachen – eine Freizeithose, ein Poloshirt und einen Pulli mit Rautenmuster dazu.

»Es gibt auch Helme und Hosenclips für alle. Es ist für alles gesorgt.« Annie begann, Schutzwesten zu verteilen.

»Gibt's die auch in anderen Farben?«, fragte Nick und beäugte die neongelbe Weste argwöhnisch.

»Ich habe noch nicht erwähnt, dass das Ziel der heutigen Übung auch sein sollte, sich nicht davon irritieren zu lassen, wenn man sich mal zum Affen macht«, fügte Annie grinsend hinzu.

»Und was ist mit Ihnen?«, fragte Julia, als sie sich die Weste über ihr Kapuzenshirt zog. »Mit wem radeln Sie?«

»Oh, kommt dieser heiße Typ von neulich etwa mit? Wie hieß er noch mal?«, fragte Zoe aufgeregt.

Annie spürte, wie ihr die Hitze ins Gesicht stieg, und bemühte sich um eine neutrale Miene. »Sein Name ist Jamie, und nein, Zoe, er kommt nicht mit. Ich fahre allein auf dem Mountainbike neben Ihnen.«

»Ich habe noch nie so hässlich ausgesehen«, murmelte Julia und machte den Verschluss ihres Fahrradhelms zu.

Nick betrachtete seine Frau – ihre grünen Augen unter dem Fahrradhelm, ihr blondes, zu einem Pferdeschwanz zusammengebundenes Haar. »Du siehst total süß aus«, sagte er zwinkernd.

Julia lächelte genüsslich – sie hatte beinahe vergessen, was für ein tolles Gefühl es war, mit ihrem eigenen Mann zu flirten.

»Wenn alle so weit sind, bitte aufsteigen«, rief Annie.

Während sich die Paare unter Gekicher und Gekreische in die Sättel schwangen, trat Annie zu den beiden Mitarbeitern des Fahrradverleihs. »Danke, Jungs. Bitte holt uns um zwei Uhr beim verabredeten Treffpunkt ab.«

»Kein Problem. Bis dann.« Sie stiegen in den Transporter und fuhren davon.

»Also, sind wir abfahrbereit?«, rief Annie. »Dann los.«

Es herrschte kaum Verkehr auf den Straßen rund um Postwick. Annie fuhr vom Parkplatz und bog auf die Landstraße ein, wo sie nach ein paar Metern stehen blieb und sich umsah – einige Paare kamen recht gut zurecht, andere wiederum taten sich sichtlich schwer, denselben Rhythmus zu finden.

Simon und Zoe radelten an ihr vorbei. »Sorry, aber jetzt, wo wir losgelegt haben, können wir nicht mehr anhalten!«

Julia und Nick schienen kleinere Anlaufschwierigkeiten zu haben, wohingegen Linda und Ray locker und sichtlich stolz dahinstrampelten.

Schließlich hatten es alle fünf Paare geschafft, und sie fuhren in flottem Tempo die Straße entlang. Die Gegend rings um Norwich war topfeben, ohne größere Erhebungen, und sehr idyllisch. Einige Autofahrer drosselten das Tempo beim Überholen und beäugten erstaunt den Konvoi, andere hupten zum Gruß, und Kinder winkten ihnen durchs Rückfenster zu.

»Wie läuft's?«, fragte Annie, als sie eine kleine Pause einlegten. Sie hatte allen geraten, einen kleinen Rucksack für ihre Sachen und eine Flasche Mineralwasser mitzubringen.

»Ganz schön anstrengend«, japste Ray.

»Ich finde es toll«, meinte Zoe. »Ich glaube, wir sollten ›Tandemrad‹ auf unsere Hochzeitsliste setzen.«

»Wie weit fahren wir denn noch?«, fragte Nick und versuchte, sich die Anstrengung nicht anmerken zu lassen. In letzter Zeit fand er kaum Gelegenheit, ins Fitnessstudio zu gehen, und musste zu seinem Entsetzen feststellen, dass er völlig außer Form war.

»Ein Stückchen noch, aber Sie schaffen das schon.«

»Wohin fahren wir überhaupt?«, wollte Linda wissen.

»Das ist eine Überraschung«, antwortete Annie lächelnd. »Warten Sie's ab.«

Sie stiegen wieder auf die Räder und fuhren am Kanal entlang, vorbei an Weizen- und Gerstenfeldern. Blumen blühten am Wegrand, und über ihnen zogen Schwalbenschwärme, als sie an Spaziergängern mit Hunden, Reitern und sogar an einer alten Windmühle vorbeikamen, die sich malerisch gegen den strahlend blauen Himmel abhob. Sie kamen durch hübsche kleine Dörfer und an einem Pub vorbei.

»Ich würde alles für ein Bier geben«, bemerkte Ray, während Linda vorn auf dem Tandem nur die Augen verdrehte.

Doch statt haltzumachen, ging es weiter, quer durch die herrliche Gegend. Ein tiefes Glücksgefühl durchströmte Annie. Sie hatte so viel Zeit hinter ihrem Schreibtisch verbracht, dass sie völlig vergessen hatte, wie herrlich es war, sich körperlich zu bewegen und die Sonne auf dem Gesicht zu spüren.

Natürlich hatte ihre gute Laune auch etwas mit einem gewissen Mr. Kennedy zu tun – vergeblich versuchte sie, beim Gedanken an ihn ein Lächeln zu unterdrücken. Nach dem etwas holprigen Start hatte ihr Kinoabend alle Anzeichen für den Beginn einer ganz besonderen Beziehung aufgewiesen. Die Anziehungskraft zwischen ihnen war unübersehbar, sie hatten sich stundenlang geküsst, und mit jedem Augenblick war es heißer geworden. Sie hoffte nur, dass Harry und Sally nicht zugesehen hatten, denn was zwischen ihr und Jamie passiert war, hätte sogar einem Goldfisch die Schamesröte ins Gesicht getrieben.

Jamie war derjenige gewesen, der verhindert hatte, dass es zum Äußersten gekommen war, denn Annie selbst hatte längst jede Selbstbeherrschung verloren. Doch Jamie hatte sich, wenn auch widerstrebend, von ihr gelöst und gemeint, er gehe jetzt wohl lieber nach Hause. Trotzdem war eine weitere halbe Stunde vergangen, bis er endgültig verschwunden war. Bei der Erinnerung musste Annie erneut lächeln.

Schließlich drosselte sie das Tempo, als sie das Ziel ihres Ausflugs erspähte. Sie sah hinter sich, um sicherzugehen, dass ihre Schützlinge vollzählig waren. Neben einem Feld kam sie zum Stehen und stieg ab. Inzwischen waren sie über eine Stunde unterwegs gewesen, und Annie blickte in teils strahlende, leicht erhitzte, aber auch völlig erschöpfte, knallrote Gesichter.

»Bestimmt sind Sie froh, wenn ich Ihnen sage, dass Sie alle das Ziel erreicht haben und Sie heute nicht mehr strampeln müssen. Wir haben mehr als zehn Meilen zurückgelegt, und Sie haben sich sehr wacker geschlagen. Und da wären wir!«

»Wo?« Nick ließ den Blick über das leere Feld schweifen, hinter dem sich der Yare anschloss.

»Hier findet der nächste Teil unseres heutigen Tagesprogramms statt.«

»Sagen Sie jetzt bloß nicht, dass wir einen Triathlon absolvieren und fünf Meilen schwimmen müssen«, stöhnte Simon. »Außerdem habe ich meine Badehose nicht dabei.«

»Tja, dann müssen Sie eben nackt ins Wasser«, gab Annie neckend zurück. »Nein, den anstrengenden Teil für heute haben wir hinter uns, und der angenehme Teil kommt genau ... jetzt.«

Die anderen folgten ihrem Blick und sahen dem zweiten Transporter zu, der etwas kleiner war als der, mit dem ihre Räder geliefert worden waren.

»Hi, Jan«, begrüßte Annie die Fahrerin, als sie anhielt und ausstieg. »Tausend Dank für alles.«

»Gern geschehen«, gab Jan zurück und öffnete die Ladeklappe. »Lasst es euch schmecken, Leute!«

»*Voilà*«, verkündete Annie, »Mittagessen!«

Im Transporter stand ein halbes Dutzend Picknickkörbe, dazu Kühltaschen und Decken.

»Jeder trägt etwas«, rief Annie.

Die Teilnehmer trugen die Körbe mitten aufs Feld, wo sie die Decken ausbreiteten und das Essen auszupacken begannen.

»Das ist ja unglaublich!«, rief Zoe und nahm ein frisches Baguette und Räucherlachs heraus, während die anderen schottische Eier, Couscous und Oliven, Mineralwasser, gekühlten Weißwein und Pimm's zutage förderten.

»Sie haben es sich weiß Gott verdient«, sagte Annie lächelnd.

»Ich glaube nicht, dass ich danach noch mal aufs Rad steigen kann«, stöhnte Ray.

»Also, ich kann jedenfalls keinen Meter mehr geradeaus fahren«, stimmte Simon zu, schnappte den Flaschenöffner und machte sich ein Bier auf.

»Das brauchen Sie auch nicht«, sagte Annie. »Unser Ausflug endet hier. Die Räder werden abgeholt und Sie zum Parkplatz zurückgebracht.«

Allgemeiner Jubel brandete auf.

»Sie haben wirklich an alles gedacht«, lobte Linda lächelnd.

»Die perfekte Frau«, bemerkte Ray.

Sie saßen in der warmen Sonne und machten sich über das Picknick her. Annie unterhielt sich mit Michael und Carolyn, Jennifer und Richard gesellten sich zu ihnen, während sich Ray, Linda, Nick, Julia, Simon und Zoe zusammensetzten.

Linda beobachtete Annie interessiert. Sie sah so jung und vital aus und höchst attraktiv in ihrer knielangen Sporthose und dem weiten Top darüber. »Ob sie wohl verheiratet ist, was denkt ihr?«, fragte Linda.

»Wer?«

»Annie.«

»Keine Ahnung.« Nick zuckte die Achseln.

»Einen Ring trägt sie jedenfalls nicht«, meinte Julia.

»Das ist mir auch aufgefallen«, sagte Ray. »Vielleicht nimmt sie ihn ja während der Arbeit ab.«

»Weshalb sollte sie?«

Ray zuckte die Achseln. »Keine Ahnung.«

»Wir könnten sie ja mal fragen«, schlug Zoe vor.

»Vielleicht«, stimmte Julia zu. »Wie kann sie sich in unsere Ehen hineinversetzen, wenn sie selbst gar nicht verheiratet ist?«

»Vermutlich ist es sogar besser, wenn sie nicht verheiratet ist«, gab Nick zu bedenken und biss in ein Stück Schinkenpastete. »Dadurch betrachtet sie alles aus der Perspektive einer Außenstehenden. Außerdem ist es in Wahrheit doch nicht entscheidend, oder? Immerhin hat sie massenhaft Zeugnisse und Zertifikate an den Wänden hängen, also versteht sie ihr Handwerk offensichtlich.«

»Apropos Ehe – dein Verlobungsring ist ja bildschön.« Bewundernd betrachtete Julia Zoes Ring, als diese sich vorbeugte, um etwas Krabbensalat auf ihren Teller zu häufen.

»Danke.« Zoe strahlte.

»Ich verstehe beim besten Willen nicht, weshalb ein junges, frisch verlobtes Paar wie ihr beide einen Therapeuten aufsucht«, sagte Ray unverblümt, während Linda nur die Augen verdrehte.

»Wir haben einen Enthaltsamkeitsschwur bis zur Hochzeit geleistet«, erklärte Zoe ohne jeden Anflug von Verlegenheit.

»Zoe!«, stieß Simon scharf hervor. »Eigentlich sollte doch keiner davon erfahren.«

»Wieso? Wir dürfen es doch erzählen, wenn wir wollen«, gab Zoe trotzig zurück. »Es steht uns frei.«

»Damit hätte ich nun nicht gerechnet.« Ray lachte belustigt.

»Wir fanden es so romantisch und spannend, bis zu unserer Hochzeitsnacht zu warten, stimmt's, Simon?«

Simon nickte, wenn auch wenig überzeugt.

»Und wie geht es euch damit?«, hakte Nick nach.

»Es ist echt hart«, gestand Simon, worauf alle in Gelächter ausbrachen.

»Klingt nach der Untertreibung des Jahrhunderts.« Nick nahm eine Handvoll Erdbeeren.

»Wenn ihr eine Floristin für den Blumenschmuck braucht, kann ich euch eine ganz ausgezeichnete empfehlen«, warf Ray ein.

»Wir brauchen tatsächlich jemanden«, sagte Zoe. »Im Februar haben wir uns verlobt, und die Hochzeit findet im Juli statt, deshalb ist zeitlich alles ein bisschen eng, auch wenn Julia inzwischen meine große Rettung ist.«

Ray nickte Linda zu. »Na ja, ich glaube, ich habe es bisher noch nicht erwähnt, aber mir gehört Expressions, der Blumenladen in der Pottergate. Falls ihr noch jemanden braucht, meine ich.«

»Oh, das ist ja gleich um die Ecke von meiner Arbeit. Ich arbeite in der Tierklinik in der St. Andrews Street.«

»Ich wollte als Kind immer Tierärztin werden«, sinnierte Julia mit einem wehmütigen Seufzer.

»Na ja, Ärztin bin ich ja nicht, sondern Assistentin«, korrigierte Zoe. »Aber ich liebe meine Arbeit wirklich sehr.«

»Ich habe mich davon verabschiedet, als ich gemerkt habe, dass ich mit Blut und Schnodder nicht gut umgehen kann«, gestand Julia lachend.

»Aber wenn du ein Baby hast, bleibt das nicht aus«, warnte Nick.

»Oh, bist du schwanger?«, fragte Ray.

Als er den Blick zwischen Nick und Julia bemerkte, wurde ihm sofort klar, dass er ins Fettnäpfchen getreten war.

»Wir versuchen, eines zu bekommen«, sagte Julia leise, »aber bislang hat es noch nicht geklappt.«

Stille breitete sich aus, und Zoe kam ihnen zu Hilfe, indem sie eilig das Thema wechselte. »Ich komme gern mal vorbei, Linda«, sagte sie. »Bisher habe ich noch keine Ahnung, was ich eigentlich will, und mit den Preisen kenne ich mich auch nicht aus.«

»Ich helfe dir gern. Für eine Julihochzeit sind Rosen immer besonders schön, und dazu passt Lisianthus ganz wunderbar. Oder wenn es etwas eleganter sein soll, kämen auch Callalilien oder Zinnien infrage. Ich bin an den meisten Tagen im Laden, und falls nicht, ist meine Tochter für dich da.«

»Eigentlich sollte sie ja in Altersteilzeit sein, aber wie sie selbst sagt, steht sie fast jeden Tag im Laden«, fügte Ray hinzu.

Linda warf ihm einen vernichtenden Blick zu, als Annie sich zu ihnen gesellte. »Na, haben Sie alle den Tag genossen? Ich hoffe, Sie haben das Maximum für sich herausgeholt«, meinte sie lächelnd.

»Es war toll«, beteuerte Zoe begeistert.

»Ich werde heute Nacht wie ein Murmeltier schlafen«, sagte Linda lachend. »Nach der vielen frischen Luft und der Bewegung.«

»Die Transporter sollten jeden Moment hier sein«, fuhr Annie fort. »Deshalb sollten wir allmählich zusammenpacken.«

Unter Seufzen und Stöhnen standen alle auf, falteten die Decken zusammen und sammelten die Abfälle ein.

»Nehmen Sie die Reste ruhig mit nach Hause«, forderte Annie sie auf, worauf Ray die Würstchen im Blätterteig einpackte und Simon zwei Flaschen Bier in seinem Rucksack verstaute.

Gerade als sie mit den Körben und Decken das Feld überquerten, trafen der Radtransporter und der Minivan ein.

»Zeit für die Heimfahrt«, meinte Ray betrübt, als sich alle erschöpft auf die Sitze fallen ließen.

»Es war ein herrlicher Tag«, meinte Zoe und kuschelte sich an Simon. »Vielen lieben Dank, Annie.«

»Gern geschehen.«

Linda schob ihre Hand in Rays. Im ersten Moment sah er sie verblüfft an, doch dann drückte er zärtlich ihre Finger.

Nick, der hinter ihnen saß, legte die Hand auf Julias Knie und küsste sie spontan.

Annie, die es mitbekam, lächelte.

26

Männer hoffen bei der Hochzeit, dass ihre Frau sich niemals verändert; Frauen hingegen, dass er es tut – auf beiden Seiten ist am Ende die Enttäuschung vorprogrammiert.
– Albert Einstein

»Ich habe den Eindruck, wir machen tatsächlich Fortschritte«, erklärte Linda begeistert. »Ich bin viel glücklicher als vor drei Monaten.«

»Das sind ja wunderbare Neuigkeiten. Freut mich sehr, das zu hören.« Strahlend setzte Annie sich auf ihrem Stuhl zurück. Die Sonne schien durchs Fenster, und man spürte deutlich, dass der Sommer nicht mehr fern war, auch wenn es für Annie bedeutete, dass das Geschäft abflaute: Je wärmer es wurde, umso mehr entwickelten die Leute romantische Gefühle. Und Lust. Dafür strömten jedes Jahr als Folge der stressigen Weihnachtszeit und der deprimierenden Dunkelheit im Januar reihenweise neue Klienten in die Praxis, weil die Leute den Drang verspürten, ihre angeschlagene Beziehung zu reparieren. »Ray, wie empfinden Sie das Ganze?«

»Oh, ich sehe durchaus auch, dass wir weiterkommen«, stimmte er zu und griff mit einem Lächeln nach Lindas Hand. »Wir sind uns näher als seit Langem. Seit Jahren, wenn ich ehrlich sein soll.«

»Und ich fand besonders die Gruppensitzungen großartig«, fügte Linda hinzu. »Diese Workshops sind wirklich eine ausgezeichnete Idee, und es ist so nett, auch mit anderen Paaren ins Gespräch zu kommen und ihre Geschichte zu erfahren. Neulich bin ich Zoe und Julia zufällig in der Stadt begegnet. Sie wollten ein Brautkleid für Zoe kaufen und haben mich eingeladen, sie zu begleiten.«

»Wie nett! Und hat Zoe etwas gefunden?«

»Ja, hat sie. Ein bildschönes Kleid, und sie war völlig aus dem Häuschen.«

»Das ist schön«, meinte Annie lächelnd. »Sie und Simon sind ein tolles Paar. Es ist eine echte Freude, mit ihnen zu arbeiten.«

»Ganz im Gegensatz zu uns, zumindest am Anfang.« Ein Anflug von Beschämung zeichnete sich auf Lindas Miene ab.

»Oh, so habe ich das nicht ...«, begann Annie, aber Linda unterbrach sie.

»Nein, ich muss mich bei Ihnen entschuldigen, Annie. Ich habe mich mit Händen und Füßen gegen die Therapie gesträubt und war Ihnen gegenüber sehr unhöflich, obwohl Sie uns ja nur helfen wollten.«

»Danke, das ist sehr nett von Ihnen, Linda. Aber glauben Sie mir, Sie sind nicht die Erste, die der Therapie anfangs skeptisch gegenübersteht. Aber lassen wir das und konzentrieren wir uns lieber auf Sie beide.« Sie lächelte. »Sie sind sich also einig, dass Sie glücklicher miteinander sind, und Sie wirken auch harmonischer und gehen entspannter miteinander um. Geht es denn auch in den intimeren Aspekten Ihrer Beziehung voran?«

Schlagartig veränderte sich die Atmosphäre im Raum. Ray und Linda blickten zu Boden, und Linda entzog Ray ihre Hand. Lange Zeit sagte niemand etwas.

»Nun ja, wir haben definitiv mehr Körperkontakt zueinander als vorher ...«, begann Ray.

»Aber Ihre sexuelle Beziehung haben Sie noch nicht wieder aufgenommen?«

Ray schüttelte den Kopf. »Nein, das haben wir nicht.«

»Das ist kein Problem«, beruhigte Annie sie. »Wie gesagt, Sie haben bereits große Fortschritte gemacht, und ich hätte ohnehin nicht damit gerechnet, dass Sie zu diesem Zeitpunkt bereits wieder ein aktives Liebesleben führen. Aber wenn Sie, wie Sie ja selbst sagen, einander wieder nähergekommen sind, was hindert Sie daran, auch wieder sexuell aktiv zu sein?«

»Also, ich stehe in den Startlöchern«, witzelte Ray. »Von meiner Seite aus spricht nichts dagegen.«

»Ach so, es ist also wieder mal alles meine Schuld, ja?«, fuhr Linda ihn an. »Herzlichen Dank, dass du mir das noch mal aufs Brot schmierst.«

»Ray, ich will nicht, dass wir wieder an den Punkt gelangen, an dem Sie sich gegenseitig die Schuld zuweisen«, sagte Annie vorsichtig. »Es mag sein, dass es von Ihrer Seite aus keine Hürden mehr gibt, aber Sie müssen auch verstehen, dass Linda vielleicht noch nicht so weit ist. Ihre Vorbehalte müssen Sie ebenfalls berücksichtigen und respektieren.«

Ray sah betreten drein. »Tut mir leid, aber das ist mir erst jetzt klar geworden. Ich wollte doch nur einen Scherz machen.«

»Kein Problem«, gab Annie zurück. »Und es spricht auch nichts dagegen, mit einer Portion Humor an die Sache heranzugehen, solange sich dabei niemand auf den Schlips getreten fühlt.«

Ray nickte.

»Also, Linda, weshalb haben Sie das Gefühl, noch nicht bereit für Sex mit Ray zu sein?«

»Ich ... ich weiß es einfach nicht«, antwortete Linda

verlegen. »Allein bei der Vorstellung wird mir angst und bange. Ich bin viel zu gehemmt.«

»Gehemmt?«

»Ja. Ich fühle mich so sehr unter Druck. Weil wir ... so lange ... nicht mehr miteinander geschlafen haben.« Linda musste sich sichtlich zwingen, die Worte auszusprechen. »Deshalb bekommt das Ganze so eine unglaubliche Bedeutung. Und, ja, ich habe auch Hemmungen, mich auszuziehen, mich zu zeigen. Ich bin keine einundzwanzig mehr.«

»Aber ich habe dir doch schon gesagt, dass das für mich keine Rolle spielt«, unterbrach Ray. »Du bist immer noch die Frau, die ich geheiratet und immer geliebt habe. Außerdem bin ich auch keine einundzwanzig mehr.«

»Aber bei dir ist es etwas anderes«, protestierte Linda.

»Wieso? Glaubst du etwa, ich hätte keine Hemmungen? Ich weiß, dass ich fast keine Haare mehr auf dem Kopf, dafür aber einen Schmerbauch und diese Altmänner-Beine habe, aber ich hoffe, du liebst mich trotzdem noch.«

Lächelnd griff Linda erneut nach seiner Hand.

»Und ist das ein Ziel für Sie?«, hakte Annie nach. »Wünschen Sie sich denn, wieder regelmäßig mit Ray zu schlafen?«

Linda dachte darüber nach. »Ja«, sagte sie schließlich und sah Ray an. »Ja, das wünsche ich mir.«

Ray war sichtlich erleichtert.

»Wunderbar, das sind sehr gute Nachrichten.« Annie lächelte. »Ich schlage vor, wir gehen Schritt für Schritt vor, um zu gewährleisten, dass Linda sich gut dabei fühlt. Sie sollten immer erst dann die nächste Stufe angehen, wenn sie es will. Klingt das akzeptabel für Sie?«

Beide stimmten zu.

»Linda, das bedeutet, dass Sie die Dinge in der Hand haben, was Ihnen hoffentlich das Gefühl gibt, dass der Druck nicht mehr so groß ist. Sie bestimmen das Tempo, und es geschieht nur, was Sie auch wirklich wollen, nicht mehr.«

»Ja, das klingt gut«, sagte Linda.

»Ich würde Ihnen gern ein paar Vorschläge machen, wie diese Schritte aussehen könnten. Wir können sie besprechen, und ich kann sie für Sie zusammenschreiben, sodass Sie sie zu Hause in die Tat umsetzen. Die Schritte sehen so aus, dass Sie sich beispielsweise gegenseitig massieren, ein gemeinsames Bad nehmen und üben, sich lediglich in Unterwäsche oder Badebekleidung wieder in der Gegenwart des anderen wohlzufühlen. Und ich möchte, dass Sie über die Körperzonen sprechen, die Ihnen am unangenehmsten an Ihnen sind, ob es nun Dehnungsstreifen am Bauch oder ein schlaffes Hinterteil oder aber Ihr Bäuchlein und Ihre O-Beine sind, Ray. Ich möchte, dass Sie einander gegenseitig bestärken, dass es kein Problem darstellt, wenn Sie nicht makellos sind.«

»Könnten wir vielleicht endlich aufhören, über meinen Bauch und meine krummen Beine zu reden?«, bat Ray mit gespielter Verärgerung. »Hätte ich gewusst, dass sie für derartigen Wirbel sorgen, hätte ich gar nicht damit angefangen.«

»Ach was, ich bemerke das noch nicht mal richtig«, neckte Linda und tätschelte ihm den Bauch.

»Also, klingt das akzeptabel für Sie?«, fragte Annie.

»Es klingt nach harter Arbeit«, antwortete Linda lachend.

»Beziehungen *sind* harte Arbeit«, gab Annie trocken zurück. »Wenn es sich ganz mühelos anfühlt, stimmt meistens etwas nicht. Aber solange man darum kämpft und leidenschaftliche Gefühle entwickelt, ist das ein Zeichen, dass sie Ihnen wichtig ist und Sie nicht aufgeben.«

»Die Frau weiß, worauf es ankommt«, sagte Ray zu Linda und nickte in Annies Richtung.

»Oh, und ich hoffe, Sie schaffen es, zur nächsten Gruppensitzung zu kommen, da es Ihnen letztes Mal ja so gut gefallen hat«, fügte Annie hinzu. »Ich schicke Ihnen noch genauere Informationen zu, aber schon jetzt kann ich Ihnen verraten, dass ich mir etwas ganz Besonderes überlegt habe …«

Nach der Therapiestunde beschloss Annie, dass sie eine Pause brauchte. Gedankenverloren schlenderte sie den Korridor entlang in Richtung Küche. Ray und Linda waren so weit gekommen, nur noch eine einzige Hürde lag vor ihnen. Ihre Fortschritte waren wirklich bemerkenswert, und sie hoffte wirklich sehr …

»Oh, Entschuldigung«, rief sie, als sie gegen eine Gestalt prallte. »Ich habe nicht aufgepasst«, fügte sie hinzu.

»Es war meine Schuld, ich hatte es eilig«, sagte die Person im selben Moment.

Annie bemerkte, dass ihr der große, schlanke Mann im Anzug – sie blickte geradewegs auf eine Seidenkrawatte und ein perfekt gebügeltes Hemd – bekannt vorkam. Diesen durchtrainierten Oberkörper und den dezenten Herrenduft kannte sie doch! Langsam hob sie den Kopf und blickte in Jamies verheerend schöne blaue Augen.

»Tut mir wahnsinnig leid«, sagte sie errötend. Ihr Herz hämmerte wie verrückt, als sie unwillkürlich an ihre letzte Begegnung denken musste – wie sie eng umschlungen auf ihrem Sofa gelegen und sich leidenschaftlich geküsst hatten.

»Kein Problem«, gab er lässig zurück und strich ihr eine Haarsträhne aus dem Gesicht. Die Geste hatte etwas unfassbar Intimes, gleichzeitig war sie völlig deplatziert in ihrem Arbeitsumfeld. Eine wilde Fantasie kam ihr in den Sinn – wie sie ihn in ihr Büro zerrte, die Tür verriegelte und sich von ihm auf den Schreibtisch werfen ließ, wo er sich schamlos über sie hermachte. Und unartigste Dinge mit ihr tat.

»Ich habe einfach nicht aufgepasst. Alles in Ordnung? Ich habe dir doch nicht wehgetan, oder?« Jamie musterte sie besorgt.

»Nein, nein, mir geht's bestens«, presste sie mühsam hervor und löste sich ein wenig unwillig von ihm. Sie spürte, wie ihr das Blut in die Wangen stieg und sich ein köstliches Prickeln in ihrem Körper ausbreitete, als sie ihn noch einmal genauer ansah. Auch sonst war er bei der Arbeit stets tadellos gekleidet, doch heute trug er einen dunkelgrauen Anzug, der ihm wie angegossen passte, dazu ein blütenweißes Hemd und eine dunkelblaue Krawatte. Er wirkte souverän und professionell wie ein schicker Business-Typ oder ein Filmstar bei einer Premiere. Er sah ... *scharf* aus, dachte Annie in einem spontanen Anfall von Begierde.

»Du siehst ... wirklich schick aus«, bemerkte sie, sorgsam darauf bedacht, ihre Zunge im Zaum zu halten und nicht versehentlich ihre Gedanken laut auszusprechen.

»Danke, freut mich, dass dir mein Outfit gefällt«, sagte er grinsend und mit einem verschmitzten Funkeln in den Augen, als wüsste er ganz genau, was sie dachte. Dann wurde seine Miene weich. »Wie geht es dir?«

»Gut, danke«, antwortete sie schüchtern. »Und dir?«

»Viel zu tun, deshalb hatte ich es auch so eilig. Erinnerst du dich an das wichtige Meeting, das Matt und ich hatten? Tja, wir haben den Vertrag an Land gezogen.«

»Oh, das sind ja wundervolle Nachrichten!«, rief Annie aufrichtig begeistert. »Das ist ein richtig großer Deal, stimmt's?«

»Ein Riesendeal«, bestätigte Jamie. »Heute haben wir einen Termin mit den Finanzleuten, um die weiteren Details zu besprechen – eigentlich sollten sie jede Minute hier sein.«

»Ich freue mich ja so für dich«, sagte Annie strahlend, doch Jamie erwiderte ihr Lächeln nicht. »Was ist?«, fragte sie. »Das ist doch fantastisch, oder nicht?«

»Ja, schon. Ich meine, finanziell gesehen ist es großartig und genau das, wovon wir immer geträumt haben. Gamejacker wollte uns eigentlich aufkaufen und uns einen Angestelltenvertrag aufs Auge drücken, aber wir sind hart geblieben und haben abgelehnt. Und so kam es, dass wir einen Riesendeal mit ihnen geschlossen haben und trotzdem unabhängig bleiben können.«

»Das klingt doch perfekt!«

»Ja«, bestätigte Jamie in einem Tonfall, als wäre er nicht recht überzeugt. »Das Problem dabei ist ... Na ja, wie gesagt, es ist ein Riesenprojekt – viel zu groß für Matt und mich alleine –, deshalb müssen wir Mitarbeiter einstellen und ... in ein größeres Büro ziehen.«

»Toll. Klingt doch nach einer erstklassigen Gelegenheit.« Annies Mund funktionierte wie auf Autopilot, während die Information allmählich in ihr Gehirn sickerte. Er zog in ein neues Büro? Weg aus diesem Gebäude?

»Ja, das ist es wohl, aber es bedeutet, dass wir von hier wegmüssen. Wir haben uns hier immer sehr wohlgefühlt«, fuhr Jamie wehmütig fort, ohne den Blick von

Annie zu lösen. »Außerdem sind die Nachbarn total cool.«

Ein trauriges Lächeln breitete sich auf Annies Gesicht aus. »Wie lange bleibt ihr noch?«, fragte sie, um einen neutralen Tonfall bemüht, obwohl sich ihr Magen anfühlte, als hätte sie eine Bleikugel verschluckt.

»Matt hat die Kündigung schon abgegeben, aber wir können die neuen Räume ab sofort beziehen. Das Ganze soll recht zügig über die Bühne gehen ...«

»Klar.« Annie biss sich auf die Lippe. Einen Moment lang sahen sie einander schweigend an. Annie lagen tausend Dinge auf der Zunge, doch sie war nicht in der Lage, die Worte auszusprechen. Wäre sie einer ihrer Klienten, würde sie ihm raten, den Stier bei den Hörnern zu packen und mit der Sprache herauszurücken, aber sie selbst schaffte es einfach nicht.

»Hör zu ...«, begann sie.

»Annie ...«, sagte Jamie in dieser Sekunde.

Sie brachen in Gelächter aus, und Annie bedeutete ihm, als Erster zu sprechen.

»Ich hatte so viel um die Ohren, dass ich dich noch nicht mal auf dem Flur gesehen habe«, sagte Jamie entschuldigend. »Matt und ich hatten einen Termin nach dem anderen und waren die meiste Zeit unterwegs, aber hast du morgen schon etwas vor?«

Annie schüttelte den Kopf. »Ich habe bis neun Uhr abends Klienten und komme wohl nicht vor zehn hier heraus. Übermorgen?«

Jamie verzog das Gesicht. »Da passt es bei mir schlecht. Es ist der einzige Abend, an dem Matt und ich frei haben, und wir haben uns vorgenommen, uns hinzusetzen und den neuen Vertrag komplett durchzuarbeiten. Er bringt mich um, wenn ich ihn hängen lasse. Freitag?«

»Da bin ich bei meiner Schwester. Ihr Mann ist nicht da, und sie will nicht allein bleiben.«

Jamie nickte. In diesem Moment summte sein Handy. »Verdammt, ich muss mich beeilen, sonst flippt Matt aus. Die Typen müssen jede Sekunde hier sein.«

Wieder sahen sie einander an. Es war offensichtlich, dass jeder von ihnen noch etwas sagen wollte, aber dies war weder der richtige Zeitpunkt noch der richtige Ort dafür.

»Geh nur«, sagte sie. »Wir reden ein andermal.«

»Ich rufe dich an, okay?«, rief Jamie und sprintete den Korridor hinunter.

»Klar. Und noch mal Glückwunsch!«, rief Annie ihm nach. Er drehte sich noch einmal um und grinste sie an, so sexy, dass ihr Herz einen Sprung machte, ehe er um die Ecke verschwand.

Verdammt, sie verliebte sich ernsthaft in diesen Kerl, dachte sie mit einer Mischung aus Erregung und Angst, als stünde sie an einer Klippe, unter ihr das glitzernde blaue Meer.

Sie musste nur noch den Mut aufbringen zu springen.

27

Ich erinnere mich noch daran, wie ich das erste Mal Sex hatte – ich habe die Quittung aufbewahrt.
– Groucho Marx

»Hallo, ihr beiden.« Annie grinste, als Zoe und Simon ihr Büro betraten und sich in die Sessel fallen ließen, als wäre dies ihr zweites Zuhause. Sie hatten es geschafft, innerhalb kürzester Zeit zu Annies Lieblingsklienten zu werden – ihre lockere und offene Art machte die Arbeit mit ihnen zum echten Vergnügen.

»Hi, Annie.« Zoe strahlte sie an. »Wie geht es Ihnen?«

»Gut, danke. Und selbst? Was gibt es Neues?«

»Wir hatten eine großartige Woche«, erklärte Zoe. »Endlich konnten wir das Datum und den Ort für die Trauung festmachen. Am 11. Juli um 14 Uhr.«

»Glückwunsch. Wo findet die Zeremonie denn statt?«

»In St. Stephen's. Das ist die Kirche in dem Dorf, in dem Simon aufgewachsen ist«, antwortete Zoe. »Seine Eltern gehören der Kirchengemeinde an, deshalb war der Pfarrer bereit, uns kurzfristig einen Termin zu geben.«

»Das klingt ja wunderbar.«

»Die Kirche ist sensationell«, schwärmte Zoe. »So urig und altmodisch. Und Linda ... Sie wissen schon ... aus der Samstagsgruppe übernimmt den Blumenschmuck und macht uns einen tollen Preis. Die Kirche wird der reinste Traum sein.«

»Das klingt perfekt«, sagte Annie. »Bestimmt können Sie es kaum noch erwarten.«

»Ich definitiv nicht«, bemerkte Simon trocken. »Ich will bloß die Zeremonie hinter mich bringen und meine Braut endlich flachlegen.«

»Simon!« Zoes Wangen färbten sich rosa. »Ach ja, das hier wollten wir Ihnen noch geben.« Sie zog einen blütenweißen Umschlag mit Annies Namen in silberfarbener Schrift aus ihrer Handtasche. »Das ist die Einladung«, erklärte sie, bevor Annie ihn öffnen konnte. »Sie haben uns wirklich sehr geholfen, deshalb würden wir uns freuen, wenn Sie kämen.«

»Oh, vielen Dank.« Annie war aufrichtig gerührt. »Ich muss im Kalender nachsehen, aber spontan fällt mir nicht ein, weshalb es nicht klappen sollte.«

»Und Sie dürfen auch jemanden mitbringen«, fügte Zoe hinzu.

»Danke.« Annie bemühte sich um eine neutrale Miene, während sie die Einladung zu ihrem Terminkalender legte. »Wie sind Sie mit der Übung zurechtgekommen, die ich Ihnen letztes Mal mitgegeben habe?«

Sie hatte Zoe und Simon gebeten, eine erotische Geschichte mit ihnen beiden als Hauptpersonen zu schreiben und sie sich gegenseitig vorzulesen.

»Es hat Riesenspaß gemacht«, rief Zoe. »Ich habe mir eine Geschichte überlegt, in der ich entführt und in einem Turm eingesperrt wurde. Simon musste zu meiner Rettung herbeieilen und die Wachen überwältigen, um sich dann über mich herzumachen.«

Annie grinste. »Das klingt spannend. Was ist mit Ihnen, Simon?«

Simon schnitt eine Grimasse. »Schreiben ist ja nicht so mein Ding.«

»Aber dafür hast du es super gemacht!«, warf Zoe ein und wandte sich Annie zu. »Ich fand seine Geschichte klasse. Am Ende waren wir beide total scharf aufeinander.«

Simon rutschte verlegen in seinem Sessel herum. »In meiner Geschichte bekam ich eine geheimnisvolle Botschaft, mich in einer großen, feudalen Villa einzufinden. Als ich eintraf, machte Zoe mir die Tür auf ... in scharfen Dessous und so, aber ich durfte sie nicht anfassen. Sie führte mich ins Schlafzimmer und trickste mich aus, sodass ich am Ende splitternackt und an Händen und Füßen gefesselt auf dem Bett lag. Und dann tat sie mit mir, was sie wollte ...«

»Natürlich ging es in der Geschichte noch viel konkreter zur Sache«, fügte Zoe hinzu. »Mein Lieblingsteil war der, als ich für dich getanzt habe und du mich so dringend wolltest, aber du konntest dich noch nicht mal selbst berühren, weil du ja gefesselt warst.«

»Wow, das klingt ja, als hätten Sie Ihr privates *Fifty Shades of Grey* inszeniert«, neckte Annie.

»Oh, ich fand das Buch sensationell«, gestand Zoe kichernd, während Simon nur den Kopf schüttelte.

»Diese Übung habe ich Ihnen aus einem ganz bestimmten Grund mitgegeben«, erklärte Annie. »Wenn Sie erst einmal ein paar Jahre verheiratet sind, ist das Ausleben von Fantasien ein perfektes Mittel, um Ihre Beziehung lebendig zu halten. Sich Ihrem Partner mitzuteilen, ermöglicht es Ihnen, ihn oder sie besser zu verstehen ... einen Eindruck davon zu bekommen, was den anderen antörnt und welches seine heimlichen Sehnsüchte sind. Sind Sie bereit, darüber heute mit mir zu sprechen?«

Zoe und Simon nickten, wobei Simon den Vorschlag

mit sichtlich größerer Begeisterung aufnahm als die Bitte, eine Erotikgeschichte zu Papier zu bringen.

»Wir fangen mit Ihnen an, Simon«, sagte Annie. »Wenn ich mir Ihre Geschichte so ansehe, sind darin deutliche S/M-Elemente zu erkennen – das Thema Bondage, beispielsweise. Ist das eine Fantasie von Ihnen? Etwas, das Sie gern mal ausprobieren würden?«

»Ich denke schon …«, begann er langsam. »Aber nichts zu Abgedrehtes – auf richtig harte Sachen stehe ich eigentlich nicht –, aber, ja, die Vorstellung, auf diese Art gefesselt zu sein, törnt mich durchaus an.«

»Die Vorstellung, die Kontrolle abzugeben und Zoe das Kommando zu überlassen?«

Simon nickte. Zoe und er tauschten einen Blick und lächelten einander an.

»Haben Sie so etwas schon einmal ausprobiert?«, hakte Annie nach. »Sie beide waren in der Vergangenheit ja ziemlich experimentierfreudig, wie Sie mir erzählt haben.«

Unbehaglich rutschte Simon in seinem Sessel herum. »Na ja, ich habe es mal auspr– …« Zoe starrte ihn durchdringend an. »Nein, so was habe ich noch nie getan«, endete er eilig.

»Nein, Simon, raus mit der Sprache. Was wolltest du sagen?« Ein verärgerter Unterton hatte sich in Zoes Stimme geschlichen.

»Gar nichts.«

»Du wolltest sagen, dass du so was schon mal ausprobiert hast, aber nicht mit mir«, drängte sie, wobei ihre Stimme mit jedem Wort lauter wurde. Simon starrte auf den Boden, als wünsche er sich, dass er sich unter ihm auf auftat und ihn verschlang.

»Beruhigen Sie sich, Zoe«, schaltete sich Annie ein.

»Simon will Ihnen gegenüber nur ehrlich sein, und das müssen Sie respektieren.«

Aber Zoe hörte gar nicht zu. »Oh, ich nehme an, das war mit Emily, stimmt's?« Sie spie den Namen förmlich aus.

Annie sah Simon an. »Wer ist Emily?«

»Meine Ex«, presste Simon hervor, den Blick immer noch auf den Teppich geheftet.

»Seine Jugendliebe, mit der er während der gesamten Highschoolzeit zusammen war. Sie haben ihre Jungfräulichkeit aneinander verloren«, platzte Zoe wutschnaubend heraus. »Los, sag es ihr, Simon.«

Simon schluckte unbehaglich. »Wir ... wir waren ein paar Jahre zusammen, aber dann hat sie mich betrogen, und wir haben uns getrennt. Ein paar Monate danach habe ich Zoe kennengelernt.«

»Sie hat ihm das Herz gebrochen, und ich würde nicht beschwören, dass er jemals ganz über sie hinweggekommen ist.« Zoe schien den Tränen nahe zu sein.

»Jeder Mensch hat eine Vergangenheit«, sagte Annie sanft. »Aber jetzt ist Simon mit Ihnen zusammen und will Sie heiraten. Für mich hört es sich so an, als wäre er Ihnen gegenüber sehr ehrlich gewesen, was dieses Mädchen angeht, und Sie sollten ihm vertrauen, dass er ihr nicht hinterhertrauert. Sie ist seine Vergangenheit, Sie dagegen seine Gegenwart und seine Zukunft.«

»Tja, es ist aber ziemlich schwierig, die Vergangenheit hinter sich zu lassen, wenn sie gerade mal ein paar Häuser weiter wohnt und regelmäßig seine Mutter besucht«, gab Zoe zurück.

»Was glaubst du denn, wie es mir geht?«, warf Simon ein. »Dir macht bloß eine einzige andere Frau Kopfzerbrechen. Ich dagegen muss Angst haben, einem deiner

Liebhaber in die Arme zu laufen, wann immer ich in den Pub gehe. Du hast mit halb Norwich geschlafen!«

Zoe fiel die Kinnlade herunter. »Wie kannst du es wagen!«

»Simon, das geht nicht! So etwas können Sie nicht sagen«, warnte Annie.

»Aber es stimmt!«, beharrte er. »Ich habe mit nur einer einzigen Frau geschlafen, und Zoe zerrt das immer wieder aus der Schublade. Soll ich Ihnen mal verraten, wie viele Männer es in ihrem Leben schon gab? Sechzehn.«

Zoe lief dunkelrot an. »So schlimm war ich nun auch wieder nicht. Ich hatte eben eine etwas wilde Phase an der Uni«, erklärte sie Annie. »Aber ich war nicht die Einzige. Es gab den einen oder anderen One-Night-Stand, aber ich habe immer Kondome benutzt. Ich hatte auch ein paar Beziehungen, aber immer nur für ein paar Monate. Und keine hat mir wirklich etwas bedeutet. Jedenfalls bunkere ich nicht in meiner Wäscheschublade heimlich Fotos von meiner großen Jugendliebe.«

Simon starrte sie entgeistert an. »Ich fasse es nicht, dass du ... Aber das sind doch bloß Erinnerungen, mehr nicht. Wir waren zehn Jahre zusammen, und ich kann nichts dafür, dass sie mich zur Hochzeit meines Cousins begleitet hat, mit mir in Urlaub gefahren ist und zum Familienweihnachtsessen eingeladen war.«

»Aber außer dir habe ich noch nie jemanden wirklich geliebt, Simon.« Plötzlich schien Zoe den Tränen nahe zu sein. »Und ich muss jeden Tag mit der hübschen, perfekten, blonden Emily konkurrieren und werde nie gut genug sein.«

Annie beobachtete die beiden besorgt. Es war nicht ungewöhnlich, dass es bei Gesprächen über sensible Themen zu Streit zwischen Partnern kam, aber mit ansehen zu müssen, wie sich zwei so wunderbare junge Menschen – Zoe, die vor Lebensfreude und Optimismus sprühte, und der lässige, umgängliche Simon – gegenseitig an die Gurgel gingen, war bitter.

»Simons einstige Jugendliebe scheint ein Thema zu sein, das Ihnen beiden sehr nahegeht. Denken Sie daran, Gefühle wie Eifersucht oder Unsicherheit sind etwas völlig Normales. Wichtig ist nur, nicht zuzulassen, dass sie alles andere überlagern. Sie beide haben den Entschluss gefasst, zu heiraten und den Rest Ihres Lebens gemeinsam zu verbringen – ein Versprechen, das Sie bislang noch nie jemand gegeben haben, was den Schluss nahelegt, dass keiner von Ihnen bisher je so für einen anderen Menschen empfunden hat. Lassen Sie nicht zu, dass sich so etwas zwischen Sie stellt oder alles kaputt macht.«

Sekundenlang herrschte Schweigen. Annie wartete. Schließlich ergriff Simon das Wort.

»Es tut mir leid, Zoe, ehrlich. Ich wusste nicht ... ich meine, natürlich weiß ich, dass du es nicht magst, wenn ich Emily erwähne, aber ich wusste nicht, wie sehr es dir zusetzt. Emily ist meine Vergangenheit«, sagte er, beugte sich vor und nahm Zoe in die Arme. »Ich liebe dich, und ich will dich heiraten.«

»Obwohl du mich für eine Stadtmatratze hältst?«, maulte Zoe schniefend.

Simon rang sich ein Lächeln ab. »Das habe ich nicht gesagt. Aber du musst auch verstehen, dass ich genauso unsicher bin. Ich bin der Mann hier, ich sollte der Erfahrene von uns sein, was ich aber nicht bin. Da muss ich doch Angst haben, dass all die anderen Jungs viel besser im Bett waren, als ich es bin ... dass sie genauer wussten, wie sie dich scharf machen können und ... wenn ich ganz ehrlich sein soll, dass sie mehr in der Hose hatten als ich. Allein die Vorstellung macht mich ganz verrückt.«

»Oh, Simon.« Zoe kuschelte sich in seine Arme. »Du weißt doch, dass ich den Inhalt deiner Hose genauso liebe wie alles andere an dir. Wir haben doch so viele glückliche Stunden verbracht – du, ich und der Inhalt deiner Hose.«

Alle drei brachen in schallendes Gelächter aus.

»Sie machen das wirklich wunderbar«, sagte Annie erleichtert. »Sie beide konnten gerade ehrlich über Ihre Gefühle sprechen, was sehr wichtig ist, und gemeinsam das Problem in den Griff bekommen. Ich bin sehr stolz auf Sie.«

»Wir sind sehr gelehrige Schüler«, sagte Zoe grinsend. »Also, darf ich jetzt von meinen Fantasien erzählen? Denn ich weiß genau, was ich mir wünsche …«

Sie sah Simon an und zwinkerte ihm zu.

28

Dein nackter Körper sollte nur jenen gehören,
die auch deine nackte Seele lieben.
– Charlie Chaplin

Es war das mit Abstand heißeste Wochenende des Jahres, und Ray und Linda hatten beschlossen, die Gelegenheit zu nutzen, und ihre Familie zum Grillen eingeladen. Vier Enkelkinder spielten kreischend im Garten hinter dem Haus Fangen und suchten die Sträucher nach spannenden Insekten ab, während Roses Mann Adam das brutzelnde Fleisch auf dem Grill im Auge behielt. Ray hatte es sich im Liegestuhl bequem gemacht und unterhielt sich mit Mariannes Mann Daniel übers Golfen, während Linda mit ihren beiden Töchtern bei einem Glas Rosé plauderte.

»Was für ein herrlicher Tag«, sagte sie mit einem zufriedenen Seufzer. »Kaum zu glauben, dieses Wetter.«

»Fantastisch«, bestätigte Marianne und sah Rose an. Die Ähnlichkeit zwischen den Schwestern, die nicht einmal drei Jahre trennten, war unverkennbar. »Alfie, lass sofort den Roller los und gib ihn deiner Schwester zurück«, rief sie laut.

»Will noch jemand einen Burger?«, fragte Adam und wendete das Fleisch ein letztes Mal, ehe er es auf einen Teller gab.

»Ich bin so satt, dass ich keinen Bissen mehr runterkriege«, antwortete Rose.

»Ich glaube, bei mir passt noch einer rein«, sagte Daniel, während die anderen abwinkten.

»Einen Burger will ich nicht mehr, aber ein Bier würde ich noch nehmen, wenn du schon fragst«, sagte Ray lachend. Adam reichte ihm eine Flasche Kronenberg.

»Ray, bist du sicher, dass du keinen Sonnenbrand auf der Glatze bekommst? Du bist schon leicht rot«, warnte Linda.

»Mir machen eher seine Knie Sorgen. Sieht so aus, als hätten sie lange keine Sonne mehr abbekommen«, warf Marianne kichernd ein und deutete auf Rays Shorts.

»He, ihr da drüben, ich kann euch genau hören«, rief Ray gutmütig. »Mir geht's wunderbar, danke. Macht euch um mich keine Sorgen.«

Linda schüttelte liebevoll den Kopf und wandte sich wieder ihren Töchtern zu. »Also, was habt ihr heute Abend noch so vor?«

»Wir werden uns wohl demnächst auf den Weg machen«, antwortete Rose. »Ich will, dass die Kinder zeitig ins Bett kommen, damit wir noch etwas vom Abend haben. Bestimmt sind sie nach dem Tag bei Oma und Opa so erledigt, dass sie schon im Auto einschlafen.«

»Wir auch«, meinte Marianne. »Außerdem muss ich mir für morgen etwas einfallen lassen. Daniel muss für Montag noch etwas für die Arbeit vorbereiten. Er hat gerade ein wichtiges Projekt und flippt aus, wenn sie ihn ständig stören.«

»Wir könnten sie doch nehmen«, schlug Linda vor. »Sie können hier übernachten, und morgen Abend bringen wir sie euch wieder.«

»Würdet ihr das tun?«, fragte Marianne dankbar. »Das wäre eine Riesenhilfe, und wenn es bei euch ginge …«

»Natürlich«, meinte Linda. »Wir nehmen sie doch gern, oder, Ray?«

»Wie?« Ray war so tief ins Gespräch mit Daniel über Europas Chancen beim Ryder Cup versunken, dass er nichts mitbekommen hatte.

»Ich habe zu Marianne gesagt, dass es uns nichts ausmacht, die Kinder heute Abend zu nehmen. Oder?«

Stirnrunzelnd erhob Ray sich aus seinem Liegestuhl. »Tut mir leid, Marianne.« Er legte den Arm um seine jüngste Tochter. »Aber heute Abend geht es nicht, Schatz.«

Linda sah ihn verwirrt an. »Aber natürlich geht es. Wieso sollte es denn nicht gehen?«

»Weil wir für heute Abend schon etwas vorhaben.« Er zwinkerte ihr zu.

In diesem Moment fiel der Groschen, und Linda lief rot an. »Ach, das. Aber das können wir doch auch an einem anderen Abend machen.«

»Nein«, widersprach Ray zu Lindas und Mariannes Erstaunen mit fester Stimme. »Wir haben Pläne und wollen sie nicht wieder umwerfen. Ich hoffe, das ist okay für euch«, fuhr er, an Marianne gewandt, fort. »Die Kinder sind sehr oft bei uns, und wir sagen auch nie Nein, heute aber ausnahmsweise schon, weil wir Zeit für uns brauchen.«

Marianne konnte sich ein Grinsen nicht verkneifen. »Ist er nicht herrlich autoritär, Mum?« Kichernd stieß sie ihre Mutter an. »Ich wusste ja gar nicht, dass er so sein kann. Okay, dann überlasse ich euch euren geheimnisvollen Plänen. Wahrscheinlich mache ich morgen mit den Kindern einen Ausflug, vielleicht fahren wir ja nach Fairhaven. Das Wetter soll ja wunderbar werden.«

»Tut mir wirklich leid«, sagte Linda verlegen. »Du weißt, dass wir sonst immer …«

»Ist absolut kein Problem.« Marianne schien nicht im Geringsten verstimmt zu sein. »Wie Dad ja gesagt hat, nehmt ihr uns die Kinder ständig ab. Ich denke, wir sollten auch langsam los«, fuhr sie taktvoll fort. »Alfie, Mia, sucht eure Sachen zusammen. Zeit, nach Hause zu gehen.«

»Wir sollten auch langsam los. Und Mum und Dad ihren geheimnisvollen Plänen überlassen«, bekräftigte Rose vielsagend und mit verschmitzt funkelnden Augen. Sie wusste zwar nicht genau, was zwischen ihren Eltern in den letzten Wochen vorging, fest stand jedoch, dass sich Lindas Laune merklich gebessert hatte. Sie nahm sich immer wieder für ein paar Stunden im Laden frei und hatte sogar vorgeschlagen, eine zusätzliche Teilzeitkraft zu engagieren, um ihre Arbeitszeit noch weiter zu reduzieren. Was auch immer der Grund sein mochte – es war jedenfalls schön, ihre Eltern zur Abwechslung so glücklich zu sehen.

Eine halbe Stunde später saßen Rose und Marianne und ihre Familien mit gut gefüllten Tupperware-Dosen und Taschen voller Kinderspielzeug in ihren Autos, während Ray und Linda Arm in Arm in der Einfahrt standen und ihnen hinterherwinkten.

»Ich fasse es nicht, dass du das getan hast«, rief Linda, als sie hinter der nächsten Biegung verschwanden. »Was sollen sie denn jetzt von uns denken?«

»Ist doch egal.« Ray zuckte lässig die Achseln. »Sie müssen begreifen, dass wir weder ein Babysitterservice noch ein Geldautomat sind. Wir haben unser eigenes Leben.«

Er drückte Linda an sich und gab ihr einen Kuss aufs Haar, als sie ins Haus zurückkehrten. Linda machte sich sofort auf den Weg in die Küche, ließ heißes Wasser in die Spüle laufen und wusch die Teller ab, ehe sie sie in die Spülmaschine räumte. Es herrschte das blanke Chaos – überall standen leere Salatschüsseln und Teller mit angetrocknetem Ketchup herum, klebriges Grillbesteck lag auf der Arbeitsplatte.

Ray trat hinter sie, schlang die Arme um ihre Taille und drehte den Wasserhahn zu. »Lass das doch«, sagte er und küsste ihren Hals.

»Ich muss das aufräumen, sonst pappt das Fett wie Sekundenkleber an den Tellern und …«

»Ich mache das später«, unterbrach Ray, nahm ihr die leere Salatschüssel aus der Hand und stellte sie beiseite.

»Ray …«, begann Linda, wandte sich ihm zu und sah ihn zögerlich an. »Vielleicht sollten wir es auch gut sein lassen. Es war ein langer Tag, ich bin müde und brauche dringend ein Bad …«

»Wenn du nicht willst, werde ich dich nicht dazu zwingen«, sagte Ray sanft und versuchte, seine Enttäuschung zu verbergen, »aber wir haben Annie versprochen, es zu versuchen. Ich verstehe, dass du nervös bist, aber wir müssen all das überwinden, darum geht es hier doch. Ich würde dich nicht im Stich lassen«, beteuerte er, nahm ihre Hand und küsste ihre Finger. »Möchtest du mit mir nach oben kommen?«

Linda sagte nichts. Behutsam zog Ray sie an den Händen zur Treppe, und sie folgte ihm. Lächelnd führte er sie aus der Küche, die Treppe hinauf und ins Schlafzimmer.

»Gib mir zehn Minuten«, bat Linda, als Ray die Vorhänge zuzog, und floh ins Badezimmer auf der anderen Seite des Korridors. Augenblicke später hörte Ray das Rauschen des Wasserhahns. Er knipste die Nachttischlampen an und schüttelte die Kissen auf, um das Bett so einladend wie möglich zu machen.

Nun, da es ernst wurde, musste er zugeben, dass auch er nervös war. Zwar stand nicht auf dem Plan, dass es heute Abend zum Äußersten kommen würde, doch sie hatten mit Annie vereinbart, dass sie sich Zeit nehmen würden, sich gegenseitig zu erkunden, über ihre Ängste und Komplexe zu sprechen und sich gegenseitig zu bestärken. Eigentlich hatte das Ziel im Vordergrund gestanden, dass Linda sich möglichst gut und entspannt fühlte, doch Ray musste feststellen, dass er auch nicht gerade vor Selbstvertrauen strotzte.

Wenn er in den Spiegel sah, erblickte er einen nicht mehr jungen Mann mit allen dazugehörenden Defiziten – graues Haar, Falten, schlaffe Haut und knorrige Hände. Sein Bauch hing ihm über den Bund seiner Shorts und wurde nicht flach, auch wenn er ihn noch so entschlossen einzog. Seine Körperhaltung war schauderhaft, stellte er fest und straffte die Schultern, wobei ihm auffiel, wie knubbelig seine Knie waren. Er knöpfte sein Hemd auf und überlegte kurz, sich bis auf die Unterwäsche auszuziehen. Aber vielleicht wäre dies zu viel auf einmal für Linda.

Gerade als er sich bückte, um sich die Socken auszuziehen, und spürte, wie sein Rücken protestierte, ging die Badezimmertür auf. Linda trat in ihrem Morgenrock heraus und blieb zögernd im Türrahmen stehen, als hätte sie Angst, das Schlafzimmer zu betreten.

»Und«, sagte sie angespannt, »was machen wir jetzt?«

»Keine Ahnung«, gestand Ray.

Sie sahen einander an und brachen unvermittelt in Gelächter aus.

»Also, ganz ehrlich, was ist das denn?«, stieß Linda zwischen zwei Kicheranfällen hervor. »Seit über dreißig Jahren verheiratet, und ich traue mich nicht, vor dir im Morgenrock herumzulaufen.«

Ray schüttelte den Kopf und wischte sich die Tränen ab. »Komm her.« Er ließ sich auf die Bettkante sinken und bedeutete Linda, sich zu ihm zu setzen. Sie gehorchte, schlug die Beine übereinander und zog den Morgenrock noch enger um sich.

»Das ist nicht fair, du bist vollständig angezogen«, meinte sie.

»Ich hab meine Socken ausgezogen«, wandte er ein, worauf sie erneut lachten.

»Nicht gerade die hübschesten Füße der Welt, was?«, bemerkte Linda: Auf seinen großen Zehen sprossen dunkle Haare, und die Nägel waren völlig vergilbt.

»Du willst also nicht an meinen Zehen lutschen?«, platzte Ray heraus.

Lindas Miene war Antwort genug. »Das hat Annie doch nicht etwa gemeint, oder?«, fragte sie entsetzt.

»Nein, wohl nicht. Aber du solltest mein Selbstwertgefühl steigern, indem du die Körperteile lobst, die ich nicht schön an mir finde. Also«, sagte er herausfordernd, »liebst du meine Füße nun oder nicht?«

Linda durchforstete ihr Gehirn nach einer passenden Erwiderung. »Na ja, lieben würde ich vielleicht nicht unbedingt sagen ...«

»Nein.« Ray schüttelte den Kopf. »Aber genau das musst du sagen. Es steht auf dem Zettel, den Annie uns mitgegeben hat.«

Linda musste grinsen. »Na gut, ich liebe deine haarigen, hässlichen Füße.«

Ray runzelte die Stirn. »Komisch, aber so richtig kaufe ich dir das nicht ab.«

»Das ist das höchste der Gefühle, mehr gibt's nicht«, erklärte Linda, noch immer grinsend.

»Na gut. Was ist mit dir?«

»Mit mir?« Linda fielen auf Anhieb jede Menge Teile ihres Körpers ein, die sie nicht ausstehen konnte, verspürte aber keinerlei Drang, sie Ray auf die Nase zu binden.

»Wie wär's, wenn ich hier mal ziehen würde?« Spielerisch griff Ray nach dem Bindegürtel ihres Morgenrocks.

»Nein!«, rief Linda und riss ihn zurück. »Dafür bin ich noch nicht bereit. Okay, okay, ich hasse meine Beine«, gestand sie und ließ sie vor- und wieder zurückschnellen.

»Was?« Ray starrte sie völlig entgeistert an. »Du hast absolute Wahnsinnsbeine. Das sage ich dir doch ständig.«

»Das ist längst Vergangenheit«, erwiderte sie betrübt. »Die Haut ist ganz schlaff, ich habe Zellulitis an den Schenkeln und eine hässliche Krampfader hier hinten.« Sie deutete auf ihre Kniekehle. »Deshalb will ich inzwischen auch keine Röcke mehr tragen.«

»Linda.« Rays Miene wurde ernst. »Ich liebe deine Beine, und das weißt du auch ganz genau. Sie sind lang und sinnlich und total sexy.« Er streckte die Hand danach aus.

Linda quiekte und schlug sie weg. »Du alberner Mistkerl!«, lachte sie. »Aber jetzt bist du wieder dran.«

»Ich? Was könnte an meinem Äußeren nicht liebenswert sein? Ich bin ein Mann in der Blüte seiner Jahre.« Spielerisch spannte er seinen Bizeps an.

»Entschuldige, wenn ich deine kleine Blase zerstöre, aber Brad Pitt machst du nicht gerade Konkurrenz«, konterte Linda verschmitzt.

»Hey, du solltest doch dafür sorgen, dass ich mich besser fühle!«

»Tut mir leid.« Linda kicherte. »Du hast recht.«

»Wie wär's, wenn wir uns als Ausgleich einfach beide ausziehen?«, schlug Ray mit einem schelmischen Grinsen vor, knöpfte sein Hemd auf und schleuderte es zur Seite, ehe er seine Shorts und seine Unterhose abstreifte und Linda erwartungsvoll ansah.

»Ach, drauf gepfiffen«, rief sie, löste den Gürtel ihres Morgenrocks und ließ ihn von ihren Schultern gleiten. Es fühlte sich seltsam befreiend an – sie konnte sich nur fragen, wieso sie das nicht längst getan hatte. Mit einem Mal schienen ihre Sorgen wegen ihrer leichten Hängebrüste, ihrem Bäuchlein und ihren Winkearmen völlig unwichtig zu sein.

»Sieh uns nur an«, sagte sie leise und betrachtete ihren nackten Ehemann. »Scharfe junge Häschen sind wir weiß Gott nicht mehr, was?«

»Wohl kaum«, bestätigte Ray und nahm ihre Hand. »Aber eigentlich spielt es auch keine Rolle, oder?«

Linda lächelte ihn an. Er hatte völlig recht. Sie hatten einander, hatten drei wundervolle Kinder und konnten glücklich und zufrieden sein. »Nein«, sagte sie und beugte sich vor, um ihn zu küssen, »es spielt überhaupt keine Rolle.«

29

Sex ist der Trost, wenn man keine Liebe empfangen kann.
– Gabriel García Márquez

»Na, so was!«, rief Annie, als sie ihre Schwester erspähte, die auf einer Bank vor dem Castle-Mall-Einkaufszentrum das Gesicht der Sonne entgegenreckte. »Du hast ja schon eine richtige Babykugel!«

»Sieht es nicht aus, als wäre ich einfach nur fett geworden?«, fragte Holly und stand auf, um Annie zu umarmen. »Ich bin gerade in diesem blöden Zwischenstadium, in dem man glauben könnte, ich hätte einfach bloß zu viel Kuchen gegessen.«

»Nein, überhaupt nicht. Du strahlst regelrecht von innen heraus. Und deine Brüste sind der blanke Wahnsinn.«

»Ich weiß. Greg ist komplett aus dem Häuschen.« Holly verdrehte die Augen. »Er will sie ständig befummeln, dabei sind sie leider fürchterlich empfindlich und fühlen sich richtig wund an.«

»Du siehst jedenfalls bombig aus«, beteuerte Annie.

»Danke, ich wünschte, ich würde mich auch so fühlen.«

»Aber grundsätzlich geht es dir gut, oder? Mit dem Baby ist hoffentlich alles in Ordnung?«

»Ja, ja, alles bestens. Die morgendliche Übelkeit scheint tatsächlich vorbei zu sein ... nach dem dritten Schwangerschaftsmonat, so wie alle immer sagen. Die meiste Zeit bin ich ziemlich müde und erschöpft, aber dagegen bin ich wohl machtlos.«

»Sieh zu, dass du genug Ruhe bekommst«, sagte Annie besorgt. »Wir müssen nicht unbedingt shoppen gehen, sondern können uns auch gern in ein Café setzen, und du legst die Füße hoch.«

»Führ mich bloß nicht in Versuchung. Am liebsten würde ich den ganzen Nachmittag abhängen, mich mit Kuchen vollstopfen und behaupten, das Baby verlange danach.« Holly kicherte. »Nein, nein, ich habe Riesenlust, mich ein bisschen umzusehen. Mit dir macht das tausendmal mehr Spaß als mit Greg ... Still-BHs und Sterilisatoren sind eher nicht sein Ding.«

»Wohin gehen wir als Erstes?«, fragte Annie, als sie das Einkaufszentrum betraten.

»Wollen wir zuerst bei Mothercare reinschauen? Ich weiß nicht, ob ich heute schon etwas kaufen will, würde mich aber zumindest gern mal umsehen und mir ein paar Anregungen für Kinderbettchen und Autositze holen.«

»Klar.«

Im Einkaufszentrum herrschte Hochbetrieb – Teenies, die mit ihren Freunden abhingen, und Familien beim Wochenendeinkauf.

»Bald wird es dir genauso gehen«, sagte Annie schadenfroh, als sie eine Frau bemerkte, die versuchte, den Kinderwagen auf die Rolltreppe zu bekommen. Ein Mann blieb stehen, um ihr zu helfen, und die Frau bedankte sich sichtlich erleichtert bei ihm.

»Tja, das ist eine Möglichkeit, als junge Mutter in den Genuss männlicher Aufmerksamkeit zu kommen«, sagte Holly und trat durch die Tür von Mothercare.

Annie fühlte sich wie in einer völlig neuen Welt – einer

Welt voller Milchpumpen, Stilleinlagen und anderen Furcht einflößenden Utensilien, deren Namen sie noch nicht einmal kannte.

»Brustcreme«, las sie laut und nahm eine Tube aus einem Regal. »Ist das dasselbe Zeug, das man auch im Erotikshop bekommt?«

Holly starrte sie finster an. »Nein, Annie, es ist etwas völlig anderes.«

»Oh, verstehe.« Kleinlaut legte Annie die Tube wieder zurück.

Sie gingen weiter in die Bettenabteilung, wo es eine riesige Auswahl aus Korb-Stubenwagen und klassischen Kinderbettchen gab.

»Oh, das ist ja niedlich.« Seufzend zeigte Holly auf ein weißes, mit Beatrix-Potter-Motiven bemaltes Gitterbettchen.

»Wollt ihr das Geschlecht vorher wissen?«, fragte Annie und sah zwischen Peter Hase und Jemina Pratschel-Watschel hin und her.

»Ich denke schon. Demnächst steht die Ultraschalluntersuchung der zwanzigsten Schwangerschaftswoche an, aber wir wollten das Kinderzimmer trotzdem ganz neutral in Weiß- und Cremetönen streichen. Wir lassen es machen – Greg ist ja nicht der große Handwerker –, allerdings ist er alles andere als glücklich darüber, dass wir dadurch das zusätzliche Zimmer verlieren. Ich habe ihm schon gesagt, er soll den ganzen Krempel ausräumen, den er dort eingelagert hat.«

»Armer Greg.« Annie lachte. »Oh, ist der nicht hinreißend?«, rief sie und griff nach einem pastellfarbenen Plüschelefanten.

»Schlummert da etwa ein heimlicher Kinderwunsch?«, neckte Holly, worauf Annie dunkelrot anlief.

»Nein, ich bin nur aus dem Häuschen vor Freude, weil du ein Baby bekommst.«

»Und wann bist du an der Reihe?«

»Hör auf, mich mit deinen Fragen zu löchern. Ich weiß es nicht. Für den Augenblick konzentriere ich mich erst mal darauf, die beste Tante der Welt zu werden. Apropos – eigentlich könnte ich deinem Baby doch diesen Elefanten schenken.« Sie drückte den kleinen Elefanten.

»Danke, das wäre wirklich nett.« Holly lächelte und ging in die Kinderwagenabteilung, während Annie sich in der Kassenschlange anstellte.

Hollys Worte gingen ihr nicht mehr aus dem Sinn – ob sie wohl jemals selbst ein Kind haben würde? Im Augenblick war sie überglücklich mit ihrem Job, aber – auch auf die Gefahr hin, dass sie sich wie ihre Mutter anhörte – das könnte sich eines Tages durchaus ändern.

Annie war sich sehr wohl darüber bewusst, dass sie bald fünfunddreißig wurde und allmählich einen Zahn zulegen sollte, wenn sie noch eine Familie gründen wollte, aber ohne festen Freund, geschweige denn potenziellen Ehemann am Horizont schien die Entscheidung nicht in ihrer Hand zu liegen. Nun ja, es gab immer noch die Samenbank …

»Da ist aber mal jemand völlig in seiner eigenen Welt abgetaucht!« Holly trat mit einem Umstands-BH und einem Strampler für Neugeborene zu Annie.

»Ich habe gerade überlegt, mir einen Samenspender zu suchen.«

Beim Anblick von Hollys entsetzter Miene brach Annie in Gelächter aus. »Nein, nicht ernsthaft, trotzdem gibt einem das Thema schon zu denken, oder?«

»O Annie«, sagte Holly sanft. »Ich wollte nicht, dass du dich schlecht fühlst.«

»Weiß ich doch. Ich freue mich so für dich und weiß, dass das genau das Richtige für dich ist. Du hast Greg, ihr beide seid verheiratet, da ist ein Baby doch der nächste logische Schritt. Bei mir ist das eben nicht so«, seufzte sie. »Ich weiß nicht, ob ich je ein Baby haben werde. Oder ob ich überhaupt eines will.«

Inzwischen waren sie an der Reihe und bezahlten ihre Einkäufe.

»Ich glaube, Tom steht immer noch zur Verfügung«, meinte Holly, als sie mit ihren Tüten den Laden verließen. »Du weißt schon ... falls du einen Samenspender brauchst.«

Annie schnaubte. »So verzweifelt bin ich nun auch wieder nicht.«

»Das würde ich mir an deiner Stelle gut überlegen – das Baby hätte Wahnsinnsbauchmuskeln.« Holly kicherte. »Greg hat übrigens erzählt, er würde neuerdings häufig von dir reden.«

Annie runzelte die Stirn. »Tom? Das kann doch nicht sein. Und was sagt er? Dass ich eine vierzigjährige Psychopathin bin?«

»Nein, eigentlich sagt er lauter nette Dinge über dich. Deine ›Lebhaftigkeit‹ schien ihm gut zu gefallen.« Holly beschrieb mit den Fingern Anführungszeichen in der Luft. »Greg meinte, Tom hätte dich mit einem anderen Mann gesehen und sei deshalb wohl eifersüchtig.«

Annie lachte laut los. »Das ist doch lächerlich!«

Holly zuckte die Achseln und sah ihre Schwester eindringlich an. »Und wer war der Kerl?«

»Was? Ach, das war bloß Jamie.«

»So?« Holly musterte sie argwöhnisch. »Und wer ist ›bloß Jamie‹?«

»Nur ein Büronachbar«, antwortete Annie so beiläufig, wie sie nur konnte. »Wir sind uns neulich zufällig im Kino in die Arme gelaufen und danach noch einen Happen essen gegangen. Und plötzlich ist Tom aufgetaucht.«

Hollys Liebesantennen waren voll auf Empfang, und sie spürte sofort, dass Annie ihr etwas verschwieg. »Und stehst du auf ›bloß Jamie‹?«

»Hör auf, ihn so zu nennen«, maulte Annie und versuchte, das Thema zu wechseln, aber so einfach ließ Holly sich nicht austricksen.

»Also?«

»Holly, hör auf damit.«

»Wieso? Ich bin deine Schwester und muss alles wissen, bis ins letzte Detail.«

Annie holte tief Luft. »Okay, ja, ich stehe auf ihn«, gestand sie. Holly klatschte kreischend in die Hände.

»Halleluja! Dem lieben Gott sei's gepriesen und getrommelt! Zwischen euch läuft also was?«

»Irgendwie schon«, meinte Annie und schilderte in aller Ausführlichkeit, wie sie und Jamie sich regelmäßig bei der Arbeit über den Weg liefen und dass sie vereinbart hatten, regelmäßig zusammen ins Kino zu gehen, dass Jamie neulich zu Besuch gekommen war, von ihrer Küchenkatastrophe und dem restlichen Abend, der mit einer wilden Knutscherei auf dem Sofa geendet hatte.

»Du hast ihn geküsst!« Hollys Augen waren so groß wie Untertassen.

»Ja, aber schrei doch nicht so laut! Ich habe keine Ahnung, was das zwischen uns genau ist, aber jetzt, wo sein Bruder und er diesen Riesendeal mit einem Computerspielekonzern unterzeichnet haben, müssen sie sich ein neues Büro suchen, und ich weiß nicht, ob ich ihn jemals wiedersehe«, endete sie, plötzlich völlig erledigt. Sich alles von der Seele zu reden, fühlte sich an, als wäre ihr eine Zentnerlast von den Schultern genommen worden.

»Aber natürlich siehst du ihn wieder. Der Typ steht total auf dich, das höre ich. Er ist verknallt in dich!«

»Mag sein, trotzdem habe ich das Gefühl, dass er sich etwas zurückhält, und ich habe keine Ahnung, weshalb. Dass die Chemie zwischen uns stimmt, liegt auf der Hand, und ihn zu küssen, war unglaublich, aber ich weiß einfach nicht, wo wir stehen.«

»Vielleicht ist er bloß schüchtern.«

»Sieht ganz so aus.«

»Wieso fragst du ihn nicht einfach? Geh zu ihm ins Büro, pack ihn an der Krawatte, knutsch ihn ab und sag ihm, dass du total scharf auf ihn bist.«

»Das kann ich doch nicht machen!«

»Wieso nicht? Vielleicht denkt er genau dasselbe über dich: ›Ich glaube, sie mag mich, bin mir aber nicht ganz sicher …‹«

»Kann schon sein, aber er ist der …« Annie unterbrach sich abrupt.

Holly sah sie triumphierend an. »Was wolltest du sagen? Dass er der Mann ist und deshalb die Initiative ergreifen sollte? Annie Hall, du erstaunst mich immer wieder. Emmeline Pankhurst würde sich im Grabe umdrehen. Erzählst du das auch deinen Klienten? Dass der Mann die ganze Arbeit machen sollte? Eigentlich sollte es doch gleichmäßig verteilt sein und die Frau sich auch um den Mann bemühen!«

Annie wand sich unbehaglich. Natürlich war das ein Argument. Solange es um ihre Klienten ging, war sie die Vernunft in Person, aber privat …

»Eigentlich waren wir für heute Nachmittag verabredet,

aber er hat abgesagt. Offenbar ist etwas dazwischengekommen«, gestand Annie.

»So was passiert nun mal. Bestimmt hat er gute Gründe dafür. Vertrau ihm.« Holly zuckte die Achseln.

»Mag sein«, seufzte Annie. »Könnten wir jetzt über etwas anderes reden? Eigentlich sind wir doch zum Shoppen hier.«

»Na gut. Du hast mir eine Menge erzählt, deshalb lasse ich es für heute gut sein. Aber sobald es etwas Neues gibt, will ich es erfahren.«

»Das wirst du.« Annie lachte. »Also, wohin jetzt?«

»Lass uns zum Early Learning Center gehen. Ich will mir die Spielsachen ansehen, außerdem brauche ich ein Geschenk für Gregs Nichte. Sie hat am Mittwoch Geburtstag, und wir sind am Wochenende zur Party eingeladen.«

Plaudernd machten sie sich auf den Weg zur Spielwarenhandlung, als Annie abrupt stehen blieb. Im ersten Moment glaubte sie, es müsse ein Irrtum sein, aber als sie ein zweites Mal hinsah, stellte sie fest, dass er es tatsächlich war.

Ihr Herz begann zu hämmern, und sie spürte, wie ihr die Röte in die Wangen stieg.

»Was ist denn?«, fragte Holly.

»Wenn man vom Teufel spricht. Da ist er.«

»Wer?«

»Jamie«, flüsterte Annie, unfähig, den Blick von ihm zu wenden.

Holly fiel die Kinnlade herunter. »Wo?«

»Da drüben.« So diskret wie möglich deutete Annie in Jamies Richtung. »Der Große in der blauen Jacke.«

»Der Typ, der da auf uns zukommt? Mit der Blonden?«

»Was? Oh, ich glaube nicht, dass sie zusammengehören.« Annie kniff die Augen zusammen. Sie war so mit Jamie beschäftigt gewesen, dass sie die Frau gar nicht bemerkt hatte. Aber jetzt, wo Holly es sagte ... sie schienen tatsächlich zusammen unterwegs zu sein. In diesem Moment wandte Jamie sich ihr zu und sagte etwas, worauf die Frau herzhaft lachte. Ja, sie gehörten eindeutig zusammen und schienen sich besorgniserregend wohl in der Gegenwart des anderen zu fühlen.

Annie versuchte, gegen das mulmige Gefühl im Magen anzukämpfen. »Vielleicht ist es seine Schwester«, sagte sie kleinlaut. »Er hat erwähnt, dass er eine Schwester hat.«

»Könnte sein«, meinte Holly und musterte Annie besorgt. »Was willst du tun? Rübergehen und Hallo sagen?«

»Nein«, sagte Annie schnell. »Noch nicht.«

Sie beobachteten, wie Jamie und die fremde Frau weiter in Richtung Early Learning Center gingen und direkt auf sie zukamen. In diesem Moment entstand eine Lücke in der Menge, und Annie erhaschte einen Blick auf etwas – genauer gesagt, *jemanden*, den sie bislang nicht bemerkt hatte. Ein etwa sieben- oder achtjähriges Mädchen ging zwischen Jamie und der Blondine – es hatte die Hände der Erwachsenen ergriffen und schlenkerte sie ausgelassen.

Kurz vor dem Laden wandte sich die Kleine Jamie zu, sodass ihre Zöpfe wippten. »Kaufst du mir was? Bitte, Daddy!«

Die Stimme des Mädchens drang klar und deutlich an ihre Ohren. Annie schnappte nach Luft, machte kehrt und ergriff die Flucht.

Holly folgte ihr auf dem Fuß. »Alles in Ordnung?«

Annie schüttelte den Kopf. »Nein. Nein, absolut nicht.« Sie war starr vor Entsetzen. »Könnten wir vielleicht gehen? Ich glaube nicht, dass ich …«

Holly verstand sofort. »Natürlich, kein Problem. Lass uns verschwinden.«

Noch immer völlig geschockt, ließ sie zu, dass Holly ihren Arm nahm und sie in Richtung Ausgang bugsierte.

30

Manche Dinge sind besser als Sex, andere schlechter, dennoch lässt sich nichts damit vergleichen.
– W.C. Fields

Annie kam sich ein wenig wie eine Fremdenführerin oder eine Lehrerin auf Klassenfahrt vor, als sie im vorderen Teil eines Minibusses stand. Es war ein herrlicher Tag Anfang Juni, und sie – die unverbesserliche Optimistin – trug Shorts, ein Top und mit bunten Glassteinen besetzte Sandalen.

»Los, Annie, raus mit der Sprache. Wohin geht es heute?«, fragte Nick.

»Ja, genau! Spannen Sie uns doch nicht so auf die Folter«, bettelte Simon, der es sich mit Zoe auf dem Rücksitz bequem gemacht hatte.

Acht Paare aus ihrer Samstagsgruppe sahen sie gespannt an. Abgesehen davon, dass sie einen Tagesausflug machen würden, der ein wenig anders ausfallen würde als ihre sonstigen Aktivitäten, hatte sie ihnen keine Hinweise darauf gegeben, was sie erwartete.

»Also, heute geht es ...« Annie hielt inne und kostete die wachsende Spannung aus.

»Los, raus damit!«, rief Ray, worauf alle in Gelächter ausbrachen.

»Zum Strand!«, rief Annie. »Genauer gesagt, nach Great Yarmouth und noch genauer zum Pleasure Beach, dem Vergnügungspark.«

»Vergnügungspark? Das klingt ja fast ein bisschen schlüpfrig!«, rief Zoe.

»Diese Art von Vergnügung ist nicht gemeint, fürchte ich.« Annie grinste. »Aber wenn Sie Ihre Karten richtig ausspielen, könnte es später mit etwas Glück dazu führen.«

»Ist das so etwas mit Achterbahnen und anderen Fahrgeschäften?« Linda sah sie erschrocken an. »Ich bin nicht sicher, ob ich geeignet dafür bin.«

»Sie müssen ja nicht fahren. Oder wir finden etwas Gemäßigteres, ein Karussell oder so.«

»Vielleicht ...« Linda schien nicht recht überzeugt zu sein.

»Heute geht es mir vor allem darum, Ihren Adrenalinausstoß anzukurbeln, damit Sie möglichst viele Endorphine im Körper haben«, erklärte Annie, während der Minibus über den Parkplatz rumpelte.

»Ist das wieder so ein Wissenschaftsding?«, wollte Zoe wissen.

»Ja.« Annie lächelte. »Bitte haben Sie Nachsicht mit mir, aber wie ich Ihnen ja bereits erklärt habe, übernimmt nach drei Jahren Beziehung das Kuschelhormon Oxytocin das Kommando und vermittelt Ihnen das Gefühl von Sicherheit und Geborgenheit bei Ihrem Partner. Was im Grunde eine feine Sache ist, weil es Ihr Vertrauen in Ihre bessere Hälfte fördert, Ihnen hilft, die Liebe aufrechtzuerhalten, und Ihr Glücksgefühl im Allgemeinen fördert. Aber wie wir alle wissen, kann zu viel Behaglichkeit auch Gefahren bergen, deshalb sollten wir uns von Zeit zu Zeit einen kleinen Tritt in den Hintern verpassen. Wenn Sie Angst haben oder in Gefahr schweben – wie zum Beispiel in der Achterbahn oder so etwas –, stößt der Körper allerlei Hormone aus. Und wenn Sie und Ihr

Partner gerade etwas erlebt haben, was Ihr Körper als tödliche Gefahr erkennt, kann Sie dies einander näherbringen und Ihren Sexualtrieb befeuern. Wenn Sie nur knapp dem Tode entronnen sind, setzt der natürliche Fortpflanzungstrieb ein. Also, viel Spaß allerseits.«

»Wollen Sie damit sagen, wir sollen uns – und unsere Partner – regelmäßig mit Absicht in Gefahr bringen?«, hakte Simon nach. »Ich frage nur, ob ich Zoe einmal in der Woche von einem Hochhaus schubsen sollte.«

»Ganz so extrem muss es vielleicht nicht sein«, erwiderte Annie lächelnd. »Aber es ist gut, von Zeit zu Zeit vertraute Pfade zu verlassen und Neues zu wagen, selbst wenn es nur so etwas Albernes wie eine Runde auf der Schaukel im Park ist. Die Wirkung kann ganz ähnlich sein.«

Die Paare lachten und plauderten, während Annie sich auf ihren Platz vorn im Bus setzte, ihre langen Beine übereinanderschlug und aus dem Fenster sah. Sosehr sie vor ihren Klienten gute Laune versprühte – in Wahrheit war sie todunglücklich. Ein Glück, dass sie in den letzten Tagen so mit ihrer Arbeit beschäftigt gewesen war, dass sie kaum an Jamie und ihre Beinahebegegnung im Einkaufszentrum gedacht hatte.

Sie atmete flach und dachte an das Szenario, das sie seither unzählige Male vor ihrem geistigen Auge hatte Revue passieren lassen: Das kleine Mädchen mit den Zöpfen und dem Prinzessinnenkleid hatte Jamie eindeutig *Daddy* genannt, während er selbst sehr vertraut mit der Blondine an seiner Seite gewirkt hatte. War dies seine Familie, die er ihr bislang verschwiegen hatte? Führte er in Wirklichkeit ein Doppelleben?

Es war offensichtlich, dass er sie bewusst in die Irre geführt hatte – sie war bloß ein netter kleiner Zeitvertreib für ihn gewesen, ein harmloser Flirt. Wie oft hatte sie Frauen in ihrer Praxis beraten, die exakt in dieser Situation steckten? Sie dachte an Nick und Julia, daran, wie sehr sie mit Julia nach Nicks Geständnis mitgefühlt hatte. Annie hätte nie gedacht, dass ihr so etwas passieren ... dass sie »die andere Frau« sein könnte.

Sie würde nie wieder ein Wort mit Jamie sprechen. Es war ihr egal, was er zu sagen hatte. Sie war viel zu gekränkt, ihn überhaupt anzuhören. Sie war am Boden zerstört und fühlte sich gedemütigt. Es war, als würde sich die ganze Sache mit Mark wiederholen – sie hatte sich in einen scheinbar tollen Mann verliebt, nur um feststellen zu müssen, dass sich hinter der perfekten Fassade ein völlig anderer Mensch verbarg. Sie hatte eine Art Trugbild erschaffen, ihn insgeheim zu einem Hollywood-Star gemacht, dabei war er in Wirklichkeit nichts weiter als ein Lügner und treuloser Mistkerl. Was stimmte nur nicht mit ihr?, grübelte sie niedergeschlagen. Wieso passierte ihr so etwas bloß wieder und wieder? Dass sie sich in irgendwelche Loser verliebte und falsche Entscheidungen traf?

Blicklos starrte sie aus dem Fenster, vor dem die malerische Landschaft vorbeizog, und schwor sich, nicht zuzulassen, dass sie je wieder so verletzt wurde. Sie würde jeden Kontakt mit Jamie abbrechen und diese Leere an der Stelle, wo einst ihr Herz gewesen war, gnadenlos ignorieren, ebenso wie die übermächtige Sehnsucht, die sie überfiel, wenn sie nachts aus unruhigen Träumen von ihm hochschreckte. Mit der Zeit würde sie lernen, mit dem beklemmenden Gefühl in ihrer Brust zu leben, das ihr den Atem raubte, wann immer sie daran dachte, wie gut sich seine Lippen auf ihrem Mund, seine Hände an ihrem Körper angefühlt hatten. Stattdessen würde sie ihr ganzes Augenmerk wieder auf ihre Karriere richten, so wie es sein sollte.

Sie wünschte nur, es würde nicht so verdammt wehtun.

»Ich kann es kaum erwarten«, rief Zoe und schmiegte sich an Simon. »Ich liebe Achterbahnfahren.«

»Was denkst du?«, fragte Nick Julia leise. »Klingt doch, als könnte es ganz nett werden, oder?«

»Vielleicht.« Julia zuckte die Achseln. »Allerdings bin ich nicht sicher, ob ich wirklich all die schnellen Fahrgeschäfte mitfahren soll. Was ist, wenn ich tatsächlich schwanger sein sollte?«

»Du entscheidest«, antwortete Nick leichthin. »Wir können auch bloß Karussell fahren. Oder diese Bahn mit den Teetassen, falls dir die anderen Sachen zu schnell sind.«

Julia lächelte unwillkürlich. »Mal sehen, wie abenteuerlustig ich bin. Oh, gerade fällt mir ein ...« Sie drehte sich zu Zoe um, die hinter ihr saß. »Leider sind Swagger Jagger, die du am liebsten haben wolltest, schon gebucht. Aber The Hot Shots haben Zeit, deshalb habe ich sie engagiert und auch schon eine Anzahlung geleistet.«

»Das ist ja fantastisch! Danke, Jules.« Zoe strahlte. »Mir wären sie ohnehin lieber gewesen, aber Simon wollte unbedingt Swagger Jagger, und ich habe ihm ausnahmsweise den Vortritt gelassen.«

»Und das ist eine echte Ausnahme, denn in allen anderen Punkten setzt du dich durch ...«, fügte Simon scherzhaft hinzu, während Zoe ihm einen Kuss zuwarf.

»Du kommst doch zum Junggesellinnenabschied, oder?« Zoe wandte sich wieder Julia zu. »Linda hat schon zugesagt, bei Annie bin ich mir nicht sicher. Vielleicht findet sie es ja unprofessionell, private Kontakte zu Klienten zu pflegen.«

»Mit ›Kontakte pflegen‹ meinst du, sich hemmungslos zu betrinken und dann in einer Karaoke-Bar bis auf die Knochen zu blamieren, richtig?« Julia kicherte, als Zoe nickte. »Ich bin definitiv dabei. Ein Mädelsabend ist genau das Richtige.«

»Oh, das wird ein Riesenspaß«, rief Zoe.

Eine gute halbe Stunde später hielt der Bus vor dem Eingang von Pleasure Beach.

»Wir treffen uns um fünf wieder hier, okay?«, sagte Annie zum Fahrer, als alle ausstiegen, sich streckten und ihre Kleider glatt strichen.

»Kein Problem, Annie. Viel Spaß!«, antwortete er und fuhr mit einem kurzen Hupen davon.

Es war ein strahlend schöner Tag mit einer strammen Nordseebrise, und es herrschte Hochbetrieb – offenbar nutzte jeder in der Gegend das gute Wetter. Schon jetzt mischten sich Gelächter und Kreischen mit dem metallischen Rattern und Quietschen der Fahrgeschäfte und ohrenbetäubender Popmusik.

»Oh, ich kann es kaum erwarten«, rief Zoe. »Womit fahren wir als Erstes?«

»Worauf haben Sie denn Lust?«, fragte Annie. »Wir müssen auch nicht unbedingt die ganze Zeit zusammenbleiben. Sehen Sie nur zu, dass Sie pünktlich um fünf wieder hier sind. Ich würde vorschlagen, wir schlendern eine Stunde gemeinsam herum und essen Fish & Chips, und danach kann jeder seiner Wege gehen und den Nachmittag genießen.«

»Klingt cool«, meinte Simon, während die anderen zustimmend murmelten.

»Oh, das Piratenschiff!«, kreischte Zoe. »Können wir damit als Erstes fahren?«

»Dir ist schon klar, dass ich fast sechzig bin, oder?«, wandte Linda ein. »Willst du etwa, dass ich einen Herzinfarkt kriege?«

»Keine Angst, du wirst begeistert sein!«

»Was meinst du?« Linda sah Ray an.

»Wenn du dabei bist, bin ich es auch.« Er lächelte tapfer.

»Ach, pfeif drauf«, erklärte Linda achselzuckend. »Man lebt schließlich nur einmal.«

Die ganze Gruppe schloss sich an, allen voran Zoe, die es kaum erwarten konnte. Auf dem Weg zur Kassenschlange vibrierte Annies Handy. Sie zog es aus der Tasche und las die Nachricht:

Hey, Annie, ich hab es bei dir versucht, aber du hast nicht abgehoben. Hast du morgen Zeit? x J.

Annie zögerte einen Moment, dann löschte sie die Nachricht eilig und verstaute das Handy wieder in ihrer Tasche. Sie war kreidebleich geworden und atmete tief durch. »Hey, Annie!« Sie hob den Kopf und sah, dass Zoe sie besorgt musterte. »Alles in Ordnung? Los, wir können einsteigen.«

Zoe stürmte die Blechrampe hinauf und setzte sich neben Simon, während die anderen ihr folgten und ebenfalls ihre Plätze in dem Riesenschiff einnahmen.

»Mir ist jetzt schon schlecht«, erklärte Linda, obwohl sich das Schiff noch nicht einmal in Bewegung gesetzt hatte. Die Sicherheitsbügel schlossen sich über ihrem Schoß. Linda hielt ihren so fest umklammert, dass ihre Fingerknöchel weiß hervortraten.

»Ich werde dich beschützen.« Grinsend nahm Ray die Hand vom Bügel und legte den Arm um sie.

»Genau davor habe ich ja so Angst.«

Mit einem ohrenbetäubenden metallischen Kreischen setzte sich das Piratenschiff in Bewegung. Linda stieß einen Schrei aus und packte Rays Knie.

»Mein Magen!«, rief sie, als das Schiff in die entgegengesetzte Richtung schwang.

Ray schien bester Dinge zu sein. »So was habe ich seit Jahren nicht mehr getan. Wenn ich mich recht entsinne, war ich mal mit den Kindern in Alton Towers. Weißt du noch?«

»Ich kann jetzt nicht zuhören.« Linda starrte ihn aus weit aufgerissenen Augen an. »Wenn ich mich nicht konzentriere, falle ich noch heraus. Ohhh!« Sie kreischte, als das Schiff immer weiter hochschwang, sodass sich ein atemberaubender Blick aufs Meer bot.

»Sieh mal, freihändig!«, rief Ray, löste beide Hände von der Stange und riss sie hoch, worauf Linda noch lauter brüllte.

»Hör auf, sonst fällst du heraus!«

Hinter ihnen kreischte Zoe vor Vergnügen, während Nick und Julia lauthals lachten.

Nach ein paar Minuten schwang das Schiff allmählich aus und kam vollends zum Stillstand. Unter viel Gelächter und Plaudern stiegen die Fahrgäste aus.

»Ich bin so froh, dass ich wieder festen Boden unter den Füßen habe«, rief Linda.

»Das hast du toll gemacht. Ich bin so stolz auf dich.« Grinsend zog Ray sie an sich und drückte ihr einen Kuss aufs Haar.

»Und, alle Mann bereit für die Wildwasserrutsche?«, rief Zoe eifrig.

»Gib mir wenigstens einen Moment zum Durchatmen!«, bat Linda.

Nick hatte den Arm um Julia gelegt und streichelte zärtlich ihre Taille. Inzwischen hatte sich die Situation zwischen ihnen merklich entspannt, und sie gaben sich alle Mühe, zur Normalität zurückzufinden.

»Amüsierst du dich?«, fragte er dicht neben ihrem Ohr.

»O ja.« Sie sah ihn mit leuchtenden Augen an. »Es ist lange her, seit wir das letzte Mal so etwas getan haben.«

»Allerdings. Es war eine Spitzenidee von Annie«, stimmte Nick zu. »Manchmal ist man so mit diesem Erwachsenenkram zugeschüttet – den Hypothekenzahlungen, all den Rechnungen …«

»Dem Versuch, ein Baby zu bekommen«, ergänzte Julia.

»… dass man vergisst, die gemeinsame Zeit zu genießen und sich zu amüsieren.«

Sie schlenderten zur Wildwasserrutsche, als sie an einer Schießbude vorbeikamen.

Nick tippte Annie an. »Wir kommen gleich nach«, sagte er. »Ich will nur eine Runde schießen.«

»Nick, was machst du denn?« Julia kicherte.

»Ich stelle meine Männlichkeit unter Beweis«, antwortete Nick mit bierernster Miene, schob einen Geldschein über den Tresen und nahm das Gewehr entgegen. »Ich werde dir jetzt einen Teddybären schießen.«

»Aber das brauchst du nicht«, beharrte Julia. »Außerdem sind die Dinger sowieso so eingestellt, dass man nie trifft.«

»Zweifelst du etwa an meinen Fähigkeiten?«, fragte Nick mit gespielter Empörung. »Dann sieh mal schön her.«

Er hob die Waffe und spähte durch das Fernrohr auf die aufgereihten Bären, die mit kleinen Zielscheiben über den Köpfen auf einem Transportband vorüberzogen. Nick beobachtete sie einen Moment, ehe er behutsam den Abzug betätigte. Es gab einen lauten Knall, und die Zielscheibe kippte nach hinten.

»Du hast einen getroffen!« Julia klatschte in die Hände.

Ohne aufzusehen, gab Nick einen zweiten Schuss ab, worauf die nächste Zielscheibe fiel. Julia unterdrückte einen Begeisterungsschrei. Mittlerweile hatte sich eine kleine Menschentraube um ihn gebildet. Falls Nick sich unter Druck gesetzt fühlen sollte, ließ er es sich zumindest nicht anmerken. Stattdessen gab er einen dritten Schuss ab, der ebenfalls ein Treffer war.

»Und damit haben wir einen Gewinner!«, verkündete die Frau in der Bude, worauf die Umstehenden applaudierten. Nick verbeugte sich.

»Du hast es geschafft!« Überschwänglich schlang Julia ihm die Arme um den Hals.

»Wie konntest du daran zweifeln?«, scherzte Nick und drückte sie an sich.

»Sie müssen Ihren Preis noch entgegennehmen«, meinte die Budenbesitzerin. »Bei drei Treffern haben Sie die Auswahl zwischen Winnie Puuh und Scooby Doo.«

»Die sind ja riesig«, stieß Julia erschrocken hervor. Sie waren fast halb so groß wie sie selbst und ebenso breit. »Ich hätte gern Winnie Puuh. Aber den muss ich ja jetzt den ganzen Tag mit mir herumtragen.« Kichernd nahm sie den Riesenbären in Empfang.

»Sei nicht so undankbar«, tadelte Nick im Spaß. »Den habe ich nur für dich geschossen.«

Julia grinste. »Danke«, sagte sie und küsste ihn.

»Keine Ursache. Hey, weißt du was? Wir setzen ihn

ins Kinderzimmer. Dort kann er warten, bis das Baby kommt.«

Julia spürte, wie sie ein Gefühl der Wärme durchströmte. »Das ist eine tolle Idee, Schatz. Genau so machen wir es.«

31

Eigentlich ist Sex nicht so wichtig; nur dann,
wenn man jemanden von Herzen liebt.
– Ava Gardner

Die anderen standen bereits ziemlich weit vorn, als Nick und Julia zu ihnen stießen.

»Los, schnell, kommt her.« Zoe winkte sie herüber.

Vermutlich wären die anderen Gäste nicht gerade begeistert, wenn sie sich vordrängeln würden. »Ach, nicht so wichtig«, wiegelte Julia ab. »Wir warten auf euch.«

»Wo kommt denn der Bär her?«, rief Zoe. »Der ist ja der Hammer!«

»Nick hat ihn für mich geschossen.«

»Ich will auch so einen. Simon, schießt du nachher auch einen Bären für mich?«

»Darauf kannst du wetten!« Schlagartig keimte in Simon der Urtrieb auf, sich mit einem Rivalen zu messen.

Die Schlange schob sich weiter. Nick und Julia suchten sich eine Bank, von der aus sie das Geschehen auf der Wasserbahn verfolgen konnten, und setzten Winnie Puuh neben sich – er war so groß, dass er einen ganzen Platz für sich allein in Anspruch nahm.

Es herrschte reges Treiben – Kinder rannten vorbei, gefolgt von ihren gestressten Eltern, supercoole Teenies schlenderten Arm in Arm mit ihrem neuesten Schwarm herum, während der Duft nach Waffeln und Doughnuts, vermischt mit dem würzigen Aroma von Hotdogs und Röstzwiebeln, heranwehte.

»O Mann, mir knurrt der Magen«, stöhnte Julia. »Ich habe das Gefühl, als hätte ich seit einer Ewigkeit nichts mehr zu essen bekommen.«

»Hat Annie nicht vorhin etwas von Fish & Chips gesagt? Bestimmt dauert es nicht mehr lange«, meinte Nick.

Julia warf ihm einen flehenden Blick zu. »Trotzdem wäre eine kleine Zuckerwatte nett. Eigentlich besteht sie ja sowieso bloß aus Luft.«

»Ob es mit Schwangerschaftsgelüsten wohl genauso wird ... okay, ich habe schon verstanden«, erwiderte er gut gelaunt und erhob sich, um Julia eine Zuckerwatte zu kaufen.

»Danke.« Julia nahm ihm die rosa Watte aus der Hand und schob sich einen Fetzen in den Mund. »Mmm, ist das lecker. Willst du auch was?«, fragte sie und fütterte Nick mit der zuckrigen Süßigkeit.

Grinsend knabberte er an ihrer Hand, worauf Julia in Gekicher ausbrach.

»Oooh, sieh nur!«, rief sie unvermittelt und deutete zur Wasserbahn. »Sie sind schon ganz oben. Da ist Annie!«

Nick kniff die Augen zusammen. »Stimmt. Und direkt dahinter ist Linda. Sie sieht aus, als hätte sie Todesangst.«

»Sie schlägt sich wirklich wacker. Es wundert mich, dass sie all das überhaupt mitmacht.«

»Ob wir solche Sachen in dreißig Jahren auch noch machen, was denkst du?«, sinnierte er.

»Das will ich hoffen«, gab Julia mit einem Anflug von Traurigkeit in der Stimme zurück. Während der Therapiestunden hatten sie unzählige Male über Nicks Fehltritt gesprochen und den Vorfall endlich überwunden, trotzdem machte es sie immer noch traurig, wie Nick so etwas hatte tun können. Und obwohl er stets das Gegenteil beteuerte, wurde sie den Gedanken nicht los, dass sie ihn geradewegs in Ninas Arme getrieben hatte.

»Jetzt geht es los!«, rief er, als sich das schmale Holzfloß in Bewegung setzte und den steilen Abhang hinabschoss. Zoes spitze Schreie drangen herüber, und ihr feuerrotes Haar flatterte im Fahrtwind. Eine gewaltige Fontäne spritzte in die Höhe, als das Floß unten im Becken aufschlug.

»Ich sehe sie nicht mehr. Sind sie nass geworden?«, fragte Julia.

»Annie sehe ich. Sie ist jedenfalls pitschnass.« Nick lachte. »Ich hoffe nur, sie hat Kleider zum Wechseln dabei.«

»Das gibt's doch nicht«, stieß Julia ungläubig hervor.

Ihr fiel die Kinnlade herunter, als das Grüppchen wenige Augenblicke später auf sie zukam. »O Gott, ich bin ja so froh, dass wir hiergeblieben sind.«

Alle waren nass bis auf die Knochen. Annies hellgelbes Top war so durchweicht, dass man ihren BH darunter erkennen konnte, Zoe sah aus, als würde sie geradewegs aus der Dusche kommen, und aus Lindas Sandalen tropfte das Wasser. Die restlichen Mitglieder waren in keinem viel besseren Zustand.

»Wenigstens scheint die Sonne. Bestimmt trocknen die Sachen ganz schnell«, sagte Annie, wie immer darauf bedacht, allem etwas Positives abzugewinnen.

»Hoffentlich. Sonst werden Sie noch wegen Erregung öffentlichen Ärgernisses verhaftet«, bemerkte Simon lachend und deutete auf Annies durchnässtes Shirt.

»Ich glaube, mein Bedarf an Fahrgeschäften ist für

heute gedeckt«, verkündete Linda. »Ich brauche jetzt etwas Ruhigeres.«

»Aber spürst du denn nicht diese Endorphine, die durch deinen Körper pulsieren?«, fragte Ray. »Willst du dich etwa nicht am liebsten hier und jetzt auf mich stürzen und mich vernaschen?«

»Nein, am liebsten würde ich mir trockene Sachen anziehen und eine heiße Tasse Tee trinken«, konterte Linda.

»Hört sich gut an«, meinte Annie. »Hat sonst jemand Hunger?«

»Bärenhunger«, antwortete Simon.

»Wie wär's, wenn wir uns ein Café suchen und etwas essen und trinken, solange unsere Sachen trocknen? Danach kann jeder gerne tun, worauf er Lust hat.«

»Klingt gut«, bestätigte Nick und schloss sich dem Grüppchen an.

Hand in Hand spazierten Nick und Julia nachmittags am Strand entlang. Sie hatten die Schuhe ausgezogen und zuckten jedes Mal zusammen, wenn das eiskalte Meerwasser über ihre nackten Füße schwappte.

Nach dem Mittagessen hatte sich die Gruppe getrennt. Zoe hatte Nick und Julia eingeladen, sie und Simon zu einer weiteren Runde im Vergnügungspark zu begleiten, aber sie hatten beschlossen, etwas Zeit zu zweit zu verbringen. Entspannt schlenderte Julia durch den Sand, wo dick mit Sonnencreme eingeschmierte Kleinkinder spielten oder fröhlich im seichten Wasser planschten.

»Ob unsere Kinder eines Tages auch mal so etwas tun, was glaubst du?«, fragte sie wehmütig.

Nick folgte ihrem Blick zu einem jungen Pärchen, das ein winziges Baby knuddelte – sie wirkten beide restlos übermüdet, aber unglaublich stolz und glücklich. »Ich glaube es nicht nur, sondern weiß es«, erklärte er fest, schlang den Arm um sie und zog sie an sich, als wollte er sie nie wieder loslassen.

»Ich wünsche es mir so sehr«, flüsterte sie, erstaunt über die Intensität seiner Reaktion.

»Jules«, begann er. »Ich weiß, dass wir das wieder und wieder durchgekaut haben, aber ich kann es dir gar nicht oft genug sagen: Was passiert ist, tut mir unendlich leid. Es tut mir leid, und ich schäme mich in Grund und Boden dafür.«

»Schon gut«, beruhigte sie ihn. »Vermutlich war es mit mir auch nicht gerade leicht.«

Aber Nick war nicht bereit, das Thema auf sich beruhen zu lassen. Seit der Therapie bei Annie hatte er festgestellt, dass er sich Julia zunehmend besser öffnen konnte, und verspürte den Drang, sich ihr zu erklären.

»Das ist kein Argument«, meinte er und schüttelte den Kopf. »Und ich muss dir klarmachen, weshalb.«

»Nein.«

»Doch«, beharrte er. »Du musst es verstehen. Ich hatte Angst, war verunsichert und habe mich eingeengt gefühlt. Und ich war eifersüchtig. Dieses Baby, das noch nicht mal in deinem Bauch war, hat all deine Zeit und deine Energie in Anspruch genommen. Und ich musste quasi zusehen, wie sich unser ganzes gemeinsames Leben auflöst. Ich will nicht, dass wir eines dieser stocklangweiligen, lustlosen Paare werden, deren Leben im Grunde mit der Geburt ihrer Kinder endet und das nie ausgeht und nie mehr Sex hat.«

Julia hakte sich bei ihm unter und drückte ihm einen Kuss auf die Schulter. »So werden wir nicht, das verspreche ich dir.«

»Jetzt weiß ich das«, fuhr Nick fort. »Aber zu dieser

Zeit passierte so vieles, und ich konnte einfach nicht sagen, wie ich mich fühle. Heute kann ich noch nicht mal mehr nachvollziehen, wie es mir ging, ich weiß nur, dass ich wütend und genervt war und all das an dir ausgelassen habe.«

»Ich wollte dir nie das Gefühl geben, ausgeschlossen zu sein«, sagte Julia sanft. »Wir hatten darüber geredet, ein Kind zu bekommen, und waren uns einig, dass wir es beide wollen. Und ich habe eben die Dinge in die Hand genommen. Ich konnte an nichts anderes mehr denken und wollte auf keinen Fall, dass sich mir irgendetwas in den Weg stellt. Ehrlich gesagt«, fuhr sie fort und holte tief Luft, »habe ich mich seit dem Umzug hierher ziemlich alleine gefühlt. Du hast die ganze Zeit nur gearbeitet, und ich hatte hier ja niemanden, keine Freunde, keine Familie. Was sich ja jetzt dank Zoe und Simon allmählich ändert. Die beiden sind wirklich klasse. Und ich dachte, mit einem Baby würde alles besser werden.«

Nick lauschte aufmerksam. »Das wusste ich nicht. Schätzungsweise war der Umzug doch ein größerer Einschnitt, als wir dachten.«

»Stimmt. Aber ab jetzt wird alles anders. Wir bauen uns ein neues Leben auf, und alles läuft wieder in den richtigen Bahnen.«

Nick blieb stehen und wandte sich Julia zu. »Du bist das Wichtigste in meinem Leben. Eine Zeit lang habe ich das aus den Augen verloren, aber ich will auf keinen Fall, dass so was noch mal passiert. Ich will, dass du glücklich bist, und tue alles dafür, was in meiner Macht steht.«

»Ich bin glücklich«, flüsterte Julia, schlang die Arme um ihn und zog ihn an sich. »Solange ich bei dir sein kann.«

Nick legte die Arme um ihre Taille. Einen Moment

lang standen sie da, gefangen in der Magie ihrer Liebe, ohne die Menschen am Strand wahrzunehmen.

In Nicks Armen fühlte Julia sich sicher und geborgen. Sie hatten den heftigen Sturm nicht nur überstanden, dachte sie erleichtert, sondern waren gestärkt daraus hervorgegangen – alles, was danach kam, wäre das reinste Kinderspiel.

Ray und Linda saßen im Café mit Ausblick auf den Strand, tranken Tee und teilten sich eine Rosinenschnecke. Sie hatten beschlossen, nach dem Mittagessen nicht zum Pleasure Beach zurückzukehren, sondern stattdessen auf eigene Faust die Stadt zu erkunden und ziellos durch die Straßen und Geschäfte zu schlendern.

Es war Viertel vor fünf. Linda trank ihren Tee aus und sah Ray an.

»Wir sollten allmählich gehen, schließlich wollen wir nicht zu spät kommen.«

Ray biss sich auf die Lippe und warf Linda einen eigentümlichen Blick zu. »Ja, apropos gehen …«

»Was ist?« Linda musterte ihn argwöhnisch.

»Ich habe eine kleine Überraschung für dich«, gestand Ray. »Ich hoffe nur, sie gefällt dir auch.«

»Was hast du denn jetzt wieder angestellt?«

»Ich … na ja, ich habe uns ein Zimmer im Hotel gebucht.«

Linda fiel beinahe die Teetasse aus der Hand. »Du hast *was* getan? Wann?«

»Es ist alles arrangiert. Annie weiß Bescheid«, erklärte Ray eilig. »Sie erwartet uns nicht zurück, es sei denn, du willst unbedingt heute noch nach Hause.« Der Ausdruck in seinen Augen verriet, wie sehr er sich wünschte, dass es nicht so war.

»Du hast eine Art Liebeswochenende eingefädelt?«

»Nein, so darfst du das nicht sehen! Ich wollte dich einfach nur an unser erstes gemeinsames Wochenende erinnern. Damals, in Cromer.«

»Aber was sollen die anderen denken, wenn wir nicht zum Bus kommen?«

»Das spielt keine Rolle. Hier geht es nur um dich und mich.«

»Und wie kommen wir nach Hause, wenn nicht mit dem Bus?«

»Wir können den Zug nehmen. Rose hat mir den Fahrplan ausgedruckt.« Ray zog ein Blatt Papier aus der Gesäßtasche seiner Hose.

»Rose weiß also auch Bescheid?«, fragte Linda ungläubig. »Hat sie dir etwa bei der Planung geholfen?«

»Schätzungsweise findet sie, dass es uns guttut.«

»Aber ich habe gar nichts bei mir«, wandte Linda ein. »Weder Zahnbürste noch frische Unterwäsche.«

»Uns bleibt noch eine halbe Stunde bis Ladenschluss. Wir könnten das Nötigste einfach kaufen.«

Linda schlug sich erschrocken die Hand vor den Mund. »Und ein Nachthemd habe ich auch keines. Und du keinen Schlafanzug. Wir können doch nicht einfach alles neu kaufen.«

»Dann schlafen wir eben … nackt«, schlug Ray vergnügt vor.

Linda starrte ihn mit offenem Mund an und wurde rot. »Ray Anderson, du bist ein echter Teufel.«

»Aber genau dafür liebst du mich doch.« Ray bemühte sich um einen lockeren Tonfall, trotzdem konnte er nicht abstreiten, dass er auf ein Ja von ihr hoffte.

»Ja. Ja, das tue ich.« Linda war bewusst, was diese Übernachtung für sie beide bedeutete – sie würden »es«

endlich tun. Zum ersten Mal seit über einem Jahr würden sie sich wieder lieben – eine Vorstellung, die sie ziemlich nervös machte. Und ... erregt, stellte sie fest. Es war, als hätte sie plötzlich wieder Schmetterlinge im Bauch, so wie damals, beim allerersten Mal.

»Also, was sagst du dazu?«, fragte Ray und sah auf die Uhr. »In zehn Minuten fährt der Bus. Willst du nach Hause fahren oder lieber hier mit deinem Ehemann ein Liebeswochenende verleben?«

Linda hielt inne. Ein leises Lächeln spielte um ihre Mundwinkel. »Ich denke ... wir sollten uns auf den Weg machen und eine Zahnbürste und eine Unterhose für mich besorgen.« Sie lächelte.

Ray zwinkerte ihr zu. »Das ist die richtige Einstellung.«

32

Ich finde bekleidete Frauen sehr sexy. Und wenn sie sich später ausziehen, hast du gewonnen.
– Groucho Marx

»Du meine Güte«, rief Linda. »Ich fasse es nicht! Du hast ein Zimmer im The Grand reserviert. Da hast du dich nicht lumpen lassen!«

Das Grand befand sich auf der Marine Parade, einem Teilstück der Golden Mile, die entlang des Ufers von Great Yarmouth verlief. Es war ein imposantes Gebäude im viktorianischen Stil aus den Glanzzeiten der englischen Seebäder. Zwar hatte es seither etwas von seiner Pracht eingebüßt, trotzdem war es immer noch das erste Hotel am Platz und eine architektonische Augenweide.

»Für dich nur das Beste«, erklärte er.

»Das ist etwas anderes als die winzige Pension in Cromer«, murmelte Linda auf dem Weg zur Rezeption. Mit der geschwungenen Freitreppe, den römischen Säulen und üppig verzierten Kronleuchtern spiegelte die Lobby die Pracht der Fassade wider. Auch von innen war erkennbar, dass das Hotel schon bessere Zeiten gesehen hatte, trotzdem hatte der patinierte Charme etwas Rührendes.

»Mr. und Mrs. Anderson«, sagte Ray zu der jungen Frau an der Rezeption. »Glaubst du, sie nimmt uns ab, dass wir verheiratet sind?«, raunte er, als sie die Reservierung überprüfte.

»Ich weiß nicht recht.« Linda kicherte. »Vielleicht glaubt sie, ich sei deine Geliebte.«

»Sie haben die Honeymoon Suite gebucht, richtig?«, fragte die Rezeptionistin und sah sie erwartungsvoll an.

»Ja, das ist richtig«, bestätigte Ray, während Linda mit offenem Mund daneben stand.

»Die Suite befindet sich in der obersten Etage und bietet einen herrlichen Blick aufs Meer. Sie finden eine Gratisflasche Sekt auf dem Zimmer, das Frühstück ist im Preis inklusive und wird zwischen acht und zehn Uhr im Speisesaal serviert.« Sie reichte Ray die Schlüssel.

»Herzlichen Dank.« Ray lächelte.

»Die Honeymoon Suite?«, stieß Linda halblaut hervor, als sie zum Lift gingen, der sie ins oberste Stockwerk brachte. Sie gingen den Korridor entlang zur einzigen Tür auf der Etage.

»Das ist ja wunderschön«, hauchte sie, als sie Ray hineinfolgte. »Und größer als unser Wohnzimmer zu Hause.«

Der Raum war in einem etwas altmodischen, plüschigen Stil eingerichtet, der perfekt den Charme des Hauses widerspiegelte. Es gab ein Himmelbett aus dunklem Holz mit geblümter Tagesdecke und passenden Vorhängen mit Schabracken und Raffhaltern. Durch eines der geöffneten Fenster drangen das Kreischen der Möwen und die frische, salzige Meerluft herein.

»Okay, Mrs. Anderson, soll ich die Prickelbrause aufmachen?« Grinsend nahm Ray die Flasche aus der Minibar.

Linda schüttelte den Kopf. Plötzlich war sie nervös und angespannt; ihr war klar, was als Nächstes kommen würde, allerdings wusste sie nicht, ob sie auch bereit dafür war.

»Das ist alles so albern«, kicherte sie. »Was um alles in der Welt machen wir hier?«

Ray stand wie ein begossener Pudel da, und Linda bereute augenblicklich ihre schnippische Bemerkung.

»Ich wollte nicht … ach, los, schenk mir ein Glas ein«, sagte sie. Bestimmt würde ein Gläschen helfen, ihre Nerven zu beruhigen.

Mit einem lauten Ploppen sprang der Korken heraus, und Ray blickte sich suchend um. »Ich sehe nirgendwo Gläser«, sagte er ungläubig lachend. »Dann nehmen wir eben die dort.« Neben einer Auswahl Teebeutel und Instantkaffeeportionen standen zwei Teebecher. »Oder soll ich unten an der Rezeption anrufen?«

Linda trat aus dem Badezimmer, wo sie die Whirlpoolwanne bewundert hatte. »Ach, lass doch. Hier sind welche.« Sie brachte zwei Plastikbecher mit, die neben dem Waschbecken gestanden hatten.

Ray schenkte ein, dann setzten sie sich nebeneinander auf die Bettkante und stießen an.

»Das ist ein Leben, was?«, meinte Ray lachend. »In einem Hotel, das auch schon bessere Zeiten gesehen hat, billigen Sekt aus dem Zahnbecher trinken …«

»Sag so was nicht«, tadelte Linda. »Ich finde, es ist alles absolut perfekt.«

»Ehrlich?«

Linda nickte. »Ich bin hier mit dir, und alles andere spielt keine Rolle.«

Ray beugte sich zu ihr und küsste sie zärtlich, doch er spürte, wie Linda stocksteif wurde, und zog sich zurück.

»Entschuldige … entschuldige bitte«, sagte sie. »Ich bin bloß so nervös. Obwohl es lächerlich ist, oder?«

»Nein.« Ray schüttelte den Kopf. »Aber ich will dich

nicht unter Druck setzen. Wir haben alle Zeit der Welt und können alles so machen, wie es für uns richtig ist. Das heißt, wenn du es überhaupt willst.«

Beim Anblick seiner hoffnungsvollen, wenn auch zögerlichen Miene spürte Linda, wie sie eine Woge der Zuneigung zu ihm überkam. »Ja«, sagte sie. »Ja, ich will es.«

»Und kein albernes Gerede mehr von wegen, ob ich dich auch wirklich heiraten wollte oder lieber mit Gott-weiß-wem zusammen gewesen wäre. All das ist unwichtig. Ich habe dich geheiratet, weil ich dich liebe, und das tue ich immer noch. Mehr als je zuvor.«

»Ich liebe dich auch«, flüsterte Linda tränenerstickt. »Und ich wünsche mir, dass dies ein Neubeginn für uns wird. Ich habe das Gefühl, als hätten wir eine Menge versäumt.«

»Das wird es«, versprach Ray. »Und ab jetzt werden wir unsere gemeinsame Zeit genießen. Wir haben eine Menge nachzuholen.« Er näherte sich ihr erneut.

Linda sah ihn an – er war nicht länger der junge, gut aussehende Mann, den sie geheiratet hatte. Er hatte den Großteil seiner Haare verloren, und die wenigen, die er noch besaß, waren schütter und grau. Tiefe Furchen gruben sich in sein Gesicht, und sein einst straffer, fester Körper war weich und schlaff geworden. Trotzdem war er ihr Mann, der Vater ihrer drei wunderbaren Kinder. Und sie liebte ihn.

Auch sie war nicht länger die Frau, die er geheiratet hatte – das zierliche, junge Ding im Miniröckchen mit der dichten Mähne und dem glatten, hübschen Gesicht war für immer verschwunden. Stattdessen war sie eine Frau jenseits der mittleren Jahre, mit einem von Schwangerschaftsstreifen übersäten Bauch und runderen Hüfen.

Aber sie wusste, dass Ray all das liebte und dass seine Liebe bedingungslos war.

Diesmal wich sie nicht zurück, als er sie küsste, sondern erwiderte seinen Kuss hingebungsvoll. Sie spürte, wie die Leidenschaft in ihr erwachte, all die so lange unterdrückten Gefühle sie durchströmten. Mit genüsslicher Langsamkeit knöpfte sie Rays Hemd auf und seufzte, als er sich vorbeugte, um ihren Hals zu küssen. Draußen brach allmählich die Dämmerung herein, und der Mond ging auf. Doch Ray und Linda waren so darin versunken, einander wiederzuentdecken, dass sie von all dem nichts mitbekamen.

Linda erwachte, als ein Lichtstrahl durch den Spalt zwischen den Vorhängen fiel. Einen Moment lang wusste sie nicht, wo sie sich befand, doch dann rollte sie herum und ... Sie war splitternackt. Es musste mindestens dreißig Jahre her sein, seit sie das letzte Mal nackt im Bett gelegen hatte. Damals, während ihres Spanienurlaubs, als es nachts so unerträglich heiß gewesen war. Die zerwühlten Laken fühlten sich warm und weich an. Beim Gedanken daran, was am Abend zuvor geschehen war, lächelte sie.

Ray schlug blinzelnd die Augen auf und lächelte ebenfalls. »Morgen, meine Schöne.«

Linda kicherte. Sie wusste, dass sie sich wie ein Teenager benahm, aber sie war viel zu glücklich, um sich deswegen einen Kopf zu machen. »Morgen, mein Hübscher.«

Ray beugte sich herüber, um sie zu küssen, und Linda schob bereitwillig ihr Bein zwischen seine Schenkel.

»Wir haben eine Menge nachzuholen, wie du schon gesagt hast«, murmelte sie verführerisch.

»Bist du sicher? Wir verpassen das Frühstück.«

»Wen kümmert's? Ich habe alles, was ich brauche.«

Zu Lindas großer Erleichterung wurden sie beim Auschecken von einer anderen Rezeptionistin bedient – es wäre ihr zu peinlich gewesen, wenn jemand gesehen hätte, dass sie dieselben Sachen trugen wie am Vorabend und reichlich zerwühlt aussahen.

Händchen haltend und mit einem breiten, albernen Grinsen auf den Gesichtern standen sie am Empfang und gaben den Schlüssel zurück.

»Ich hoffe, es war alles zu Ihrer Zufriedenheit und Sie haben Ihren Aufenthalt bei uns genossen«, sagte die Rezeptionistin lächelnd.

»O ja«, antwortete Ray und zwinkerte Linda zu. »Alles war absolut perfekt.«

33

Das Leben ist wie Sex – nicht immer gut,
aber definitiv immer einen Versuch wert.
– Pamela Anderson

»Julia! Hier drüben! Oh, und Linda ist ja auch dabei!«

Zoe schwankte gefährlich auf ihren hohen Absätzen, als sie aufsprang und den beiden Frauen am anderen Ende der proppenvollen Bar zuwinkte.

»Zoe!«, rief Julia. »Du siehst hammermäßig aus.«

Zoe trug einen schwarzen Mini und ein goldfarbenes Paillettentop dazu, eine Kombination, die ihre perfekte Figur zur Geltung brachte. Ihr langes rotes Haar fiel ihr offen über die Schultern. Auf ihrem Kopf thronte ein glitzerndes Plastikdiadem, und sie hatte sich eine rosa »Braut«-Schärpe über die Schulter drapiert.

Überschwänglich drückte sie Julia und Linda an sich. »Tausend Dank, dass ihr gekommen seid!« Man sah ihr an, dass sie nicht mehr ganz nüchtern war. »Mädels, das sind Julia und Linda«, rief sie dem halben Dutzend Mädchen zu, die alle winkten und die Neuankömmlinge begrüßten.

»Hier.« Eine hübsche Brünette mit einer »Chef-Brautjungfer«-Schärpe drückte Linda und Julia zwei »Braut-Bodyguard«-Schärpen in die Hand. »Die müsst ihr tragen – oberste Pflicht.« Grinsend sah sie zu, wie sich die beiden die Schärpen umhängten.

»Das ist Claire«, stellte Zoe sie vor. »Sie ist meine

beste Freundin und extra aus Chester hergekommen. Wir kennen uns schon seit dem Kindergarten und haben früher immer die Songs aus *Grease* gesungen. Ich war Frenchy ... wegen meiner Haare«, plapperte Zoe.

»Freut mich, Claire.« Linda lächelte ihr zu, während Julia sie umarmte.

»Los, setzt euch zu uns.« Einladend tätschelte Zoe die freien Plätze neben sich auf der Bank. »Kommt neben mich. Und dann müssen wir euch dringend einen Cocktail besorgen.«

»Ach ja, wie lief es denn mit den Cocktails?«, erkundigte sich Julia.

Zoe hatte mit den anderen Mädels am Nachmittag einen Cocktailkurs absolviert, an dem Linda und sie nicht teilgenommen hatten, da sie Bedenken hatten, sich zwischen all den Mittzwanzigerinnen deplatziert zu fühlen.

»Er war eine echte Sensation! Und die Cocktails sind fantastisch geworden. Hier, den musst du probieren, Linda.«

»Was ist da drin?«, fragte Linda und beäugte argwöhnisch die leuchtend grüne Flüssigkeit.

»Wodka und Blue Curaçao, gemischt mit Ananassaft. Wenn man Blau mit Gelb mischt, kommt Grün heraus. Das ist genauso wie in der Grundschule beim Malen mit Wasserfarben.«

Vorsichtig nippte Linda daran. »Er ist ... sehr süß«, meinte sie, musste jedoch zugeben, dass er besser schmeckte, als es aussah.

»Ich hab schon ein paar von denen intus«, gestand Zoe, während Linda das Glas Julia zuschob, die einen großen Schluck nahm und zusammenzuckte. »Ihr könnt auch etwas anderes bestellen, wenn ihr ihn nicht mögt. Wie wär's mit einem Sex on the Beach? Oder einem Screaming Orgasm? O Gott, was würde ich jetzt für eines von beiden geben«, stöhnte sie. Erst nach ein paar Sekunden dämmerte Julia, dass sie nicht von den Cocktails sprach.

»Bald kriegst du ja wieder beides«, kicherte Julia. »Nur noch zwei Wochen bis zur Hochzeit.«

»Ich zähle schon die Tage. Zwar sind wir inzwischen beide schon im absoluten Ausnahmezustand, aber trotzdem immer noch fest entschlossen, es zu schaffen.«

»Prima. Und hat es sich gelohnt?«, fragte Julia.

»Das sage ich dir nach der Hochzeitsnacht.« Zoe zwinkerte. »Fest steht, dass es eine hochinteressante Erfahrung war. Und eine, die ich auf keinen Fall wiederholen will ...«

»Schon komisch, wie das Leben so spielt«, sinnierte Linda. »Du und Simon ... ihr versucht verzweifelt, es nicht zu tun, während Ray und ich ...« Sie hielt inne und sah einen Moment aus, als bereue sie, überhaupt davon angefangen zu haben. »Nun ja, bei uns war das genaue Gegenteil der Fall.«

»Was?« Zoe riss die Augen auf. »Deshalb seid ihr also bei Annie.« Sie winkte einen Kellner heran und bestellte eine weitere Runde.

Linda nickte und zupfte nervös am Saum ihrer weiten Tunika, die sie mit einer Glitzer-Strickjacke und einer schlichten schwarzen Hose trug.

»Wir haben uns schon Gedanken gemacht, stimmt's, Julia?«, fuhr Zoe fort, deren Hemmungen mit jedem Glas schwanden. »Damals, als wir dich bei Jarrold's in der Dessous-Abteilung gesehen haben, dachten wir, du wärst vielleicht eine Nymphomanin.«

Linda verschluckte sich um ein Haar an ihrem Woo Woo, den der Barkeeper ihr gerade serviert hatte. »Nein, in Wahrheit ist das genaue Gegenteil der Fall. Du meine Güte, wenn ich das Ray erzähle, lacht er sich tot.«

»Und helfen euch die Sitzungen bei Annie?«, fragte Julia und trank einen Schluck von ihrem mit einem Herzstrohhalm verzierten Cosmopolitan. Sie hatte überlegt, ob sie sich einen Drink erlauben durfte, war jedoch zu dem Schluss gelangt, dass einer – oder zwei, je nachdem, wie der Abend lief – bestimmt nicht schaden würde.

»Ja, tun sie«, antwortete Linda. »Annie sagt uns ständig, dass wir wirklich Fortschritte machen, und ich merke, dass sich unsere Beziehung sehr zum Besseren verändert hat. Ehrlich gesagt, bin ich nicht sicher, wie oft wir überhaupt noch hingehen sollen.«

»Das verstehe ich vollkommen«, sagte Zoe. »Simon und ich haben in der Woche vor der Hochzeit noch einen Termin, aber danach wird's das wohl gewesen sein. Zumindest, wenn alles gut läuft.« Sie kicherte. »Sollten wir in einem halben Jahr wieder auftauchen, wisst ihr, dass wir ein größeres Problem am Start haben.«

»Vielleicht wäre eine Therapiesitzung ab und zu ganz sinnvoll«, meinte Julia. »Nur um sicherzugehen, dass alles rundläuft.«

»Oder die Gruppenstunden«, meinte Linda. »Ich finde, die Übungen helfen wirklich. Vielleicht bleiben wir ja dabei.«

»Ja, die sind jedes Mal prima.« Zoe grinste. »Und Annie ist toll. Ich wünschte, sie wäre heute Abend mitgekommen.«

»Ja genau, wieso ist sie eigentlich nicht hier?«, fragte Linda. »Hast du sie eingeladen?«

Zoe nickte. »Ja, und zur Hochzeit auch. Für die Feier hat sie auch zugesagt, aber ich hatte nicht den Eindruck, dass sie große Lust hatte, mit uns heute Abend um die Häuser zu ziehen.«

»Schade«, sagte Julia kopfschüttelnd. »Wäre nett gewesen, sie mit dabeizuhaben.«

»Ja, ich kann mir gut vorstellen, dass man sich mit ihr prima amüsieren kann.« Zoes Augen leuchteten. »Sie kann es bestimmt anständig krachen lassen, jede Wette.«

In der Bar herrschte derartiger Trubel, dass sie regelrecht schreien mussten. Der DJ in der Ecke spielte Pop-Schnulzen, und die schwarz-weiß geflieste Tanzfläche war in buntes flackerndes Licht getaucht. Immer mehr schick gekleidete Mädels und Typen, allesamt Singles und unübersehbar gespannt, was der Abend wohl bringen würde.

Julia und Linda tranken ihre Cocktails aus und beschlossen, sich eine Flasche Wein zu teilen, ehe sie sich Zoes Freundinnen auf der Tanzfläche anschlossen.

»Und? Gefällt es euch?«, rief Zoe, die sich zu den Klängen von Beyoncés *Crazy in Love* bewegte.

»Ich amüsiere mich prächtig«, antwortete Linda, die ein ganz klein wenig beschwipst zu sein schien. »Ich hatte Angst, dass ich mich deplatziert fühlen könnte, aber alle sind schrecklich nett.«

»Das freut mich!« Zoe strahlte sie an. »Du musst Ray sagen, dass er dich mal wieder ausführen sollte.«

»Vielleicht. Er versucht doch ständig, unsere Jugend wieder aufleben zu lassen. Vielleicht sollte ich ihn ja mal mit seinen eigenen Waffen schlagen und ihn in einen Nachtclub ausführen.«

»Auf der Tanzfläche kann man ja die wildesten Sachen treiben!« Zoe kicherte.

»Und wie …«

»Ich fasse es nicht, dass du schon bald verheiratet sein

wirst«, sagte Julia zu Zoe und schlang spontan die Arme um sie. »Du siehst immer noch so jung aus. Aber du und Simon werdet ein wunderschönes Paar sein.«

»Danke, Julia.« Zoe drückte sie fest an sich. »Du bist die beste Hochzeitsplanerin, die man sich nur wünschen kann. Ich weiß nicht, was ich ohne dich getan hätte.«

Julia winkte ab. »Es hat einen Riesenspaß gemacht. Ehrlich, ich glaube, du ...« Sie verstummte und spähte an Zoe vorbei.

»Was ist denn?« Zoe drehte sich um und folgte Julias Blick. Ein muskelbepackter »Polizist« mit Pilotenbrille und höchst dubios aussehender Uniform betrat die Bar. »O mein Gott!«, kreischte sie und wirbelte zu ihren Freundinnen herum. »Ihr habt doch nicht etwa ...«

Der Typ kam geradewegs auf Zoe zu, die ihn mit offenem Mund anstarrte. Breitbeinig blieb er vor ihr stehen und stemmte die Hände in die Hüften.

»Zoe Miller?«, raunte er mit leiser Verführerstimme.

Zoe bekam vor Lachen kaum einen Ton heraus, sondern konnte nur mit Mühe nicken.

»Ich bin Officer Hotrod«, erklärte er und zog ein Paar Handschellen heraus. »Ich muss Sie leider festnehmen, weil Sie ... so verdammt sexy sind.«

Er nickte in Richtung des DJs, worauf prompt *I'm Too Sexy* aus den Lautsprechern drang. Kreischend schlug Zoe sich die Hände vors Gesicht.

Der falsche Polizist begann, die Hüften zu wiegen, nahm seine Mütze ab und setzte sie Zoe auf, die knallrot anlief, während sich ihre Freundinnen unter hysterischem Gelächter um sie scharten. Mit einer abrupten Bewegung riss er sein Hemd auf, unter dem seine gebräunte, muskelbepackte Brust zum Vorschein kam.

»Wow! Nicht übel, was?«, raunte Julia Linda zu.

»Ich bin jedenfalls heilfroh, dass ich heute zugesagt habe.« Grinsend verfolgte Linda das Szenario auf der Tanzfläche.

Mittlerweile hatte sich eine Menschentraube um Zoe und den falschen Polizisten gebildet, die »Ausziehen! Ausziehen! Ausziehen!« skandierte.

Scheinbar unbeeindruckt von dem Aufruhr zog der Tänzer eine Flasche Babyöl heraus, deren Inhalt er großzügig auf seiner Brust verteilte, dann packte er Zoes Hände, schloss die Finger darum und strich damit über seine Haut. Quiekend riss Zoe die Augen auf und folgte seinen Anweisungen.

»Stellt bloß die Fotos nicht auf Facebook, sonst flippt Simon aus«, schrie sie über das allgemeine Gelächter hinweg, während ihre Freundinnen bereits ihre Handys zückten.

Julia und Linda standen lachend am Rand der Tanzfläche, als Zoe sich umdrehte und sie zu sich winkte.

»Was? O nein!« Julia versuchte abzutauchen, aber Zoe war schneller. Sie packte sie am Arm, zog sie heran und legte ihre Hand auf die glitschige Brust des Strippers. Unter schrillem Gelächter ließ sie ihre Hände über die ölige Haut gleiten.

Linda war weit weniger zimperlich. Entschlossen marschierte sie auf die Bühne und begann, die Brust des Kerls zu kneten und zu massieren.

»So eine Gelegenheit kriege ich vielleicht nie wieder«, rief sie begeistert.

»Ich bin sicher, wenn du nett fragst, lässt Ray dich das auch bei sich machen«, gab Julia zurück.

In einer Mischung aus Ungläubigkeit und Faszination sahen die Umstehenden zu, wie die drei Frauen die ölige Brust des Tänzers befingerten. Nach einer Weile löste er sich von ihnen, trat einen Schritt rückwärts und schob mit einer verführerischen Geste beide Daumen in seinen Hosenbund. Die Menge johlte. Mit einer ruckartigen Bewegung zog er daran, worauf sich das entlang seiner Hosenbeine angebrachte Klettband löste und er in einer weißen, extrem eng anliegenden Unterhose dastand.

Zoe stieß einen spitzen Schrei aus, als er mit kreisenden Hüften auf sie zukam, sorgsam darauf bedacht, die Aufmerksamkeit auf die unübersehbare Wölbung in seinem Slip zu lenken. Er ließ sich zu Boden sinken, vollführte eine Reihe höchst bedenklicher Hüftbewegungen, gefolgt von ein paar einhändigen Liegestützen, die die Zuschauer mit bewunderndem Applaus quittierten.

Schließlich sprang er auf, drückte Zoe links und rechts einen Kuss auf die Wange, dann löste er sich und salutierte.

»Zoe Miller – Officer Hotrod, war mir ein Vergnügen. Und jetzt genießen Sie den restlichen Abend.« Mit einem letzten Luftkuss in ihre Richtung sammelte er seine Kleider ein und verschwand in Richtung Ausgang.

»Ich fasse es nicht, dass ihr das getan habt!«, rief Zoe, deren Wangen vor Lachen bereits schmerzten, und warf die Arme um Julia und Linda, die immer noch mit ölverschmierten Händen neben ihr standen.

»Tausend Dank, dass ihr gekommen seid«, rief sie mit vor Aufregung geröteten Wangen. »Ich hab euch alle so lieb! Das war der tollste Abend meines Lebens!«

34

Frauen soll man lieben, nicht verstehen.
– Oscar Wilde

»Fest steht – je mehr Sie versuchen, einen Orgasmus zu bekommen, umso schwieriger wird es. Deshalb sollten Sie das Hauptaugenmerk nicht auf das Endergebnis legen, sondern stattdessen auf die Freude des eigentlichen körperlichen Akts, egal, ob er durch Geschlechtsverkehr, durch Fellatio oder gar ...«

Es klopfte an der Tür. Annie runzelte die Stirn. Eigentlich sollte niemand stören, wenn sie Klienten hatte, darauf legte sie größten Wert und achtete deshalb auch darauf, dass das »Bitte nicht stören«-Schild während der Therapiesitzungen stets an der Tür hing.

»Entschuldigung«, sagte sie zu Oliver und Liz – es war ihre dritte Therapiesitzung, und Annie war bewusst, wie unprofessionell die Störung auf sie wirken musste.

Es klopfte ein zweites Mal. Annie stand auf. »Bitte entschuldigen Sie vielmals. Ich gehe kurz und sehe, was da los ist.«

Sie durchquerte den Raum und öffnete die Tür. Jamie stand vor ihr. Sie spürte, wie sich ihr Puls beschleunigte und sich ihr Magen zusammenzog. Doch dann fiel ihr wieder ein, was sie letzte Woche gesehen hatte, und ihre Züge wurden hart.

»Jamie, ich habe Klienten.«

»Ich weiß, und es tut mir auch sehr leid, aber ich wollte dir nur sagen, dass Matt und ich heute ausziehen.«

Annie zögerte einen Moment, ehe sie auf den Korridor trat und die Tür hinter sich schloss – teils, um die Privatsphäre ihrer Klienten zu schützen, teils, um zu verhindern, dass jemand ihr Gespräch mithörte.

»Ich habe versucht, dich zu erreichen, aber du hast dich nicht zurückgemeldet.« Annie registrierte seine Verwirrung und die Besorgnis in seiner Stimme, doch ihr Entschluss stand fest – sie würde unerbittlich bleiben.

»Ich bin mitten in einer Therapiesitzung und kann jetzt nicht mit dir reden.« Annie wandte sich zum Gehen, doch Jamie berührte ihren Arm. Es war, als hätte sie einen elektrischen Schlag bekommen, während unwillkürlich die Erinnerung an den Abend auf ihrem Sofa wieder aufbrandete. Eilig riss sie ihren Arm zurück.

»Bitte, Annie«, flüsterte Jamie.

»Ist dir klar, wie unprofessionell das wirkt?«, fauchte sie und spürte, wie die Wut in ihr die Oberhand gewann. Obwohl sie sich bemühte, leise zu sprechen, war der Zorn in ihrer Stimme unüberhörbar.

»Ich weiß es ja, und es tut mir auch sehr leid. Ich wusste nicht, wie ich sonst an dich herankommen sollte. Ich wollte dich unbedingt noch sehen, bevor wir endgültig zusammenpacken, und … ich verstehe nicht, was hier gerade zwischen uns passiert.«

Bei den letzten Worten drohte seine Stimme zu brechen, und Annie sah ihn an. Er sah völlig erledigt aus – tiefe Ringe lagen unter seinen geröteten Augen, sein Haar war wirr, und er hatte sich seit Tagen nicht rasiert. Der Stress des Büroumzugs und dass er seine Familie geheim halten muss, dachte sie aufgebracht, forderte offensichtlich seinen Tribut.

»Es tut mir leid, Jamie«, sagte sie eisig und öffnete die Tür. Nur unter Aufbietung all ihrer Willenskraft gelang es ihr, ihn einfach stehen zu lassen, und sie wusste, dass sie sich keine Schwäche anmerken lassen durfte. Ein Wort oder ein Blick von ihr, und er würde erkennen, wie sehr sie sich nach ihm sehnte. »Aber bitte störe mich nicht mehr bei der Arbeit.«

»Rufst du mich an?«, fragte er verzweifelt.

Statt einer Antwort trat sie in ihr Büro, zog die Tür hinter sich zu, setzte sich wieder an ihren Schreibtisch und wandte sich mit einem Lächeln an Oliver und Liz. »Bitte entschuldigen Sie noch einmal die Störung. Es wird nicht wieder vorkommen. Und jetzt lassen Sie uns weitermachen. Wo waren wir stehen geblieben …?«

Zoe lag auf der Wohnzimmercouch vor dem Fernseher, während Simon voller Inbrunst in der Badewanne sang – einen Song von Kings of Leon. Zoe grinste. Eine sanfte Abendbrise wehte durchs offene Fenster herein.

Die Wohnung würde ihr fehlen, dachte sie wehmütig. Sie wohnte bereits seit ihren Uni-Tagen hier – zuerst mit ihrer Freundin Hannah und dann mit Simon –, aber vor ein paar Tagen hatte der Vermieter sie in einem Schreiben informiert, dass er das Haus verkaufen und ihnen zwei Monate Zeit geben würde, um auszuziehen. Im ersten Moment hatte sie die Nachricht in Panik versetzt, denn abgesehen von der bevorstehenden Hochzeit würden sie sich nun auch noch eine neue Bleibe suchen müssen. Das Problem war, dass sie sich noch nichts Eigenes leisten konnten, deshalb hatten sie sogar überlegt, zu Simons Eltern zu ziehen, bis sie genug gespart hatten, um ein Darlehen aufzunehmen. Zoe hoffte, dass es nicht dazu kommen würde. So gut sie sich auch mit Brian und

Jill verstand, hatte sie keine Lust, als frisch verheiratete Frau in das Haus ihrer Schwiegereltern zu ziehen.

Trotzdem war die Aussicht, eines Tages ein eigenes Heim zu haben, allzu verlockend. Wahrscheinlich würden sie sich irgendwo am Stadtrand etwas Günstiges suchen, wodurch Zoe zwar zum Pendeln gezwungen wäre (bislang hatte sie zu Fuß in die Praxis gehen können), andererseits würde sich Simons Arbeitsweg verkürzen. In ein paar Jahren würden sie sich dann an die Babyplanung machen.

Sofern es auf Anhieb klappt, dachte sie, und der Gedanke an Julia versetzte ihr einen kleinen Stich. Vielleicht war es ja doch nicht ganz so leicht, wie sie immer gedacht hatte.

Gleichzeitig musste sie bei der Vorstellung, wie eine Horde kleiner Simons und Zoes durchs Haus rannte, unwillkürlich lächeln. Idealerweise bekämen sie ein Pärchen: als Erstes einen Jungen, damit er auf seine kleine Schwester aufpassen konnte, und irgendwann vielleicht sogar noch ein drittes. In rührseligen Momenten hatten sie sich sogar schon Namen überlegt …

Mit einem zufriedenen Seufzer ließ sie sich in die Kissen sinken. Sie war ein echter Glückspilz. Simon planschte in der Wanne – er hatte heute die Bootsmotoren gewartet und war völlig verdreckt nach Hause gekommen, deshalb hatte Zoe ihn mit einer ordentlichen Portion Badeschaum in die Wanne verbannt, damit sich seine verspannten Muskeln lockerten.

Vielleicht sollte sie sich ja zu ihm gesellen, dachte sie … Noch durften sie keinen Sex haben, aber es gab jede Menge anderer Möglichkeiten, um sich im warmen Wasser zu amüsieren.

Als sie aufstand, ertönte das leise Piepsen eines Handys.

Es war Simons. Offenbar hatte er eine SMS bekommen. Sie beschloss, es ihm zu bringen, falls es wichtig war.

Als sie danach griff, fiel ihr Blick auf den Namen des Absenders auf dem Display: Emily.

Ihr Herzschlag beschleunigte sich, und sie spürte ein unheilvolles Ziehen im Magen. Aus einem Impuls heraus öffnete sie die SMS:

Hey, Banänchen, es war nett, dich neulich zu sehen.
Das sollten wir bald wiederholen. Du fehlst mir.
Alles Liebe Pooky xxx

Zoe sah rot – buchstäblich. Es war, als senke sich ein Schleier über sie, während die Wut in ihr hochzukochen begann.

Sie stürmte aus dem Wohnzimmer, über den Gang und riss die Badezimmertür auf. Simon, der gerade noch entspannt in der Wanne gelegen hatte, setzte sich abrupt auf, als er Zoes Gesicht sah. Warmes Wasser schwappte über den Rand.

»Was ist los?«, fragte er besorgt.

»Was zum Teufel ist das?«, schrie sie und hielt ihm mit wutverzerrtem Gesicht das Handy vor die Nase.

»Was ist was?«

Zoe starrte ihn finster an. »Emily!«, spie sie.

Schlagartig schoss Simon eine verräterische Röte ins Gesicht, und er sah sie beklommen an. »Was steht drin?«

Zoe zog eine Braue hoch. »*Hey, Banänchen*!« Sie wusste nur zu gut, dass das Emilys Kosename für Simon gewesen war – Simon hatte sich während eines gemeinsamen Mallorca-Urlaubs aus unerfindlichen Gründen eine gelbe Badehose gekauft, die sich nach dem Bad im

Pool als reichlich transparent entpuppt hatte; seither nannte Emily ihn »Banänchen«.

»›Es war nett, dich neulich zu sehen‹«, fuhr Zoe verächtlich fort. »›Das sollten wir bald wiederholen. Du fehlst mir. Alles Liebe, Pooky. Kuss, Kuss, Kuss.‹ Was zum Teufel meint sie damit, dass ihr euch neulich gesehen habt?«

Simon schnappte nach Luft. Trotz seiner beachtlichen Statur wirkte er plötzlich viel kleiner als sonst. Und verletzlicher, so splitternackt im rasch abkühlenden Badewasser.

»Ich bin ihr neulich bei meinen Eltern begegnet. Sie war mit meiner Mutter shoppen«, gestand er kleinlaut, wohl wissend, dass Zoe gleich ausflippen würde. »Sie ... ist rübergekommen und hat sich ein Weilchen zu mir gesetzt. Ich habe gerade an der *Aurora* herumgebastelt, und wir haben geplaudert. Aber mehr war da nicht, ich schwöre«, fügte er beim Anblick von Zoes Miene hinzu.

»Wie süß«, blaffte Zoe. »Und was habt ihr gemacht? In Erinnerungen an die guten alten Zeiten geschwelgt? Wie schön alles war, bevor du mich kennengelernt hast? Wie toll ihr euch amüsiert habt, bei euren Fesselspielchen und Gott-weiß-was noch allem?«

»So war es nicht! Wir haben nur geplaudert, über nichts Besonderes. Sie war ein bisschen deprimiert, weil sie sich kürzlich von Lee, ihrem Freund, getrennt hat.«

»Oh, die arme Emily. Und du hast sie ein bisschen getröstet und ihr gesagt, wie hübsch sie ist und dass jeder Mann, der sie bekommt, ein echter Glückspilz ist.«

»Sei nicht albern, Zoe.« Auch Simon schien allmählich wütend zu werden. »Wieso musst du unbedingt aus einer Mücke einen Elefanten machen?«

»Ach so, ich bin also albern, ja? Mein Freund – nein,

falsch, mein Verlobter – trifft sich hinter meinem Rücken mit seiner Ex, und ich soll da ganz locker bleiben, ja?«

»Ich weiß ja, wie das wirkt, aber so war es nicht. Ich schwöre. Ich habe keine Ahnung, wieso sie mir überhaupt eine SMS schreibt.«

»Wenn du mich fragst, ist das verdammt offensichtlich. ›Du fehlst mir. Das sollten wir bald wiederholen‹«, zitierte Zoe mit hoher Säuselstimme. »Was genau wollt ihr denn wiederholen?«

»Das weiß ich nicht, weil nichts passiert ist.«

»Sie hat drei Küsse druntergesetzt, Simon. Drei Küsse«, wiederholte Zoe. »Wir alle wissen, was das zu bedeuten hat.«

»So?« Simon sah völlig verwirrt aus.

»Hast du schon länger wieder Kontakt zu ihr?«

Simon wand sich unbehaglich.

»Also ja.« Zoe biss sich auf die Lippe. Mit einem Mal war sie den Tränen nahe. Es war, als wäre ihre ganze Welt aus den Fugen geraten.

»Nein, eigentlich nicht«, sagte Simon schließlich. »Du weißt ja, dass sie immer noch Kontakt zu meiner Mutter hat und gelegentlich einen Kommentar auf meine Facebook-Seite schreibt. Aber all das weißt du sowieso – ich habe nichts zu verbergen.«

»Wenn das alles so unschuldig ist, wieso hast du es dann nie erwähnt?«

»Weil ich wusste, dass du genau so reagieren würdest.«

Das war ein logisches, nachvollziehbares Argument, aber Zoe war für Logik nicht empfänglich. »Wie praktisch!«

»Mir reicht's jetzt!«, brummte er, stand auf und schwang sich aus der Wanne. Klitschnass und tropfend schnappte er sich ein Handtuch, schlang es sich um die Taille und marschierte davon – auf dem Teppichboden zeichneten sich die Umrisse seiner Füße ab.

Zoe folgte ihm. »Ich habe die Nase voll von dieser Frau, Simon«, schrie sie kampflustig. »Ständig taucht sie auf und sorgt für Streit zwischen uns. Wie soll das werden, wenn wir erst verheiratet sind? Soll sie vielleicht mit in die Flitterwochen kommen, oder was?«

»Rede doch nicht so einen Unsinn, Zoe.«

»So, jetzt rede ich also Unsinn, ja? Ganz im Gegensatz zu der hübschen, superperfekten Emily mit ihrem Englisch-Abschluss und ihrem tollen Job in der Personalabteilung. Bestimmt wünschst du dir heimlich, du würdest sie bald heiraten, was?«

Simon ging nicht auf ihre Bemerkung ein, sondern rubbelte sich verärgert trocken, riss die Schranktür auf und zog eine Jogginghose und ein T-Shirt heraus.

»O mein Gott!« Zoe blieb der Mund offen stehen. »Dieser lächerliche Enthaltsamkeitsschwur – darum geht es hier also! Was du von mir nicht bekommst, holst du dir von ihr!«

»Du spinnst, Zoe«, platzte Simon heraus. »Das alles bildest du dir bloß ein. Wegen nichts und wieder nichts. Nur wegen einer lächerlichen kleinen SMS, die absolut nichts zu bedeuten hat.«

»Wenn sie nichts zu bedeuten hat, wieso hast du mir dann nichts davon erzählt?«

Erschöpft massierte Simon sich die Stirn. »Wir drehen uns im Kreis, Zoe.«

Mittlerweile weinte Zoe. Ihr war bewusst, dass sie sich völlig irrational benahm, doch es gelang ihr einfach nicht, sich zusammenzureißen. »Ich fasse es nicht, dass du mir das antust.«

»Was denn antun? Ich habe dir nichts angetan«, schrie Simon.

»Schrei mich gefälligst nicht an«, schluchzte Zoe.

»Ich schreie doch gar nicht … Hör zu, Zoe, du musst dich jetzt beruhigen. Das ist doch völlig lächerlich.« Simon legte ihr die Hände auf die Schultern, aber Zoe schüttelte sie zornig ab.

»Lass mich los! Und fass mich nicht an!«

»Na gut«, schnauzte Simon sie an. »Weißt du was? Ich gehe jetzt weg.«

»Mit wem? Mit Emily?«

»Das ist mein Ernst. Ich gehe jetzt und komme erst zurück, wenn du wieder halbwegs normal bist.«

»Wenn du jetzt gehst, heißt das, dass dir unsere Beziehung egal ist.«

»Zoe, ich …«

»Ich meine es ernst. Wenn du jetzt gehst, brauchst du nicht zurückzukommen.«

Mit finsterer Miene zerrte er sich ein Sweatshirt über den Kopf, verließ wortlos das Schlafzimmer, durchquerte die Wohnung und schlug die Tür hinter sich zu.

35

Der höchste Genuss ist nicht der Sex selbst,
sondern die Leidenschaft, mit der wir ihn haben.
– Paul Coelho

»Du musst ja außer dir vor Freude sein.« Grinsend drückte Annie Hollys Hand, als sie sich einen Platz im Wartebereich des Krankenhauses suchten.

»Es ist alles ein bisschen surreal«, gestand Holly und strich liebevoll über ihr Bäuchlein. Sie trug ein hübsches Umstandskleid, das die wachsende Wölbung locker umspielte. Ihr blondes Haar war dick und glänzend, und sie schien von innen heraus zu strahlen. Nach den ersten drei Monaten mit schlimmen Anfällen von Morgenübelkeit konnte man inzwischen mit Fug und Recht behaupten, dass ihr die Schwangerschaft hervorragend stand. »Aber heute lerne ich den kleinen Menschen da drinnen noch ein bisschen besser kennen«, fügte sie mit einem zufriedenen Seufzer fort.

»Und ich erfahre endlich, ob ich eine Nichte oder einen Neffen bekomme.«

»Genau, Tante Erdnussflip«, bestätigte Holly. Annie verdrehte die Augen. »Ich habe kürzlich mit Mum gesprochen. Sie ist schwer enttäuscht, weil ich mir das Geschlecht verraten lasse. Wenn es nach ihr ginge, sollte es eine Überraschung sein.«

»Ich kann ihren Gedankengang nachvollziehen, trotzdem ist der Reiz zu groß, findest du nicht auch?«

»Absolut. Ich will so gern Pläne schmieden ... Babysachen in den entsprechenden Farben kaufen und all solche Dinge.«

»Wobei ich dir als ausgebildete Psychologin natürlich raten muss, neutrale Kleiderfarben und geschlechterunabhängige Spielzeuge zu kaufen und deinem unschuldigen Kind keine gesellschaftlichen Stereotypen überzustülpen«, erklärte Annie.

Holly sah sie einen Moment lang verwirrt an, dann prusteten die Schwestern laut los.

»Vergiss es.« Holly schüttelte den Kopf. »Wenn es ein Junge wird, kriegt er einen dieser niedlichen Matrosenanzüge und eine Thomas-Lokomotive, und einer kleinen Tochter kaufe ich die größte Barbie im ganzen Laden und kleide sie von Kopf bis Fuß in Rosa.«

Mit gespielter Missbilligung schüttelte Annie den Kopf. »Du bist ein hoffnungsloser Fall.«

In diesem Moment erschien eine Schwester im Türrahmen. »Mrs. Watson?« Eine Frau gegenüber von ihnen erhob sich und watschelte davon, während Holly und Annie wieder auf ihre Stühle zurücksanken.

»Schade, dass Greg es nicht geschafft hat. Er ist bestimmt todtraurig«, meinte Annie.

»Ja, er war ziemlich sauer, aber das Datum für seine Konferenz stand schon seit einer Ewigkeit fest, deshalb ging es nicht anders.«

»Wo ist er noch mal?«

»In Manchester. Eigentlich sollte er über Nacht bleiben, aber er lässt die Abendveranstaltung sausen und fährt gleich nach dem Essen zurück. Ich muss ihn anrufen, sowie wir hier fertig sind.«

»Weißt du, ob er sich lieber einen Jungen oder ein Mädchen wünscht?«

»Er sagt, ihm sei es egal«, antwortete Holly achselzuckend. »Und das glaube ich ihm auch. Bestimmt fände er es toll, einen Jungen zu haben, mit dem man Fußball spielen kann, aber ein kleines Mädchen wäre der reinste Himmel für ihn. Aber wie gesagt, wichtig ist nur, dass es gesund ist.«

Annie nickte.

»Aber da mein Mann heute nicht mitkommen kann, habe ich die Gelegenheit, wieder mal einen Nachmittag mit meiner großen Schwester zu verbringen«, fügte Holly lächelnd hinzu.

»Du meine Güte, wie sich die Zeiten ändern! Ich weiß noch, wie wir unsere Nachmittage im Pub zugebracht haben.«

»Willst du damit etwa sagen, du amüsierst dich hier nicht?« Mit gespielter Kränkung ließ Holly den Blick über das halbe Dutzend Frauen mit unterschiedlich ausgeprägten Babybäuchen schweifen, die auf den unbequemen Plastikstühlen saßen und in zerlesenen Zeitschriften blätterten oder leise mit ihren Platznachbarinnen plauderten. Die Wände waren mit irgendwelchen Warnplakaten vor Allergien oder ansteckenden Krankheiten vollgepflastert, und in der Ecke stand ein Fernseher, auf dem ein Nachrichtensender eingestellt war.

»Das ist eine andere Art von Amüsement«, erwiderte Annie vorsichtig.

»Für Erwachsene?«

»Nein, Amüsement für Erwachsene ist eher das, dem du diesen Zustand zu verdanken hast.« Kichernd tätschelte Annie Hollys Bauch, und die beiden brachen neuerlich in Gelächter aus.

»Danke, dass du mitgekommen bist, Annie. Es bedeutet mir wirklich sehr viel«, sagte Holly und drückte

Annie an sich. »Es wundert mich, dass du überhaupt die Zeit gefunden hast.«

»Ich musste ein paar Termine schieben, aber diesen Tag wollte ich mir auf keinen Fall entgehen lassen.« Annie erwiderte die Umarmung.

»Und wann bist du endlich an der Reihe?«, fragte Holly frech.

»Was meinst du?«

»Na ja, das Übliche ... heiraten, ein Kind bekommen ... das, wovon alle kleinen Mädchen träumen.«

Annie stieß einen tiefen Seufzer aus. »Wieso müssen mich das eigentlich ständig alle fragen? Gerade von dir hätte ich gedacht, dass du mich damit verschonst.«

»Ich frage doch nur, weil ich dich mag«, beharrte Holly. »Du bist so eine tolle Frau, witzig und klug und nett, und ich wünsche mir, dass du einen netten Mann findest.«

»Sprich weiter. Solche Komplimente höre ich gern.« Annie lächelte.

»Vielleicht finden wir hier ja einen scharfen Doktor für dich. Halt die Augen offen.«

In diesem Moment kam ein kleiner, magerer, etwa sechzigjähriger Mann in einem Arztkittel mit einer wenig schmeichelhaften Onkelbrille und einem bis auf ein paar vereinzelte Haarbüschel kahlen Schädel vorbei.

Annie und Holly sahen einander an und kicherten.

»Vielleicht lieber nicht«, sagte Annie.

»Mum sagt ja immer, du hättest zu hohe Ansprüche«, neckte Holly. »Der würde bestimmt einen guten Ehemann abgeben.« Unvermittelt schlug sie sich die Hand vor den Mund. »Du meine Güte, jetzt fällt es mir erst wieder ein! Was ist denn aus diesem Jamie geworden? Ich fasse es nicht, wie konnte ich das vergessen! Ich leide offenbar wirklich an Schwangerschaftsdemenz. Hast du ihn zur Rede gestellt?«

Annie verdrehte die Augen. »Nein. Es war ja ziemlich offensichtlich, was da läuft. Er hat mich ständig angerufen, aber ich bin nicht rangegangen. Der Kerl besaß sogar die Stirn, mitten in eine Therapiestunde zu platzen, ist das zu glauben? Ich war stocksauer! Ich meine, wie stehe ich denn vor meinen Klienten da?«

»Also weißt du gar nicht genau, was Sache ist?«

»Ich will es gar nicht wissen«, erklärte Annie, auch wenn es nicht ganz der Wahrheit entsprach. »Ganz ehrlich, Holly, mit dem Thema Männer bin ich durch. Ich bleibe dabei, lieber anderen zu helfen, ihre Beziehungen wieder in Ordnung zu bringen, da ich bei meinen eigenen offensichtlich komplett versage.«

»Annie ...« Holly seufzte.

»Was denn?«

»Ich denke ... ach, ich weiß auch nicht. Dass du vielleicht zu schnell aufgibst. Du hättest ihm wenigstens die Chance geben können, dir seine Version der Geschichte zu erzählen.«

»Was soll das bringen?« Annie zuckte die Achseln. »Außerdem ist es ohnehin zu spät dafür. Er und sein Bruder haben inzwischen ihr Büro aufgegeben, deshalb besteht keine Gefahr, dass ich ihm jeden Tag über den Weg laufe, außerdem ruft er nicht mehr an. Sieht so aus, als wäre die Botschaft angekommen.«

»Klar«, sagte Holly leise.

Annie spürte, dass sie nicht einverstanden war, tat aber so, als würde sie es nicht bemerken. Auch wenn sie nach außen hin Gleichgültigkeit signalisierte und sich pausenlos ermahnte, hart zu bleiben, wollte Jamie ihr einfach nicht aus dem Sinn gehen. Ihre beginnende

Beziehung hatte sich so ganz anders angefühlt als damals mit Mark, und in manchen Augenblicken fragte sie sich, ob es nicht ein Riesenfehler gewesen war, ihm die Chance zu verwehren, ihr alles zu erklären. Ihren Klienten brachte sie stets nahe, eine gute Kommunikation sei das A und O in einer Beziehung, aber wie üblich schien sie nicht fähig zu sein, ihre Ratschläge in ihrem eigenen Leben umzusetzen. Und wenn sie ehrlich war, vermisste sie ihn. Sie vermisste ihr Geplänkel, ihre Flirts, die Schmetterlinge im Bauch, wann immer sie ihn sah, ihre Küsse, die ihr beinahe den Atem geraubt hatten …

Mehr als einmal hatte sie mit dem Handy in der Hand auf dem Sofa gesessen, auf das Display gestarrt und wieder und wieder seine flehenden Nachrichten gelesen. Nur unter Aufbietung all ihrer Willenskraft war es ihr gelungen, ihn nicht anzurufen.

»Mrs. Litwinsky?«

Eine Stimme riss sie aus ihren Grübeleien. Sie blickte auf und sah dieselbe Schwester im Türrahmen stehen. Eine hochschwangere Frau hievte sich hoch, während Holly und Annie enttäuscht auf ihren Stühlen zusammensanken.

»Wann war dein Termin?«, fragte Annie, dankbar für die Ablenkung.

»Um halb vier, aber man muss häufiger ein bisschen warten. Hoffentlich bin ich die Nächste.«

Gerade als Annie etwas erwidern wollte, machte sich ihr Handy bemerkbar. Sie zog es aus ihrer Handtasche und blickte stirnrunzelnd auf die Nummer.

»Jamie?«, fragte Holly.

»Nein, einer meiner Klienten«, antwortete Annie. »Macht es dir etwas aus, wenn ich rangehe? Ich bin gleich da drüben auf dem Flur, dann bekomme ich mit, wenn die Schwester dich aufruft.«

»Klar, kein Problem.«

Annie sprang auf, eilte davon und nahm das Gespräch an.

»Hallo?«

»Hi, Annie, hier ist Simon. Bitte entschuldigen Sie, dass ich so aus heiterem Himmel anrufe. Können Sie sprechen?«

»Ich bin heute Nachmittag nicht im Büro, sondern mit meiner Schwester im Krankenhaus.«

»Im Krankenhaus? Geht es ihr gut?«

»Ja, ja, sie bekommt ein Baby.«

»Ein Baby?«

»Ja, aber nicht jetzt im Moment«, erklärte sie eilig. »Sie hat nur einen Termin für eine Routineuntersuchung. Ich kann also reden, kein Problem. Ist bei Ihnen alles in Ordnung?«

»Leider nicht.« Simon holte tief Luft. »Zoe und ich haben uns schlimm gestritten, und jetzt redet sie was von wegen Hochzeit abblasen. Ich weiß nicht, was ich machen soll.«

»Oh, Simon! Worum ging es denn bei dem Streit?«

»Nicht mal das kann ich so genau sagen. Sie hat eine SMS von Emily auf meinem Handy gefunden – Sie wissen schon, meine Ex – und macht ein Riesentheater deswegen. Und ich habe wohl auch Mist gebaut. Ich bin einfach abgehauen und habe die Nacht bei meinen Eltern verbracht. Und jetzt sagt sie, ich soll meine Sachen packen und verschwinden. Aber ich habe nichts getan, Annie, das schwöre ich!«

»Okay, Simon, beruhigen Sie sich.« Sie hörte die Panik in seiner Stimme. »Können wir heute Abend reden?«

»Ich kann kommen, aber ob Zoe mitkommt, kann ich nicht sagen. Ich habe überlegt, Julia anzurufen. Vielleicht kann sie mit ihr reden …«

»Das klingt gut.« Annie sah, dass die Schwester Holly mittlerweile aufgerufen hatte. »Ich muss jetzt auflegen, Simon, aber ich rufe Sie an, sobald ich hier fertig bin, okay?«

»Danke, Annie. Ich liebe sie so sehr.«

»Ich weiß. Wir kriegen das wieder hin, versprochen.«

»Danke, Annie.«

Annie legte auf und hastete zurück zu ihrer Schwester.

»Alles in Ordnung?«, fragte Holly besorgt.

»Beziehungskrise«, antwortete Annie knapp.

»An Arbeit wird es dir nie fehlen«, meinte Holly grinsend, als sie der Schwester den Korridor entlang folgten und einen kleinen Behandlungsraum betraten.

»Hallo, Holly, wie geht es Ihnen?«, begrüßte die Ärztin sie lächelnd, während Annie den Blick über die Gerätschaften schweifen ließ.

»Hallo, Dr. Varshani. Danke, mir geht's gut. Das ist meine Schwester Annie. Greg, mein Mann, konnte heute leider nicht mitkommen. Er ist bei einer wichtigen Konferenz.«

»Wie schade. Aber wenigstens haben Sie Ihre Schwester dabei. Also, Holly, legen Sie sich doch einfach auf die Liege dort und machen den Bauch frei.«

Holly gehorchte. Staunend blickte Annie auf die helle Haut, die sich bereits sichtlich über der Wölbung spannte. Unglaublich, wenn man bedachte, dass darunter ein neuer Mensch heranwuchs.

»Irgendwelche Beschwerden oder Veränderungen?«, erkundigte sich Dr. Varshani, wusch sich die Hände mit

Desinfektionsseife und streifte ein Paar Einweghandschuhe über.

»Nein, eigentlich nicht«, antwortete Holly. »Scheint alles bestens zu sein.«

»Wunderbar! Sie sind in der zwanzigsten Woche, richtig?« Holly nickte, während die Ärztin ein Gel auf Hollys Bauch verteilte. »Vielleicht können wir also heute das Geschlecht bestimmen. Möchten Sie es denn gern erfahren?«

Hollys Augen leuchteten. »Ja, bitte!«

»Okay.« Dr. Varshani nickte, nahm die Ultraschallsonde und fuhr damit über Hollys Bauch. Augenblicklich war ein rascher, lauter Herzschlag zu hören, und ein körniges Schwarz-Weiß-Bild erschien auf dem Monitor.

»Die Herztöne sind kräftig, das ist schon mal ein gutes Zeichen. Es sieht ganz so aus, als würde das Baby gerade am Daumen nuckeln.« Dr. Varshani deutete auf den Bildschirm.

Angestrengt spähte Annie auf den Monitor und machte die unverkennbaren Umrisse eines Babys aus – die Augen, den Mund ... das arme Ding schien sogar Hollys Nase geerbt zu haben, dachte sie gerührt. Und die Ärztin hatte recht. Das Kleine lutschte tatsächlich am Daumen.

»Das ist ja unglaublich«, stieß Annie hervor und kämpfte gegen die Tränen an.

»Es scheint gerade wach zu sein«, fuhr Dr. Varshani fort. »Dann wollen wir doch mal sehen, ob wir es ermutigen können, sich ein bisschen zu bewegen.« Sie fuhr mit dem Schallkopf über die Unterseite von Hollys Bauch, worauf sich prompt die Haut zu kräuseln begann.

»Ohhh«, kicherte Holly, als sie die Bewegung spürte.

Die Ärztin spähte auf den Monitor. »Wie gesagt, eine hundertprozentige Garantie gibt es nicht, aber ich sehe kein Anzeichen eines Penis. Glückwunsch, Mrs. Harrington. Sie bekommen ein Mädchen.«

Annie blieb der Mund offen stehen. Die beiden Schwestern blickten einander einen Moment lang voller Begeisterung an, dann sprang Annie auf und ging zu Holly.

»Herzlichen Glückwunsch, Hol. Du bekommst ein Mädchen!«

»Ich kann es kaum glauben!« Eine Träne kullerte Holly über die Wange. »Ich kann es kaum erwarten, es Greg zu sagen. Er wird vor Freude ausflippen.«

Wieder blickten sie auf den Monitor und versuchten, zu begreifen, dass sich in wenigen Monaten aus dem körnigen Schwarz-Weiß-Bild ein richtiger, leibhaftiger Mensch entwickelt haben würde, den Holly und Greg mehr lieben würden als alles andere auf der Welt.

»Weißt du schon, wie ihr sie nennen wollt?«, fragte Annie.

Holly nickte. »Poppy gefällt uns ganz gut. Und Isabella, nach Gregs Großmutter. Poppy Isabella Harrington.«

Wieder sah Annie auf den Monitor, während ihr die Tränen übers Gesicht liefen. »Freut mich, dich kennenzulernen, Poppy Isabella Harrington«, flüsterte sie.

36

Durch Frauen werden die Höhepunkte des Lebens bereichert und die Tiefpunkte vermehrt.
– Friedrich Nietzsche

Schluchzend, als wäre ihr Herz in tausend Teile zerborsten – was es vielleicht auch war –, ließ Zoe den Blick durch ihre Wohnung schweifen – ihr Zuhause, das sie bis vor Kurzem noch mit Simon geteilt hatte.

Sie hatte die Bettdecke zum Sofa geschleppt und sich darunter verkrochen, im Hintergrund lief leise der Fernseher. Ihr Gesicht war rot und verquollen vom Weinen und auf ihrem Schlafanzug prangte ein dicker Eiscremefleck, aber Körperpflege stand im Moment ganz unten auf ihrer Prioritätenliste.

Sie war völlig durcheinander. Simon hatte versucht, sie anzurufen, aber sie hatte aus reiner Sturheit nicht abgenommen, obwohl sie sich in Wahrheit nichts sehnlicher wünschte, als seine Stimme zu hören. Auslöser ihrer Trennung war der blöde, völlig außer Kontrolle geratene Streit, und Zoe war sehr wohl bewusst, wie lächerlich ihre Eifersucht und Verunsicherung war, aber der Druck der bevorstehenden Hochzeit war so enorm, dass sie nicht mehr wusste, wo ihr der Kopf stand. Und nun fragte sie sich, ob sie vielleicht einen Riesenfehler gemacht hatte.

Je länger sie darüber nachdachte, umso klarer wurde ihr, dass sie sich wie eine völlige Idiotin benommen hatte.

Simon war ein anständiger Kerl, der sie niemals betrügen würde. Sein Heiratsantrag war absolut perfekt gewesen, und ihre Beziehung war der reinste Traum. Außerdem war Zoe immer noch völlig verrückt nach seinem attraktiven Gesicht und seinem kräftigen, starken Körper. Zwar hatte sich ihr Enthaltsamkeitsschwur als unerwartet hart entpuppt, trotzdem musste sie zugeben, dass es Spaß gemacht hatte und erkenntnisreich gewesen war.

Und jetzt hatte sie aus Dummheit womöglich alles kaputt gemacht. Eigentlich sollte sie in gut einer Woche vor dem Altar stehen, aber im Augenblick sah es nicht danach aus, als würde die Hochzeit tatsächlich stattfinden. Zoe dachte an das wunderschöne Kleid, das in der Hülle bei Hannah wartete – allein beim Gedanken daran fing sie wieder an zu weinen. Dicke Tränen rannen ihr übers Gesicht und tropften auf die Bettdecke, in der immer noch Simons Geruch hing.

Sie vergrub das Gesicht darin und sog tief den Duft nach seinem Aftershave, seinem Shampoo und dem undefinierbaren, unverkennbaren Simon ein. O Gott, er fehlte ihr so sehr. Wieso hatte sie so blöd auf diese SMS reagiert, wieso nur? Jetzt würde sie den Rest ihres Lebens allein herumsitzen, eine verbitterte, alte …

Es klingelte an der Tür. Zoe schlang sich die Decke um die Taille und schlurfte zur Gegensprechanlage.

»Hallo?«, schniefte sie.

»Hey, Süße, ich bin's«, drang Julias Stimme aus dem Lautsprecher.

»Komm hoch.« Zoe drückte den Türöffner. »Aber ich warne dich, ich sehe beschissen aus.«

»Oh, Zoe«, sagte Julia, als sie die Treppe heraufkam und Zoe in der Tür stehen sah. »Du Ärmste!« Sie breitete die Arme aus und zog sie an sich.

»Ich glaube, ich stinke ein bisschen«, murmelte Zoe niedergeschlagen.

»Vielleicht ein ganz klein wenig«, sagte Julia taktvoll. »Aber mit einer Dusche kriegen wir das wieder hin.«

»Ich war so eine Idiotin, Jules.« Zoe stieß einen dramatischen Seufzer aus, ließ sich aufs Sofa fallen und brach erneut in Tränen aus.

»Reg dich doch nicht so auf«, bat Julia. »Was ist denn passiert?«

Zoe erzählte ihr von Simons Beziehung mit Emily, erzählte ihr von der SMS, ihrem Streit und dass sie ihn vor die Tür gesetzt hatte.

»Er wollte, dass ich mit ihm zu Annie gehe«, stammelte sie zwischen zwei Schluckaufanfällen. »Aber ich habe mich geweigert. Sie hätte uns sogar einen kurzfristigen Abendtermin gegeben, aber ich war stur und habe Nein gesagt. Und dann ist Simon wieder stinkwütend geworden und heute Nacht nicht nach Hause gekommen. O nein ... Was, wenn er zu Emily gefahren ist und die Nacht mit ihr verbracht hat?« Allein bei der Vorstellung wurde Zoe ganz anders.

»Das hat er bestimmt nicht getan«, beruhigte Julia sie. »Garantiert nicht. Er war bei seinen Eltern.«

»Ja, wahrscheinlich.« Zoe nickte schuldbewusst. Was mochten Brian und Jill von ihr denken?

»Wenn du mich fragst, ist das ein klassischer Fall von Lampenfieber vor der Hochzeit. Du hast kalte Füße bekommen.«

»Meinst du?« Zoe blickte mit tränenfeuchten Augen zu Julia auf. »Was, wenn das nicht der Grund ist? Sondern weibliche Intuition? Ein Bauchgefühl?«

»Inzwischen kenne ich euch beide ein wenig und weiß, wie sehr Simon dich liebt und wie sehr du ihn liebst. Mal im Ernst, was sagt dir denn dein Bauchgefühl? Dass du aus einer Mücke einen Elefanten machst und Simon der Richtige für dich ist? Oder dass er ein hinterhältiger Lügner ist, der dich die ganze Zeit hintergeht und betrügt?«

Zoe musste zugeben, dass sich das Ganze absolut lächerlich anhörte. Vielleicht hatte sie ja tatsächlich überreagiert. »Mein Bauchgefühl ist im Augenblick ein bisschen gestört«, gestand sie beschämt.

Julia unterdrückte ein Lächeln. Offenbar war die schlimmste Krise überwunden. »Darf ich Simon anrufen und ihn bitten, dass er herkommt und mit dir redet?«, fragte sie.

Zoe zögerte.

»Er ist halb verrückt vor Angst«, fuhr Julia fort. »Ich übertreibe nicht. Er hat mich angerufen, Annie, Linda und sogar deine Mutter, weil er wissen wollte, ob es dir auch gut geht. Er sagte, du würdest nicht ans Telefon gehen.«

Zoe warf einen Blick auf ihr Handy, auf dem vierundsechzig versäumte Anrufe registriert waren.

»Bitte, Zoe.«

»Na gut«, brummte sie. Julia grinste.

»Vielleicht sollte ich ja bei Annie einsteigen. Könnte doch sein, dass in mir eine ausgezeichnete Paartherapeutin schlummert.«

»Vergiss es!« Zoe schüttelte den Kopf. »Du bist als Eventmanagerin viel zu gut, um die Branche zu wechseln.«

»Genau, die Hochzeit! Du hast viel zu viel Arbeit hineingesteckt, um sie abzublasen. Das kann ich nicht zulassen!«

Zoe warf ihr einen gespielt finsteren Blick zu. »Okay,

okay, ich habe ja verstanden. Und jetzt ruf meinen Verlobten an, bevor ich es mir anders überlege.«

»Los, verdammt noch mal, weg da!«, fluchte Simon. »Mach endlich Platz, damit ich vorbeifahren kann!«

Aber der Traktorfahrer tuckerte in aller Seelenruhe mit zwanzig Meilen die Landstraße entlang, ohne zu merken, dass Simon hinter ihm kochte und schäumte.

Immer wieder versuchte er auszuscheren, aber die Straße war zu eng und kurvig für ein Überholmanöver. Dieses Risiko konnte er nicht eingehen.

»Los, beweg dich!«, brüllte er und drückte auf die Hupe. Endlich fuhr der Traktor an den Straßenrand. Simon drückte das Gaspedal durch und schoss an ihm vorbei.

Kaum hatte Julia angerufen, war er vom Küchentisch aufgesprungen – er hatte zwar gesagt, er sei nicht hungrig, aber gegen die selbst gemachte Hühnchenpastete mit Kartoffelbrei seiner Mutter war letztlich jeder Widerstand zwecklos. Doch nach Julias Anruf hatte er das Besteck fallen lassen, war in seine Schuhe geschlüpft und ins Auto gesprungen.

Die Fahrt in die Stadt schien sich endlos hinzuziehen. Das Herz schlug ihm bis zum Hals, als er in seine Straße einbog und den Wagen auf dem gewohnten Parkplatz abstellte. Immer zwei Stufen auf einmal nehmend, stürmte er die Treppe hinauf, doch vor der Haustür schien ihn plötzlich der Mut zu verlassen. Was, wenn Zoe ihm doch nicht verziehen hatte? Wenn wieder ein Streit losbrach, einer, der alles beendete, unwiderruflich?

Zögernd hob er die Hand und klopfte an die Eingangstür. Geräusche drangen aus der Wohnung, dann ging die Tür auf.

Simon schluckte. »Hi«, sagte er beklommen und räusperte sich, als ihm kurz der Atem stockte.

»Hi.« Zoe blickte ihn mit weit aufgerissenen Augen an. Ihr Haar war pitschnass, als käme sie gerade aus der Dusche – was tatsächlich der Fall war –, und sie trug eines von seinen alten T-Shirts. Bei ihrem Anblick schmolz er förmlich dahin.

»Wieso hast du nicht den Schlüssel genommen?«, fragte sie.

»Ich ... ich wusste nicht, ob ich noch willkommen bin.«

»Oh, Simon, aber natürlich bist du das.« Zoes Unterlippe bebte gefährlich, und ihre Augen glitzerten. Zwar hatte sie in den letzten vierundzwanzig Stunden so viele Tränen vergossen, dass sie sich nicht vorstellen konnte, überhaupt noch welche zu haben, aber wie es aussah, war ihr Reservoir noch nicht erschöpft.

Simon trat auf sie zu, und ehe Zoe wusste, wie ihr geschah, lag sie in seinen Armen, er bedeckte ihr Gesicht mit Küssen und drückte sie an sich, als wollte er sie nie wieder loslassen. Und eines stand mit unumstößlicher Gewissheit fest – seine starken Arme waren genau dort, wo sie hingehörten.

»Es tut mir so leid«, sagte sie. »Ich habe mich wie eine Vollidiotin benommen. Ich weiß doch, dass du niemals ...«

»Das ist doch völlig unwichtig«, erklärte Simon zwischen zwei Küssen. »Das ist mir egal. Ich hatte nur solche Angst, dass du ...«

Unvermittelt löste er sich von ihr, als wäre ihm etwas eingefallen. Verblüfft sah sie zu, wie er sich auf ein Knie sinken ließ.

»Simon? Was ...«

»Das ist jetzt ein echtes Déjà-vu, aber ich liebe dich von ganzem Herzen und würde dir niemals wehtun. Ich will alles dafür tun, der Mann zu sein, der dich zur glücklichsten Frau der Welt macht.«

Nun brach Zoe endgültig in Tränen aus, nur dass es diesmal Freudentränen waren.

»Ich habe es schon einmal in aller Öffentlichkeit getan, und jetzt tue ich es ein zweites Mal, aber nur für uns beide, ganz allein. Zoe Miller, erweist du mir die Ehre, meine Frau zu werden?«

Zoe konnte sich ein Kichern nicht verkneifen. Auf einen Schlag fiel all der Druck der vergangenen Wochen, der Kummer der letzten Stunden von ihr ab. Am liebsten hätte sie vor Freude und Erleichterung laut gelacht. »Ja, Simon, natürlich heirate ich dich! Und jetzt steh auf, du Dummkopf.« Lachend zog sie ihn auf die Füße.

Simon stand auf, schloss sie erneut in die Arme und küsste sie voller Leidenschaft, als könnte er gar nicht genug von ihr bekommen.

»Ich liebe dich«, flüsterte er, als sie sich endlich voneinander lösten.

»Ich liebe dich auch«, hauchte Zoe. »So sehr.«

»Das heißt, die Hochzeit findet doch statt?«

»Ja«, antwortete Zoe mit leuchtenden Augen. »Die Hochzeit findet definitiv statt, zu hundert Prozent.«

37

Ein zivilisierter Mensch ist nicht fähig, seinen Sexualtrieb ohne jede Liebe umfassend zu befriedigen.
– Bertrand Russell

»Was, wenn sie nicht kommt?« Besorgt wandte Simon sich seinem besten Freund und Trauzeugen Gary zu.

Die beiden standen vor St. Stephen's in Great Walton. Kein Wölkchen war am strahlend blauen Himmel zu sehen, und die Sonne brannte mit einer solchen Kraft herab, dass Simon noch mehr schwitzte, als er es ohnehin schon tat. Die Kirchenglocken läuteten.

»Natürlich kommt sie, ist doch klar«, erwiderte Gary beruhigend. »Weshalb sollte sie nicht kommen?«

»Keine Ahnung. Vielleicht kriegt sie doch wieder kalte Füße und hat es sich anders überlegt. Es könnte alles Mögliche passieren.«

»Wenn sie nicht auftaucht, heirate ich dich«, erbot sich Gary bereitwillig.

Simon starrte ihn finster an. »Danke, das ist echt nett von dir.«

»Die Frau liebt dich, Kumpel, und du liebst sie. Es wird alles absolut perfekt laufen. Und wenn du mich am Ende mit einer der Brautjungfern verkuppelst, wird es vielleicht sogar der beste Tag aller Zeiten.«

Trotz aller Anspannung musste Simon lachen. Er kannte Gary bereits seit dem Kindergarten und hätte ihm sein Leben anvertraut. »Okay, ich tue mein Bestes.

Ich glaube, ihre Freundin Kerry ist gerade Single, allerdings wohnt sie in Chester.«

Im ersten Moment sah Gary betrübt drein, aber dann erhellten sich seine Gesichtszüge. »Ach, wozu gibt es Skype«, meinte er mit einem anzüglichen Grinsen. »Skype-Sex hatte ich definitiv noch nie.«

Kopfschüttelnd verpasste Simon ihm einen freundschaftlichen Schlag auf den Arm, worauf Gary schmerzerfüllt das Gesicht verzog – manchmal vergaß Simon, dass er einen guten Kopf kleiner und eher schmächtig war.

»Los, jetzt aber zusammenreißen«, befahl Simon scharf. »Die nächsten Gäste kommen.«

Simon sah Linda und Annie näher kommen – Annie sah hinreißend in ihrem blauen Seidenkleid mit dem cremefarbenen Pashmina aus, und Linda trug ein bezauberndes kirschrotes Kleid mit dazu passender Jacke. Annie hatte ihren Schwager dazu gebracht, ihnen seinen alten Triumph als Brautauto zu leihen – Linda hatte ihn mit cremefarbenen Bändern und einem kleinen Bouquet auf der Motorhaube geschmückt, und Ray würde Zoe und ihren Vater darin zur Kirche chauffieren.

»Simon!«, begrüßte ihn Annie. »Du siehst ja umwerfend aus!«

»Ja, er macht sich ganz gut, was?«, warf Gary ein.

Und er hatte recht – Simon wirkte sehr elegant in seinem dunkelgrauen Anzug mit der gemusterten Weste und der Seidenkrawatte.

»Und? Wie sieht's mit den Nerven aus?«, fragte Annie.

»Komplett außer Kontrolle.«

»Ach, du machst das schon, keine Angst.«

»Danke, Annie. Und nochmals vielen Dank für alles, was du für uns getan hast. Du warst uns eine Riesenhilfe.«

»Und jetzt ist der Augenblick der Wahrheit«, sagte Annie. »Genieße ihn.«

»Das werde ich«, versprach Simon, ehe er sich Linda zuwandte. »Die Blumen sind wunderschön. Du hast fantastische Arbeit geleistet. Zoe wird außer sich vor Begeisterung sein.«

»Oh, immer gerne.« Linda schien sich aufrichtig über das Lob zu freuen. »Seht nur, da kommen Julia und Nick.«

Nick bog in seinem BMW auf den Parkplatz vor der Kirche, stieg aus und hielt Julia die Tür auf. Hand in Hand kamen sie näher, und wieder einmal konnte Annie nur staunen, was für ein bildschönes Paar sie waren. Nick sah sehr elegant in seinem Anzug aus, und Julia war in ihrem knielangen Blümchenkleid eine echte Augenweide.

»Da ist sie ja, die Frau, die all das hier auf die Beine gestellt hat«, begrüßte Simon sie und schloss sie in die Arme. Den ganzen Vormittag war sie hektisch zwischen Kirche und der Stelle, wo später die Feier stattfinden sollte, hin- und hergefahren und hatte dafür gesorgt, dass alles perfekt war, ehe sie nach Hause geeilt war, um sich umzuziehen und Nick abzuholen. »Du siehst hinreißend aus.«

»He, Finger weg! Bald hast du eine eigene«, warnte Nick scherzhaft, schüttelte Simon die Hand und schlug ihm freundschaftlich auf den Rücken. »Wie geht's dir, Kumpel?«

»Nicht übel«, antwortete Simon. »Ich bin nur froh, wenn sie endlich kommt und ›Ja‹ sagt.«

»Lange dauert es ja nicht mehr«, meinte Nick grinsend.

Angespannt sah Simon Julia an. Mit einem Mal wirkte

er viel kleiner als seine eins fünfundachtzig. »Sie kommt doch, oder?«, fragte er leise.

Beruhigend berührte Julia seinen Arm. »Natürlich kommt sie. Wir sehen uns gleich vor dem Altar.« Lächelnd hakte sie sich bei Nick unter und folgte ihm in die idyllische kleine Kirche.

Simon und Gary begrüßten unterdessen all die anderen Gäste, die den Weg heraufkamen – alte Schulfreunde von Simon, seine Rugby-Kumpels, Verwandte, die er seit Jahren nicht mehr gesehen hatte, und Zoes Familie und Freunde, an deren Namen er sich fieberhaft zu erinnern versuchte. Schließlich, als alle Gäste ihre Plätze in der Kirche eingenommen hatten, ließ Simon beklommen den Blick die Straße entlangschweifen und sah alle paar Sekunden auf die Uhr.

»Sie kommt zu spät«, sagte er mit unüberhörbarer Besorgnis in der Stimme.

»Zu spät zu kommen, ist das Privileg der Braut«, sagte Gary beschwichtigend. »Wahrscheinlich tut sie es mit Absicht, um dich ein bisschen leiden zu lassen. Ich würde es jedenfalls so machen.«

»Herzlichen Dank.«

Als Simon erneut auf die Uhr sah, läutete Garys Handy.

»Sieh bloß zu, dass es auf lautlos gestellt ist. Ich habe keine Lust, vor dem Altar den ›Thong Song‹ zu hören, während wir gerade das Ehegelübde sprechen«, warnte Simon.

Grinsend zog Gary sein Handy aus der Hosentasche und drückte ein paar Tasten. »Kein Problem, ich habe es ausgeschaltet. Aber bestimmt interessiert dich, dass Ray eine SMS geschickt hat. Sie sind unterwegs. Fünf Minuten.«

Simon wurde kreidebleich, und ihm brach frischer Schweiß aus. »Okay. Gut. Scheiße. Hast du die Ringe?«

Gary tätschelte die Brusttasche seines Jacketts. »Alles unter Kontrolle, Kumpel. Los, lass uns reingehen.«

Die Spannung stieg. Alle paar Sekunden drehten sich die Leute um und hielten Ausschau nach der Braut. Simon stand vorn am Altar und blickte den Gang entlang zum Eingang, in der Gewissheit, dass Zoe jeden Moment am Arm ihres Vaters erscheinen musste.

Plötzlich schien sich die Atmosphäre zu verändern. Die ersten Töne des Hochzeitsmarsches erklangen, und er hörte die Gäste nach Luft schnappen, als sie die Braut erblickten.

Simon hob den Kopf. Da stand sie, am Arm ihres Vaters Geoff, der vor Stolz beinahe zu platzen schien, doch Simon hatte nur Augen für seine zukünftige Frau. Er konnte sich nicht erinnern, sie je so schön, so strahlend gesehen zu haben.

Sie trug ihr Traumkleid mit der klassischen, schlichten Silhouette und der mit Glitzersteinen besetzten Schärpe, die ihre schmale Taille perfekt zur Geltung brachte. Ihr dezentes Make-up – ein Hauch rosiges Rouge und ein heller Lippenstift – ließ sie wie der Inbegriff der englischen Rose aussehen. Abgesehen von den Ohrringen, die Simon ihr zum Geburtstag geschenkt hatte, und ihrem Verlobungsring trug sie keinerlei Schmuck, um die Wirkung des Kleides nicht zu schmälern.

Ihr tizianrotes Haar war zu weichen Wellen geföhnt und vorn hochgesteckt, sodass es ihr weich ums Gesicht fiel, und Linda hatte einen bildschönen Brautstrauß aus hellrosa Gardenien, dunkelrosa Rosen und Mauergipskraut arrangiert. Sie sah absolut atemberaubend aus.

Strahlend ging sie auf Simon zu – das Glück drang ihr förmlich aus sämtlichen Poren. Simon konnte kaum den Blick von ihr wenden und bekam weder mit, dass Linda sich die Tränen abtupfte, noch wie Julia Nick ansah und die beiden einander verstohlen anlächelten, als die Erinnerungen an ihren eigenen Hochzeitstag aufkamen.

Mit einem scheuen Lächeln trat Zoe vor Simon.

»Du siehst so wunderschön aus«, flüsterte Simon völlig verzaubert.

»Ich liebe dich!«, hauchte sie.

Der Pfarrer trat vor und sprach die Begrüßungsworte.

Simon nahm die Zeremonie wie durch einen Nebel wahr. Er hörte sich selbst die Worte sagen, die er schon tausendmal in Filmen gehört hatte, und registrierte Zoes kaum verhohlene Belustigung, als er seinen zweiten Namen – Gideon – laut aussprechen musste. Beim Ehegelöbnis geriet er kurz ins Stocken, was seine Familie und Freunde mit gutmütigem Kichern und mitfühlendem Lächeln quittierten.

Und dann kamen die lang ersehnten Worte des Pfarrers: »Hiermit erkläre ich Sie zu Mann und Frau. Sie dürfen die Braut nun küssen.«

Sie lächelten einander an, voller Glück, Erleichterung und einer Spur Ungläubigkeit. Endlich waren sie verheiratet, mit einem Ring am Finger, der es aller Welt bewies! Simon zog Zoe in seine Arme und küsste sie, anfangs zögerlich, doch unter den ermutigenden Rufen der Anwesenden mit wachsender Inbrunst.

Nun war es offiziell: Sie waren Mann und Frau, in guten wie in schlechten Tagen, in Krankheit und Gesundheit, in Reichtum und Armut. Und Simon konnte sich nichts Schöneres vorstellen.

Unter Jubel und Applaus verließ das glückliche Paar im Reis- und Konfettiregen die Kirche. Eilig sprang Ray hinters Steuer des Triumph – Annie hatte angeboten, Linda in ihrem Mini Cooper zur Party mitzunehmen.

Ein paar Fotos wurden geschossen, dann hob Simon seine frisch gebackene Ehefrau in den Wagen, sprang hinter ihr auf den Rücksitz und zog sie an sich. Händchen haltend und unter zarten Küssen fuhren sie davon.

»Ist dir klar, dass wir wirklich verheiratet sind?«, fragte Zoe mit leuchtenden Augen.

»Es ist der absolute Wahnsinn«, sagte Simon aufrichtig. »Ich hoffe, das Eheleben fühlt sich immer so gut an.«

»Aber natürlich tut es das. Und falls nicht, können wir immer noch zu Annie gehen«, kicherte Zoe.

Simon sah sie an, noch immer ungläubig, dass sie tatsächlich Mann und Frau waren.

Dann beugte er sich zu ihr. »Ich liebe dich, Mrs. Wright«, sagte er zärtlich.

»Ich liebe dich auch«, erwiderte Zoe. »Und nichts wird sich jemals daran ändern.«

38

Lustvoller, kerniger Sex ist eine feine Sache!
– John Wayne

»Sieh nur, Simon«, rief Zoe, als Ray in die Einfahrt von Simons Eltern bog. »Es ist perfekt!«

Brians und Jills großzügiges Farmhaus befand sich inmitten eines weitläufigen Grundstücks, das bis zum Kanal hinab reichte, wo sich der Bootsverleih befand. Auf Zoes und Simons Wunsch hatte Julia die Wiese, die zum Wasser hinunterführte, in eine atemberaubende Partylocation verwandelt, die sie nun zum allerersten Mal zu sehen bekamen.

Winzige Lichterketten hingen in den Sträuchern, an den alten Eichen baumelten Lampions, und überall auf dem Boden standen kleine Gefäße mit Teelichtern, die alles in romantisches Licht tauchten. Ein langer, mit einer weißen Tischdecke verhüllter Tapeziertisch bog sich unter den leckersten Köstlichkeiten, und eine Handvoll Aushilfskellner reichten den Gästen fruchtigen Pimm's. Alles war mit bunten Fähnchen, Ballons und Blumen geschmückt, und hinter dem Haus befand sich eine Bühne, wo später die Band auftreten würde.

Sogar die Boote waren eigens hergerichtet worden – eines war strahlend weiß gestrichen, mit silbernen Zierleisten. Es war über und über mit Girlanden, Luftschlangen und Blechdosen geschmückt, und über der Luke hing ein »Just Married«-Schild.

»Ich habe dir ja versprochen, dass ich mir etwas Besonderes für unsere Hochzeitsnacht einfallen lasse. Deshalb habe ich mir einen speziellen Ort ausgesucht, wo wir unsere Ehe endlich vollziehen werden«, erklärte Simon nachdrücklich. »Und ich hoffe, du findest meine Idee angemessen ... es ist dieses Boot.«

Beim Anblick von Simons zögerlicher Miene brach Zoe in lautes Gelächter aus. Was für eine perfekte Wahl! Es bestand kein Anlass, sein schwer verdientes Geld für ein superschickes, aber unpersönliches Luxushotel auszugeben. Sie hatten so viele romantische Stunden auf den Booten verbracht, an die Zoe voller Freude zurückdachte.

»Oh, Simon, das ist eine wunderbare Idee.«

»Ehrlich gesagt, ist es sogar unser Boot«, fuhr Simon fort und biss sich auf die Lippe.

»Was meinst du damit?«, fragte Zoe.

»Es ist ein Geschenk von Mum und Dad. Zur Hochzeit. Wir müssen ja bald aus unserer Wohnung ausziehen, und wenn du willst, können wir hier wohnen, bis wir ein wenig Geld für etwas Eigenes gespart haben.«

»Oh, Simon.« Zoes Augen leuchteten, als sie sich in seine Arme warf.

»Und sieh mal hier.« Er nahm sie bei der Hand und führte sie zum Ende des Boots. »Wir haben es umbenannt. Jetzt ist es die *Mrs. Wright* – dir zu Ehren.«

Zoe schnappte nach Luft. Tatsächlich stand *Mrs. Wright* in geschwungenen silbernen Buchstaben auf dem Bootsrumpf. Zoe war fassungslos. Hier würden sie ihre erste Nacht als Mann und Frau verbringen, jene Nacht, die für sie beide von so großer Bedeutung war. Monatelang hatten sie sich darauf vorbereitet, hatten auf jeden Geschlechtsverkehr verzichtet und alles über den anderen gelernt, was man nur lernen konnte, hatten alle Ratschläge befolgt, die Annie ihnen mit auf den Weg gegeben hatte.

Ihre Gedanken schweiften zu den Dessous, die sie unter ihrem Brautkleid trug. Sie beugte sich zu Simon und hauchte ihm verführerisch ins Ohr: »Nach all den Überraschungen habe ich vielleicht auch eine für dich.«

Simons Brauen schossen in die Höhe, und auf seinem Gesicht breitete sich ein doppeldeutiges Grinsen aus. »Können wir die Party nicht sausen lassen? Und gleich in die Kiste gehen?«, fragte er scherzhaft und ließ gierig den Blick über sie schweifen. Sie sah hinreißend aus in ihrem Kleid, wie ein Päckchen, das nur darauf wartete, ausgepackt zu werden.

»Wir haben fast sechs Monate gewartet«, gab sie lachend zurück. »Da schaffst du doch bestimmt auch noch ein paar Stunden, oder?«

»Ah, meine Frischangetraute sagt jetzt schon, wo es langgeht.« Simon grinste. »Wie du willst, mein Schatz.«

Er nahm Zoes Hand und führte sie über die Wiese zurück, um die Gäste zu begrüßen.

Die Sonne war untergegangen, ein heller Mond und funkelnde Sterne standen am wolkenlosen Himmel. Einige der Gäste hatten höchst unterhaltsame und berührende Ansprachen gehalten, die Annie abwechselnd zum Lachen gebracht und ihr die Tränen der Rührung in die Augen getrieben hatten. Sie war so stolz darauf, was Zoe und Simon geschafft hatten. Ehrlich gesagt, war sie auf all ihre Klienten stolz: Linda und Ray saßen Händchen haltend neben ihr und sahen zu, wie die anderen Gäste die Tanzfläche zum Beben brachten. Nick hatte die Arme um seine Frau geschlungen, die sich an ihn lehnte. Die beiden wirkten zufrieden und überglücklich. Und Zoe und Simon ließen es inmitten ihrer Freunde auf der Tanzfläche so richtig krachen.

»Es war ein herrlicher Tag, nicht?«, meinte Linda.

»Absolut«, stimmte Annie zu. »Und es ist wunderbar, die beiden wieder zusammen zu sehen. Sie gehören zueinander, daran besteht kein Zweifel.«

»Sie sehen aus, als seien sie im siebten Himmel«, fügte Linda hinzu. »Und ich bin sicher, du hast deinen Teil dazu beigetragen.«

»Ich?« Annie sah sie verblüfft an. »Auf mein Konto geht es nicht, wenn der Pfeil trifft. Amor bin ich nun auch wieder nicht.«

»Nur keine falsche Bescheidenheit«, tadelte Linda. »Bei mir und Ray hast du wahre Wunder bewirkt. Ich kann dir gar nicht genug danken. Wenn ich mir überlege, wie schrecklich ich mich während der ersten Sitzungen benommen habe, schäme ich mich in Grund und Boden.«

»Nichts passiert«, wiegelte Annie lächelnd ab. »Ich freue mich bloß, dass sich alles so positiv entwickelt hat. Das ist ohne jeden Zweifel der beste Teil an meiner Arbeit.«

Ray trank seinen Wein aus. Seine Wangen leuchteten, als er sich vorbeugte und seine Frau liebevoll an sich drückte. »Was sagst du, wollen wir eine Runde tanzen?«, fragte er.

Die Band hatte gerade *Isn't She Lovely* von Stevie Wonder angestimmt. »Oh, das ist ja einer meiner Lieblingssongs«, rief Linda. »Aber wir haben doch seit Jahren nicht mehr getanzt.«

»Wir haben auch noch andere Dinge seit Jahren nicht mehr getan«, erwiderte er mit einem frechen Glitzern in den Augen. »Und du weißt selbst, welchen Spaß wir neuerdings dabei haben.«

Linda wurde rot, erhob sich aber dennoch und strich ihr Kleid glatt. »Na gut, überredet«, kicherte sie. »Bis gleich, Annie.«

Annie sah zu, wie sie sich unters Volk mischten. Ray nahm Lindas Hand und begann, sie wild herumzuwirbeln, während sie den Kopf in den Nacken warf und lauthals lachte.

Annie nippte an ihrem Wein und schlang ihren Pashmina enger um ihre Schultern. Nach der Hitze des Tages kühlte es allmählich etwas ab. Julia erhob sich von ihrem Platz, kam herüber und setzte sich neben Annie.

»Alles in Ordnung?«, fragte sie.

»Ja, mir geht's bestens«, antwortete Annie wahrheitsgetreu. »Ich amüsiere mich wunderbar. Und du?«

»Ja, es war ein herrlicher Tag. Ich muss die ganze Zeit an unsere eigene Hochzeit denken«, gestand Julia und blies Nick über den Tisch hinweg einen Kuss zu. »Wir haben immer wieder in Erinnerung geschwelgt. Tage wie dieser stimmen einen etwas nachdenklich, findest du nicht auch?«

Annie nickte. »Aber ihr beide schlagt euch großartig.«

»Ja, es läuft sehr gut. Ich habe das Gefühl, als hätten wir die Hürde genommen. Aber eine Zeit lang sah es ziemlich düster aus.«

»Aber ihr habt es überstanden?«

»Ja, es sieht ganz danach aus.«

»Und wie läuft es an der Babyfront?«, fragte Annie. »Irgendwelche Fortschritte?«

»Nicht direkt. Ehrlich gesagt, haben wir uns entschieden, erst mal eine kleine Pause einzulegen. Es ist nett, zur Abwechslung mal wieder ein Glas Wein trinken zu dürfen«, gestand sie mit einem Blick auf ihr Glas.

Annie hob die Brauen. »Ihr probiert es also nicht weiter?«

»Na ja, nicht ganz.« Julia kicherte. »Wir haben nur beschlossen, uns eine Weile auf uns zu konzentrieren. Wenn es passiert, passiert es, und wenn nicht, können wir immer noch Hilfe in Anspruch nehmen – nicht bei einem Sextherapeuten, wohlgemerkt«, fügte sie mit einem ironischen Grinsen hinzu. »Wir haben uns vorgenommen, erst einmal an unserer Beziehung zu arbeiten und dafür zu sorgen, dass alles gut zwischen uns läuft.«

»Das klingt fantastisch. Ich denke, das ist eine sehr weise Entscheidung.«

»Ich wusste, dass du das so sehen würdest«, erwiderte Julia.

Nick sah zu ihnen herüber. »Was flüstert ihr denn da?«, fragte er argwöhnisch.

»Wir reden über dich und darüber, wie toll du heute Abend aussiehst«, antwortete Julia und zupfte spielerisch an seiner Krawatte – und sie hatte recht: In seinem dunklen Anzug und dem blütenweißen Hemd sah er tatsächlich überaus attraktiv aus.

Spielerisch fuhr Nick sich mit der Hand durchs Haar. »Klar«, erwiderte er, worauf die beiden Frauen in Gelächter ausbrachen. »Wenn du nichts dagegen hast, würde ich meine Frau gern für eine Weile entführen, Annie.« Er nahm Julias Hand.

»Natürlich nicht. Es war nett, mit dir zu plaudern, Julia. Viel Spaß, ihr beiden!«

Sie winkte ihnen nach, als Nick den Arm um Julia legte und die beiden kichernd in der Dunkelheit verschwanden.

Annie blieb allein zurück und sah den anderen zu. Sie war hochzufrieden mit ihren Schützlingen – sie alle hatten engagiert an ihren Beziehungen gearbeitet und schienen auf einem guten Weg zu sein.

Trotzdem konnte sie nicht leugnen, dass sie sich insgeheim wünschte, heute Abend ebenfalls jemanden an ihrer Seite zu haben. Normalerweise kam sie problemlos allein zurecht, aber Julia hatte völlig recht: Hochzeiten stimmten einen stets nachdenklich. Beim Anblick der Paare, die zu den Klängen von Bon Jovis *Livin' On A Prayer* tanzten, verspürte sie einen Anflug von Melancholie.

Sie war so in ihre Gedanken versunken, dass sie die Gestalt, die sich ihr näherte, erst bemerkte, als sie sich aus der Dunkelheit löste und direkt neben ihr stand.

»Annie.«

»Jamie?«, rief Annie verwirrt. »Was machst du denn hier?«

»Bitte, Annie, hör dir an, was ich zu sagen habe«, bat er eilig. »Deine Schwester hat mich angerufen und mir gesagt, dass du heute hier sein würdest.«

»Holly?« Annie war völlig perplex. »Wie hat sie …«

»Sie hat in der Firma angerufen und mir erklärt, warum du dich so seltsam verhalten hast, als wir aus dem Büro ausgezogen sind.«

Annies Atem kam stoßweise, und ihre Gefühle spielten völlig verrückt. Sie war stinksauer auf Holly, und dass Jamie so aus heiterem Himmel aufgetaucht war, brachte sie völlig durcheinander, gleichzeitig konnte sie nicht leugnen, dass sie sich freute, ihn wiederzusehen. Sie spürte das vertraute flaue Gefühl im Magen, ihr Puls raste, und ihr Mund war staubtrocken, als sie begriff, was gerade passierte: Jamie stand vor ihr, unglaublich attraktiv in Anzug und Krawatte, mit seinem blonden Haar, das er sich aus dem Gesicht gekämmt hatte, und den strahlend blauen Augen.

»Darf ich mich setzen?«, fragte er. Annie nickte nur – sie traute ihrer Stimme nicht über den Weg.

»Olivia ist meine Tochter«, erklärte er mit einem tiefen Seufzer. »Sie ist sieben ... nächsten Monat wird sie acht. Sara, ihre Mutter ... wir ... wir sind nicht mehr zusammen. Eigentlich waren wir es schon nicht mehr, als sie erfahren hat, dass sie schwanger ist. Wir waren nur ein paar Wochen zusammen, und dann, nach der Trennung, hat sie festgestellt ...«

Jamie ließ seine Stimme verklingen. Annie sah ihn wie gebannt an, ohne den Lärm ringsum zu bemerken, und wagte kaum, etwas zu sagen.

»Ehrlich gesagt, hatte ich ziemlich die Hosen voll, aber meiner Verantwortung wollte ich mich auf keinen Fall entziehen. Sara beschloss, das Baby zu behalten, und ich habe versprochen, sie zu unterstützen. Das war die beste Entscheidung meines Lebens. Livvy ist ... absolut unglaublich.« Annie sah etwas in seinen Gesichtszügen, das ihr noch nie zuvor aufgefallen war: Stolz, Ehrfurcht und reine, bedingungslose Liebe.

»Ich hätte es dir gleich sagen müssen.« Jamie sah Annie an. »Das ist mir klar. Mehr als einmal hätte ich es auch beinahe getan, aber ich wollte dich nicht vergraulen. Ich mochte dich, sehr sogar, wollte dich aber mit all dem nicht am Anfang belasten, aber rückblickend betrachtet, war es ein echter Fehler. Ich hätte von Anfang an ehrlich mit dir sein müssen.«

»Ich ...« Annie schluckte. »Ich weiß nicht, was ich sagen soll.«

»Du brauchst gar nichts zu sagen«, erklärte Jamie. »Tanz einfach mit mir.«

Er streckte ihr die Hand hin. Wie betäubt ergriff Annie sie und spürte ein Prickeln, als sich ihre Handflächen berührten. Sie stand auf und folgte ihm zur Tanzfläche, wo die Band gerade einen langsamen Song, *Make You Feel My Love* von Adele, anstimmte. Benommen registrierte sie, dass Jamie die Arme um ihre Taille legte und sie an sich zog. Mit hämmerndem Herzen – es schlug so schnell, dass Jamie es bestimmt spüren konnte – schlang sie die Arme um seinen Hals und schmiegte sich an ihn, während ihr sein sauberer, frischer Geruch in die Nase stieg.

»Annie …«, begann er, zögerte jedoch. Mit einem Mal wirkte er unsicherer als zuvor.

»Was ist?«

»Ich … ich muss das jetzt sagen, bevor mich der Mut verlässt. Und wenn ich komplett danebenliege, sag es mir einfach … es ist nicht so schlimm, aber …« Er holte tief Luft. »Ich bin völlig verrückt nach dir. Du bist unglaublich – und vor allem heute Abend siehst du hinreißend aus.« Er ließ den Blick über das mitternachtsblaue Kleid schweifen, das sich wie eine zweite Haut um ihren Körper schmiegte.

»Du bist klug und witzig, und es ist angenehm, sich in deiner Gesellschaft aufzuhalten … auch wenn du eine lausige Köchin bist«, fügte er grinsend hinzu. »Ich bin sehr gern mit dir zusammen und wäre es gern noch viel häufiger. Wie gesagt, wenn ich komplett auf dem Holzweg bin und dir Angst mache, sag einfach, dass ich mich verziehen soll.«

»Nein.« Ein sanftes Lächeln breitete sich auf Annies Gesicht aus. »Du bist überhaupt nicht auf dem Holzweg.«

Jamie blieb stehen und sah Annie ernst an. »Ich musste die ganze Zeit an dich denken«, sagte er. »Seit wir umgezogen sind, fehlst du mir so sehr. Verrückt, was? Mir war nicht bewusst, wie sehr ich mich jeden Tag auf dich gefreut habe … auf unsere Plaudereien in der Küche oder auch nur darauf, dich kurz auf dem Flur zu sehen. Mir ist klar, dass ich all das schon viel früher hätte sagen müssen – na ja, und auch einige andere Dinge –, aber ich habe es komplett versaut. Ich hatte Angst, ich hätte dich für immer verloren …«

»Shh«, murmelte Annie und legte ihm einen Finger auf die Lippen. Jamie sah sie an. Hoffnung, Vorfreude und Anspannung spiegelte sich auf ihrer beider Gesichter wider.

Mit verführerischer Langsamkeit beugte Jamie sich vor und küsste sie. Seine Lippen waren warm und weich. Annie schloss die Augen und gab sich ihren Gefühlen hin, blind und taub für die Sterne über ihr, die Tanzenden und die Musik ringsum. Und sie bekam auch nicht mit, dass Zoe und Simon, Julia und Nick und Linda und Ray sich um sie versammelt hatten und laut applaudierten, als sie sich endlich voneinander lösten.

Annie lachte fröhlich, und auch Jamie zeigte keine Anzeichen von Verlegenheit. Sie küssten sich wieder, und es fühlte sich so perfekt und richtig an, dass Annie wünschte, es möge niemals aufhören.

Epilog

Gute Mädchen kommen in den Himmel, böse überall hin.
– Helen Gurley Brown

Fünf Monate später …

Der Marktplatz sah geradezu magisch aus. Die hübschen kleinen Stände waren in schneebedeckte Hütten verwandelt worden, wo es von selbst gestrickten Mützen über Fellohrschützer zu Glühwein und heiße Schokolade mit Brandy alles gab. Am östlichen Ende stand ein riesiger, mit zahllosen winzigen Lichtern geschmückter Weihnachtsbaum, unter dem eine Blaskapelle Stellung bezogen hatte, um einen Chor bei alten Weihnachtsliedern zu begleiten.

Es war kalt – im Lauf der Woche sollte es sogar schneien –, und Annie trug einen roten Anorak und einen dicken Schal. Sie hakte sich bei Jamie unter und dachte nicht zum ersten Mal, wie großartig er in seiner schwarzen Cabanjacke und dem grauen Wollschal aussah. Seine Wangen waren rosig von der Kälte, und seine blauen Augen leuchteten.

»Oh, sieh nur, ist das nicht niedlich?«, rief Annie, als sie eine handbemalte Kugel mit »Babys Erstes Weihnachten«-Aufschrift in rotem Glitzer an einem der Stände entdeckte. »Die kaufe ich für Poppy.« Sie zog ihre Geldbörse heraus.

»Ihre Tante Annie verwöhnt sie nach Strich und Faden«, bemerkte Jamie grinsend. »Du hast ihr ja massenhaft Geschenke gekauft.«

»Genau so soll es sein«, erwiderte Annie ohne den Anflug eines schlechten Gewissens. »Außerdem kommt Olivia doch auch ziemlich gut weg.«

»Glaub mir, für eine Achtjährige ist es wesentlich leichter, Geschenke zu finden, als für ein zwei Monate altes Baby. *One-Direction*-Merchandisingkram: Ja, *Bratz*-Puppen gehen gar nicht, und Barbie ist ›total uncool, Daddy‹ ... Ich habe keine Ahnung, wann meine Tochter so dogmatisch geworden ist.«

»Offensichtlich kommt sie nach ihrem Vater«, konterte Annie neckend.

»Da bin ich mir nicht so sicher. Ihr Wahnsinnsaussehen, das hat sie allerdings von mir«, fügte er grinsend hinzu.

»Na ja, Weihnachten ist das Fest der Liebe, deshalb will ich dir die Illusion nicht nehmen.« Lachend bedankte Annie sich bei dem Standbesitzer und nahm die sicher verpackte Kugel entgegen.

»Aber im Ernst«, fuhr Jamie fort und nahm Annies Hand. »Ich hoffe, du hast nächstes Jahr häufiger Gelegenheit, Livvy zu sehen. Sie ist ein tolles Mädchen, und ich fände es schön, wenn ihr euch besser kennenlernen würdet.«

»Das würde ich gerne tun«, erwiderte Annie zurückhaltend.

Seit Jamie ihr auf Zoes und Simons Hochzeit alles erzählt hatte, waren sie praktisch unzertrennlich. Nun ja, so unzertrennlich man sein konnte mit zwei zeitaufwendigen Berufen und zahlreichen familiären Verpflichtungen auf beiden Seiten. Aber sie kamen beide gut mit der Situation zurecht. Vor allem Annie wollte das Ganze lieber langsam angehen und gewann mit jeder Woche mehr Vertrauen zu Jamie. Nach seinen offenen und aufrichtigen Worten war sie zum Schluss gelangt, dass er dasselbe auch von ihr verdiente, und hatte ihm eines Abends bei einer Flasche Wein und einem Essen vom Lieferservice alles über ihre Beziehung mit Mark erzählt.

Natürlich war er anfangs schockiert gewesen – dass Annie in so jungen Jahren bereits eine Ehe hinter sich hatte, war ein harter Brocken, aber Jamie war bewusst, dass er kaum in der Position war, jemandem die Fehler der Vergangenheit vorzuhalten. Im Grunde hatte Annies Geständnis sie einander noch nähergebracht – so nahe, dass Jamie ihr kurz danach seine Tochter Olivia vorgestellt hatte. Bislang hatte Annie sie dreimal gesehen und musste zugeben, dass ihr das lebhafte, kluge kleine Mädchen zunehmend ans Herz wuchs.

Annie und Jamie schoben sich durch die Massen an Menschen, die in letzter Minute noch Weihnachtseinkäufe tätigten. Überall herrschte besinnlich-fröhliche Stimmung. Bei einem Schmuckstand blieb Annie erneut stehen und nahm ein Paar zarter Ohrringe aus Silber mit Türkisen in Augenschein, die womöglich ein hübsches Geschenk für Holly abgaben, als sie jemanden ihren Namen rufen hörte.

»Annie? Bist du das?«

Annie wirbelte herum und sah in Julias grinsendes Gesicht, während Nick hinter sie trat.

»Julia! Nick! Wie geht es euch?«

»Gut, danke. Sogar sehr gut.« Julia strahlte. Sie trug eine rosafarbene Baskenmütze über ihrem langen blonden Haar und wirkte glücklich und zufrieden. »Wie geht es dir?«

»Auch gut, danke. Wir erledigen nur noch ein paar letzte Weihnachtseinkäufe.«

»Wir auch.« Lachend schwenkte Julia ein halbes Dutzend Einkaufstüten.

In diesem Moment trat Jamie mit fragender Miene neben Annie.

»Oh, Jamie, das sind Julia und Nick«, stellte Annie ihm vor. »Und das ist Jamie ... äh, mein Jamie«, fügte sie verlegen hinzu und spürte, wie sie rot wurde. Es fühlte sich immer noch seltsam an, ihn als ihren Freund zu bezeichnen.

»Ja, wir haben uns bei Zoes und Simons Hochzeit kennengelernt«, sagte Julia mit einem verschmitzten Grinsen.

»Ja, genau.« Lächelnd ergriff er Nicks Hand und gab Julia einen Kuss auf die Wange.

»Ihr beide seid also immer noch ein Herz und eine Seele, ja?«, fragte sie mit einem vielsagenden Funkeln in den Augen.

Annie wusste nicht, was sie darauf erwidern sollte – es hatte durchaus seine Gründe, weshalb sie Beruf und Privatleben normalerweise strikt trennte. Für sie war es höchst ungewohnt, dass ihr Liebesleben im Mittelpunkt der allgemeinen Aufmerksamkeit stand, doch Jamie schien es keineswegs zu stören. Zärtlich legte er den Arm um Annies Taille und drückte ihr einen Kuss aufs Haar.

»Fünf Monate, und noch immer hat sie mich nicht satt«, scherzte er.

»Wie schön, Annie so glücklich zu sehen«, erwiderte Julia.

»Und wie läuft es bei euch beiden?«, wechselte Annie eilig das Thema. »Seid ihr mit den anderen aus der Gruppe in Kontakt geblieben? Wie geht es Zoe und Simon?«

»Wir haben uns erst kürzlich mit ihnen getroffen«, antwortete Nick.

»Ach, die beiden sind so süß.« Julia seufzte. »Immer noch völlig verrückt nacheinander, wie Frischvermählte eben so sind. Mit Zoe gehe ich häufiger nach der Arbeit etwas trinken, oder wir treffen uns am Wochenende. Ach ja, sie haben eine Anzahlung auf ein Haus geleistet.«

»Das sind ja wunderbare Nachrichten«, rief Annie.

»Ja, wenn alles nach Plan läuft, können sie Ende Januar schon einziehen. Sie hat mir Fotos gezeigt. Es ist ein bildhübsches Häuschen mit zwei Schlafzimmern in Trowse Newton, wodurch Simon einen kurzen Arbeitsweg hat.«

»Wohnen sie immer noch auf dem Hausboot?«, fragte Annie verwundert. »Um diese Jahreszeit muss es doch eiskalt dort sein.«

»Ehrlich gesagt, ist es sogar richtig gemütlich«, erwiderte Julia. »Als wir dort waren, hat Zoe auf einem kleinen Gasherd gekocht, außerdem haben sie einen Elektroheizkörper und einen großen Warmwasserboiler. Es ist wirklich sehr nett.«

»Klingt wunderbar.«

»Wenn sie umgezogen sind, wollen sie eine Einweihungsparty schmeißen. Ich sage ihr, sie soll dich einladen – euch«, korrigierte sie sich mit einem Blick in Jamies Richtung.

»Habt ihr Lust, etwas trinken zu gehen? Dann könnten wir uns hinsetzen und in Ruhe reden«, schlug Annie vor und wandte sich Jamie zu. »Das ist dir doch recht, oder?« Jamie nickte. »Dort drüben gibt es einen netten kleinen Getränkestand mit Tischen und Stühlen.«

»Tolle Idee.« Julia strahlte.

»Ich hole uns etwas«, bot Jamie an, als sie einen freien

Tisch gefunden hatten. »Dann könnt ihr drei euch solange unterhalten.«

»Danke.« Wieder einmal bemerkte Annie, wie süß und aufmerksam er war. Sie konnte sich wirklich glücklich schätzen, ihn gefunden zu haben. »Danke, ich nehme einen Glühwein«, sagte sie.

»Klingt gut«, meinte Nick.

»Also, vier Glühwein, ja?« Jamie blickte erwartungsvoll in die Runde.

»Äh ...« Julias Wangen färbten sich rosa, und sie warf Nick einen hastigen Blick zu. »Für mich eine heiße Schokolade, bitte.«

»Gern.« Jamie ging und stellte sich in der Schlange an. Annie war der Blick nicht entgangen, ebenso wenig wie das verstohlene Lächeln, das sich auf Julias Zügen ausbreitete.

Einen Moment lang musterte sie sie durchdringend. »Nein, das gibt's doch nicht!«, platzte sie dann heraus und sah mit offenem Mund zu, wie Julia nickte.

»Doch, ich bin es. Wir sind es. Man sieht es unter der dicken Jacke nur nicht so gut.« Sie tätschelte ihren Mantel. »Ich bin im fünften Monat.«

»Im fünften! Und ich dachte, ihr hättet eine Pause eingelegt.«

»Schon lustig, wie das Leben so spielt, was? Ehrlich gesagt, glauben wir sogar, es ist am Abend von Zoes Hochzeit passiert.«

»Klingt ja, als hätten nicht nur die beiden einen unvergesslichen Abend verlebt. Ich freue mich ja so für euch! Für euch alle drei!« Spontan sprang Annie auf und drückte Julia an sich.

»Danke, Annie.« Julia strahlte. »Schon komisch, wenn man sich vorstellt, dass dies unser letztes Weihnachten zu zweit wird. Wir fahren nach Derby, zu unseren Familien, weil wir nächstes Jahr mit dem Baby hier feiern wollen.«

»Ich wette, ihr könnt es kaum erwarten«, sagte Annie lächelnd. »Die Zeit wird wie im Flug vergehen.«

»Und wann bist du an der Reihe?«, fragte Julia mit einem Nicken in Jamies Richtung, der das vordere Ende der Schlange erreicht hatte. »Er scheint ein netter Kerl zu sein. Und er sieht bombig aus«, fügte sie hinzu.

»Hallo! Ich bin auch noch hier, nur falls du das vergessen haben solltest.« Nick lachte gutmütig.

»Ach, ich weiß nicht recht.« Annie schüttelte schüchtern den Kopf. »Es läuft zwar gut zwischen uns, aber noch ist alles ganz frisch. Er ist wirklich toll, und ich bin überglücklich«, gestand sie und versuchte vergeblich, ein beseeltes Grinsen zu unterdrücken.

»Wie süß!«, seufzte Julia. »Wir haben uns immer gefragt, ob es in deinem Leben einen tollen Mann gibt, und jetzt wissen wir es endlich.«

»Habt ihr mal wieder etwas von Linda gehört?«, fragte Annie rasch, als Jamie mit ihren Getränken zurückkehrte. »Sie und Ray haben noch ein paar Mal an unserer Samstagsrunde teilgenommen, aber in letzter Zeit habe ich sie nicht mehr gesehen.«

»Ja, ich habe noch Kontakt zu ihnen«, antwortete Julia und nippte an ihrer sämigen heißen Schokolade. »Danke, Jamie, die ist echt lecker. Ja, Linda und ich haben bei ein paar Veranstaltungen zusammengearbeitet. Sie hat mir einen guten Preis bei den Blumen gemacht. Allerdings habe ich mehr mit Rose, ihrer Tochter, zu tun. Linda selbst arbeitet nur noch ab und zu im Laden.«

»Das freut mich zu hören«, sagte Annie. »Ray hatte sich ja gewünscht, dass sie kürzertritt, damit sie mehr Zeit zusammen verbringen können.«

»Tja, es sieht so aus, als würden sie das jetzt auch tun. Sie verreisen sogar über Weihnachten, in die Karibik, soweit ich weiß.« Julia warf Nick einen Blick zu, worauf die beiden lachen mussten.

Annie runzelte die Stirn. »Wieso ist das so lustig?«

»Keine Ahnung, was du mit ihnen angestellt hast«, japste Julia kichernd, »aber Linda hat erzählt, sie und Ray steigen in einem FKK-Resort ab!«

Annie fiel die Kinnlade herunter. »Nein! Ich glaube euch kein Wort!«

»Aber es stimmt. Sie meinte, sie hätten sich so daran gewöhnt, im Haus nackt herumzulaufen, und würden sich so wohl in ihrer Haut fühlen, dass sie beschlossen hätten, es einfach mal auszuprobieren. Und Ray war offenbar restlos begeistert.«

»Da gehe ich jede Wette ein«, lachte Annie, noch immer leicht ungläubig. Dass ausgerechnet Linda, die sich so sehr für ihren alternden Körper geschämt hatte, mit einem Mal derart freizügig geworden war und sogar splitternackt am Strand herumlaufen würde, war nur schwer vorstellbar, aber das Leben ging manchmal seltsame Wege.

»Unsere erste Reaktion war: Hoffentlich nehmen sie auch genug Sonnencreme mit«, scherzte Nick.

»Und tragen sie vor allem sorgfältig auf«, fügte Jamie hinzu, worauf neuerlich alle vier in Gelächter ausbrachen.

Genüsslich nippte Annie an ihrem Glühwein, während ihr bewusst wurde, wie zufrieden sie war. Ausnahmsweise schien es sowohl privat als auch beruflich perfekt zu laufen. Nicht nur hatte sie einen attraktiven, sexy, liebevollen Freund, in den sie sich mit jedem Tag mehr verliebte, sondern auch das befriedigende Gefühl, anderen Paaren dazu verholfen zu haben, dass sie dasselbe

Glück in ihren Partnerschaften wiederfanden. Zoe und Simon waren frisch verheiratet und bis über beide Ohren verliebt ineinander, Nick und Julia hatten ihre Probleme in den Griff bekommen und erwarteten ihr erstes Baby, während Linda und Ray gemeinsam einen völlig neuen Lebensabschnitt begannen.

»Seht nur«, rief Julia und riss Annie aus ihren Tagträumen. »Es schneit.«

Annie sah zum sternenbedeckten Himmel hinauf und spürte eine Flocke auf ihrer Nasenspitze, die sofort schmolz. Der Schneefall wurde dichter, bedeckte die Dächer der Stände, während die Leute innehielten, um nach oben zu sehen, und Kinder, die Gesichter rot vor Kälte und Aufregung, kreischend versuchten, die Flocken einzufangen.

Vergnügt beobachteten die beiden Paare das Szenario, als die Band *Schneeflöckchen* anstimmte und die Sänger so inbrünstig zu singen begannen, dass ihre Stimmen von den Mauern widerhallten.

Jamie legte den Arm um Annie, zog sie enger an sich und küsste sie innig.

»Regelrecht magisch, nicht?«, flüsterte er und sah ihr tief in die Augen, während eine Flocke auf ihren Wimpern landete.

»Ja, das ist es.« Annie lächelte. Und als sie die Augen schloss und seinen Kuss erwiderte, hatte sie nur einen Gedanken: Die wahre Magie war, dass auch sie endlich ihr persönliches Happy End gefunden hatte.

Brief von Sophie

Tausend Dank, dass Sie sich für dieses Buch entschieden haben. Ich hoffe sehr, es hat Ihnen Spaß gemacht und Momente beschert, in denen Sie lauthals lachen konnten, rot geworden sind oder auch ein paar Tränchen verdrückt haben.

Wenn Sie die Zeit finden, wäre ich Ihnen dankbar für eine Rezension – ich würde gern Ihre Meinung erfahren, außerdem können sich andere Leser besser einen Eindruck vom Inhalt des Buches verschaffen.

Wenn Sie mir schreiben wollen, können Sie das gern unter @Cafe_Crumb auf Twitter tun – ich bin immer für einen Plausch zu haben. Sie können mir auch gern eine Freundschaftsanfrage auf Facebook schicken – Sophie. Hart.3910829.

Nochmals danke für Ihre Unterstützung – und jetzt geht es ab an den Schreibtisch, wo mein neues Buch auf mich wartet …

Sophie x